Church Catholic

**Appendice au Rituel Romain = Appendix to the Roman Ritual**

À l'usage de la province ecclésiastique de Quebec

Church Catholic

**Appendice au Rituel Romain = Appendix to the Roman Ritual**
*À l'usage de la province ecclésiastique de Quebec*

ISBN/EAN: 9783337427658

Printed in Europe, USA, Canada, Australia, Japan

Cover: Foto ©Andreas Hilbeck / pixelio.de

More available books at **www.hansebooks.com**

# APPENDICE

## AU

# RITUEL ROMAIN

A L'USAGE DE LA

PROVINCE ECCLESIASTIQUE DE QUEBEC

PUBLIE PAR L'ORDRE ET AVEC L'APPROBATION DE

NN. SS. L'ARCHEVÊQUE ET LES ÉVÊQUES DE LA PROVINCE DE QUÉBEC

QUEBEC

CHEZ P.-G. DELISLE, IMPRIMEUR-EDITEUR

1874

# TABLEAU

*Des Fêtes, Solennités, Jeûnes et jours d'abstinence, qui doivent être observés dans la Province Ecclésiastique de Québec.*

------

FÊTES D'OBLIGATION DANS LA PROVINCE ECCLÉSIASTIQUE DE QUÉBEC.

Tous les dimanches de l'année.
La Circoncision de Notre Seigneur, 1er janvier.
L'Epiphanie de Notre Seigneur, 6 janvier.
L'Annonciation de la Ste. Vierge, 25 mars. (*)
L'Ascension de Notre Seigneur.
La fête du Saint-Sacrement ou Fête-Dieu.
La fête des Apôtres St. Pierre et St. Paul, 29 juin.
La Toussaint, 1er novembre.
L'Immaculée Conception de la Ste. Vierge, 8 décembre. (*)
Noël ou la Nativité de N. S., 25 décembre.

### SOLENNITÉS REMISES AU DIMANCHE.

La Purification de la Ste. Vierge.
La fête de St. Joseph.
La fête de St. Jean-Baptiste.
L'Assomption de la Ste. Vierge.
La Nativité de la Ste. Vierge.
La fête de St. Michel.
La fête du patron ou du titulaire de l'église paroissiale.

### FÊTES ATTACHÉES AUX DIMANCHES.

Le 2ème Dimanche après l'Epiphanie—Le Saint Nom de Jésus.

Le 2ème dimanche après Pâques—La Sainte Famille de Jésus, Marie, Joseph.

Le 3ème Dimanche après Pâque—Le Patronage de Saint Joseph.

Le 1er Dimanche de Juillet—Le Précieux Sang de N. S. Jésus-Christ.

(Le 2ème Dimanche dans le mois de Juillet—La Dédicace de la Cathédrale.) (**)

(*) Quand la fête de l'Annonciation ou de l'Immaculée Conception est transférée, elle cesse d'être d'obligation.
(**) Voir le calendrier du diocèse.

Le Dimanche après l'octave de l'Assomption—Le Saint et Immaculé Cœur de Marie.

Le Dimanche dans l'octave de la Nativité de la Ste. Vierge—Le Saint Nom de Marie.

Le 3ème Dimanche de Septembre—Les Sept Douleurs de la Sainte Vierge.

Le 1er Dimanche d'Octobre—Le Saint Rosaire.

Le 2ème Dimanche d'Octobre—La Maternité de la Sainte Vierge.

Le 3ème Dimanche d'Octobre—La Pureté de la Ste. Vierge.

Le 4ème Dimanche d'Octobre—Le Patronage de la Ste.Vierge.

---

### JEUNES D'OBLIGATION: (*)

1o. Les Quatre-Temps (ou)
Les premiers mercredis, vendredis et samedis,
    après le 1er Dimanche du Carême,
    après la fête de la Pentecôte,
    après le 14 septembre,
    { après le 13 décembre, ou
    { après le 3ème Dim. de l'Avent.

2o. Le Carême tout entier, excepté les Dimanches.

3o. Tous les mercredis et vendredis de l'Avent.

4o. Les vigiles de Noël, de la Pentecôte, des apôtres Saint-Pierre et Saint-Paul, de l'Assomption et de la Toussaint.

---

### JOURS MAIGRES OU D'ABSTINENCE. (*)

1o. Tous les Quatre-Temps de l'année.

2o. Tous les vendredis de l'année, excepté celui où tomberait la fête de Noël.

3o. Les jours des vigiles où l'on observe le jeûne (voir 4o ci-dessus).

4o. Le mercredi des Cendres et les trois jours suivants.

5o. Tous les mercredis, vendredis et samedis des cinq premières semaines du Carême.

6. Le Dimanche des Rameaux et les six jours de la semaine sainte.

7o. Tous les mercredis et vendredis de l'Avent.

N. B.—1o. Les jours de semaine du Carême où il y a dispense de l'abstinence, c'est-à-dire, les lundis, mardis et jeudi des cinq premières semaines, on ne doit faire qu'un seul repas en gras, et il n'est pas permis de faire usage de poisson dans ce repas

2o. D'après l'indult du 7 juillet 1844, il est permis, tous les jours d'abstinence sans exception aucune, de substituer la graisse ou le saindoux au beurre ou à l'huile dans la friture, la cuisson et la préparation des aliments maigres.

(*) Tels qu'ils doivent être observés d'après l'indult du 7 juillet 1844.

# FORMULES

*Pour annoncer, au prône, les bans de mariage, les décès, les mandements ou lettres pastorales, le louage des bancs, les indulgences, les ordinations et les assemblées de fabriques.*

---

I. FORMULE DE LA PUBLICATION DES BANS DE MARIAGE.

Il y a promesse de mariage entre N. [*sa profession*] de cette paroisse [*ou* de la paroisse de N.], fils majeur [*ou* mineur] de N. et de N. [*si les parents sont défunts, on le mentionne*], [*ou* veuf de N.], de cette paroisse [*ou* de la paroisse de N.], d'une part ; et N. de cette paroisse [*ou* de la paroisse de N.], fille majeure [*ou* mineure] de N. et de N. [*ou* veuve de N.], aussi de cette paroisse [*ou* de la paroisse de N.], d'autre part.

C'est pour la 1re. *ou* la 2ème. *ou* la 3ème publication : *ou si les futurs époux ont obtenu dispense d'un ou de deux bans, le curé dira :* C'est pour la 1re. [*ou* la 2ème] et dernière publication.

*Toutes les publications étant faites, il ajoutera :*

Si quelqu'un connaît quelque empêchement à ce mariage [*ou* à ces mariages], il est obligé de nous en donner avis au plutôt.

*Si les personnes qui doivent se marier ont obtenu quelque dispense de consanguinité ou d'affinité, le curé en fera mention de la manière suivante, à la fin de la publication de leur ban de mariage :*

Les dits futurs époux ont obtenu dispense du 3ème [*ou tel autre*] degré de consanguinité [*ou* d'affinité] qui se trouve entre eux.

## II. FORMULE POUR ANNONCER LES DÉCÈS.

Je recommande à vos prières N. décédé en cette paroisse dans le cours de cette semaine.

[Son service sera chanté N.... à .... heures, dans l'église de cette paroisse [*ou de*....]

## III. FORMULE POUR ANNONCER UN MANDEMENT, UNE LETTRE PASTORALE OU UN ORDRE DE L'AR-CHEVÊQUE [OU DE L'ÉVÊQUE].

Nous avons reçu de Sa Grandeur Monseigneur l'Archevêque de Québec, [*ou* l'Évêque de N.] un Mandement [*ou* une Lettre Pastorale, [*ou* ...... etc.], au sujet de ...... Nous vous exhortons à recevoir les ordres qu'il [*ou qu'elle*] renferme, avec une respectueuse soumission, puisqu'il vient de la part de celui à qui Dieu a confié le soin de vos âmes, et qu'il a établi votre premier supérieur.

*Le Curé fera ensuite la lecture du Mandement ou de la Lettre Pastorale.*

## IV. FORMULE POUR ANNONCER UNE INDULGENCE OU UN JUBILÉ.

Nous avons reçu un Mandement [*ou* une Circulaire] qui nous enjoint de vous annoncer *telle indulgence ou un jubilé.*

Nous vous prions, de la part de l'Eglise, d'éloigner tout ce qui pourrait vous empêcher de profiter d'une grâce aussi précieuse, et de faire tous vos efforts pour vous rendre dignes d'y participer : de vous y préparer par de dignes fruits de pénitence, par un sincère retour à Dieu, et par l'accomplissement fidèle des œuvres prescrites par Notre Saint Père le Pape et par ce Mandement [*ou* cette Circulaire.]

*Le curé lira le Mandement, [ou la Circulaire], puis le bref apostolique, si cette lecture est requise.*

*Il pourra prendre pour sujet de son instruction, tout ce qui a rapport aux indulgences, et expliquer à son peuple les conditions requises pour gagner l'indulgence ou le jubilé annoncés.*

----

## V. FORMULE POUR ANNONCER LE LOUAGE DE BANCS.

Aujourd'hui [*ou tel jour*] après la messe [*ou......*] on procédera à la criée et adjudication de [*le nombre*] bancs placés dans cette église [*ou* cette chapelle], savoir, No. N.........

*Si c'est la règle, ou l'usage de faire cette annonce deux fois ou même trois fois, le curé dira :*

C'est pour la 1re, ou la 2ème, ou la 3ème. publication.

----

## VI. ORDINATIONS.

### *Pour un Sous-Diacre.*

Nous vous faisons savoir que maître N., acolyte de ce diocèse [*ou* du diocèse de ......] se présente pour recevoir l'ordre sacré du sous-diaconat.

Si quelqu'un connaît qu'il y ait dans sa vie, ses mœurs ou sa conduite, quelque chose de contraire à la sainteté de l'état ecclésiastique, ou qu'il soit lié de quelque censure, ou qu'il ait contracté quelque irrégularité, ou fait quelque promesse de mariage, ou enfin qu'il soit chargé de dettes, il est obligé en conscience de nous le déclarer, et de le faire néanmoins avec beaucoup de prudence et de charité.

C'est pour la 1re. [2ème. *ou* 3ème.] publication ; *ou* pour la 1re. et dernière publication ; *ou* pour la 2ème. et dernière publication.

L'ordination aura lieu ...... prochain, à ... . heures, dans cette église [*ou dans telle église*].

*S'il y a un titre clérical à publier, le curé dira :*

Le dit maître N. prétend faire approuver pour son titre ecclésiastique un contrat de constitution [*ou de donation*] de la valeur de          , de rente annuelle, et dont voici la teneur :

*Le curé lira le titre clérical, et ensuite, dira :*

Si quelqu'un a connaissance que ce fonds soit hypothéqué à d'autres, en sorte que le dit titre ne puisse valoir          de rente annuelle, franc et quitte, il est prié de nous en donner avis.

C'est pour la 1ère. 2ème *ou* 3ème publication ; *ou* pour la 1ère et dernière ; *ou* pour la 2ème et dernière publication.

*La publication d'un titre clérical ne doit se faire que le dimanche ou un jour de fête d'obligation. Le curé en certifiera la publication au bas du titre, en se servant de la formule suivante :*

Nous soussigné, curé de N., certifions que le présent titre clérical a été publié trois fois au prône des messes paroissiales du dit N. les dimanches [*Il mettra les dates*] du présent mois, sans réclamation ni opposition.

N......le......du mois de......

*Pour un diacre ou un prêtre.*

Nous vous faisons savoir que maître N., sous-diacre (*ou* diacre) de ce diocèse, se présente pour recevoir l'ordre sacré du diaconat [*ou de la prêtrise*].

Si quelqu'un connaît dans sa vie, ses mœurs ou sa conduite, quelque chose de contraire à la sainteté de l'état ecclésiastique, il est obligé en conscience de nous le déclarer ; prenant garde néanmoins de ne point agir par préjugés, par haine ou par quelque autre passion ; mais par le seul amour de Dieu et pour l'honneur de l'Eglise.

C'est pour la 1ère. [2ème *ou* 3ème publication ;] *ou* pour la 1ère. et dernière publication ; *ou* pour la 2ème. et dernière publication.

L'ordination aura lieu ...... prochain à...... heures, dans cette église (*ou dans telle église.*)

---

## VII. FORMULE POUR CONVOQUER LES ASSEMBLÉES DE MARGUILLIERS.

Messieurs les anciens et les nouveaux marguilliers de cette paroisse sont priés de s'assembler aujourd'hui, après la messe (*ou* après l'office de ce soir) à la sacristie (*ou à telle autre place*).

*Si la loi, ou l'usage, exige que l'objet des délibérations de cette assemblée soit annoncé, le curé l'expliquera en peu de mots.*

---

# FORMULES DE PRONE

### MANIÈRE DE FAIRE LE PRONE.

Après l'évangile, le curé ôtera sa chasuble et son manipule, gardant son étole croisée sur sa poitrine ; prenant ensuite sa barrette, il se rendra à la chaire, précédé du bedeau ou d'un clerc en habit de chœur. S'il ne célèbre point, il se revêtira d'un surplis, sans étole.

Lorsque le curé, ou le prêtre chargé de faire le prône, sera arrivé en chaire, il attendra quelques instants avant de commencer la lecture du prône ou des annonces, afin d'être mieux entendu des assistants. Il lira posément et d'une voix intelligible, ce qu'il doit annoncer, ayant soin de laisser quelque intervalle entre chacune des différentes annonces qu'il fera. Il pourra s'asseoir et même se couvrir pendant qu'il les lira, excepté durant les prières du prône et la lecture de l'évangile.

Il classera les annonces qu'il doit faire dans l'ordre suivant. Après la lecture de l'abrégé du prône ou celle du grand prône [si elle doit avoir lieu], il annoncera les fêtes ou les solennités, les jeûnes, les abstinences, les processions, les messes chantées à des intentions particulières, les services ou autres exercices de piété qui doivent avoir lieu dans la semaine, ainsi que les ordinations, et lira les titres cléricaux, lorsque la publication en sera demandée. Ensuite il publiera les bans de mariage, les mandements ou lettres pastorales de l'évêque, les indulgences accordées par le pape ou par l'évêque, et expliquera les conditions requises pour les gagner. Puis il annoncera la convocation des assemblées de marguilliers ou de paroissiens, selon les circonstances, la vente des bancs, enfin le décès des fidèles qu'il recommandera aux prières des assistants ; en suivant, pour toutes ces annonces, les formules qui leur sont particulières.

Toutes ces annonces doivent être inscrites dans un cahier solidement relié, que chaque curé doit transmettre à son successeur, parcequ'il peut être nécessaire d'y recourir plus tard. C'est surtout un abus tout à fait dangereux et condamnable que d'inscrire les publications de mariages sur des feuilles volantes.

La publication des choses temporelles ne doit point se faire au prône, mais à la porte de l'église après la grand'messe de paroisse et par des officiers laïcs.

# GRAND PRONE

*Que le curé lira de temps-en-temps, dans le cours de l'année, et, au moins, une fois tous les trois mois. Dans les paroisses mixtes, il pourra le lire alternativement en français et en anglais, ou bien le lire dans des dimanches consécutifs.*

---

✠ Au nom du Père, et du Fils, et du Saint-Esprit. Ainsi-soit-il.

Peuple chrétien, quoique tous les jours et tous les moments de notre vie soient à Dieu, comme à l'auteur de toutes choses, et qu'on les doive tous employer à l'adorer, à l'aimer et à le servir, néanmoins le dimanche est un jour qui doit être consacré plus particulièrement à son service.

C'est en ce jour que vous devez vous souvenir de toutes les miséricordes que Dieu vous a faites, et surtout de vous avoir délivrés de la mort du péché et de la damnation éternelle, et de vous avoir ouvert la porte du ciel par la résurrection de Jésus-Christ, dont l'Eglise célèbre la mémoire en ce jour, afin d'affermir votre foi par ce gage de la vie heureuse qui vous est promise.

C'est le jour du Seigneur par excellence : c'est-à-dire, qui doit lui être consacré d'une manière particulière.

Dieu veut que son peuple s'abstienne de toute œuvre servile en ce jour, pour prendre un saint repos. Mais prenez garde, mes frères, que votre repos qui doit être saint, ne se passe dans l'oisiveté, dans les plaisirs du monde, et dans l'oubli de vos devoirs envers Dieu.

Vous devez en ce saint jour, quitter le soin des choses de la terre, de vos affaires, et de toute œuvre servile, pour penser uniquement à celles du ciel. Vous devez vous éloigner de tout ce qui serait opposé à des devoirs si justes, et surtout du péché, comme étant plus contraire à la sainteté de ces jours, que les œuvres serviles mêmes.

L'Eglise nous assemble en ce saint lieu, pour y célébrer, en mémoire de la mort, de la passion et de la résurrection de Notre-Seigneur Jésus-Christ, le saint sacrifice de la messe, dans lequel Jésus-Christ, notre Sauveur, s'offre par les mains des prêtres, et se présente réellement et véritablement à Dieu, son Père, en qualité d'hostie vivante et de victime pour nos péchés.

Nous lui rendrons donc, par ce divin sacrifice, l'honneur qui lui est dû comme à notre Dieu, à notre Créateur et à notre souverain Seigneur. Nous lui demanderons très-humblement pardon de tous les péchés que nous avons commis contre sa divine bonté. Nous le remercierons de toutes les grâces que nous avons reçues de lui, et nous lui demanderons celles qui nous sont nécessaires, afin de passer la vie présente en paix et sans péché, et d'arriver ainsi à la vie éternelle. Nous le prierons pour tous les besoins de l'Eglise en général et pour les nôtres en particulier.

*Ici, le peuple s'étant mis à genoux, le curé debout et à demi tourné vers l'autel, dira :*

Grand Dieu, nous vous demandons pardon, avec un cœur contrit et humilié, des péchés que nous avons commis contre votre divine Majesté ; nous vous supplions d'agréer la douleur extrême que nous en concevons par votre miséricorde, et de nous accorder les grâces qui nous sont nécessaires pour accomplir en toutes choses votre sainte volonté.

Nous vous présentons nos prières pour votre sainte Eglise, pour tous les prélats et pasteurs, et particulièrement pour notre saint Père le Pape, pour Monseigneur notre (archevêque ou évêque) et pour tous les curés, prêtres et missionnaires de ce diocèse ; afin que tous conduisent selon votre esprit le troupeau que vous leur avez confié.

Nous vous prions aussi, mon Dieu, pour la paix et la tranquillité de ce pays, pour l'union entre les princes chrétiens, et particulièrement pour notre très-gracieux souverain, (*ou* notre très-gracieuse souveraine), afin qu'il vous plaise répandre sur lui (*ou* sur elle), sur toute la famille royale, sur tous ceux qui prennent part au gouvernement de l'Etat, un esprit de sagesse qui les éclaire pour le bonheur de tous les habitants de ce pays.

Nous vous prions aussi, Seigneur, pour tous les magistrats et officiers, afin que tous emploient leur autorité pour la gloire de votre saint nom, pour le bien de votre église et pour le salut de votre peuple.

Nous vous prions encore, Seigneur, pour toutes sortes d'états et de conditions ; pour les veuves, pour les orphelins, pour les malades, pour les prisonniers, pour les pauvres, et généralement pour toutes sortes de personnes affligées : afin que vous les consoliez, et leur donniez la patience qui leur est nécessaire dans leurs peines.

Nous vous prions aussi de préserver de tout péril les femmes enceintes, afin que leurs enfants puissent recevoir le saint baptême, et en conserver la grâce.

Nous vous présentons encore nos prières pour les bienfaiteurs de cette église ; accordez-leur à cause de votre saint nom, dans la vie éternelle, la récompense de leur charité et de leur zèle pour votre gloire.

Nous vous supplions, mon Dieu, de conserver les justes en état de grâce, d'éclairer et de toucher les pécheurs, d'unir dans la charité tous ceux qui composent cette paroisse ; afin que vivant tous en paix, ils puissent observer votre loi, s'animer à la pratique des bonnes œuvres, et arriver tous à la vie éternelle.

Nous implorons enfin votre miséricorde, mon Dieu, pour obtenir de votre bonté un temps favorable pour la santé de notre corps et pour les biens de la terre. Faites-nous la grâce de faire un saint usage de ceux que vous nous avez donnés, d'en assister les pauvres, et de ne nous en servir que pour votre gloire et pour l'intérêt de notre salut.

Et, afin que nous puissions vous demander dignement tout ce qui nous est nécessaire, nous vous adressons tous ensemble la prière que Jésus-Christ nous a ordonné de vous présenter, contenant tout ce qu'un cœur chrétien doit et peut désirer et demander.

### *L'Oraison Dominicale.*

1. NOTRE PÈRE, qui êtes aux cieux,
2. Que votre nom soit sanctifié ;
3. Que votre règne arrive ;
4. Que votre volonté soit faite en la terre comme au ciel.
5. Donnez-nous aujourd'hui notre pain quotidien,
6. Et pardonnez-nous nos offenses, comme nou-pardonnons à ceux qui nous ont offensés :
7. Et ne nous induisez point en tentation ;
8. Mais délivrez-nous du mal. Ainsi soit-il.

Nous vous supplions, mon Dieu, de nous accorder ce que nous vous demandons, par les mérites de Notre Seigneur Jésus-Christ, Votre Divin Fils ; par l'intercession des saints, et principalement par celle de la sainte Vierge, à laquelle nous dirons avec l'Eglise :

### La Salutation Angélique.

Je vous salue, Marie, pleine de grâce, le Seigneur est avec vous ; vous êtes bénie entre toutes les femmes, et Jésus, le fruit de vos entrailles, est béni.

Sainte Marie, mère de Dieu, priez pour nous pauvres pécheurs, maintenant et à l'heure de notre mort. Ainsi soit-il.

Et parce que nos prières et nos actions ne peuvent vous être agréables, ô mon Dieu, à moins qu'elles ne soient établies sur la vraie foi, sans laquelle il est impossible de vous plaire, nous faisons tous une protestation de vouloir vivre et mourir dans la foi de votre Eglise, dont les principaux articles sont contenus dans le Symbole des Apôtres que nous réciterons tous ensemble.

### Le Symbole des Apôtres.

1. Je crois en Dieu, le Père tout-puissant, créateur du ciel et de la terre ;
2. Et en Jésus-Christ, son Fils unique, notre Seigneur ;
3. Qui a été conçu du Saint-Esprit, est né de la vierge Marie :
4. A souffert sous Ponce-Pilate, a été crucifié, est mort, et a été enseveli :
5. Est descendu aux enfers ; le troisième jour est ressuscité des morts :
6. Est monté aux cieux, est assis à la droite de Dieu le Père tout-puissant,

2

7. D'où il viendra juger les vivants et les morts.
8. Je crois au Saint-Esprit ;
9. La sainte Eglise catholique ; la communion des saints ;
10. La rémission des péchés ;
11. La résurrection de la chair ;
12. La vie éternelle.   Ainsi soit-il.

Mon Dieu, nous avons transgressé votre loi et nous n'avons pas observé vos commandements.  Nous vous en demandons pardon, et nous vous protestons, au commencement de cette semaine, que nous les observerons tous.  C'est pour ce sujet que, prosternés aux pieds de votre Majesté, nous allons les réciter : afin que votre loi soit tellement dans nos esprits et dans nos cœurs, qu'elle nous serve de règle en toutes nos actions.  C'est la grâce que nous vous supplions de nous accorder, pendant que nous réciterons les dix commandements que vous nous avez donnés.

### *Les dix commandements de Dieu.*

1. Un seul Dieu tu adoreras, et aimeras parfaitement.
2. Dieu en vain tu ne jureras, ni autre chose pareillement.
3. Les dimanches tu garderas, en servant Dieu dévotement.
4. Père et mère tu honoreras, afin de vivre longuement.
5. Homicide point ne seras, de fait ni volontairement.
6. Impudique point ne seras, de corps ni de consentement.
7. Le bien d'autrui tu ne prendras, ni ne retiendras sciemment.

8. Faux témoignage ne diras, ni ne mentiras aucunement.

9. L'œuvre de chair ne désireras, qu'en mariage seulement.

10. Biens d'autrui ne désireras, pour les avoir injustement.

Vous nous commandez encore, mon Dieu, d'obéir à votre sainte Eglise. Nous lui marquerons notre respect et notre soumission en toute occasion, mais particulièrement dans la pratique des sept principaux commandements qu'elle a faits à ses enfants, et que nous allons réciter.

*Les sept commandements de l'Eglise.*

1. Les fêtes tu sanctifieras, qui te sont de commandement.

2. Les dimanches messe entendras, et les fêtes pareillement.

3. Tous tes péchés confesseras, à tout le moins une fois l'an.

4. Ton créateur tu recevras, au moins à Pâque humblement.

5. Quatre-temps, vigiles, jeûneras, et le carême entièrement.

6. Vendredi chair ne mangeras, ni le samedi mêmement.

7. Droits et dîmes tu paieras à l'Eglise fidèlement.

*Ensuite le curé, s'étant tourné entièrement du côté de l'autel, dira alternativement avec le clergé et les autres assistants :*

℣. Salvos fac servos tuos et ancillas tuas ;

℟. Deus meus, sperantes in te.

℣. Esto nobis, Domine, turris fortitudinis ;

℟. A facie inimici.

℣. Fiat pax in virtute tua ;

℟. Et abundantia in turribus tuis.

℣. Domine, exaudi orationem meam ;

℟. Et clamor meus ad te veniat.

℣. Dominus vobiscum ;

℟. Et cum spiritu tuo.

OREMUS.

Deus, refugium nostrum et virtus, adesto piis Ecclesiæ tuæ precibus, auctor ipse pietatis, et præsta, ut quod fideliter petimus, efficaciter consequamur. Per Christum Dominum nostrum. ℟. Amen.

*Le curé, se tournant vers le peuple qui demeurera à genoux, dira :*

Nous prierons encore, suivant la tradition et le saint usage de l'Eglise, pour ceux qui sont morts avec le signe de la foi : pour les fondateurs et bienfaiteurs de cette église : pour nos pères, mères, frères, sœurs, parents, amis : pour ceux dont les corps reposent dans le cimetière et dans l'église de cette paroisse, et généralement pour tous les fidèles trépassés. Nous offrirons aussi pour eux le saint sacrifice de la messe, et nous demanderons à Dieu qu'il les soulage dans les peines qu'ils endurent, en leur accordant un lieu de rafraîchissement, de lumière et de paix ; et nous dirons pour eux :

*Ici le curé, tourné vers l'autel, récitera alternativement avec le clergé et les autres assistants, le psaume suivant :*

## PSAUME 129.

DE profundis clamavi ad te, Domine; Domine, exaudi vocem meam.

Fiant aures tuæ intendentes in vocem deprecationis meæ.

Si iniquitates observaveris, Domine : Domine, quis sustinebit ?

Quia apud te propitiatio est ; et propter legem tuam sustinui te, Domine.

Sustinuit anima mea in verbo ejus : speravit anima mea in Domino.

A custodia matutina usque ad noctem speret Israel in Domino.

Quia apud Dominum misericordia, et copiosa apud eum redemptio.

Et ipse redimet Israel ex omnibus iniquitatibus ejus.

Requiem æternam dona eis, Domine.   Et lux perpetua luceat eis.

℣. Requiescant in pace.   ℟. Amen.

℣. Domine, exaudi orationem meam ;

℟. Et clamor meus ad te veniat.

℣. Dominus vobiscum ;

℟. Et cum spiritu tuo.

### OREMUS.

FIDELIUM, Deus, omnium conditor et redemptor, animabus famulorum famularumque tuarum remissionem cunctorum tribue peccatorum, ut indulgentiam quam semper optaverunt, piis supplicationibus consequantur. Qui vivis et regnas in sæcula sæculorum. ℟. Amen.

*Le clergé et le peuple s'étant assis, le curé lira l'avertissement suivant, touchant l'obligation d'entendre la messe, les dimanches et fêtes d'obligation, et l'assiduité aux offices de l'église paroissiale.*

Nous vous avertissons que, selon la loi de l'Eglise, vous êtes obligés d'entendre la messe, les saints jours de dimanches et de fêtes ; et nous vous exhortons à assister assidûment à celle de votre paroisse, ainsi qu'au prône et aux instructions qui s'y font.

*Ensuite le curé annoncera les fêtes, etc., comme il est dit ci-dessus dans la note sur la manière de faire le prône : puis il fera une courte instruction.*

*Si une fête d'obligation tombe dans la semaine, le curé, après l'avoir annoncée, pourra ajouter :*

Vous devez garder cette fête comme le saint jour de dimanche, et par conséquent vous abstenir de toute œuvre servile, et assister à la messe. Nous vous exhortons à assister aussi aux Vêpres et à la bénédiction du Saint-Sacrement, et à employer ce jour en œuvres de piété et de charité.

---

# ABREGE DU PRONE

*Que le curé lira une fois par mois, ou plus souvent, s'il le juge à propos.*

*On le lira aussi à la première messe dans les églises où l'on dira deux messes.*

---

☩ Au nom du Père, et du Fils, et du Saint-Esprit. Ainsi soit-il.

Peuple chrétien, nous sommes ici assemblés au nom de Jésus-Christ, par l'ordre de l'Eglise notre mère : — 1° Pour adorer Dieu ;—2° Pour le remercier de tous les biens que nous avons reçus de lui ; — 3° Pour lui demander le pardon de nos péchés ; — 4° Pour obtenir de sa bonté les grâces dont nous avons besoin.

Nous offrons à Dieu le saint sacrifice de la messe pour lui rendre l'hommage qui lui est dû, et pour lui demander tous les secours qui nous sont nécessaires pour le salut de nos âmes, et pour la vie et la santé de nos corps.

Nous prierons Dieu aussi pour tous les sujets pour lesquels nous avons coutume de prier tous les diman-ches : pour l'Eglise, pour la paix, pour notre saint père le Pape, pour Monseigneur notre (archevêque *ou* évêque), et pour tous ceux qui ont la conduite des âmes : pour le roi (*ou* la reine), pour la famille royale, pour tous ceux qui ont part au gouvernement de l'Etat, ou y administrent la justice : pour les bienfaiteurs de cette église : pour nos parents, amis et ennemis : pour les malades, et généralement pour tous les fidèles vivants et trépassés, et en particulier pour ceux de cette paroisse. A cette fin nous dirons :

*Tout le peuple étant à genoux, le curé, se tournant vers l'autel, et debout, dira alternativement avec le clergé et les autres assistants :*

℣. Kyrie, eleison. ℞. Christe, eleison. ℣. Kyrie, eleison.   Pater noster, etc.

℣. Et ne nos inducas in tentationem ;

℞. Sed libera nos à malo.

℣. Salvos fac servos tuos et ancillas tuas ;

℞. Deus meus, sperantes in te.

℣. Esto eis, Domine, turris fortitudinis ;

℞. A facie inimici.

℣. Fiat pax in virtute tua ;

℞. Et abundantia in turribus tuis.

℣. Domine, exaudi orationem meam ;

℟. Et clamor meus ad te veniat.

℣. Dominus vobiscum ;

℟. Et cum spiritu tuo.

### OREMUS.

Deus, refugium nostrum et virtus, adesto piis Ecclesiæ tuæ precibus, auctor ipse pietatis, et præsta, ut quod fideliter petimus, efficaciter consequamur. Per Christum Dominum nostrum.   ℟. Amen.

### OREMUS.

Deus, veniæ largitor et humanæ salutis amator, quæsumus clementiam tuam, ut nostræ congregationis fratres, propinquos, et benefactores, qui ex hoc sæculo transierunt, beatâ Mariâ semper Virgine intercedente, cum omnibus sanctis tuis, ad perpetuæ beatitudinis consortium pervenire concedas.   Per Christum Dominum nostrum.   ℟. Amen.

*Le clergé et le peuple s'étant assis, le curé lira l'avertissement suivant, touchant l'obligation d'entendre la messe, les dimanches et fêtes d'obligation, et l'assiduité aux offices de l'église paroissiale.*

Nous vous avertissons que, selon la loi de l'Eglise, vous êtes obligés d'entendre la messe, les saints jours de dimanches et de fêtes ; et nous vous exhortons à assister assidûment à celle de votre paroisse, ainsi qu'au prône et aux instructions qui s'y font.

*Ensuite les annonces et le sermon.* (a).

(a) Sur l'obligation grave pour les curés de prêcher, voir S. Alphonse de Ligori, Livre III, No. 269.

NOTE.—*Si le curé, par infirmité ou pour quelque autre cause légitime, ne pouvait pas donner d'instruction à ses paroissiens, après avoir fait les annonces et lu l'Evangile du jour, il pourra finir son prône par l'exhortation suivante.*

Nous prions le Seigneur, mes frères, qu'il vous fasse la grâce de profiter des instructions qui vous ont été tant de fois données de sa part.

Nous vous exhortons à vous souvenir de Dieu dans toutes vos actions, à avoir toujours sa crainte devant les yeux, et à conserver sa grâce et son amour dans votre cœur. Pensez souvent à la mort ; préparez-vous-y tous les jours, en remplissant fidèlement tous vos devoirs : en instruisant, par vos paroles et par vos exemples, vos enfants, vos serviteurs ou autres dont vous pourriez être chargés. Aimez-vous les uns les autres, comme Jésus-Christ vous a aimés : pardonnez à vos ennemis, comme vous voulez que Dieu vous pardonne : pratiquez les œuvres de miséricorde, et supportez avec patience et en esprit de pénitence pour vos péchés, les peines que le Seigneur voudra vous faire éprouver. Si vos occupations vous le permettent, venez à l'église, pour y entendre la messe, ou, au moins pour y faire vos prières ; afin de demander à Dieu qu'il vous donne ses grâces, et qu'il bénisse vos travaux. Enfin faites tout le bien que vous pourrez, et demandez souvent à Dieu que nous puissions tous ensemble participer à la gloire éternelle, qu'il prépare à ses élus et que je vous souhaite : Au nom du Père, et du Fils, et du Saint-Esprit. Ainsi soit-il.

*Le curé fera une bénédiction sur le peuple, lorsqu'il dira :* Au nom du Père, etc.

# ABRÉGÉ

*Des principales vérités que chaque chrétien doit savoir
et croire, et que le curé pourra lire au prône, de
temps-en-temps.*

Dieu n'a pas eu de commencement : il a créé de rien
toutes choses, les anges et les hommes pour sa gloire.
Quelques-uns d'entre les anges péchèrent peu après
leur création.  Le premier homme, Adam et la première femme, Eve, de qui tous les autres hommes sont
descendus, péchèrent aussi. Dieu eut pitié des hommes,
auxquels il promit d'envoyer un Sauveur, pour les
délivrer de leurs misères et les sauver.  L'ouvrage de
leur salut ne s'est accompli cependant qu'un grand
nombre de siècles après leur péché.  Dieu suscita pendant ce temps de saints patriarches et des prophètes
pour les instruire et pour les assurer de ses promesses.

Tous les hommes ont péché en Adam ; et à cause de
sa désobéissance, ils viennent au monde, souillés du
péché originel, et sujets aux misères de la vie, à la mort
et à la damnation éternelle.

Tous les hommes ont été créés pour connaitre Dieu
l'aimer et le servir, et pour obtenir par ce moyen la vie
éternelle.

Quatre choses sont nécessaires pour obtenir la vie
éternelle : la Foi, l'Espérance, la Charité et les bonnes
œuvres.

La Foi est une vertu surnaturelle, par laquelle nous
croyons fermement toutes les vérités que Dieu a révélées
à son Eglise, et qu'elle nous propose de croire.

Les principaux mystères de la Foi, sont ceux de la
Trinité, de l'Incarnation et de la Rédemption. Ces trois

grands mystères sont contenus dans le symbole des
apôtres.

Dieu est un pur esprit, éternel, immense, indépendant,
immuable, infini, tout-puissant. Il a toujours été et
sera toujours ; il est présent partout et connaît tout :
c'est lui qui a créé toutes choses, et qui les gouverne
toutes. Il est le Seigneur de toutes choses. Rien
n'arrive que par son ordre. Il n'y a qu'un seul Dieu,
et il ne peut y en avoir plusieurs.

Il y a trois personnes en Dieu, savoir : le Père, le
Fils, et le Saint-Esprit.

Le Père est Dieu, le Fils est Dieu, le Saint-Esprit est
Dieu. Ils ne sont pas néanmoins trois Dieux, mais un
seul Dieu en trois personnes parfaitement distinctes
entre elles, et ces trois personnes sont égales en toutes
choses : aussi anciennes, aussi puissantes l'une que l'autre.

La miséricorde et la justice de Dieu ont paru d'une
manière admirable dans le mystère de l'Incarnation.

Le Fils de Dieu, qui est la seconde personne de la
Sainte-Trinité, s'est fait homme. C'est cet Homme-
Dieu que nous appelons Notre Seigneur Jésus-Christ.
C'est lui qui est le Sauveur et le Rédempteur de tous
les hommes. Il a pris un corps et une âme semblables
aux nôtres, dans le sein de la Sainte-Vierge sa mère,
par l'opération du Saint-Esprit. Il est Dieu et homme
tout ensemble. Il est né le jour de Noël.

Il s'est fait homme pour nous racheter de la damnation éternelle dans laquelle nous étions engagés par le
péché d'Adam notre premier père.

Il nous a rachetés de cette damnation en mourant
pour nous sur la croix, en souffrant comme homme, et
en donnant comme Dieu un prix infini à ses souffrances.
Le troisième jour après sa mort il s'est ressuscité lui-

même du tombeau où il avait été mis. Il est monté au ciel quarante jours après sa résurrection, et y est assis à la droite de Dieu son Père. Il a envoyé à son Eglise le Saint-Esprit qui descendit, sous la forme visible de langues de feu, sur les apôtres, et sur les disciples qui étaient assemblés avec eux le jour de la Pentecôte.

A la fin du monde tous les hommes ressusciteront et paraîtront devant Jésus-Christ leur juge, qui, les jugera tous en général. Il juge chacun auparavant en particulier, au moment de sa mort, et il lui rend selon ses œuvres ; donnant le paradis aux bons, et envoyant les méchants en enfer, où ils brûleront pendant toute l'éternité.

La seconde chose nécessaire pour être sauvé, est l'Espérance.

L'Espérance est une vertu surnaturelle par laquelle nous attendons avec une ferme confiance dans les promesses de Dieu, et dans les mérites de Jésus-Christ, la vie éternelle et les secours pour y arriver.

C'est particulièrement par la prière que nous obtenons de Dieu, par Jésus-Christ, les secours nécessaires pour arriver à la vie éternelle.

La plus parfaite de toutes les prières est le *Pater* ou l'oraison dominicale. C'est Jésus-Christ qui nous a enseigné cette prière, et elle contient tout ce que nous devons demander à Dieu.

La troisième chose nécessaire pour être sauvé, est la Charité.

La Charité est une vertu surnaturelle par laquelle nous aimons Dieu sur toutes choses, et notre prochain comme nous-même pour l'amour de Dieu.

Aimer Dieu sur toutes choses, c'est l'aimer plus

qu'aucune créature, plus que soi-même, et vouloir plutôt mourir que de l'offenser.

La première et la plus absolue obligation de l'homme est d'aimer Dieu sur toutes choses.

La marque véritable que l'on aime Dieu sur toutes choses, c'est d'observer ses commandements, et d'accomplir en toutes choses sa volonté.

Aimer son prochain comme soi-même, c'est lui vouloir et lui procurer les mêmes biens que nous désirons pour nous-mêmes. Tous les hommes, même nos ennemis, sont notre prochain.

La quatrième chose nécessaire pour arriver à la vie éternelle, est la pratique des bonnes œuvres.

Les bonnes œuvres que nous devons faire sont marquées dans l'évangile, dans les commandements de Dieu et de l'Eglise.

Les deux principales choses que l'évangile nous ordonne, sont de fuir le mal et de faire le bien.

Le bien que nous devons faire, consiste principalement dans l'exercice des œuvres de charité spirituelles et corporelles, que nous devons exercer envers nos frères, en les secourant dans leurs besoins, et leur pardonnant les injures qu'ils nous ont faites.

L'évangile nous ordonne encore de nous mortifier, de pratiquer l'humilité, de mépriser le monde, de faire pénitence, de souffrir toutes sortes de maux avec patience, de nous conserver dans la pureté, de veiller et de prier.

Le mal que nous devons fuir par-dessus tous les autres maux, est le péché. Nous devons l'éviter et l'avoir en horreur comme le plus grand de tous les maux.

Le péché est une pensée, une parole, une action ou

une omission contre quelqu'un des commandements de Dieu ou de l'Eglise.

Il y a sept péchés capitaux : l'orgueil, l'avarice, l'impureté, l'envie, la gourmandise, la colère et la paresse.

Les sacrements sont des signes sensibles institués par Notre Seigneur Jésus-Christ pour nous conférer la grâce, et nous sanctifier.

Il y a sept sacrements : le Baptême, la Confirmation, l'Eucharistie, la Pénitence, l'Extrême-Onction, l'Ordre et le Mariage.

Le Baptême est un sacrement qui efface le péché originel, nous régénère en Jésus-Christ, et nous fait enfants de Dieu et de l'Eglise.

Sans le Baptême on ne peut être sauvé.

Dans le Baptême nous nous sommes engagés :

1°—A renoncer au démon, à ses pompes, c'est-à-dire, aux maximes et aux vanités du monde ; et à ses œuvres, c'est-à-dire, à toutes sortes de péchés.

2°—A vivre selon la loi de Jésus-Christ.

Pour baptiser, il faut verser de l'eau sur la tête de la personne que l'on baptise, en disant en même temps : *Je te baptise au nom du Père, et du Fils, et du Saint-Esprit ;* et avoir l'intention de faire ce que fait l'Eglise.

La Confirmation est un sacrement qui nous donne le Saint-Esprit, nous rend parfaits chrétiens, en nous communiquant une force particulière pour confesser constamment la foi de Jésus-Christ, pour vivre selon son évangile, et pour résister aux ennemis de notre salut, le démon, le monde et la chair.

L'Eucharistie est un sacrement qui contient réellement et en vérité le corps et le sang, l'âme et la divinité de Notre Seigneur Jésus-Christ, sous les espèces du pain et du vin.

La sainte communion nous unit à Jésus-Christ, augmente et affermit en nous sa grâce, et nous donne un gage de la vie éternelle.

Il faut adorer Jésus-Christ dans la Sainte-Eucharistie, puisqu'il y est réellement présent.

Pour bien communier il faut être en état de grâce, c'est-à-dire, n'être coupable d'aucun péché mortel. Celui qui se sentant coupable d'un péché mortel, ôserait communier en cet état, ferait une communion indigne, profanerait le corps et le sang de Jésus-Christ, et mangerait sa propre condamnation.

La messe est un sacrifice dans lequel Jésus-Christ s'immole mystiquement à Dieu son Père et lui offre son corps et son sang, comme victime pour nous, par le ministère des prêtres.

La Pénitence est un sacrement institué par Notre Seigneur Jésus-Christ pour remettre les péchés commis après le Baptême.

Elle a trois parties à accomplir de la part des pénitents, qui sont la contrition, la confession et la satisfaction.

La contrition est une douleur et un regret d'avoir offensé Dieu, avec un ferme propos de ne le plus offenser.

Cette douleur est absolument nécessaire pour obtenir le pardon de nos péchés.

La confession est une déclaration de nos péchés, faite au prêtre pour en recevoir l'absolution.

On doit s'y accuser de tous les péchés mortels qu'on se souvient d'avoir commis depuis la dernière confession en sorte que celui qui en cacherait volontairement un seul, ferait une confession nulle et sacrilége, qu'il serait encore obligé de recommencer toute entière. Il faut aussi déclarer le nombre de ses péchés, et les circonstances qui en changent l'espèce.

La satisfaction est une réparation de l'injure qu'on a faite à Dieu, et au prochain par le péché.

L'on satisfait à Dieu par le jeûne, par la prière et par l'aumône.

L'Extrême-onction est un sacrement institué par Jésus-Christ pour le soulagement spirituel et corporel des malades.

Il ne faut pas attendre que l'on soit à l'extrémité pour recevoir ce sacrement.

L'Ordre est un sacrement qui donne le pouvoir de faire les fonctions ecclésiastiques, et la grâce pour les exercer saintement.

Le Mariage est un sacrement qui donne à ceux qui le reçoivent, les grâces dont ils ont besoin pour vivre dans une sainte union, et élever chrétiennement leur enfants.

L'Eglise est la société des fidèles qui, faisant profession d'une même foi, et participant aux mêmes sacrements, sous la conduite des pasteurs légitimes, ne font tous avec eux qu'un même corps, sous un chef visible, qui est le Pape, Vicaire de Jésus-Christ.

Jésus-Christ est le chef invisible et suprême de l'Eglise. Elle est toujours éclairée, toujours conduite par le Saint-Esprit ; elle ne peut nous induire en erreur. Le Pape, chef et organe de l'Eglise, est infaillible, lorsqu'en cette qualité, il définit quelque vérité touchant la foi ou les mœurs, comme devant être crue par tous les fidèles.

Il n'y a qu'une Eglise, hors de laquelle il n'y a point de salut : c'est l'Eglise catholique, apostolique et romaine.

Il existe une union de charité entre tous les membres

de l'Eglise : entre les fidèles qui sont sur la terre, les saints qui règnent dans le ciel, et les âmes qui souffrent dans le purgatoire, que les fidèles vivants soulagent par leurs prières et leurs bonnes œuvres, et principalement par le saint sacrifice de la messe. C'est ce qu'on appelle la Communion des saints.

Les fidèles prient les saints qui sont dans le ciel, honorent leurs images et leurs reliques, sans pourtant les adorer ; car il n'y a que Dieu seul qu'on puisse et doive adorer : et les Saints intercèdent pour les fidèles auprès de Jésus-Christ, et leur obtiennent des grâces.

Ce sont là les principales vérités que l'Eglise propose aux fidèles, et dont vous devez souvent faire des actes de foi.

---

# FORMULES

*Des annonces que les curés doivent lire au prône.*

## I. ANNONCES QUI N'ONT PAS DE DATE FIXE.

## PREMIÈRE COMMUNION.

*Le dimanche avant le jour fixé pour la première communion, le curé dira :*

N........à........ heures, nous ferons faire la première communion aux enfants de cette paroisse qui en seront jugés dignes.

Pour les préparer plus prochainement à cette sainte action, nous les rassemblerons [*tels jours*], afin de les confesser de nouveau, et aussi afin de leur donner, pendant chacun de ses jours, quelques heures de retraite, dont les exercices commenceront, le matin, après la

3

messe que nous dirons à.........heures, et à laquelle ils assisteront, et l'après-midi à.........heures.

Nous invitons, non seulement les parents des enfants qui auront le bonheur de communier ce jour-là, mais encore tous les autres fidèles de cette paroisse, à joindre, pendant ces jours, leurs prières aux nôtres, pour demander à Dieu qu'il accorde à ces jeunes chrétiens les dispositions nécessaires pour faire une bonne première communion.

(a) (Pour ne rien épargner de notre côté de tout ce qui peut exciter leur piété en ce jour, et le leur rendre à jamais mémorable, nous nous proposons d'ajouter aux exercices ordinaires de la première communion, la pieuse cérémonie de la rénovation des vœux du baptême, que nous leur ferons faire solennellement (après l'action de grâces *ou* à.........heures).

(Unissez-vous à eux d'esprit et de cœur pendant cette sainte et touchante cérémonie ; gémissez avec eux sur la perte de votre innocence baptismale : conjurez le Seigneur de la réparer en vous par sa grâce, et renouvelez, comme eux, les promesses de votre baptême avec la résolution d'y être plus fidèles à l'avenir.)

(Afin de remercier Dieu, en commun, du bonheur de ces enfants, et de celui de leurs parents, nous chanterons le *Te Deum* pour la clôture de ces pieuses cérémonies.)

(a) Il est laissé à la liberté de chaque curé d'omettre cette rénovation des vœux du baptême, ainsi que le chant du Te Deum, à l'occasion de la première communion, et dans ce cas, il ne lira point les trois paragraphes qui suivent.

# (a) DIMANCHE APRÈS LA PREMIÈRE COMMUNION.

N. dernier, nous avons eu la consolation de faire faire la première communion à (tel nombre) d'enfants de cette paroisse. Nous les avons préparés à ce grand jour, le plus beau de leur vie, avec tout le soin possible, et il nous a semblé qu'ils s'y étaient bien disposés eux-mêmes. C'est à leurs parents maintenant à s'efforcer de conserver dans leur cœur ces pieux sentiments par une vigilance continuelle, par des avis et des corrections convenables, et surtout par leurs bons exemples. Sans cela toute la peine que nous avons prise pour les former à la vie chrétienne, deviendrait inutile ; toutes nos leçons de vertu seraient bientôt mises de côté.

Nous dirons la même chose de l'instruction religieuse que nous nous sommes appliqué à leur donner : parents chrétiens, si vous ne nous secondez pas, pour entretenir chez vos enfants la connaissance de la Religion, que nous avons réussi à leur inculquer, cette faible science sera bien vite presque complétement effacée de leur mémoire, et ils seront exposés à retomber dans la plus déplorable ignorance.

Nous continuerons donc à leur faire le catéchisme tous les dimanches de l'année, comme nous le prescrit notre premier Concile provincial ; mais, si c'est là, pères et mères, un devoir strict pour vos pasteurs, ce n'est pas une obligation moins rigoureuse pour vous de les y envoyer assidûment. Dans ces instructions familières que nous préparons toujours soigneusement et qui cons-tituent ce que l'on appelle le *Catéchisme de Persévé-*

---

(a) Cette instruction devant remplacer la lecture du mandement sur le catéchisme, ne doit jamais s'omettre.

*rance*, nous leur développons plus au long et d'une manière plus approfondie, les vérités que nous n'avons pu leur expliquer que fort imparfaitement dans les quelques semaines qu'ils ont employées à se disposer à leur première communion. Cependant à quoi leur serviront ces instructions s'ils n'y assistent que de loin en loin ? Il faudra donc une raison bien grave, comme la maladie, un temps très-mauvais, ou la trop grande difficulté des chemins, pour que vous les dispensiez quelque fois d'y venir.

Mais, d'un autre côté, pour que vos enfants retirent tout le fruit désirable de ces catéchismes que nous leur faisons régulièrement, il est d'une très haute importance qu'ils répètent chaque semaine dans les écoles le chapitre que nous leur avons expliqué le dimanche précédent, et qu'ils apprennent bien celui que nous leur donnons pour le dimanche suivant. De cette manière, les leçons, reçues à l'église, préparées et repassées partout sous les soins des instituteurs et institutrices, se gravent mieux dans la mémoire et le cœur de leurs élèves.

Au reste, les écoles inspirent aux élèves le goût des bonnes lectures, que favorisent de leur côté les bibliothèques paroissiales. Quelle satisfaction pour des parents qui s'imposent des sacrifices pour l'éducation de leurs garçons et de leurs filles, d'entendre ces chers enfants à tour de rôle, le dimanche soir ou durant les longues veillées d'hiver, faire des lectures aussi intéressantes qu'édifiantes !

Ne croyez pas pourtant, pères et mères, que vous puissiez vous décharger entièrement de l'instruction religieuse de vos enfants sur vos pasteurs et sur les maîtres et maîtresses d'écoles. Non, très-certainement ;

car c'est pour vous un devoir personnel, que vous devez remplir par vous-mêmes. Appliquez-vous donc, surtout le jour du Seigneur, au retour des saints offices, à leur demander compte de ce qui a fait, ce jour-là, la matière du prône, du sermon et du catéchisme ; éclaircissez ce qu'ils n'ont peut-être pas bien saisi ; rectifiez ce qu'ils ont mal compris ; appuyez enfin de vos réflexions et du poids de votre autorité les enseignements du ministre de Dieu. C'est ainsi que ceux-là même qui n'auront pu se rendre à l'église, profiteront de tout ce qui s'y sera dit, et que la parole du pasteur parviendra à tous ceux qui forment la paroisse.

Mais, s'il est nécessaire que les enfants qui ont déjà fait leur première communion, entretiennent ainsi les connaissances religieuses qu'ils ont acquises, il ne l'est pas moins que tous les autres se préparent d'avance à cette grande action, et qu'ils aient l'instruction convenable. Dès l'âge le plus tendre, dès qu'ils commencent à discerner le bien du mal, apprenez-leur à prononcer les doux noms de Jésus et de Marie, à faire le signe de la Croix, à réciter correctement et avec piété *Notre Père*, *Je vous salue, Marie, Je crois en Dieu*, les actes de foi, d'espérance, de charité et de contrition. Montrez-leur la manière de s'examiner et de s'accuser, et envoyez-les se confesser deux ou trois fois par année, quand nous les en avertirons. Faites-leur fréquenter régulièrement de bonnes écoles, où ils apprendront à lire, et se mettront par là en état d'étudier facilement le catéchisme, ce beau livre que nos Evêques ont rédigé eux-mêmes pour leur instruction. Les plus jeunes peuvent se contenter de l'*Abrégé ;* mais ceux qui sont parvenus à l'âge de dix ou onze ans et qui se disposent plus prochainement à communier, doivent apprendre le *Petit*

*Catéchisme* tout au long, à moins que nous n'en exemptions quelques-uns à raison de leur défaut d'intelligence.

Ne manquez pas, parents, de nous envoyer chaque dimanche ces jeunes enfants à l'église. Outre la messe à laquelle ils sont tenus d'assister dès l'âge de sept ans, ils entendront nos explications et répondront à nos interrogations. Car c'est notre obligation de nous occuper de tous ceux qui sont confiés à notre sollicitude pastorale, jeunes et vieux, savants et ignorants. Nous nous devons à tous, et malheur à nous si nous négligions ces petits qui croient en Notre Seigneur Jésus-Christ ! ils forment même la partie privilégiée de notre troupeau.

* Si certains arrondissements de la paroisse ne possèdent pas encore d'écoles, à cause de leur pauvreté, de leur éloignement, ou de quelque autre empêchement insurmontable, nous nous flattons de pouvoir y rencontrer des personnes suffisamment instruites, et animées d'une véritable charité, qui veuillent bien réunir autour d'elles les enfants de leur voisinage, et leur enseigner à lire et à réciter leur catéchisme. Rappelez-vous que les Souverains-Pontifes ont attaché des indulgences à l'accomplissement de cette œuvre de miséricorde spirituelle.

Quant à vous, pères et mères, n'oubliez pas que le meilleur moyen d'attirer vos enfants au catéchisme, c'est d'y assister vous-mêmes. De cette façon, vous verrez de vos propres yeux s'ils y sont assidus, comment ils écoutent et répondent ; vous pourrez mieux les questionner de retour à la maison. D'ailleurs nos instructions vous seront très-utiles pour vous affermir dans ce

---

(*) Ce paragraphe s'omet dans les paroisses qui ont des écoles en nombre suffisant.

que vous avez appris peut-être imparfaitement dans
votre enfance ; elles vous mettront plus en état de remplir ce devoir impérieux d'enseigner la Religion à vos
familles.    Si nous avons la douleur de trouver certains
parents qui s'en prétendent incapables, n'est-ce pas dû
précisément à ce qu'ils ne viennent presque jamais au
catéchisme ? Ils demeurent ainsi toute leur vie dans
une ignorance gravement coupable des vérités les plus
essentielles, qui les rend assurément indignes de recevoir l'absolution et la sainte communion.

Car, pour approcher des sacrements, tout chrétien
doit bien savoir les principaux mystères, le Symbole des
Apôtres, l'Oraison dominicale, la Salutation Angélique,
les Commandements de Dieu et de l'Eglise, les Sept
Sacrements et les dispositions requises pour les recevoir,
enfin les actes des vertus théologales.   Or, c'est au catéchisme que l'on apprend ou que l'on revoit toutes
ces choses ; il ne faut donc pas croire qu'il ne se fait
que pour les enfants.   Il serait à souhaiter au contraire
que tous les fidèles le suivissent avec empressement, les
jeunes gens aussi bien que les personnes plus agées,
comme c'est le·cas dans certaines bonnes paroisses.
Mais il est aisé de comprendre que ceux qui sont à la tête
d'une famille, sont tenus plus étroitement encore que
les autres à connaître suffisamment ce que la Religion
nous propose à croire et à pratiquer.   Ne devraient-ils
donc pas entendre tous les dimanches et jours de fêtes
la sainte messe, autant que possible, non seulement pour
assister au sacrifice adorable de nos autels et satisfaire
par là à un précepte grave ; non seulement pour donner
le bon exemple à leurs enfants et attirer les bénédictions
célestes sur leurs travaux de la semaine ; mais encore

pour avoir l'avantage d'être présents aux prônes, sermons et autres instructions qui s'y donnent ?

C'est en les écoutant avec attention, respect, docilité, et un sincère désir d'en profiter que tous vous viendrez à bien connaître et aimer notre sainte Religion, à savoir pratiquer vos devoirs d'état, et que vous apprendrez ainsi à vous sauver vous-mêmes, avec ceux dont vous pouvez être chargés.

*(Ici le curé dira quels sont les enfants auxquels il fera lui-même habituellement le catéchisme, et ceux qu'il mettra ordinairement, dans la sacristie ou une maison d'école voisine, sous les soins de son vicaire, ou d'une autre personne de confiance.)*

———

## CONFIRMATION.

*Le dimanche dans lequel le Curé annoncera le catéchisme spécial pour la confirmation, il dira :*

N.........prochain nous commencerons le catéchisme préparatoire à la Confirmation, que Monseigneur......... doit venir donner dans cette paroisse (à sa prochaine visite pastorale.)

La Confirmation est un sacrement institué par Notre Seigneur Jésus-Christ, pour nous donner le Saint-Esprit avec l'abondance de ses grâces et nous rendre parfaits chrétiens. Elle est ainsi appelée parceque celui qui la reçoit avec les dispositions convenables est, à l'exemple des Apôtres, *revêtu de la force d'en haut* (S. Luc. XXIV, 49). Par le Baptême nous sommes initiés à la vie chrétienne, mais semblables à des enfants, nous restons faibles et délicats. La Confirmation nous transforme en des hommes robustes, capables de confesser hautement le nom de Jésus-Christ et de glorifier Dieu en dépit de tous les obstacles que peuvent nous susciter les ennemis de notre salut.

Les paroles que l'Evêque prononce en donnant la Confirmation, nous en font bien comprendre la nature. *Je vous marque du signe de la croix, et je vous confirme par le chrème du salut, au nom du Père, et du Fils et du Saint-Esprit.* Le signe de la croix imprimé sur le front, qui est la partie la plus noble, la plus expressive et la plus apparente de tout notre corps, indique que, par ce sacrement, nous devenons les soldats de Jésus crucifié, pour combattre, avec lui et comme lui, les ennemis de Dieu et de notre salut. L'onction du Saint Chrême exprime la douceur, la force et la grâce du sacrement. L'invocation des trois adorables personnes de la Sainte Trinité nous fait connaître la puissance divine, qui opère en nous ces grandes choses, et comprendre quel respect profond, quel ardent désir et quelle éminente sainteté nous devons apporter à la réception de ce grand sacrement.

La confirmation peut être conférée même aux enfants qui viennent d'être baptisés ; néanmoins la pratique ordinaire de l'Eglise est de la leur donner seulement dans un âge plus avancé, afin qu'en connaissant mieux l'excellence et s'y préparant avec plus de soin, ils en retirent plus de fruits. Voilà pourquoi les pasteurs des âmes sont tenus de faire tout en leur pouvoir pour bien instruire les personnes qui se disposent à la recevoir. Ces dispositions sont d'autant plus nécessaires que la Confirmation imprime un caractère ineffaçable qui fait que ce sacrement, comme le Baptême et l'Ordre, ne peut-être reçu qu'une fois dans la vie. Les parents doivent donc avoir grandement à cœur que leurs enfauts connaissent aussi parfaitement que possible, l'excellence de ce sacrement et les dispositions nécessaires pour le recevoir avec fruit. Ils doivent tâcher de les en instruire eux-mêmes, ou de les en faire instruire ; mais surtout ils doivent les envoyer régulièrement aux catéchismes que nous ferons tous les ......... à ......... heures.

S'il y a dans cette paroisse quelque personne avancée en âge qui n'ait pas encore été confirmée, nous l'invitons à venir s'entendre avec nous sur les moyens à prendre pour les préparer à ce sacrement. Il n'est jamais trop tard pour recevoir une si grande grâce ; mais aussi c'est être ennemi de soi-même que de s'en priver volontairement, car, à la grâce de ce Sacrement, reçue pendant la vie, correspond un degré spécial de gloire et de bonheur dans l'éternité.

Bien que la Confirmation ne soit pas d'une nécessité absolue, personne ne doit s'en priver. C'est une chose si sainte et qui nous communique en si grande abondance les dons de Dieu, que nous devons faire tous nos efforts pour nous en rendre capables. Ce que Dieu a établi pour la sanctification de tous, tous aussi doivent le désirer avec ardeur et le recevoir avec empressement, afin de devenir de parfaits chrétiens et de correspondre aux desseins adorables de Notre Seigneur et aux désirs de notre mère la Sainte Eglise. (a)

---

(a) MM. les curés feront bien de donner chaque année une instruction spéciale sur ce sacrement, soit à l'occasion de ce prône, soit à la Pentecôte. Les fidèles confirmés dans leur jeunesse, perdent facilement de vue les grâces et les devoirs attachés à ce sacrement, qui ne se reçoit qu'une fois dans la vie. Les parents comprendront mieux leur obligation de veiller à ce que leurs enfants s'y préparent avec soin. Les enfants surtout ressentiront les salutaires influences de ces instructions du pasteur. ( *Voir le chap. XVII du Catéchisme du Concile de Trente.*)

# FÊTE PATRONALE DE LA PAROISSE OU DE LA MISSION.

(a) *Le dimanche avant la fête ou la solennité du Titulaire de la paroisse ou de la mission, le curé dira :*

Dimanche prochain, nous célèbrerons solennellement la fête (*ou* nous ferons la solennité de la fête) de N., titulaire de cette paroisse.

Appliquez-vous, mes frères, à honorer ce grand serviteur de Dieu (*ou* cette grande sainte), par votre piété et votre fidélité à remplir tous vos devoirs de chrétiens, et à imiter les vertus dont il (*ou* elle) vous a donné l'exemple. Vous savez qu'entre tous les Saints que nous honorons, il (*ou* elle) s'est rendu recommandable à Dieu et aux hommes par N. N. (*On peut exprimer ici quelques vertus du saint en particulier*). Réjouissez-vous de l'avoir pour protecteur (*ou* protectrice) auprès de Dieu, et témoignez-en votre joie par l'empressement que vous montrerez à assister, ce jour-là, aux

(a) 1. Dans les paroisses qui ont pour patron ou titulaire, un mystère de Notre Seigneur, ou de la Saint Vierge etc., le curé aura soin de faire à cette annonce les changements convenables. Si le patron ou titulaire est du nombre des fêtes pour lesquelles il y a une formule spéciale d'annonce dans cet appendice, il suffira d'y ajouter quelques mots pour rappeler aux fidèles que c'est la fête patronale.

2. Au jour de la solennité il convient que le sermon renferme l'éloge du patron.

3. Dans les paroisse dont la fête patronale est précédée d'un jeûne, ce jeûne s'observe le même jour que dans le reste du diocèse.

4. Dans les diocèses, (par exemple, celui de Québec) où il y a *indulgence plénière pendant toute l'octave de la fête ou de la solennité* du patron de la paroisse, le curé annoncera que les conditions pour gagner la dite indulgence sont 1° la confession, 2° la communion, 3° une prière à l'intention du Souverain Pontife faite *dans l'église paroissiale.*

5. Comme, en vertu d'un décret général du 9 août 1872, les indulgences attachées à certaines fêtes sont transférées au jour où l'on en fait la solennité, l'octave, dont il est question ci-dessus, commence au jour de la solennité.

offices du matin et du soir. Disposez-vous à approcher
des sacrements dimanche prochain, afin de mériter la
protection de votre saint patron (*ou* de votre sainte pa-
tronne), de célébrer dignement sa fête (et de gagner
l'indulgence plénière accordée à cette occasion par Notre
Saint Père le Pape Pie IX aux conditions ordinaires
de la confession, de la communion, de la visite de
l'église paroissiale avec prières à l'intention du Souverain
Pontife. Cette indulgence a lieu aussi pendant toute
l'octave.)

---

## II. ANNONCES QUI ONT UNE DATE FIXE. *

---

## AVENT.

*Le dernier dimanche après la Pentecôte, le curé dira :*
Dimanche prochain, est le premier dimanche de
l'Avent.

L'Avent représente le temps qui a précédé la venue de
Jésus-Christ, et que les justes de l'Ancien Testament, les
patriarches et les prophètes ont passé dans l'attente de
ce divin Sauveur.

L'Eglise se prépare dans ce saint temps à célébrer la
naissance temporelle du Fils de Dieu. Elle emprunte
dans ses prières les paroles avec lesquelles les saints de

---

(*) On a mis, parmi les annonces des fêtes et des solennités d'obligation,
celles des solennités supprimées par le VI Décret du 1er Concile Provincial :
afin que, selon le vœu des Pères de ce Concile, les pasteurs puissent, pour
l'édification des fidèles, continuer de leur annoncer ces fêtes, qu'ils
ont célébrées jusqu'ici, avec tant de piété ; et dont le retour, lors même
qu'elle ne seront plus solennisées, ne manquera jamais d'exciter dans leur
cœur de vifs sentiments de dévotion envers des Saints qu'ils ont appris, dès
leur enfance, à honorer et à invoquer avec tant de confiance et tant de fruits
de salut. Ces fêtes sans solennité, sont désignées par le signe ✠.

l'Ancien Testament exprimaient les vœux et les désirs qu'ils formaient pour la venue du Messie. Elle veut que ses enfants profitent des grâces de son premier avénement, où il est venu dans la plénitude des temps comme Sauveur, afin de prévenir le dernier avénement, où il viendra comme un juge terrible, à la fin des siècles. Elle veut aussi que les pasteurs, comme Jean-Baptiste, préparent les voies du Seigneur, en exhortant les peuples à lui consacrer leurs esprits et leurs cœurs, afin de se rendre dignes de participer aux grâces et aux bénédictions qu'il veut leur communiquer au jour de sa naissance.

L'Esprit de l'Eglise pendant l'avent, paraît dans toutes ses pratiques et dans toutes ses cérémonies. Elle quitte les cantiques de joie, elle défend les noces, elle revêt ses ministres et couvre ses autels d'ornements de pénitence ; elle fait des prières particulières ; enfin elle nous prescrit d'observer l'abstinence et le jeûne à certains jours.

L'Eglise désire qu'à la fête de Noël, Jésus-Christ soit de nouveau formé en nous par la grâce d'une conversion parfaite, et par l'augmentation de la foi, de la charité et des autres vertus chrétiennes. Pour répondre aux désirs de cette bonne mère, et recevoir dignement Jésus-Christ, il faut nous disposer à célébrer cette grande fête par des sentiments de piété et de dévotion, par une grande vigilance sur nous-mêmes, par l'éloignement du monde et des compagnies profanes, par la prière et les exercices de pénitence. Enfin, pour trouver grâce devant Dieu pendant ces jours favorables, il faut vivre, comme dit Saint Paul, *avec tempérance, avec justice et avec piété*, dans l'attente de ce divin Sauveur, dont la possession doit faire la joie et le bonheur des fidèles en cette vie et en l'autre.

Nous vous exhortons à assister, tous les jours, à la sainte messe, autant que vos occupations pourront vous le permettre, et à lire quelques livres de piété propres à vous édifier et à vous préparer à cette grande solennité de la naissance de Jésus-Christ ; afin que vous soyez tous en état d'y faire une bonne confession et une sainte communion.

En vertu d'un indult du 7 juillet 1844, les jeûnes ci-devant fixés aux vigiles de St. Jean-Baptiste, de St. Laurent, de St. Matthieu, de St. Simon et St. Jude, et de St. Matthieu, ayant été transférés à l'avent, tous les mercredis et les vendredis de ce saint temps sont pour nous des jours d'abstinence et de jeûne d'obligation.

---

# ✠ ST. FRANÇOIS-XAVIER.

*Le dimanche avant la fête de St. François-Xavier, le curé dira :* (*)

N. est le jour de la fête de St. François-Xavier, second patron de ce pays.

Remerciez Dieu en ce jour de vous avoir donné pour protecteur un si grand saint, dont la vie et les actions admirables ont retracé, dans ces derniers siècles, le zèle, les travaux et les miracles des premiers apôtres.

Demandez aussi à Dieu, par son intercession, la grâce de demeurer constamment attachés à la foi catholique, et de vivre selon les maximes saintes qu'elle prescrit : vous souvenant que la foi sans les œuvres est morte et inutile.

---

(*) Par *fête*, on entend ici et ailleurs, en pareil cas, son jour propre, ou celui où elle est remise.

Les associés de la Propagation de la Foi peuvent gagner, le jour de cette fête, ou l'un des jours durant l'octave, une indulgence plénière, pourvu que s'étant confessés et ayant communié, ils prient dans l'église paroissiale à l'intention du Souverain Pontife.

## IMMACULÉE CONCEPTION.

*Le Dimanche avant l'Immaculée-Conception, le curé dira :*

N. prochain, nous célèbrerons la fête de l'Immaculée Conception de la Bienheureuse Vierge Marie, (fête titulaire de la métropole.)

Cette fête est un jour de joie pour nous, puisque c'est de cette Vierge sans tache que naquit le soleil de justice Jésus-Christ, Notre Seigneur, qui, en dissipant nos ténèbres et nous délivrant de la mort, nous a donné la vie éternelle. Vous devez aussi célébrer cette fête avec de dignes sentiments de piété, remerciant Dieu de ce que, après avoir été conçus dans le péché, vous en avez été purifiés par les eaux salutaires du baptême. Mais souvenez-vous d'imiter la fidélité de la Ste. Vierge à conserver la grâce dont Dieu l'a enrichie avec tant d'abondance, dès l'instant de sa conception.

Cette fête est d'obligation. (a)

## JEUNE DES QUATRE-TEMPS.

*Le troisième dimanche de l'Avent, le curé dira :*

Mercredi, vendredi et samedi est le jeûne des quatre-temps, institué pour consacrer par la pénitence chacune

(a) On omet cette phrase lorsque la fête est tranférée, comme il arrive dans les diocèses et paroisses où elle n'est que de II classe et se trouve en concours avec le II dimanche de l'Avent. Elle cesse alors d'être d'obligation.

des quatre saisons de l'année, et rappeler au souvenir de tous les chrétiens, qu'ils doivent passer la vie dans les exercices de la mortification.

L'Eglise a établi le jeûne des quatre-temps : 1° pour demander pardon à Dieu des péchés commis pendant la dernière saison ; 2° pour le remercier des grâces qu'on y a reçues ; 3° enfin pour lui demander sa bénédiction sur les fruits de la terre, et les secours nécessaires pour faire un saint usage de la saison qui commence.

C'est aussi le temps que l'Eglise a choisi pour faire l'ordination de ses ministres. Priez avec elle Jésus-Christ qu'il lui donne de saints prêtres, qui soient remplis de grâce et de science, capables d'édifier par la pureté de leur conduite et par la force de leur parole.

------

## LES ANTIENNES O.

*Le dimanche avant le 17 décembre, le curé dira :*

N. prochain, 17 décembre, l'Eglise commencera à réciter, dans l'office des vêpres, la première des sept antiennes solennelles au Messie, dites des O, et continuera d'en réciter une tous les jours, jusqu'à l'avant-veille de Noël.

L'Eglise, en proposant à notre piété, dans les derniers jours de l'Avent, ces antiennes qui commencent par une aspiration ou un signe de désir, a pour objet d'exciter dans nos cœurs un désir plus ardent de faire naître spirituellement Jésus-Christ en nous, et un plus grand empressement à nous rendre dignes de le recevoir.

Entrez dans l'esprit de l'Eglise ; soupirez de plus en plus avec elle, et demandez avec instance que Jésus-Christ vienne en vous, pour vous éclairer, vous instruire et vous sanctifier.

## ✠ SAINT THOMAS.

*Le dimanche avant cette fête, le curé dira :*

L'Eglise fera N. la fête de Saint Thomas, apôtre.

Jésus-Christ, en permettant à Saint Thomas de voir et de toucher les cicatrices de ses plaies, pour le convaincre de la vérité de sa résurrection, a voulu fortifier notre foi, et nous engager à croire fermement les vérités qu'elle nous enseigne.

A l'exemple de ce Saint Apôtre, reconnaissons et adorons Jésus-Christ, " comme notre Seigneur et notre Dieu," afin de mériter le bonheur qu'il a promis à ceux qui auront cru sans avoir vu.

———

## NOEL.

*Lorsque la fête de Noël arrivera le lundi, le troisième dimanche de l'Avent, l'on annoncera le jeûne de la vigile de cette fête pour le samedi, 23 décembre, avec le jeûne des quatre-temps, en disant, après cette dernière annonce :*

" L'Eglise vous ordonne de jeûner samedi prochain, " 23 décembre, aussi afin de vous préparer à la grande " fête de Noël que nous célèbrerons le lundi de la " semaine suivante."

*Dans ce cas l'annonce de la fête de Noël se fera le quatrième dimanche de l'Avent, comme il est marqué ci-après.*

" Demain est le saint jour de Noël, etc."

*Le dimanche avant Noël, le curé dira :*

N. prochain est le saint jour de Noël, et l'Eglise nous ordonne de jeûner N prochain, afin de nous préparer à cette grande solennité.

C'est en ce jour que l'Eglise célèbre la naissance temporelle de Notre Seigneur Jésus-Christ, le Fils unique

4

du Père, la seconde personne de la Sainte Trinité, le Verbe éternel qui, étant Dieu comme son Père, a voulu pour nous sauver, naître, homme comme nous, de la Bienheureuse Vierge Marie, dans la ville de Bethléem, comme Dieu l'avait souvent annoncé dans l'Ancien Testament par la bouche de ses prophètes.

Ce sera au milieu de cette nuit que l'Eglise nous dira : " Voici l'époux qui vient : allez au-devant de lui." Venez tous à la célébration de ce divin mystère, pour y adorer avec les bergers le Verbe fait chair pour notre salut. A leur exemple, glorifiez le Seigneur et remerciez-le des grandes merveilles qu'il a opérées pour nous.

Prenez la résolution, pendant ce saint temps, d'imiter Jésus-Christ dans son enfance, et de profiter des exemples d'humilité, de mortification, de pauvreté et de charité qu'il nous donne dans sa crèche. Souvenez-vous qu'il est venu au monde pour détruire le péché dans nos cœurs et y régner par sa grâce.

Cette fête est d'obligation.

*Lorsque la fête de Noël arrivera un vendredi, le curé ajoutera :*

Comme cette année, la fête de Noël se rencontre un vendredi, il vous sera permis de manger gras ce jour-là.

*S'il doit y avoir une messe de minuit, le curé l'annoncera, et donnera les avis qu'il jugera convenables, afin de prévenir les désordres qu'il aurait lieu d'appréhender. Il pourra, selon les circonstances, rappeler à ses paroissiens que nous sommes disposé à supprimer cette messe, au moins pour quelques années, dans les paroisses où nous serions informé qu'elle est l'occasion de quelque désordre.*

## ✠ ST. ETIENNE, (26 *décembre*).

*Le jour de Noël, le curé fera l'annonce suivante :*

Demain, l'Eglise célèbrera la fête de Saint Etienne, l'un des sept diacres ordonnés par les apôtres, et le premier des martyrs, c'est-à-dire, de ceux qui, après l'Ascension de Jésus-Christ, ont répandu leur sang en témoignage de la vérité de sa résurrection et de la divinité de sa doctrine.

Demandons à Dieu la grâce de pratiquer les vertus de ce bienheureux lévite, et de rendre, comme lui, courageusement témoignage aux vérités de la foi, sans craindre ni le mépris ni les jugements des hommes.

Demandons aussi à Dieu cette charité ardente dont le cœur de ce généreux martyr fut embrâsé, pour ceux qui nous persécutent.

## ✠ ST. JEAN, L'EVANGELISTE, (27 *décembre*).

*Le jour de Noël, (ou le 26, si c'est un dimanche), le curé fera l'annonce suivante :*

N. L'Eglise célèbrera la fête de Saint Jean, apôtre et évangéliste.

Ce saint a été le disciple que Jésus aimait par excellence, et qui eut le bonheur de reposer sur sa poitrine en la dernière cène qu'il fit avec ses apôtres la veille de sa mort.  Lisez ses épîtres, vous y trouverez des leçons d'amour et de charité, qui vous apprendront à vous aimer les uns les autres pour Dieu et selon Dieu.

## CIRCONCISION.

*Le dimanche après Noël, (ou le jour de Noël, si le 1er janvier arrive le dimanche,) le curé dira :*

N. prochain, le 1er janvier, l'Eglise célèbrera la fête de la Circoncision de Notre Seigneur.

C'est en ce jour que Notre Seigneur a reçu le nom de *Jésus*, c'est-à-dire, *Sauveur*.  Ce nom lui fut donné par un ange, avant même qu'il fût conçu, pour marquer qu'il devait sauver son peuple en le délivrant de ses péchés.

Cette fête étant le premier jour de la nouvelle année, nous devons y faire trois choses : 1° remercier Dieu des grâces qu'il nous a faites pendant l'année précédente ; 2° lui demander pardon de tous les péchés que nous y avons commis, ainsi que de ceux dont nous nous sommes rendus coupables dans tout le cours de notre vie ; 3° le prier de nous accorder la grâce de bien employer tous les moments de l'année que nous commencerons.

Mettez en ce jour votre confiance en Notre Seigneur Jésus-Christ.  Formez la résolution d'invoquer son saint nom avec foi et amour, dans toutes vos actions, et de circoncire ou de retrancher en vous tout ce qui ne serait pas pour sa gloire.

Cette fête est d'obligation.

## VISITE DE LA PAROISSE.

N. prochain, nous commencerons la visite annuelle de la paroisse.  C'est un devoir strict qui nous est imposé par notre charge pastorale, et qui nous est rappelé dans le XVe décret de notre Second Concile Provincial. " Jésus-Christ, disent les Pères de ce Concile, ayant " déclaré que le bon Pasteur connaît ses brebis et les " appelle par leur nom, il s'en suit qu'un curé doit con- " naître les fidèles qui lui sont confiés.  Il ne doit donc " pas négliger cette coutume si salutaire de visiter,

" autant que possible, à des époques fixes, chacune des
" familles de sa paroisse."

Vous accueillerez, Nos Chers Frères, cette visite de
votre pasteur : 1° avec respect, puisque c'est le représentant de Notre Seigneur qui va parcourir toute la
paroisse, pénétrer dans vos demeures, s'asseoir à votre
foyer ; 2° avec joie, puisqu'il vient à vous, la charité et
la paix sur les lèvres, les mains remplies de bénédictions et de faveurs spirituelles. Dans cette présence du
pasteur, les pauvres puiseront du soulagement ; les affligés, de la consolation ; les malades et les infirmes, de
la patience et de la résignation ; les justes, du courage ;
les pécheurs, du repentir.

Parents, efforcez-vous d'être présents, afin de recevoir
vous-mêmes le ministre du Seigneur, qui vient vous
visiter ; apprenez à vos enfants à l'accueillir avec bonheur et vénération ; préparez-les à bien répondre, si
nous jugeons à propos de les interroger sur la religion.

Mettez-vous aussi en état de nous fournir les rensei-
gnements que nous vous demanderons sur l'*état des
âmes* dans chacune de vos familles, comme le Rituel
nous y oblige.

Nous profiterons de la même occasion pour recevoir
votre offrande à l'Enfant Jésus ; présentez-là avec
bonne volonté et générosité : ce divin Enfant vous en
récompensera au centuple.

———

## EPIPHANIE.

*Le dimanche avant l'Epiphanie, le curé dira :*

N. prochain, nous célébrerons la fête de l'Epiphanie,
appelée communément les *Rois.*

L'Eglise honore en ce jour et nous rappelle trois

grands mystères, dans lesquels Jésus-Christ s'est fait connaître aux hommes et leur a manifesté sa gloire.

1°. Elle nous rappelle comment les Mages furent instruits de la naissance de Jésus-Christ, et comment ce divin Sauveur fut adoré par eux à Bethléem, après les y avoir attirés par sa grâce et par une étoile miraculeuse.

2°. Elle fait mémoire du jour auquel Jésus-Christ, l'agneau sans tache, fut baptisé par St. Jean, dans le Jourdain, pour donner à l'eau la vertu de nous régénérer dans le sacrement du Baptême.

3°. Elle fait mention du miracle par lequel Jésus-Christ changea l'eau en vin aux noces de Cana, auxquelles il voulut assister pour autoriser, honorer et sanctifier le mariage.

L'Eglise s'occupe davantage du premier de ces mystères, parce qu'il nous rappelle notre vocation au christianisme et à la connaissance du vrai Dieu. Elle regarde les Mages comme les premices des païens ou gentils appelés et convertis à la foi, de qui nous descendons. Elle veut que nous remercions Dieu de ce qu'il a bien voulu nous appeler à connaissance de Jésus-Christ, et nous faire passer des ténèbres de l'infidélité à la lumière de son évangile. Elle veut aussi qu'à l'exemple des Mages, nous reconnaissions Jésus-Christ pour notre Dieu, pour notre Roi et pour notre Sauveur. Offrons-nous donc à lui et donnons-nous tout à lui ; notre cœur, notre esprit, notre volonté, nos biens, notre santé. Présentons-lui des cœurs pleins d'amour et de ferveur, des esprits remplis de bonnes pensées et de saints désirs, et nos corps comme des hosties vivantes et agréables à ses yeux par les exercices d'une sincère pénitence. Fuyez donc, mes frères, les compagnies et les divertissements profanes, par lesquels un monde ennemi de Jésus-Christ et de son Eglise, a coutume de prévenir cette solennité. Occupez-vous de votre vocation à la foi ; disposez-vous à renouveler les promesses de votre baptême et à célébrer ce jour comme celui auquel vous avez été faits chrétiens. Présentez à Jésus-Christ de l'or par vos aumônes, de l'encens par vos prières, et de la myrrhe par la mortification de vos sens et de vos passions.

Voilà comme l'Eglise souhaite que ses enfants se préparent à célébrer cette grande fête, qui est d'obligation.

---

## I DIMANCHE APRÈS L'ÉPIPHANIE.

*Le concile de Trente ayant déclaré par un décret solennel (Tametsi, Sess. 24, de Reformatione) nuls et invalides les mariages qui se font hors de la présence du curé et de deux ou trois témoins, nous jugeons très-important que les curés et missionnaires donnent connaissance au peuple d'un décret si salutaire. C'est pourquoi nous voulons qu'ils en fassent la lecture au prône, le 1er dimanche après l'Epiphanie.*

*C'est surtout dans les paroisses ou missions nouvellement établies, qu'il est à propos de publier ce décret, en conformité à ce qui est prescrit par sa teneur même.*

*Le curé expliquera aussi à ses paroissiens les trois empéchements dirimants, Cognatio,—Honestas,—Si sis affinis ; et il pourra prendre occasion de cette explication pour faire une instruction sur quelques-uns des autres empéchements de mariage, ainsi que sur les formalités à observer pour la demande des dispenses et pour la publication des bans.*

---

*Décret du saint concile de Trente que les curés ou mis-sionnaires liront, (excepté ce qui est renfermé entre parenthèses), le premier dimanche après l'Epiphanie.*

Quoiqu'il ne faille pas douter que les mariages clan-destins faits par le libre consentement des parties con-tractantes, ne soient de vrais et valides mariages, tant que l'Eglise ne les a point rendus invalides, et que par conséquent il faille condamner, comme le saint concile les frappe d'anathême, ceux qui nient que ces mariages soient vrais et valides, et qui assurent faussement que les mariages contractés par les enfants de famille sans le consentement de leurs parents sont nuls, et que les pères et les mères ont le pouvoir de les rendre ou valides ou nuls ; néanmoins la sainte Eglise pour de très-justes causes les a toujours détestés et défendus. Mais le saint concile, s'apercevant que ces défenses sont devenues inutiles par la désobéissance des hommes, et considérant les péchés énormes que causent ces mariages clandestins, surtout par rapport à ceux qui demeurent en état de damnation, lorsque, ayant quitté la première femme avec laquelle ils avaient contracté mariage en secret, ils se marient publiquement avec une autre et vivent avec elle en continuel adultère,—auquel désordre l'Eglise, qui ne juge pas des choses cachées, ne peut apporter de remède, si elle n'a recours à quelque moyen plus efficace ; le saint concile, conformément à celui de Latran célébré sous Innocent III, ordonne qu'à l'avenir, avant que l'on contracte mariage, le propre curé des parties contrac-tantes dénoncera publiquement dans l'église, à la grand' messe, par trois jours de fête, les noms de ceux entre qui doit être contracté le mariage ; et, les publications étant faites, si l'on n'y forme aucun empêchement légi-time, il sera procédé à la célébration du mariage en face de l'Eglise, où le curé, après avoir interrogé l'époux et l'épouse, et avoir pris leur mutuel consentement dira : " Je vous unis ensemble par le lien du mariage, au nom " du Père, et du Fils et du Saint-Esprit ;" ou bien il se servira d'autres paroles, suivant l'usage reçu en chaque pays.

Mais s'il y avait quelque apparence probable que le mariage pût être malicieusement empêché à l'occasion de tant de publications qui le précèderaient, en ce cas, qu'on ne fasse qu'une seule publication ; ou bien, après que le mariage aura été célébré en présence du curé et de deux ou trois témoins, que les publications se fassent dans l'église, avant sa consommation, afin que, s'il y a quelques empêchements, ils puissent être découverts plus aisément ; si ce n'est que l'Ordinaire juge lui-même plus à propos de dispenser de ces publications ; ce que le saint concile laisse à sa prudence et à son jugement.

Quant à ceux qui entreprendaient de contracter mariage autrement qu'en la présence du curé, ou de quelque autre prêtre avec permission du curé ou de l'Ordinaire, et en la présence de deux ou trois témoins ; le saint concile les rend absolument inhabiles à contracter de la sorte, et ordonne que les mariages ainsi contractés soient tenus pour nuls et invalides, comme par le présent décret il les rend nuls et invalides.

De plus, il veut et ordonne que le curé, ou autre prêtre, qui aura été présent à un tel contrat avec un moindre nombre de témoins qu'il n'est prescrit, et que les témoins qui auront assisté sans le curé ou autres prêtre, et aussi les parties contractantes, soient punis sévèrement, à la discrétion de l'Ordinaire.

Le même saint concile exhorte encore l'époux et

l'épouse à ne point demeurer ensemble dans une même maison avant d'avoir reçu dans l'église la bénédiction du prêtre ; veut aussi et ordonne que la bénédiction soit donnée par le propre curé, et que nul autre que le curé ou l'Ordinaire ne puisse accorder à un autre prêtre la permission de donner cette bénédiction, nonobstant tout privilége et toute coutume, qu'on doit plutôt appeler un abus qu'un usage.

Que si quelque curé ou autre prêtre, soit régulier, soit séculier, osait marier ceux qui sont d'une autre paroisse, ou leur donner la bénédiction nuptiale sans la permission de leur curé, quand même il allèguerait pour cela quelque privilége particulier ou une coutume immémoriale, il demeurera suspens de droit jusqu'à ce qu'il soit absous par l'Ordinaire du curé qui devait être présent au mariage, ou qui devait donner la bénédiction.

Le curé aura un régistre qu'il conservera chez lui soigneusement et dans lequel il écrira le jour et le lieu du mariage contracté, avec les noms des parties et des témoins.

Enfin le saint concile exhorte ceux qui doivent se marier, à se confesser avec soin et à recevoir avec dévotion le saint sacrement de l'Eucharistie avant la célébration du mariage, ou au moins trois jours avant sa consommation.

Si, dans quelque province, il y a encore d'autres cérémonies, et louables coutumes, le saint concile souhaite avec ardeur qu'on les garde et qu'on les conserve entièrement.

Et afin que personne n'ignore de si salutaires ordonnances, le saint concile enjoint à tous les Ordinaires d'avoir soin de faire publier au plus tôt et expliquer ce décret au peuple, dans chaque église paroissiale de leurs diocèses, et de faire réitérer très-souvent cette publication la première année, et dans la suite comme ils le jugeront à propos. De plus, il ordonne que ce décret commence d'avoir force dans chaque paroisse après trente jours, à partir de celui où la première publication y aura été faite.

## S. NOM DE JESUS.

*Le premier dimanche après l'Epiphanie, (si le dimanche suivant n'est pas celui de la Septuagésime), ou le dimanche avant le jour où l'office du S. Nom de Jésus sera transféré, le curé dira :*

N. prochain, l'Eglise célèbrera la fête du St. Nom de Jésus.

Le Nom de Jésus, que le Fils de Dieu reçut en sa Circoncision, et qui fut annoncé par un ange avant sa conception, signifie *Sauveur*. Ce nom lui fut donné parce qu'il devait sauver et délivrer son peuple.

L'Eglise occupée du mystère douloureux de sa Circoncision, le premier jour de l'an, a renvoyé la solennité de cette fête au second dimanche après l'Epiphanie.

Vous devez en ce jour renouveler vos sentiments de confiance en ce nom adorable, qui surpasse tous les autres noms. Prononcez-le avec la plus profonde vénération, puisque c'est à ce nom terrible et puissant que tout genou fléchit dans le ciel, sur la terre et dans les enfers. Prononcez-le aussi avec confiance, puisqu'il n'y a point d'autre nom sous le ciel par la vertu duquel nous puissions être sauvés. C'est ainsi que vous devez invoquer souvent ce nom sacré de Jésus pendant votre vie, si vous voulez le trouver doux et consolant à l'heure de votre mort.

*N. B. Dans les églises où l'Archiconfrérie du S. Cœur de Marie est établie, il y a indulgence plénière en faveur des associés le dimanche qui précède la Septuagésime. Cette indulgence doit donc être annoncée le second dimanche avant la Septuagésime.*

---

## SEPTUAGESIME.

*Le dimanche avant la Septuagésime, le curé dira :*

Dimanche prochain est celui que l'on appelle *Septuagésime*, à cause des soixante-dix jours qui se trouvent entre ce dimanche et celui qui termine l'octave de Pâque.

L'Eglise prépare ses enfants à la pénitence par le retranchement des cantiques de joie, et par les ornements dont elle couvre ses ministres et ses autels. Elle leur rappelle dans ses offices l'histoire de la création et de la chute d'Adam, afin de les engager à gémir sur l'état misérable où ils sont tombés par son péché, et de les porter à s'éloigner en ces jours de tout ce qui pourrait les rendre coupables aux yeux de Dieu. Regardons-nous durant ces soixante-dix jours comme captifs et enchaînés sous le poids de nos péchés, dont Jésus-Christ doit nous délivrer par sa résurrection.

Les enfants de l'Eglise gémissent, pleurent et font de dignes fruits de pénitence, pendant que les enfants du siècle se livrent à des divertissements profanes. Priez, veillez, fuyez le monde, de peur que vous ne nous laissiez entraîner à une conduite si opposée à cet esprit de recueillement et de pénitence que l'Eglise nous recommande dans ce saint temps.

---

## PURIFICATION.

*Le dimanche avant la solennité ou avant la fête de la Purification, le curé dira :*

N. prochain, nous célébrerons la solennité (*ou si le 2 février tombe un dimanché avant la Septuagésime,* la fête) de la Présentation de Jésus-Christ au temple, et aussi celle de la Purification de la Sainte Vierge.

Marie, mère de Jésus, n'était point obligée à la loi de Moïse qui ordonnait aux femmes de se purifier dans le temple à un temps fixé, après leurs couches, et d'y présenter à Dieu leurs fils premiers-nés. Apprenons par ces exemples d'obéissance et d'humilité à nous soumettre à la loi de Dieu, à remplir toute justice, et à pratiquer tout ce que l'Eglise nous ordonne. Demandons à Dieu qu'il purifie en nous toutes les souillures que nous avons contractées par le péché dans le commerce du monde. Offrons-nous à Dieu, afin de ne vivre que pour lui et selon lui.

*Si les fidèles désirent faire bénir des cierges et des chandelles en ce jour, ils les garderont avec eux durant la bénédiction. L'usage de les apporter à la sacristie, ou à la balustrade, est sujet à bien des inconvénients.*

---

## ✠ SAINT MATHIAS.

*Le dimanche avant cette fête, le curé dira :*

N. prochain est le jour où l'Eglise fait la fête de St. Mathias, apôtre.

Ce saint fut choisi et associé aux onze apôtres, pour exercer le ministère de l'apostolat à la place du traître Judas, qui en était déchu par son crime.

Demandons à Dieu la grâce de connaître l'état où il veut que nous le servions, d'en remplir les devoirs avec fidélité, et d'accomplir sa sainte volonté en toute chose.

## QUINQUAGÉSIME.

*Dans les paroisses où l'exposition du S. Sacrement, avec les indulgences qui y sont attachées, est autorisée pour les trois jours qui précèdent le Mercredi des Cendres, le dimanche de la Sexagésime, le curé dira :*

Dimanche prochain et les deux jours suivants, il y aura, dans cette église, exposition du S. Sacrement, avec indulgence plénière en faveur de toutes les personnes qui, s'étant confessées et ayant communié, l'un des jours susdits, visiteront cette église et y prieront selon l'intention du Souverain Pontife.

Vous êtes particulièrement invités, Mes Frères, à assister à ces exercices de piété pour vous préparer à la pénitence du Carême ; venez gémir aux pieds des saints autels et implorer la divine miséricorde, tandis que les enfants du siècle se livrent aux excès de la sensualité et de la débauche.

----

## MERCREDI DES CENDRES.

*Le dimanche de la Quinquagésime, le curé dira :*

L'Eglise nous ordonne de commencer mercredi prochain le saint temps du Carême. Ce jour est appelé le *Mercredi des Cendres*, parce qu'on met des cendres bénites sur la tête des fidèles. L'Eglise a établi cette cérémonie par le mouvement du St. Esprit, pour inspirer à ceux sur la tête desquels elle les fait mettre, des sentiments d'humilité, de pénitence et de mortification. Elle a voulu, par là, conserver quelques vestiges de son ancien usage, et de sa discipline envers les grands pécheurs, à qui elle imposait une pénitence publique, depuis ce jour jusqu'au jeudi-saint, et qui, couverts de sacs et de cendres, restaient séparés de la communion des fidèles, et n'assistaient aux offices divins que sous les portiques de l'église.

Les paroles que le prêtre prononce, en mettant les cendres sur la tête des chrétiens, *Memento, homo, quia pulvis es, et in pulverem reverteris* : " Souviens-toi, ô " homme, que tu n'es que poussière, et que tu retour- " neras en poussière," doivent nous faire penser à l'arrêt de mort que Dieu a prononcé contre nous à cause du péché, et nous engager à nous y soumettre, et à nous préparer à son exécution par la pénitence : nous souvenant que la mort est certaine, et que le moment en est incertain.

Vous devez, mes frères, observer fidèlement le jeûne du Carême, que l'Eglise vous commande, pour vous disposer à retourner à Dieu et à trouver grâce auprès de lui, en faisant de dignes fruits de pénitence.

L'Eglise, par l'autorité. qu'elle a reçue de Jésus-Christ, et selon la pratique qu'elle a toujours suivie depuis les apôtres, vous ordonne pendant ce saint temps de jeûner tous les jours, les dimanches exceptés, depuis le mercredi des Cendres jusqu'à Pâque.

L'Eglise, en imposant cette loi générale du jeûné à ses enfants, en dispense cependant ceux d'entre eux qui n'ont pas encore atteint l'âge de vingt-un ans, ainsi que les nourrices, les femmes enceintes, les convalescents, les valétudinaires :— ceux à qui l'infirmité ou le grand grand âge, la caducité, la débilité, ou un travail rude et pénible ne permettent pas de le faire :—ceux encore qui sont obligés de faire de longs et pénible voyages :— enfin ceux qui ne peuvent jeûner sans altérer notable-

ment leur santé ou qui, en jeûnant, ne peuvent s'acquitter de leur emploi. Chacun est obligé de consulter son
pasteur ou le directeur de sa conscience, de suivre ses
conseils, et de n'user des dispenses ou permissions obte-
nues, que dans le cas d'une véritable nécessité, prenant
garde de se flatter soi-même ou d'écouter sa sensualité.

Au reste, le jeûne peut être pratiqué en tout ou en
partie par ceux qui ont moins de vingt-un ans ou plus
de soixante, quand ils ont assez de force pour le faire,
la mortification chrétienne étant un devoir de religion
qui oblige à tout âge.

Voici ce que chacun doit savoir touchant le précepte
du jeûne :

Il est certain : 1°. Que l'on commet un péché mortel,
lorsqu'on ne jeûne pas chacun des jours qui sont marqués pour être des jours de jeûne, et qu'on réitère ce
péché autant de fois que l'on manque à jeûner, à moins
qu'on n'en soit excusé par une cause légitime, ou, dans
le doute, jugée telle par ceux qui sont chargés de la
conduite des âmes ; 2°. Que c'est violer la loi du jeûne
que de faire de la collation un repas entier, c'est-à-dire,
y prendre plus de huit onces de nourriture, ou des aliments défendus les jours d'abstinence ; 3°. Que c'est
une erreur de croire que tous ceux qui travaillent ou
qui voyagent sont exempts de jeûner ; ces personnes
doivent faire examiner et déterminer par leurs curés ou
leurs confesseurs, si leur travail ou leurs voyages sont
incompatibles avec le jeûne ; 4°. Que c'est une complaisance coupable de rompre le jeûne, pour plaire à un
ami qui nous invite, ou que nous invitons à manger
hors de l'heure du repas ; 5°. Que c'est agir contre la
fin du jeûne et l'intention de l'Eglise que de s'abstenir
seulement des viandes, et de se laisser aller aux jeux,

aux plaisirs et aux divertissements du monde : de s'abandonner à la haine, aux inimitiés, à l'impureté et aux autres excès criminels, puisque la fin du jeûne est de nous humilier, de mortifier nos passions, et de détruire en nous le péché ; 6°. Que c'est diminuer beaucoup le mérite du jeûne que de murmurer et de souffrir avec impatience les incommodités qui l'accompagnent.

Nous vous exhortons à joindre au jeûne des aumônes, des prières et des bonnes œuvres ; et tout en affaiblissant le corps, à fortifier l'esprit par la parole de Dieu, que vous devez entendre souvent, et méditer avec soin.

Nous devons vous rappeler ici ce que N. S. P. le Pape Grégoire XVI, par un indult du 7 juillet 1844, a jugé à propos de régler, concernant l'abstinence et l'usage de la viande pendant le Carême.

Suivant la teneur de cet indult, on doit pendant ce saint temps, faire maigre : 1° Le mercredi des Cendres et les trois jours suivants ; 2° Tous les mercredis, vendredis et samedis des cinq premières semaines ; 3° Le dimanche des Rameaux et les six jours de la semaine-sainte. Le même indult permet l'usage de la viande tous les autres dimanches du Carême, ainsi que les lundis, mardis et jeudis des cinq premières semaines ; mais dans ces derniers jours, ceux qui sont tenus au jeûne ne peuvent manger de la viande qu'à un seul repas. Durant le carême, aux jours où le gras est permis, il est défendu de faire usage de poisson et de viande au même repas.

D'après le même indult, il est aussi permis d'apprêter les mets avec de la graisse ou du saindoux, c'est-à-dire, de substituer la graisse ou le saindoux au beurre, ou à l'huile, dans la friture, la cuisson ou la préparation des aliments maigres.   Cette permission est accordée pour tous les jours d'abstinence dans l'année.

Vous pouvez aussi, sans manquer au jeûne, prendre le matin à peu près deux onces de pain, avec un peu de thé, de café, de chocolat ou autre breuvage.

La Sainte Eglise, en adoucissant ainsi la sévérité primitive de ses lois pour s'accommoder à la faiblesse et aux nécessités de ses enfants, n'entend pas néanmoins les exempter de l'obligation où ils sont *de se renoncer à eux-mêmes, de prendre leur croix et de marcher à la suite de Jésus-Christ ; de crucifier la chair avec ses vices et ses désirs criminels, de mortifier leurs membres ; car*, dit l'Apôtre S. Paul, *si vous vivez selon la chair, vous mourrez ; mais si par l'esprit, vous mortifiez les œuvres de la chair, vous vivrez.*

Si vous avez des enfants, des apprentis et des domestiques, vous êtes obligés, en conscience, de leur procurer la connaissance de Dieu, des mystères de la religion, et des maximes de l'évangile. Vous devez aussi leur faciliter le moyen d'accomplir la loi du Carême, selon leur âge et leur force, et les engager, par vos avis et votre exemple, à se préparer de bonne heure au devoir pascal. Ne différez point de vous confesser, mais faites-le plutôt dès le commencement du Carême, et avec tout le soin possible, afin que votre jeûne étant fait en état de grâce, soit plus méritoire et plus agréable à Dieu.

Cet avis regarde principalement ceux qui sont en inimitié, dans quelques mauvaises habitudes, ou qui ont quelque tort ou dommage à réparer. Nous les exhortons à ne point différer leur confession à la dernière semaine de Pâque, afin que nous n'ayons pas la douleur de les renvoyer dans ce temps-là ; mais qu'au contraire nous ayons la consolation de les voir tous ressusciter en

Jésus-Christ, après être morts au péché pendant ces jours de pénitence.

Le temps est favorable pour obtenir miséricorde de Dieu. Voici des jours de salut. Nous vous exhortons, mes frères, à ne point les passer inutilement, à ne pas recevoir en vain les grâces que Dieu vous offre, et à travailler sincèrement et courageusement à votre sanctification.

Autant que vos occupations vous le permettront, entendez tous les jours la sainte messe, que nous nous proposons de dire à......heures, pendant ce saint temps ; et assistez aux prières publiques que nous ferons chaque semaine du Carême, les N. et N. à......heures. Pendant les trois jours qui précèdent le Carême, faites des prières et d'autres bonnes œuvres, pour obtenir de Dieu la grâce de bien passer ce saint temps, qui sera pour plusieurs le dernier Carême qui leur sera accordé.

Prenez garde de vous laisser entraîner à la malheureuse coutume des enfants du siècle, qui passent ces jours-là dans les divertissements, dans les excès et dans toute sorte de dérèglements, en haine de la pénitence. Souvenez-vous, que, par votre baptême, vous avez renoncé à toutes les pompes du démon, et que vous devez vous conduire comme les enfants de Dieu et de l'Eglise, en tout temps et en tout lieu, avec toute la retenue et la modestie des vrais chrétiens.

Mercredi, la cérémonie de la bénédiction des cendres commencera à......heures, et sera suivie de la messe (à laquelle il y aura sermon).

*L'annonce qui précède pourrait être répétée le dimanche suivant, s'il ne s'était trouvé que peu de monde à la messe du dimanche de la Quinquagésime.*

*Le curé pourra, s'il le juge à propos, annoncer à ses paroissiens l'heure à laquelle il sera prêt à entendre les confessions, chaque jour de la semaine, durant le Carême. Pour leur faciliter un moyen plus assuré de se confesser quand ils viendront à l'église, il pourra aussi leur marquer le jour où il entendra particulièrement ceux de telle concession ou de tel village qu'il désignera.*

*Si le curé doit faire le catéchisme de la première communion pendant le Carême, il indiquera les jours et l'heure auxquels il le fera.*

---

## NEUVAINE DE SAINT FRANÇOIS-XAVIER.

*Dans les paroisses où la neuvaine de Saint François-Xavier est autorisée, et a lieu dans la première semaine du Carême, le curé, après avoir annoncé les prières qu'il doit faire dans chaque semaine, ajoutera :*

Cependant ces prières seront interrompues par les exercices de la neuvaine de Saint François-Xavier, qui commencera samedi prochain, pour finir le second dimanche du Carême. Chaque jour de la neuvaine il y aura indulgence plénière, pour les personnes qui, s'étant confessées et ayant communié, assisteront aux exercices de ce jour et prieront selon les intentions du Souverain Pontife et pour la propagation de la foi.

*Le curé fera connaître les différents exercices qui auront lieu chaque jour de la neuvaine, et désignera les heures auxquelles on les commencera.*

*Le second dimanche du Carême, le curé dira :*

Ce soir après le salut, nous chanterons le *Te Deum*, pour la clôture de la neuvaine de Saint François-Xavier.

---

## CAREME.

### PRIÈRES DU CARÊME.

*Nous recommandons très-particulièrement à Messieurs les curés de faire publiquement la prière du soir, deux ou trois fois par semaine, pendant le Carême, et nous les exhortons à y joindre quelques instructions familières. (Concile de Trente XXIV ch. 4). Nous désirons aussi que, pour l'uniformité, on lise, à cet exercice de piété, les prières du soir insérées à la fin du grand catéchisme.*

*Nous permettons qu'à la suite de cette prière et de cette instruction, on donne la bénédiction au peuple avec le ciboire, en la manière suivante :*

*D'abord on allume au moins six cierges sur l'autel, où l'on a placé d'avance une bourse, avec un corporal et une étole blanche ; et, lorsque le prêtre ouvre le tabernacle, sans en tirer le ciboire, on chante le Tantum ergo, sans verset. Après quoi, le prêtre, qui ne récite point d'oraison, donne la bénédiction avec le ciboire qu'il resserre aussitôt. Ensuite, ayant remis le corporal dans la bourse, il descend au bas de l'autel, se met à genoux sur le dernier degré, récite à haute voix l'angélus, et se lève pour réciter l'oraison Gratiam tuam, quœsumus, etc. Le samedi soir, l'angélus se récite debout.*

### COMMUNION PASCALE.

*Si, à cause de la grande population d'une paroisse, ou pour quelque autre raison, le temps de la communion pascale doit y être anticipé, le curé fera l'annonce suivante, le dimanche ou le jour de fête d'obligation, qui précèdera celui où les pâques devront commencer :*

" En vertu d'une permission spéciale que nous avons obtenue de Monseigneur N. N., le temps de la communion pascale pour cette paroisse, commencera dimanche prochain, et finira le dimanche de la *Quasimodo* inclusivement.

*Et il pourra ajouter :*

Nous vous recommandons par-dessus toute chose

d'apporter, etc.—*comme à la fin de la formule d'annonce du dimanche de la Passion, jusqu'à ces mots* avec les dispositions requises *inclusivement*.

" Ceux chez qui il y a des personnes infirmes qui ne pourront venir se confesser à l'église, sont priés de nous en prévenir de bonne heure."

## SONNERIE POUR ANNONCER LE COMMENCEMENT ET LA FIN DES PAQUES.

*La veille du dimanche des Rameaux ou de tout autre dimanche, auquel il sera permis de commencer les pâques dans une paroisse, on en annoncera l'ouverture, après l'angélus du soir, par la sonnerie solennelle de toutes les cloches.   On annoncera de même la clôture des pâques, le dimanche de la Quasimodo, après l'angélus du soir.*

*Cette sonnerie, en y comprenant celle de l'angélus, pourra durer environ un quart d'heure.*

———

# PREMIER DIMANCHE DU CAREME.

*Le premier dimanche du Carême, le curé dira :*

Mercredi, vendredi et samedi est le jeûne, etc, *page 47, ci-dessus.*

Il est de mon devoir aujourd'hui de vous faire la lecture de la lettre Pastorale de Monseigneur de St. Valier, second évêque de Québec, qui doit être lue chaque année au prône, suivant l'ordre qu'il en a donné ; ordre qui a été constamment maintenu par tous les évêques ses successeurs.

Lettre Pastorale *de Monseigneur Jean-Baptiste de la Croix de St. Valier, évêque de Québec, touchant la confession et la com-*

*munion pascale, dont les curés feront la lecture au prône le pre mier dimanche du Carême et le dimanche de la Passion.*

*JEAN, par la grâce de Dieu et du saint siége apostolique, évêque de Québec, etc., etc. A nos très-chers frères en Notre-Seigneur, les curés, missionnaires et autres prêtres séculiers et réguliers, que nous avons approuvés pour confesser dans notre diocèse, Salut et Bénédiction en Notre-Seigneur.*

La tiédeur des chrétiens de ces derniers siècles ayant porté l'Eglise dans le IVe concile général de Latran, de s'accommoder, comme une bonne mère, à l'état faible de ses enfants, et de condescendre à l'usage qui s'était introduit par leur indévotion, de ne communier plus qu'une fois l'année dans la quinzaine de Pâque, au lieu de plusieurs fois qu'ils y étaient obligés auparavant, nous avons cru, pour nous acquitter de notre charge, être obligé de faire observer exactement ce qu'elle a établi par le canon 21e, *Omnis utriusque sexûs*, de ce concile, l'an 1215, sous Innocent III, et depuis renouvelé dans celui de Trente : et de faire remarquer à ceux qui sont tombés dans une si grande insensibilité pour leur salut et dégoût des choses saintes, qu'ils passent plusieurs années sans s'approcher des sacrements de Pénitence et d'Eucharistie, qu'ils encourent toutes les peines portées par ce saint décret, qui sont les plus rigoureuses que l'Eglise puisse lancer contre ses enfants rebelles.

A ces causes, nous vous ordonnons de publier au prône de vos paroisses, le premier dimanche du Carême et celui de la Passion, le dit canon *Omnis utriusque sexûs*, et de l'expliquer au peuple en langue vulgaire, le plus intelligiblement qu'il vous sera possible, afin qu'aucun de vos paroissiens ne le puisse ignorer..............

Voici comment le saint concile général de Latran

IVe s'explique dans son décret sur la confession annuelle et la communion de Pâque.

" Que tout fidèle de l'un et de l'autre sexe, qui sera
" parvenu à l'âge de discrétion, confesse seul, fidèle-
" ment, tous ses péchés à *son propre prêtre*, au moins
" une fois l'an, et qu'il fasse son possible pour accom-
" plir, selon ses forces, la pénitence qui lui aura été
" imposée. Qu'il reçoive aussi avec respect le saint
" sacrement de l'Eucharistie au moins à Pâque ; à
" moins que, de l'avis de son propre prêtre, il ne croie
" devoir s'en abstenir pendant quelque temps, pour
" quelque cause juste et raisonnable. S'il vient à man-
" quer à ces obligations, que l'entrée de l'église lui soit
" interdite pendant sa vie, et que, s'il meurt en cet état,
" il soit privé de la sépulture chrétienne. C'est pour-
" quoi il est nécessaire que ce décret salutaire soit sou-
" vent publié dans les églises, afin que personne ne le
" puisse ignorer, et se servir de cette ignorance pour
" excuse."

Nous prenons ici occasion de déclarer que, par le nom de *propre prêtre*, employé par le décret ci-dessus, ou doit entendre tout prêtre approuvé pour confesser dans les limites de sa juridiction.

*Le premier dimanche du Carême, le curé expliquera à ses parois-*
*siens la loi de Dieu, et leur marquera les différents péchés que l'on*
*peut commettre contre ses commandements et ceux de l'Église, ainsi*
*que les péchés capitaux, selon le tableau suivant ; afin de les prépa-*
*rer à faire une bonne confession. S'il ne pouvait pas leur en donner*
*l'explication entière ce premier dimanche, il pourra la continuer le*
*second et le troisième dimanche.*

# TABLEAU DES PECHES
## CONTRE LES COMMANDEMENTS DE DIEU ET DE L'ÉGLISE.

---

### PÉCHÉS CONTRE LES COMMANDEMENTS DE DIEU.

#### 1er Commandement.

Le premier commandement de Dieu s'enfreint de quatre manières : par les péchés, 1o. contre la foi, 2o. contre l'espérance, 3o. contre la charité, 4o. contre l'adoration de Dieu ou contre la religion.

#### Péchés contre la Foi.

Ignorer, négliger d'apprendre les principaux mystères, l'oraison dominicale, la salutation angélique, le symbole des apôtres, les commandements de Dieu et de l'Eglise ; manquer à faire de temps en temps des actes de foi, d'espérance et de charité ; ne pas assister aux prières, sermons.

Douter des vérités de foi ; refuser d'en croire quelque article ; lire, prêter, vendre des livres hérétiques, impies, défendus ; avoir honte de paraître catholique, chrétien ; faire quelque acte d'infidélité, d'idolâtrie, d'impiété, d'hérésie ; en faire profession ouverte ; abjurer la foi.

#### Péchés contre l'Espérance.

*Par excès.*—Présomption de ses forces ; abuser de la pensée de la bonté de Dieu pour l'offenser ou pour différer sa conversion.

*Par défaut.*—Se désespérer ; se défier de la miséricorde de Dieu.

#### Péchés contre la Charité.

Haine de Dieu ; murmure contre sa justice ou sa providence ; lui préférer l'amour du monde, des créatures, de soi-même ; dégoût de son service ; ne pas prendre Dieu pour fin de ses actions ; respect humain.

#### Péchés contre la Religion.

Irrévérences dans l'église ; être longtemps sans prier Dieu ; oubli de sa présence ; abus de ses grâces ; profanation ou mépris des sacrements et des choses saintes ; sacriléges ; discours impies ; actions irréligieuses ; superstitions ; vaines observances ; divination, horoscope ; vœux faits légèrement, ou point accomplis ; infidélité aux promesses du baptême.

*Péchés contre le IIe. commandement de Dieu.*

Serments faux, vains, téméraires, injustes ; blasphèmes ; malédictions, imprécations, juremonts.

*Péchés contre le IIIe. commandement de Dieu et contre le Ier. et le*

*IIe. de l'Eglise. (Sanctification du Dimanche.)*

Travail servile, voyages sans nécessité ; fréquentation des cabarets, des bals et autres divertissement dangereux ou criminels, les dimanches et fêtes d'obligation.  Ne point assister à la messe ; n'en entendre qu'une partie : s'y livrer aux distractions, aux regards curieux, et y scandaliser.

*Péchés contre le IVe commandement de Dieu.*

Refuser à ses pères, mères, tuteurs, maitres, supérieurs ecclésiastiques ou civils, le respect, l'obéissance, la fidelité, l'amour, l'assistance : les blâmer : murmurer contre eux : avoir pour eux de l'aversion, du mépris ; ne pas instruire, ne pas édifier, ne pas reprendre, ne pas surveiller ses enfants, ses inférieurs, ses domestiques.

*Péchés contre le Ve commandement de Dieu.*

Offenser le prochain dans sa vie naturelle, civile ou spirituelle.

1o. *Dans sa vie naturelle.*—Le maltraiter, le battre, le blesser, l'estropier, le mutiler, le tuer : le haïr, lui souhaiter du mal, la mort : interpréter en mal ses actions : lui attribuer de mauvaises intentions ; inimitiés, refus de pardonner, de se réconcilier ; vengeance, jugements téméraires, mépris, reproches, querelles, injures, affronts, outrages.

2o. *Dans sa vie civile.*—Médisances, calomnies faites, écoutées, point réprimées ; railleries choquantes, rapports faux ou injurieux, libelles ou chansons diffamatoires.

3o. *Dans sa vie spirituelle.* —Scandales, mauvais exemples, mauvais conseils, sollicitation au mal.

*Péchés contre le VIe et le IXe commandement de Dieu.*

Pensées, désirs, paroles, regards, actions contraires à la pureté ; modes indécentes ; chansons libres ; livres licencieux ; statues et tableaux déshonnètes ; bains immodestes ; spectacles dangereux ; danses, comédies, assemblées nocturnes, tète-à-tète, veillées sans témoins ; défaut de vigilance des pères et mères sur ce point.

*Péchés contre le VIIe et le Xe commandement de Dieu.*

Vols, fraudes, injustices, tromperies en achetant ou en vendant, sur la qualité, la quantité ou le prix ; faux poids, fausses mesures, fausse monnaie ; dettes point payées ; dépôts, salaire des ouvriers et des domestiques retenus ; procès et frais injustes ; dommages causés par malice, négligence, conseil, prêts usuraires ; choses trouvées recelées ; banqueroutes frauduleuses ; restitutions différées, insuffisantes. Dureté pour les pauvres ; aumône refusée ; convoitise du bien d'autrui ; luxe au-delà de ses moyens.

*Péchés contre le VIIIe. commandement de Dieu.*

Faux témoignages ; subornation des témoins ; falsification des pièces, des titres : mensonges nuisibles, joyeux, officieux ; équivoques ; déguisements.

-----

### PÉCHÉS CONTRE LES COMMANDEMENTS DE L'ÉGLISE.

Ne point écouter, mépriser l'Eglise, ses ministres ; ne point révéler ce que l'on sait touchant les empêchements de mariage, etc., ne point assister à la messe les dimanches et fêtes ; confession annuelle, ou communion pascale omises ou mal faites ; défaut d'examen, de sincérité, de contrition, de ferme propos ; délai de conversion ; mauvaises habitudes ; occasion prochaine de péché ; défaut de préparation à la communion, d'actions de grâce ; jeûnes des quatre-temps, des vigiles, du carême, point observés ; collation trop forte ; abstinence enfreinte ; dîmes, suppléments, point ou mal payées.

### PÉCHÉS CAPITAUX.

#### Orgueil.

Se complaire en soi-même ; se glorifier, se vanter de ses vertus, de ses talents, de ses avantages, de ses biens ; ne les point rapporter à Dieu ; présumer de sa capacité, de ses forces ; vanité ambition ; désir, recherche des honneurs, des distinctions, des dignités ; faste, dépenses superflues ; fierté ; mépris du prochain, de ses égaux, des supérieurs ; amour propre, hypocrisie.

#### Avarice.

Attachement aux biens terrestres ; désir déréglé d'acquérir, et par toute sorte de voies ; épargne excessive ; simonie.—Voyez le VIIe. et Xe. commandement de Dieu.

*Impureté.*

*Voyez le VIe commandement de Dieu.*

*Envie.*

Etre jaloux ; se réjouir des malheurs du prochain ; s'affliger de ses succès ; diminuer l'estime dont il jouit ; augmenter le mal qu'on en dit.

*Gourmandise.*

Manger et boire avec sensualité, avec excès ; ivresse complète ou incomplète ; ivrognerie habituelle.

*Colère.*

Impatience ; emportement ; murmures ; dépit.—*Voyez le Ve. commandement de Dieu.*

*Paresse.*

Ignorance, oubli des devoirs de la religion, de son état et de sa charge ; négligence à s'acquitter de ses devoirs, ainsi que de ses affaires domestiques ; perte de temps ; vie molle et oisive ; dommage causé par la paresse, à sa famille, à ses maîtres ; enfouir ses talents.

---

# SAINT JOSEPH.

*Le dimanche avant la solennité ou avant la fête de St. Joseph, le curé dira :*

N. prochain, nous célèbrerons la solennité (ou la fête) de St. Joseph, premier patron du Canada et Patron de l'Eglise Catholique.

Vous devez vous réjouir d'avoir auprès de Dieu un protecteur si puissant et si digne de votre confiance. Ce saint est l'époux de Marie et le père nourricier de Jésus-Christ. Il est ce serviteur sage et prudent que le Seigneur a établi sur sa famille pour lui distribuer la nourriture dans le temps. Il est cet homme admirable qui mérite nos louanges, ce gardien fidèle de l'enfance de son maître ; en un mot, il est ce juste chéri de Dieu et des hommes, destiné à être sur la terre le coadjuteur du grand conseil et le coopérateur des desseins du Très-Haut. Tant de titres glorieux dont l'Eglise honore St. Joseph doivent exciter en nous les sentiments de la dévotion la plus tendre envers lui. Priez-le d'employer sa puissante intercession auprès de Jésus-Christ, pour vous obtenir la grâce d'imiter son humilité, sa chasteté, sa confiance en Dieu et sa soumission aux ordres de sa providence. Travaillez surtout à acquérir cette justice que l'évangile attribue à ce grand saint, si vous voulez mourir comme lui dans l'amour et la grâce du Seigneur.

## ANNONCIATION.

*Le dimanche avant le 25 mars, lorsque la fête de l'Annonciation n'est pas renvoyée à un autre jour, le curé dira :*

N. prochain, 25 mars, l'Eglise célèbrera la fête de l'Incarnation du Fils de Dieu et de l'Annonciation que l'Ange fit de ce mystère à la glorieuse Vierge Marie.

C'est en ce jour que le Verbe divin, la seconde personne de la Ste. Trinité, s'est fait chair, en prenant dans le sein de la Bienheureuse Vierge Marie, par l'opération du St. Esprit, un corps et une âme semblables aux nôtres. Le Verbe s'est anéanti, c'est-à-dire, s'est humilié profondément en se faisant homme ; et s'étant fait homme, il obéit aux ordres de Dieu son Père. Apprenons à nous humilier et à obéir. Marie s'est reconnue pour l'humble servante du Seigneur : travaillons à imiter la modestie, la pureté et l'humilité dont cette vierge incomparable nous donne l'exemple dans ce mystère.

Cette fête est d'obligation. (a)

*Le curé ajoutera :* (b)

Le jour de l'Annonciation on chantera les vêpres immédiatement après la grand'messe.

L'usage où est l'Eglise de chanter ce jour-là les vêpres à la suite de la grand'messe, est conforme à ce qui se pratique tous les jours de la semaine durant le Carême. Car ceux qui sont obligés à la récitation de l'office de l'Eglise doivent, dans ces jours, réciter les vêpres avant le repas du midi. L'Eglise l'a ainsi réglé pour se conformer, autant que possible, à ce qui s'observait autrefois dans le Carême, où le seul repas que l'on prenait était différé jusqu'après les vêpres, qui, dans les premiers siècles, ne se récitaient qu'au coucher du soleil.

---

## DIMANCHE DE LA PASSION.

*Le dimanche de la Passion, le curé dira :*

L'Eglise a consacré le temps qui reste d'ici au saint jour de Pâque, à la mémoire et à la vénération particulière des souffrances et de la mort de Jésus-Christ. C'est pour cela qu'il s'appelle le temps de la Passion, et que l'Eglise se sert dans ses offices, de cantiques lugubres et voile ses croix et ses images.

Dimanche prochain, nous ferons la cérémonie de la bénédiction des rameaux immédiatement après l'aspersion de l'eau bénite.

Que chacun de vous ait soin de porter avec respect

(a) *Lorsque l'office de l'Annonciation est renvoyé à un autre jour, cette fête n'est plus d'obligation. Le curé dira alors :*

L'office de l'Annonciation, étant remis à......... cette fête ne sera pas d'obligation cette année.

(b) *Ce qui suit doit s'omettre quand l'Annonciation n'est pas d'obligation.*

et dévotion le rameau qu'il doit faire bénir, de le tenir à la main pendant la bénédiction et la procession, ainsi que pendant la lecture (ou le chant) de la Passion. Cette pieuse cérémonie rappelle aux fidèles l'entrée triomphante de Jésus-Christ dans Jérusalem, lorsque le peuple vint au-devant de lui, tenant à la main des rameaux ou branches de palmier ou d'olivier, en signe de joie et d'honneur.

Rappelez-vous, mes frères, que la dispense de l'abstinence de viandes que le saint-siége a accordée à ce diocèse, pour certains jours pendant le Carême, ne s'étend point au dimanche des Rameaux ni à aucun des jours de la semaine-sainte. Vous devez donc observer strictement l'abstinence tous les jours de cette semaine, sans en excepter même le dimanche.

Nous sommes obligés de vous avertir de nouveau aujourd'hui, que tous les fidèles doivent se confesser au moins une fois l'an, à leur curé ou à quelque autre prêtre approuvé, et communier en leur paroisse dans le temps de Pâque, suivant le canon du IVe concile de Latran, la règle du diocèse et l'usage de l'Eglise.

(*Le curé assis et couvert lira distinctement le canon du concile de Latran avec les explications requises, page* 72.

(a) (Le temps de la communion pascale commencera dimanche prochain, jour des Rameaux, et finira le dimanche de *Quasimodo* inclusivement.)

* Nous vous recommandons par dessus toute choses d'apporter les dispositions nécessaires pour faire saintement votre communion pascale ; vous souvenant pour cela que le mot de *pâque* signifie *passage*, c'est-à-dire, que vous devez passer de la mort du péché à la vie de

---

(a) Dans les paroisses où le temps de la communion pascale a été avancé, on omettra de lire ce qui suit, si la lecture en a été faite quand on a annoncé le commencement des Pâques.

la grâce, des ténèbres à la lumière, du vice à la vertu, et des désirs de la terre aux désirs du ciel. Disposez-vous donc à approcher dignement de la sainte Eucharistie, afin que vous puissiez tous vous procurer ces avantages. Craignez par dessus toutes choses de la recevoir indignement ; car vous vous donneriez la mort, vous mangeriez votre propre jugement et vous boiriez votre propre condamnation, selon les paroles de l'apôtre St. Paul.

Le nombre de ceux qui communient indignement est plus grand qu'on ne le croit. Il y a bien des chrétiens qui, dans ces jours de grâce et de salut, viennent à la sainte table pour trahir Jésus-Christ comme Judas, et pour le livrer ensuite au démon. Ce sont ceux qui ne veulent pas pardonner à leurs ennemis, et qui veulent toujours conserver dans le fond de leur cœur de la haine pour leurs frères :—ceux qui veulent toujours vivre dans l'impureté ou dans d'autres habitudes criminelles :—ceux qui retiennent le bien d'autrui ou conservent le désir de le prendre :—ceux qui n'ont pas une véritable douleur de leurs péchés ou une résolution sincère de s'en corriger, ou qui refusent d'en quitter ou d'en fuir les occasions prochaines :—ceux enfin qui cachent quelque péché mortel dans leur confession, ou qui ne veulent pas se préparer comme ils le doivent, pour s'en approcher dignement.

Examinez soigneusement vos consciences, prévenez les malheurs d'une communion indigne, et préparez-vous à recevoir le corps et le sang de Jésus-Christ avec les dispositions requises.

Ceux chez qu'il y a des personnes infirmes qui ne pourront pas se confesser à l'église, sont priés de nous en prévenir de bonne heure. *

*Voyez ce qui est dit plus haut, au commencement du carême, page 70.*

---

## DIMANCHE DES RAMEAUX.

*Le dimanche des Rameaux, le curé dira :*

Nous sommes enfin arrivés, mes très chers frères, aux jours de salut. Nous commençons aujourd'hui la semaine-sainte, que l'Eglise suivant les Pères, appelle la grande semaine, la semaine pénible, à cause des mystères tristes et douloureux que le Fils de Dieu a voulu y accomplir pour notre rédemption. Ces différents noms donnés à cette semaine doivent nous engager à prendre des sentiments dignes de la grandeur des mystères qu'on y célèbre.

Jésus-Christ la commença par son entrée triomphante dans Jérusalem : il la continua par l'institution du saint sacrement de l'Eucharistie, dans lequel il donna son corps pour nourriture et son sang pour breuvage à ses apôtres : il la consomma en souffrant les supplices les plus cruels et la mort la plus honteuse. Il voulut expirer sur une croix pour satisfaire à la justice de son Père, et délivrer les hommes de la puissance du démon, de la mort éternelle et de l'enfer.

Ce sont là les grands mystères dont l'Eglise rappelle, tous les ans, le souvenir aux fidèles par de saintes cérémonies qui doivent renouveler en eux des sentiments de piété, de religion et de reconnaissance.

Afin d'entrer dans l'esprit de l'Eglise, vous devez, autant que votre santé vous le permettra, augmenter vos mortifications et votre pénitence, ou du moins donner des marques de votre zèle et de votre dévotion, en assistant avec assiduité aux offices de l'Eglise, pendant ces saints jours, particulièrement (mercredi), jeudi, vendredi, samedi et dimanche.

Vous emploierez le jeudi-saint à exciter en vous des sentiments d'un véritable amour et d'une vive reconnaissance envers Jésus-Christ, pour le grand bienfait de l'Eucharistie qu'il a instituée ce jour-là, se donnant tout entier à vous.

L'Eglise, pour se conformer aux sentiments de Jésus-Christ, a cru devoir ne rien négliger pour disposer les fidèles à recevoir dignement ce grand sacrement. C'est dans cet esprit qu'autrefois elle donnait publiquement en ce jour l'absolution aux pécheurs auxquels elle avait imposé la pénitence publique le mercredi des Cendres, afin qu'ils fussent en état de s'approcher du plus saint et du plus auguste de tous les mystères. L'Eglise, par bonté et par condescendance pour les pécheurs, s'est relâchée de sa première sévérité, et, si elle ne leur impose plus de pénitences publiques, elle n'exige pas moins qu'ils se reconnaissent coupables devant Dieu, et qu'ils se pénètrent des sentiments d'une vive douleur de leurs péchés pour se disposer à s'approcher des sacrements de Pénitence et d'Eucharistie, qu'ils sont obligés de recevoir dans le temps de Pâque.

Entrez donc, mes frères, dans les vues de l'Eglise ; détestez de tout votre cœur les péchés dont vous vous êtes rendus coupables ; formez la résolution de vous en accuser au plus tôt. Priez humblement le Seigneur de vous les pardonner ; faites un ferme propos de ne plus les commettre et demandez à Dieu qu'il vous en fasse la grâce. Unissez-vous aussi, autant que vous le pourrez, aux sentiments d'humilité, que Jésus-Christ a fait paraître ce même jour, en lavant les pieds à ses apôtres, avant d'instituer l'auguste sacrement de l'Eucharistie.

Le vendredi-saint, laissez-vous pénétrer d'une douleur et d'une amertume profondes à la vue des souffrances que Jésus-Christ notre Sauveur a endurées dans sa passion, et du sacrifice douloureux qu'il a voulu consommer sur la croix, en versant tout son sang pour notre salut.

Vous assisterez ce jour-là au sermon de la Passion et à tout l'office divin. Vous adorerez Jésus-Christ en croix avec des sentiments de componction, d'amour et de reconnaissance. Enfin, vous emploierez tout ce jour en de saints exercices, dans le recueillement, la prière et les bonnes œuvres et surtout celles de la charité.

Le samedi-saint, vous honorerez la sépulture de Jésus-Christ dans le tombeau. Ce mystère occupait autrefois si saintement les premiers fidèles, que, s'oubliant eux-mêmes, ils passaient le jour et la nuit en prières, sans prendre de nourriture ni de repos ; parce qu'ils se souvenaient que, par leur baptême, qu'on peut appeler le sacrement de la mort et de la sépulture de notre Seigneur Jésus-Christ, ils avaient été comme ensevelis dans le tombeau avec ce divin Sauveur, pour mourir au péché, et qu'ils en étaient sortis vivants avec lui.

L'Eglise était autrefois dans l'usage de baptiser, le samedi-saint, ceux qu'elle avait instruits et préparés pendant l'année pour recevoir le baptême. Elle conserve encore quelques restes de cette ancienne discipline dans la bénédiction solennelle des fonts baptismaux qu'elle fait ce jour-là.

Assistez avec piété à cette sainte cérémonie, et renouvelez-y les promesses de votre baptême.

L'Eglise bénit aussi un feu nouveau, pour signifier la vie nouvelle que l'on reçoit par Jésus-Christ, dont le cierge pascal, toujours ardent, représente la vie glorieuse.

Dimanche est le saint jour de Pâque, la première et la principale fête des chrétiens. C'est en ce jour que l'Eglise célèbre la glorieuse résurrection de Jésus-Christ, vainqueur de la mort et du péché ; c'est en ce jour qu'il a repris la vie qu'il avait donnée pour nous, et que réunissant son âme à son corps, il est sorti triomphant du tombeau. Préparez-vous à ressusciter avec lui et à reprendre une vie nouvelle.

Le temps de la communion pascale finira le dimanche de *Quasimodo*.

---

## PAQUE.

*Le jour de Pâque, le curé dira :*

L'Eglise, célèbre en ce jour la résurrection de Jésus-Christ ; elle désire, et je souhaite comme elle, que vous soyez tous ressuscités avec lui. Cet Homme-Dieu qui a expiré sur une croix, dont le corps a été enseveli dans le tombeau, et que les saintes femmes n'ont cessé de pleurer pendant trois jours, est véritablement ressuscité.

Il a donné des témoignages irrécusables de sa puissance : il a rompu les liens de la mort, et s'est enfin ressuscité lui-même, après avoir détruit le péché, dépouillé l'enfer, confondu la synagogue et épouvanté les soldats qui gardaient son tombeau. Il n'est plus parmi les morts : il est vivant, mais d'une vie glorieuse qui ne finira jamais, et qui doit être pour nous une source de sainteté et le gage de notre résurrection. Car, comme

Jésus-Christ est mort pour nous faire mourir au péché, il est aussi ressuscité pour nous faire vivre de sa vie glorieuse. C'est en ce jour que Jésus-Christ est ressuscité selon la chair, et c'est en ce même jour que vous devez être ressuscités selon l'esprit.

Tel est, mes frères, l'esprit de l'Eglise dans cette fête. Elle désire que nous ressuscitions tous en Jésus-Christ. Mais, quelle preuve pourriez-vous donner de votre résurrection spirituelle ? Quels sont les efforts que vous avez faits pour rompre les liens de vos mauvaises habitudes, pour vous éloigner des occasions qui vous engageaient dans le péché, et pour nous faire espérer raisonnablement que vous n'y retournerez plus ? Quel changement a-t-on remarqué en vous ?

Ne vous y trompez pas, mes frères, comme le font un grand nombre de chrétiens, qui s'imaginent être convertis et ressuscités, quoiqu'ils ne le soient pas en effet. Il y en a moins qu'on ne pense qui se convertissent sincèrement et qui ressuscitent spirituellement ; parce que peu de personnes travaillent efficacement à changer de vie, et que beaucoup n'en changent véritablement pas.

Pour être assurés de la vérité de votre résurrection spirituelle, il faut que la pâque ait été pour vous un passage, c'est-à-dire, que vous ayez passé de la mort du péché à la vie de la grâce, des ténèbres à la lumière, du vice à la vertu, de l'injustice à la justice, de l'impureté à la pureté, et des désirs de la terre aux désirs du ciel. Il faut que vous ayez renoncé à vos passions, à vos humeurs et à vos inclinations vicieuses, et que vous ayez conçu de l'horreur pour vos péchés ; il faut que vous vous soyez séparés de tout ce qui peut vous être une occasion de chûte et de scandale.

Si tous ces changements se sont heureusement opérés

en vous, mes très-chers frères, demeurez stables, fermes
et constants dans les résolutions que vous aurez prises
en ces jours de grâces ; afin que le péché ne règne plus
en vous, et qu'il y soit tout-à-fait détruit : afin qu'é-
tant morts avec Jésus-Christ, vous ne viviez plus que
pour lui, par lui et en lui : que vous ne cherchiez
plus, que vous n'aimiez plus, que vous ne goûtiez plus
que les choses du ciel, et que vous soyez entièrement
détachés de celles de la terre. Voilà la fin de cette
grande solennité et le fruit précieux que vous devez en
tirer.　C'est aussi ce qui doit continuellement vous occuper et ce que vous devez demander à Dieu, tous les jours
de votre vie, le priant sans cesse de vous accorder la
grâce d'une inviolable fidélité et de la persévérance
finale.

L'Eglise continuera de nous occuper du grand mystère de la Résurrection de Jésus-Christ pendant toute
cette semaine.

Le temps de la communion pascale se terminera dimanche prochain, qui est celui de *Quasimodo*.

Nous exhortons tous ceux qui n'ont point encore
satisfait au devoir pascal, et nous leur enjoignons de la
part de l'Eglise, de s'en acquitter pendant cette semaine,
en donnant à cette sainte action toute l'attention et la
préparation nécessaires.

---

## QUASIMODO.

*Le dimanche de Quasimodo, le curé dira :*

C'est aujourd'hui le dernier jour des pâques. Je vous
avertis, de la part de l'Eglise, que s'il y avait quelqu'un
qui n'eût pas encore accompli le précepte qu'elle fait à

ses enfants de communier dans le temps pascal, il doit se rendre digne de le faire au plus tôt, par une bonne et sincère conversion. Prions pour ceux qui ne se sont pas encore acquittés de ce devoir, et demandons à Dieu pour ceux qui ont eu le bonheur de recevoir Jésus-Christ, qu'il leur accorde la grâce de le conserver en eux par la sainteté de leur conduite et de vivre dans l'innocence et la pureté, comme des enfants nouveau-nés, maintenant qu'ils se sont dépouillés du vieil homme et qu'ils se sont revêtus de l'homme nouveau.

*Le dimanche de* Quasimodo, *le curé fera aussi l'annonce suivante.*

---

## SAINTE FAMILLE.

Dimanche prochain, nous célèbrerons la fête de la Ste. Famille de Jésus, Marie et Joseph, qui est une fête particulière à cette province.

Offrez à Notre Seigneur, ce jour-là, vos personnes et vos familles, mettez-les sous sa protection. Que les pères et mères forment la résolution d'imiter, à l'égard de leurs enfants, la tendre sollicitude et les soins vigilants de Marie et de Joseph pour l'Enfant-Jésus. Que les enfants s'appliquent aussi à se montrer soumis et obéissants à leurs parents, comme l'Enfant-Jésus l'était à Marie et à Joseph.

Demandez à Dieu, tous ensemble, que, par sa grâce, les familles de cette paroisse soient des familles saintes : qu'elles soient unies entre elles par le lien de la charité et de la paix : que tous ceux qui les composent s'animent mutuellement à la pratique de leurs devoirs et s'édifient de même par leur pureté, par leur piété et par leur fidélité à remplir toute justice.

# PATRONAGE DE ST. JOSEPH.

*Le second dimanche après Pâque, le curé fera l'annonce suivante. Mais si cette fête est transférée, il la fera le dimanche avant le jour auquel l'office est renvoyé.*

Dimanche prochain, nous célèbrerons la fête du Patronage de St. Joseph, époux de Marie. Ce grand saint étant le premier patron du Canada et le Patron de l'Eglise Catholique, cette fête doit intéresser particulièrement notre piété. Demandons à Dieu, en ce jour, de nous rendre les imitateurs des vertus éminentes que St. Joseph a pratiquées. A son exemple, soyons humbles, chastes et soumis aux ordres du Seigneur. Vivons, comme lui, dans cette justice que l'évangile lui attribue, afin de mourir, aussi comme lui, de la mort des saints.

A son exemple soyons pleins d'amour, de respect et de dévouement pour la sainte Eglise ; sachons, s'il le faut, souffrir pour cette Divine Mère à qui nous devons le don précieux de la foi. Il a eu le bonheur insigne de sauver la vie au Fils de Dieu lui-même, en le dérobant aux persécutions du cruel Hérode : aujourd'hui Jésus-Christ est persécuté dans son Eglise, qui est son corps mystique ; *allons avec confiance à Joseph,* afin qu'il nous protége par sa puissante intercession, car ce n'est pas en vain qu'il a été nommé le Patron de l'Eglise Catholique.

St. Joseph est aussi appelé le patron de la bonne mort, parce qu'il a eu le bonheur insigne de mourir entre les bras de Jésus et de Marie. Imitons ses vertus et invoquons-le souvent pendant notre vie, si nous voulons à ce moment suprême, qui décidera de notre éternité, pouvoir recourir à lui avec confiance et ressentir les effets admirables de sa puissante intercession.

------

## SAINT MARC.

*Le dimanche avant le 25 avril, (ou avant le jour où la procession doit avoir lieu), le curé dira :*

L'Eglise sera en prière N. prochain. Nous ferons à......... heures une procession solennelle pour demander à Dieu sa bénédiction sur les biens de la terre. Nous lui demanderons aussi qu'il conserve en nous la grâce de la résurrection spirituelle, qu'il nous préserve de tout péché et qu'il éloigne de nous, dans sa bonté, tous les châtiments que nous méritons pour nos crimes.

Nous chanterons la messe au retour de la procession. Assistez à ces prières publiques avec piété, silence et recueillement.

------

## ✠ ST. PHILIPPE ET ST. JACQUES.

*Le dimanche avant la fête de St. Philippe et St. Jacques, le curé dira :*

N. prochain, est la fête, (*ou* nous célèbrerons la fête) de St. Philippe et St. Jacques, apôtres.

Vous demanderez à Dieu en ce jour, par l'intercession de ces saints apôtres, la grâce d'imiter leurs vertus, et surtout de mettre en pratique les instructions que St. Jacques nous donne dans son épître canonique. Vous lirez cette épitre, mes frères, avec attention, respect et recueillement, et vous graverez dans votre mémoire, pour vous les rappeler chaque jour, ces paroles remarquables : " La langue est un monde d'iniquité, un feu

" dévorant ; la religion de celui qui ne sait pas mettre
" un frein à sa langue, est vaine et infructueuse ; la reli-
" gion pure et sans tache aux yeux de Dieu, consiste à
" visiter les orphelins et les veuves dans leurs afflic-
" tions, et à se conserver exempt de la corruption de ce
" monde."

Réglez votre conduite sur les instructions que nous donne ce saint apôtre, si vous voulez conserver en vous la grâce de la résurrection et les fruits des grands mystères que nous avons célébrés.

----

## ROGATIONS.

*Le cinquième dimanche après Pâque, le curé dira :*

Demain, mardi et mercredi sont les jours des Rogations. L'Eglise y fera des prières publiques et des processions solennelles pour demander à Dieu la conservation des biens de la terre, et tous les secours qui nous sont nécessaires pour le temps et pour l'éternité.

L'office de ces trois jours commencera à......heures. (a) Assistez-y avec piété et recueillement, soit en chantant avec le chœur, les litanies des Saints ; soit en les récitant en votre particulier, avec les sept psaumes de la pénitence et les oraisons qui les suivent ; soit en faisant d'autres prières, selon votre dévotion.

En vertu d'un indult particulier, vous êtes dispensés de faire maigre les trois jours des Rogations.

Jeudi est la grande fête de l'ASCENSION. C'est en ce

(a) Dans les paroisses où la procession doit aller dans une église autre que la paroissiale, le curé ajoutera ici :

Nous irons processionnellement, demain, de cette église à celle de......... ; mardi à celle de.........et mercredi à celle de.........où nous chanterons la messe. Assistez-y, etc., *comme ci-dessus.*

jour, que Notre Seigneur Jésus-Christ, ressuscité d'entre les morts, monta au ciel en présence de ses apôtres, après leur avoir apparu plusieurs fois, durant l'espace de quarante jours, pour les convaincre de la vérité de sa résurrection, et pour achever de les instruire et de les former à la prédication de l'évangile qu'il leur avait commandé d'annoncer par tout le monde.

Jésus-Christ est monté au ciel, 1° Pour y être notre avocat et notre médiateur auprès de Dieu son père ; 2° Pour lui offrir continuellement ses souffrances, ses prières et ses mérites pour nous ; 3° Pour nous y préparer une place. Mais nous ne participerons point à sa gloire, si nous ne consentons à prendre part à ses souffrances. Ce divin Sauveur n'est entré dans sa gloire qu'après avoir souffert ; il veut que nous y entrions à sa suite en passant par les tribulations ; c'est une nécessité : personne n'en est exempt. Il faut participer à la croix de Jésus-Christ pour être participant de son bonheur.

Cette fête est d'obligation.

---

## PENTECOTE.

*Le dimanche après l'Ascénsion, le curé dira :*

Dimanche prochain, l'Eglise célèbrera la grande fête de la Pentecôte.

C'est en ce jour que le St. Esprit, la troisième personne de la Ste. Trinité, descendit d'une manière éclatante, sous la forme visible de langues de feu, sur les apôtres et sur les disciples assemblés dans le cénacle. C'est en ce jour que l'Eglise a été formée, et que les apôtres, remplis de la vertu puissante de l'Esprit saint, ont commencé à annoncer Jésus-Christ ressuscité et à prêcher les vérités de l'évangile. L'Eglise a consacré ce dimanche à adorer le St. Esprit, à reconnaître et à célébrer les effets merveilleux qu'il opéra dans les apôtres, et à demander l'effusion de ses grâces dans les âmes des fidèles.

A l'imitation de la Ste. Vierge et des apôtres, préparons-nous, pendant cette semaine, à recevoir le St. Esprit, par l'éloignement du monde et des compagnies, par le silence et l'humilité, par des prières et des bonnes œuvres, par des vœux, des désirs ardents, et surtout par une bonne et sincère confession. Reconnaissons que, sans le secours du St. Esprit, nous ne pouvons rien faire de bon pour notre salut, et qu'avec lui nous pouvons tout. Demandons-lui avec instance de venir demeurer en nous. Si nous avons le bonheur de le recevoir, travaillons à le conserver avec soin. Rendons-nous fidèles à suivre ses saintes inspirations, et prenons garde de rien faire qui puisse le contrister et l'éteindre en nous.

Samedi prochain, veille de la Pentecôte, est un jour de jeûne d'obligation.

Nous ferons ce jour-là la bénédiction solennelle des fonts baptismaux.

Tachez d'assister à cette sainte cérémonie. Renouvelez-y les promesses de votre baptême ; humiliez-vous d'y avoir été infidèles, et demandez à Dieu qu'il vous purifie de tout péché ; afin que vous puissiez, le lendedemain, recevoir le St. Esprit avec les dispositions convenables.

L'office de la veille de la Pentecôte commencera à ........heures.

# LE JOUR DE LA PENTECOTE.

*Le jour de la Pentecôte, le curé dira :*

Je souhaite qu'en ce jour, on puisse dire de tous ceux qui composent cette paroisse, comme autrefois des apôtres : *Repleti sunt omnes Spiritu Sancto :* " Ils ont tous " été remplis du Saint-Esprit."

Dégagez vos cœurs, mes frères, de l'esprit du monde, pour mériter d'y recevoir et d'y conserver le Saint-Esprit avec tous ses dons et ses fruits. Exposez avec humilité et confiance, tous vos besoins à ce divin consolateur, afin que vous puissiez ressentir les effets de sa demeure en vos âmes, et goûter les délices qui se trouvent dans le service de Dieu, au milieu même des croix et des adversités inséparables de cette vie.

Demandez-lui, avec l'Eglise, ses sept dons, qui sont ceux de sagesse, d'intelligence, de science, de conseil, de piété, de force et de crainte de Dieu. Demandez surtout le don de piété, pour aimer Dieu avec tendresse, et le servir avec zèle ; le don de force pour résister au démon, au monde et à la chair ; et le don de la crainte de Dieu, pour vivre toujours dans une sainte frayeur de l'offenser et de lui déplaire.

Mercredi, vendredi et samedi est le jeûne des Quatre-temps, etc., *ci-dessus, page* 47.

Dimanche prochain est le jour consacré à la SAINTE-TRINITÉ.

Quoique l'Eglise soit toujours occupée de la Sainte-Trinité, et qu'elle adore continuellement un Dieu en trois personnes, elle a cependant consacré ce jour particulier à célébrer cet auguste mystère, afin d'amener ses enfants à en faire chaque année une profession de foi publique et solennelle.

Ce sera dimanche que, tous ensemble, nous ferons cette profession ; que nous reconnaîtrons que nous avons été baptisés au nom du Père, et du Fils, et du St. Esprit, et que nous renouvelerons les promesses que nous avons faites à Dieu dans notre baptême. Disposez-vous pendant cette semaine à bien faire ce renouvellement.

---

## SAINTE TRINITÉ.

*Le dimanche de la Sainte-Trinité, le curé dira :*

L'Eglise célèbre aujourd'hui, mes frères, le mystère de la Très Sainte Trinité, un seul Dieu en trois personnes distinctes, le Père, le Fils, et le St. Esprit : mystère qui doit faire l'objet continuel de nos adorations sur la terre et dans le ciel.

Quoique l'Eglise célèbre ce mystère ineffable tous les dimanches, et tous les jours de l'année, puisqu'ils sont tous consacrés à adorer, à louer et à bénir un Dieu en trois personnes, elle en fait une fête particulière en ce jour.

Soumettons notre raison à tout ce que l'Eglise nous propose d'en croire. Faisons une profession publique de notre foi dans ce grand mystère. Renouvelons les promesses de notre baptême, et remercions Dieu de nous avoir faits chrétiens et catholiques.

A ces fins, que chacun de vous répète, en son particulier, ce que je vais prononcer au nom de tous.

*Le clergé et le peuple se mettront à genoux ; et le curé ayant un cierge allumé à la main, dira :*

*(Si le prêtre qui fait le prône n'est pas le célébrant, il prendra une étole blanche avant de se mettre à genoux).*

" Mon Dieu, je vous remercie de m'avoir fait chré-
" tien, catholique, votre enfant, disciple de Jésus-Christ,
" et membre de votre Eglise.

" Hélas ! je n'ai pas vécu comme m'y engagent ces
" qualités si augustes. J'ai souvent péché, et je vous ai
" beaucoup offensé.

" Je vous en demande pardon, mon Dieu ; et je veux
" vous aimer et vous servir le reste de mes jours ; et,
" pour ce sujet, je ratifie en votre présence, et je renou-
" velle les promesses de mon baptême.

" Je renonce à Satan.

" Je renonce à ses pompes, c'est-à-dire, aux maximes
" et aux vanités du monde.

" Je renonce aux œuvres de Satan et à toutes sortes
" de péchés.

" Je crois en Dieu le Père tout-puissant, créateur du
" ciel et de la terre.

" Je crois en Jésus-Christ, son Fils unique, Notre
" Seigneur, qui est né, qui a souffert, et qui est mort
" pour nous.

" Je crois au St. Esprit, la sainte Eglise catholique,
" la communion des saints, la rémission des péchés, la
" résurrection de la chair, et la vie éternelle.

" Je crois tous ces articles, ô mon Dieu, et tous ceux
" que croit et enseigne votre sainte Eglise, à qui vous
" les avez révélés, et dans le sein de laquelle je veux
" vivre et mourir.

" Je jure aussi de garder vos commandements.

" Je vous aime et je vous aimerai de tout mon cœur,
" de toute mon âme, de tout mon esprit et de toutes mes
" forces. J'aime et j'aimerai mon prochain comme
" moi-même pour l'amour de vous.

" Donnez-moi, ô mon Dieu, votre grâce et votre
" bénédiction pour accomplir ces promesses."

*Le clergé et le peuple étant assis, le curé, après avoir
laissé le cierge et l'étole, dira :*

Jeudi prochain, l'Eglise célèbrera la fête de Jésus-
Christ réellement présent dans le TRÈS-SAINT SA-
CREMENT DE L'EUCHARISTIE.

C'est le jeudi-saint que Jésus-Christ a institué le
sacrement de l'Eucharistie ; mais l'Eglise, étant particulièrement pénétrée ce jour-là des sentiments de la
douleur qu'inspire la passion de Notre-Seigneur, a remis
après la Pentecôte à célébrer l'institution de ce grand
mystère, afin de le faire avec plus de pompe et de joie.
Elle y a même consacré une octave entière, afin de
témoigner plus solennellement à Jésus-Christ, présent
dans cet auguste sacrement, sa reconnaissance et son
amour.

L'Eglise célèbre cette fête comme le triomphe de
Jésus-Christ sur l'impiété et sur l'hérésie. Elle regarde
ce mystère comme l'abrégé des merveilles de ce divin
Sauveur, comme le signe de son amour pour les hommes, et la consommation de tous ses mystères. C'est le
sacrifice et la victime de la nouvelle alliance ; c'est le
signe de l'union et de la charité qui doivent régner
entre tous ceux qui y participent.

L'Eglise demande de ses enfants, pendant cette octave
solennelle :

1° Qu'ils croient Jésus-Christ dans la sainte Eucharistie : qu'ils l'y confessent réellement et véritablement
présent sous les apparences du pain et du vin, et qu'ils
soumettent leur foi à tout ce qu'elle leur enseigne touchant ce mystère adorable ;

2° Que pendant cette octave, ils viennent dans son

temple pour lui rendre leurs respects et leurs hommages, l'y adorant en esprit et en vérité, assistant aux offices, à la sainte messe, aux processions et aux saluts, avec modestie et piété ;

3° Qu'ils reçoivent Jésus-Christ dans l'Eucharistie avec des sentiments d'amour et de reconnaissance, puisque ce divin Sauveur ne s'est mis dans ce sacrement que pour servir de nourriture à leurs âmes, comme il nous en assure, en disant : *Ma chair est véritablement une nourriture, et mon sang est véritablement un breuvage.*

4°. Qu'ils l'offrent avec le prêtre, à la sainte messe, y assistant avec piété et dévotion, comme des adorateurs et des victimes avec Jésus-Christ.

Cette fête est d'obligation. (a)

---

## FÊTE-DIEU.

*Le jour de la Fête-Dieu, le curé dira :*

Aujourd'hui après la grand'messe, nous ferons la procession dans l'église, (et le St. Sacrement restera exposé jusqu'après l'office du soir).

Dimanche prochain, si le temps le permet, nous ferons, après la messe qui commencera à......... heures, la procession solennelle du St. Sacrement. Ne vous y trouvez pas comme à un spectacle profane ; que la curiosité ou la vanité n'y aient aucune part dans vos cœurs ; détournez vos yeux de tout ce qui pourrait vous y distraire. Venez au contraire y faire amende hono-

(a) Le curé indiquera dès aujourd'hui, si c'est nécessaire, les rues et chemins que suivra la procession solennelle de dimanche prochain, et les reposoirs ou églises, où se feront les stations. Il donnera les avis qu'il jugera utiles pour l'ornementation des rues et chemins.

7

rable à Jésus-Christ, pour tous les péchés qui se commettent contre lui, et que vous avez peut-être commis vous-mêmes, par vos mauvaises communions, vos immodesties dans les églises et vos irrévérences à la sainte messe.

Demandez à Jésus-Christ qu'il sanctifie tous les lieux par où il passera ; qu'il répande ses bénédictions sur les personnes qui les habitent ; et que sa grâce demeure en tous ceux qui auront eu le bonheur de l'accompagner dans cette procession.

Durant cette procession, occupez constamment votre esprit de Jésus-Christ ; méditez son amour, pensez à tout ce qu'il a fait et entrepris pour vous. Les reposoirs doivent vous représenter les différents endroits où ce divin Sauveur s'est arrêté pour accomplir l'œuvre de notre salut. Pensez surtout à l'étable de Bethléem où il a commencé ce grand mystère, et à la montagne du Calvaire où il l'a consommé. C'est là qu'il nous a donné des marques authentiques de son amour. Témoignez-lui-en votre reconnaissance.

Pendant l'octave de la Fête-Dieu le St. Sacrement sera exposé tous les jours dans cette église à la messe qui se dira à......... heures ; et tous le soirs à......... heures, l'on chantera un salut. Assistez à ces pieux exercices autant que vos occupations pourront vous le permettre.

----

## DIMANCHE DANS L'OCTAVE DE LA FÊTE-DIEU.

*Si la procession doit avoir lieu après la grand'messe, le curé dira :*

La procession solennelle du St. Sacrement va se mettre en marche aussitôt après la messe. Ce n'est pas assez, mes frères, d'accompaguer le St. Sacrement dans cette procession ; vous devez y avoir continuellement présent à l'esprit le Dieu qu'il renferme. C'est le jour du triomphe de Jésus-Christ dans le sacrement de nos autels ; c'est aussi celui où vous devez lui donner un témoignage éclatant de votre foi et de votre amour dans cet auguste sacrement.

Vendredi prochain est la fête du SACRE CŒUR DE JESUS ; efforçons-nous en ce jour de témoigner à ce Divin Sauveur l'amour que nous lui devons, en retour de celui dont son cœur a été embrâsé pour nous. Dimanche prochain après la messe, nous ferons une procession, à la suite de laquelle nous renouvelerons notre consécration au Sacré-Cœur de Jésus. Préparons-nous-y en faisant souvent durant cette semaine des actes d'amour afin de nous unir plus intimement à ce Divin Cœur.

---

## LE SACRE-CŒUR DE JESUS.

*Le dimanche après l'octave de la Fête-Dieu, le curé dira :*

Comme le Cœur de Jésus a été le sanctuaire et la première source de son amour pour les hommes, il est convenable et souverainement juste qu'il reçoive un culte spécial. Aussi dans tous les siècles, a-t-il été l'objet de l'amour, de l'adoration et de la confiance des disciples de Jésus-Christ. C'est le foyer et le symbole de cet amour tendre, compatissant et généreux qui a fait pour nous de si grandes choses, *car à peine quel-*

*qu'un voudrait-il mourir pour un juste......mais l'amour de Dieu a éclaté sur nous par la mort de Jésus-Christ, qui nous a justifiés dans son sang, nous qui étions ses ennemis.* (Rom. V. 7...) C'est dans ce Cœur divin qu'ont été formés les desseins de notre salut : c'est le tabernacle de l'*alliance nouvelle* qui a réconcilié la terre avec le ciel ; c'est l'autel *des parfums et de l'holocauste*, où le Pontife éternel a offert et continue d'offrir, *en odeur de suavité*, le sacrifice de sa mort ; et sur lequel brûle le feu d'une *charité qui ne s'éteindra jamais ;* c'est *la table d'or*, sur laquelle Jésus a préparé l'aliment céleste de son corps qui doit nourrir nos âmes ; c'est cette *fontaine* divine où nous sommes invités *à venir puiser avec joie les grâces du salut.* (Isaïe, XII. 3.)

Aussi, la servante de Dieu, la vénérable Marguerite-Marie, disait-elle, en parlant de la dévotion au S. Cœur de Jésus, ces paroles que nous vous répétons avec confiance : " Je ne sache pas qu'il y ait un exercice de " dévotion qui soit plus propre à élever en peu de temps " une âme à la plus haute sainteté, et à lui faire goûter " les véritables douceurs attachées au service de Dieu : " Oui, je le dis avec assurance, si l'on savait combien " cette dévotion plaît à Jésus-Christ, il n'y aurait pas un " chrétien qui ne s'empressât de la pratiquer. Les " personnes consacrées à Dieu y trouvent un moyen " infaillible de conserver leur ferveur et de l'augmenter, " ou de la recouvrer, si elles l'ont malheureusement per- " due. Les personnes du monde y trouvent tous les " secours nécessaires à leur état, la paix dans leur " famille, le soulagement dans leurs travaux, et les " bénédictions du Ciel dans toutes leurs entreprises. " C'est dans ce Cœur adorable que nous trouvons tous " un refuge pendant notre vie et surtout à notre dernière

" heure. Ah ! qu'il est doux de mourir quand on a eu
" une constante dévotion au cœur de Celui qui doit
" nous juger ! " (*Mandement des Pères du 5e Concile
Provincial de Québec.*)

Pour nous conformer à la prescription des Pères du
cinquième Concile de Québec, nous allons renouveler
aujourd'hui la consécration publique et solennelle de
cttte paroisse au Sacré-Cœur de Jésus. Après la messe,
nous ferons une procession du Saint-Sacrement, à la
suite de laquelle aura lieu cette consécration. Unissez-
vous de cœur et d'âme à la formule qui sera prononcée
au nom de tous les paroissiens. (a).

(*Le prêtre qui lira la formule suivante, portera une étole
blanche et aura un cierge allumé dans la main. S'il y a un
autre prêtre que le célébrant, il monte en chaire pour lire
la formule ; le célébrant reste toujours au pied de l'autel.*)

---

### CONSÉCRATION AU SACRÉ-CŒUR DE JÉSUS.

O Cœur très-saint et très-aimant de Jésus ! Attirez-
nous à vous, afin que nous vous aimions de tout notre
cœur, de toute notre âme et de toutes nos forces. Que
par vous nous ayons accès *au trône de la grâce, afin d'y
obtenir miséricorde, grâce et secours en temps opportun.*
(Hebr. IV. 16.) Vous nous avez aimés d'un amour
éternel ; une immense charité vous pressait dans la
crèche, pendant votre vie, dans la dernière cène et sur
la croix ; maintenant de retour auprès de votre Père,
vous demeurez toujours vivant pour intercéder en faveur
des brebis que vous avez rachetées de votre sang précieux. Ayez pitié de nous : ne considérez pas nos

---

(a) Durant cette procession on chante une ou plusieurs hymnes de l'office
du Sacré-Cœur.

péchés, mais la foi de votre Eglise, et daignez suivant votre volonté la maintenir dans la paix et l'unité. Nous vous supplions donc de ne pas nous abandonner dans nos difficultés et dans nos troubles ; ayez pitié de notre Pontife, votre serviteur ; conservez-le, vivifiez-le, rendez-le heureux et ne le livrez pas au pouvoir de ses ennemis. Nous nous dévouons et nous consacrons à vous, ainsi que tous ceux qui dépendent de nous, afin que vous soyez à tous notre salut, notre vie et notre résurrection ; que par vous les justes croissent dans la justice et persévèrent jusqu'à la fin ; que les pécheurs se convertissent ; que les tièdes s'enflamment ; que tous les maux disparaissent et que tous les biens nous soient accordés. Que dans ce monde la foi soit vive, l'espérance ferme, la charité parfaite, afin qu'après avoir parcouru toute notre carrière, nous recevions avec vos saints une couronne de gloire qui ne se flétrira jamais !

Ainsi soit-il !

---

## ST. JEAN-BAPTISTE.

*Le dimanche avant la solennité ou la fête de St. Jean-Baptiste, le curé dira :*

Nous célèbrerons, dimanche prochain, la solennité (*ou la fête*) de la naissance de St. Jean-Baptiste.

L'Eglise célèbre le jour de la mort des autres saints, mais elle célèbre la naissance de St. Jean, parce qu'elle est sainte.

Il a été le précurseur de Jésus-Christ, martyr, prophète et plus que prophète. Il a été, au témoignage de Jésus-Christ même, le plus grand des enfants des hommes. Tout est grand et merveilleux en lui,—sa conception,—sa naissance,—son zèle pour dire la vérité et pour connaître Jésus-Christ,—son humilité,—sa pénitence,—sa mort.

Nous devons, comme St. Jean, aimer la pénitence, et, à son exemple, rendre témoignage à Jésus-Christ et à son évangile, en toute occasion ; nous souvenant que ce divin Sauveur nous déclare qu'il rougira, devant son père, de ceux qui auront rougi de lui et de son évangile devant les hommes.

Demandons à Dieu cet Esprit dont St. Jean a été rempli, afin que nous puissions préparer à Jésus-Christ des voies dignes de lui, et marcher, tous les jours de notre vie, dans la justice et la sainteté.

---

## ST. PIERRE ET ST. PAUL.

(a) *Le dimanche avant le 29 juin, le curé dira :*
N. prochain, l'Eglise célèbrera la fête de St. Pierre et St. Paul, qui est d'obligation.

St. Pierre a été le chef des apôtres et de toute l'Eglise, et St. Paul, l'apôtre des gentils.

Demandons à Dieu, en ce jour, par l'intercession de ces deux grands apôtres, la grâce de pratiquer en tout les instructions qu'il nous ont données dans leurs épîtres ; d'avoir part à leur gloire ; de nous affermir dans la religion et dans la soumission à la sainte Eglise catholique, au Pape, successeur de St. Pierre, à notre archevêque (ou évêque) et à tous les pasteurs que Dieu a chargés du soin de nos âmes.

St. Pierre est pour nous le modèle d'une sincère pénitence ; car il a pleuré, toute sa vie, le malheur qu'il

(a) Lorsque cette fête tombe le lundi, le jeûne doit être annoncé pour le samedi précédent.

avait eu de renier son divin maître. St. Paul nous apprend, par son zèle intrépide et par sa charité ardente, comment nous devons aimer Dieu et le prochain.

Lisez leurs épîtres et pratiquez les instructions salutaires qu'ils nous y donnent. Leurs paroles sont des reliques d'autant plus précieuses qu'elles peuvent guérir les infirmités de vos âmes, et vous procurer la vie éternelle.

Apprenez aussi de ces glorieux apôtres à vivre dans une parfaite soumission d'esprit à la foi, à rendre votre foi féconde par les bonnes œuvres et à endurer pour Jésus-Christ tout ce que le monde vous fera souffrir.

Priez aussi en ce jour pour notre Saint Père le Pape, pour tous ceux qui gouvernent l'Eglise, et en particulier pour vos pasteurs, afin que Dieu leur donne un esprit de sagesse, de prudence et de force, pour vous conduire sûrement dans la voie du salut.

(N., veille de cette fête, est un jour de jeûne d'obligation.)

---

## DEDICACE. (a)

*Le premier dimanche dans juillet, le curé dira :*

Dimanche prochain, nous célèbrerons la fête de la Dédicace de l'église métropolitaine (*ou* cathédrale) et de toutes les autres églises de ce diocèse.

Dieu, par une grâce particulère, a choisi et sanctifié ce temple pour y faire sa demeure au milieu de vous, et pour y avoir ses yeux ouverts sur vos besoins et ses oreilles attentives à vos demandes.

(a) Cette annonce ne doit se faire que dans les diocèses où la dédicace se célèbre. Voir le calendrier propre de chaque diocèse.

Venez-y donc pour l'adorer, et demeurez-y avec respect en sa présence. Venez-y avec confiance et humilité, pour lui exposer vos besoins et lui demander ses grâces. Ecoutez-y sa divine parole avec attention et docilité. Prenez garde de l'outrager en profanant son temple par des irrévérences, des immodesties et des regards criminels. Craignez que ces profanations ne fassent éclater sa colère sur vous.

Demandez à Dieu pardon de toutes les fautes que vous avez eu le malheur de commettre dans sa maison ; mais, en même temps, demandez-lui pardon, de la profanation que vous avez faite, par le péché du temple spirituel qu'il s'était formé en vous par sa grâce, ayant choisi vos corps et vos âmes pour y établir sa demeure. Car vous êtes les temples du Dieu vivant, comme le dit St. Paul, si vous ne l'en avez éloigné par le péché.

Souvenez-vous, en ce jour, de remercier Dieu de la consécration qu'il s'est faite de vos personnes par le baptême, et que chacun de vous prenne la résolution de traiter son corps comme le temple du St. Esprit, et de ne rien faire, rien souffrir qui puisse le souiller ou le profaner ; car, ajoute le même apôtre : " Dieu perdra celui qui aura profané son temple."

---

## ✠ ST. JACQUES-LE-MAJEUR. (25 juillet.)

*Le dimanche avant la fête de St. Jacques-le-Majeur, le curé dira :*

N. prochain, l'Eglise fera la fête (*ou* nous célèbrerons la fête) de St. Jacques, apôtre, surnommé le Majeur.

Demandons à Dieu en ce jour la grâce de conserver en nous le dépôt de la foi et de l'évangile que les apôtres nous ont annoncé. Mais prenons garde d'éteindre en nous cette lumière par une conduite contraire aux règles saintes qu'ils nous ont tracées par leur vie et par leur prédication. Formons la résolution, le jour de leur fête, de vivre selon les lumières et les maximes de la foi ; car la foi sans les œuvres est morte et inutile. Il faut, comme St. Jacques, vivre selon la foi, et boire le calice des souffrances, si nous voulons partager sa gloire dans le ciel.

---

## ✠ STE. ANNE. (26 juillet.)

*Le dimanche avant la fête de Ste. Anne, le curé dira :*

N. prochain, est la fête, (*ou* nous célèbrerons la fête) de Sainte Anne, mère de la Ste. Vierge.

Honorons cette grande sainte qui a donné la vie à Marie, une mère à Jésus, une reine aux Anges, une protectrice aux justes, un réfuge aux pécheurs, aux affligés une consolatrice, et à tout le genre humain une mère pleine de miséricorde. Elle fait donner le repentir aux pécheurs, la persévérance aux justes, la santé aux infirmes, la liberté aux prisonniers, à tous la grâce et la miséricorde de Dieu. Recourons avec confiance à son intercession et soyons assurés que nous ne pouvons rien faire qui soit plus agréable à Jésus et à Marie.

Prions cette grande sainte de nous obtenir les secours qui nous sont nécessaires pour vivre saintement dans notre état, et pour en remplir fidèlement tous les devoirs. Les pères et mères doivent en ce jour demander à Dieu la grâce de bien élever leurs enfants, de leur donner une éducation chrétienne, et surtout de les exciter et de les former à la pratique du bien et de la vertu par leur bon exemple et par la régularité de leur conduite.

—————

## ✠ ST. LAURENT. (10 août.)

*Le dimanche avant la fête de St. Laurent, le curé dira :*

N. prochain, est la fête (*ou nous célèbrerons la fête*) de St. Laurent, diacre et martyr.

Ce saint a été rempli d'amour pour Dieu et de charité pour les pauvres. L'amour de Dieu dont son cœur était embrâsé, l'a rendu insensible aux plus cruels tourments et a été plus fort que l'ardeur des charbons enflammés qui ont consumé son corps. La charité l'a dépouillé de tous ses biens en faveur des pauvres, auxquels il donna tout ce qu'il avait.

Aimons Dieu comme St. Laurent ; à son exemple, endurons patiemment pour Dieu ce que le monde nous fera souffrir, et distribuons aux pauvres une part abondante des richesses dont Dieu nous a confié l'administration.

—————

## ASSOMPTION. (15 août.)

*Le dimanche avant la fête ou la solennité de l'Assomption de la Ste. Vierge, le curé dira :*

Dimanche prochain, nous célèbrerons la fête (*ou nous ferons la solennité*) de la glorieuse Assomption de la Ste. Vierge Marie, et de son couronnement dans le ciel. Cette fête (*ou cette solennité*) est la plus solennelle de toutes celles que l'Eglise célèbre à l'honneur de la mère de Dieu, et la seule qui soit précédée d'un jeûne.

Nous devons, au jour de cette grande solennité, re-

nouveler les sentiments de notre dévotion et de notre
confiance envers la Ste. Vierge, et la prier d'être notre
protectrice auprès de Jésus-Christ son fils dans tous nos
besoins, dans nos tentations, dans nos peines ; et de
nous obtenir les grâces qui nous sont nécessaires pour
mener une vie pure et pour faire une sainte mort.

Samedi prochain, veille de cette fête, (ou de cette
solennité) est un jour de jeûne d'obligation.

---

## ✠ ST. BARTHELEMI. (24 août.)

*Le dimanche avant la fête de St. Barthélémi, le curé
dira :*

N. prochain, l'Eglise fera la fête St. Barthélémi,
apôtre.

Vous prierez Dieu en ce jour, qu'il vous rende parti-
pants de la gloire des saints.　Mais souvenez-vous que
vous n'y aurez part qu'en vivant comme les saints ont
vécu, c'est-à-dire, dans la pénitence, la mortification et
la patience au milieu des souffrances. C'est là le chemin
qui conduit au ciel. Celui qui veut y aller, doit consentir
à porter sa croix ; c'est une nécessité indispensable.

---

## ✠ ST. LOUIS. (a) (25 août.)

*Le dimanche avant la fête de St. Louis, le curé dira :*

N. prochain, est la fête de St. Louis, roi de France,
(second titulaire de l'église métropolitaine).

Adressons-nous avec confiance à ce grand saint,
comme à un puissant protecteur auprès de Dieu, pour
obtenir la grâce de suivre les exemples des vertus qu'il
a pratiquées, même au milieu des délices de la cour.

(a) Cette annonce est particulière à l'Archidiocèse de Québec.

Comme lui, ayons une grande horreur du péché ; renonçons à l'impiété et aux désirs du siècle ; imitons sa sobriété, sa justice, sa charité envers les pauvres, et sa soumission à la volonté de Dieu dans les épreuves et les adversités.

---

## NATIVITE DE LA STE. VIERGE. (8 septembre.)

*Le dimanche avant la solennité ou la fête de la Nativité de la Ste. Vierge, le curé dira :*

Dimanche prochain, nous célèbrerons la solennité (*ou* la fête) de la Nativité de la Bienheureuse Vierge Marie.

L'Eglise ne célèbre que la nativité de Jésus-Christ, celle de la Sainte Vierge et celle de St. Jean-Baptiste. Elle célèbre le jour de la mort des autres saints, parce qu'elle le regarde comme celui de leur naissance ou de leur entrée au ciel. Mais l'Eglise fait la fête de la naissance de la Sainte Vierge dans le monde, parce qu'elle a été toute sainte. Marie a été conçue sans péché, et elle est née pleine de grâces.

En célébrant la fête de la Nativité de Marie, prions cette Bienheureuse Vierge de nous obtenir de Jésus-Christ, son fils, les grâces dont nous avons besoin pour conserver la sainteté de notre régénération ou naissance spirituelle en Jésus-Christ.

---

## QUATRE-TEMPS.

*Le dimanche avant les Quatre-Temps de septembre, le curé dira :*

Mercredi, vendredi et samedi, est le jeûne des Quatre-Temps, etc., *comme ci-dessus, page* 47.

## ✠ ST. MATTHIEU.

*Le dimanche avant la fête de St. Matthieu, le curé
dira :*

N. prochain, l'Eglise fera la fête de St. Matthieu,
apôtre et évangéliste.   Apôtre veut dire *envoyé*, c'est-à-
dire, envoyé par Jésus-Christ pour prêcher l'évangile :
Evangéliste, *qui a écrit l'évangile.*

St. Matthieu est le premier des quatre historiens
sacrés qui ont écrit l'évangile par l'inspiration du St.
Esprit, et qui nous ont transmis ce qu'il lui a plu de
nous apprendre touchant la vie et la doctrine de Jésus-
Christ.   Profitons de ce que St. Matthieu  a écrit dans
son évangile ; lisons-le avec respect ; méditons et prati-
quons fidèlement tout ce qu'il nous enseigne.

St. Matthieu quitta un emploi lucratif, à la voix de
Jésus-Christ, qui l'appelait à sa suite.   Apprenons, à
son exemple, à tout quitter, au moins de cœur, pour
suivre Jésus-Christ.   Celui qui ne renonce pas pour lui,
au moins d'affection, à tout ce qu'il possède, n'est pas
digne de lui.

Il y a des emplois qu'on ne peut exercer sans péché,
et qui, par-là même, sont dangereux pour notre salut ;
il faut y renoncer ainsi qu'à tout ce qui peut nous porter au péché, quelque cher qu'il nous soit.   " Si votre
" œil, votre pied, ou votre main vous scandalisé, dit
" Jésus-Christ, arrachez-le, coupez-le et jetez-le loin de
" vous."—(*Matth.* XVIII, 8).

---

## ST. MICHEL.

*Le dimanche avant la solennité ou la fête de St.
Michel, le curé dira :*

Dimanche prochain, nous célèbrerons la solennité (*ou* la fête) de St. Michel, archange, et de tous les saints anges.

Remercions Dieu de nous avoir donné des anges pour nous conduire et nous protéger dans toutes nos voies. Prions-le de nous rendre fidèles à leurs inspirations. Prenons, en ce jour, la résolution de révérer les saints anges. Demandons à Dieu la grâce d'imiter la pureté de ces esprits bienheureux, leur promptitude et leur fidélité à faire sa volonté, et leur attention à conserver sa divine présence en toute chose et en tout lieu.

----

## ST. ROSAIRE.

*Le dernier dimanche dans septembre, le curé dira :*

Dimanche prochain, l'Eglise célèbrera la fête du St. Rosaire de la Bienheureuse Vierge Marie.

Selon le pieux usage de l'Eglise, faisons-nous un devoir de saluer souvent cette Vierge sainte, bénie entre toutes les femmes, avec laquelle le Seigneur a toujours été par sa grâce, et qui nous a donné Jésus, le principe et l'objet de toutes les bénédictions. Reconnaissons hautement dans Marie la dignité de Mère de Dieu, et, en cette qualité, prions-la de nous obtenir, pendant notre vie, une part à la grâce dont il lui a donné la plénitude, et à l'heure de notre mort, une part à la félicité éternelle dont il a couronné ses mérites.

----

## ✠ ST. SIMON ET ST. JUDE.

*Le dimanche avant la fête de St. Simon et St. Jude, le curé dira :*

N. prochain, l'Eglise fera (*ou* nous célèbrerons la fête de St. Simon et St. Jude, apôtres.

L'Eglise, en célébrant cette fête, veut nous faire souvenir de ce que les saints apôtres et leurs successeurs ont entrepris et souffert, pour nous donner la connaissance du vrai Dieu et des vérités de l'évangile. Prions que leurs travaux et leurs prédications ne soient pas inutiles en nous ; et qu'après avoir eté éclairés du flambeau précieux de la foi, nous marchions suivant ses lumières, et non pas selon les fausses et pernicieuses maximes du monde ennemi de Jésus-Christ, qui ne s'est point nommé la coutume, mais la vérité.

---

## LA TOUSSAINT.

(a) *Le dimanche avant le premier novembre, le curé dira :*

L'Eglise célèbrera, N. prochain, la fête de tous les saints.

Cette fête est d'obligation et une des plus solennelles qu'elle célèbre pendant l'année. Elle l'a instituée et la célèbre : 1°. pour nous faire honorer tous les saints par une même solennité, et réparer les fautes commises dans les fêtes particulières des saints ; 2°. pour nous apprendre que nous sommes tous appelés à être saints, et que notre sanctification dépend de notre correspondance à la grâce.

Vous devez, en ce jour, contempler cette gloire ineffable dont les bienheureux jouissent dans le ciel et dire : la même gloire m'est aussi préparée, mais à condition

---

(a) Lorsque cette fête tombe le lundi, le jeûne doit être annoncé pour le samedi précédent.

que je vivrai comme eux dans la justice, dans la pénitence et dans la sainteté ; car rien de souillé n'entrera
dans la Jérusalem céleste. Pénétrons-nous de cette
importante vérité, qu'il faut vivre comme les saints pour
être glorifiés comme eux. Prions-les d'être nos inter-
cesseurs et nos protecteurs auprès de Dieu.

Méditons, pendant cette octave, les huit Béatitudes
comme les voies qui conduisent au royaume des cieux.

1°. Bienheureux les pauvres d'esprit ; car le royaume
du ciel est à eux.

2°. Bienheureux ceux qui sont doux ; car ils possè-
deront la terre pour héritage.

3°. Bienheureux ceux qui pleurent ; car ils seront
consolés.

4°. Bienheureux ceux qui ont faim et soif de la justice ; car ils seront rassasiés.

5°. Bienheureux les miséricordieux ; car ils obtien-
dront miséricorde.

6°. Bienheureux ceux qui ont le cœur pur ; parce
qu'ils verront Dieu.

7°. Bienheureux les pacifiques ; car ils seront appelés
enfants de Dieu.

8°. Bienheureux ceux qui souffrent persécution pour
la justice ; car le royaume du ciel est à eux.

(N., veille de la Toussaint, est un jour de jeûne d'o-
bligation.)

Le lendemain de la Toussaint, l'Eglise fera la Commémoration des morts, etc. *Voyez la formule ci-après.*

*Si le jour de la Toussaint tombe le samedi ou le
dimanche, la Commémoration des morts aura lieu le lundi
suivant, et on l'annoncera le dimanche qui précède immédiatement ce lundi.*

*Dans les paroisses où il y a indulgence le jour de la*
8

*Toussaint, le jour des morts et le dimanche dans l'oc-*
*tave, le dernier dimanche d'octobre, le curé, après l'an-*
*nonce de la Toussaint, et celle du jour des morts, si*
*elle doit avoir lieu ce même dimanche, dira :*

Le jour de la Toussaint, celui de la Commémoration des morts, et le dimanche dans l'octave de la Toussaint, il y aura une indulgence plénière, applicable au soulagement des âmes du purgatoire, pour toutes les personnes qui, s'étant confessées et ayant communié, visiteront cette église, et y prieront selon l'intention du Souverain Pontife."

————

## JOUR DES MORTS.

N. prochain, (*ou demain, si cette annonce doit être faite la veille*), est le jour de la Commémoration des morts, c'est-à-dire, que l'Eglise fera, ce jour-là, des prières pour le soulagement et le repos des âmes de ceux qui sont décédés en état de grâce, mais qui n'ont pas encore pleinement satisfait à Dieu pour leurs péchés.

Souvenez-vous d'offrir pour eux des prières, des aumônes, et surtout le saint sacrifice de la messe.

Les âmes de vos parents et de vos amis s'adressent à vous dans leurs souffrances et vous disent : " Ayez " pitié de nous, vous au moins qui êtes nos amis (*Job.* " XIX, 21)." Soyez sensibles à leur état ; soyez touchés de leurs peines, et procurez-leur les secours qu'elles attendent de vous. Entrez dans les cimetières pour y faire de sérieuses réflexions sur la brièveté de la vie, sur la vanité des choses du monde et sur la mort. Les ossements de ceux qui y reposent, vous avertiront de penser à votre dernier jour. Préparez-vous y par la mortification, par la pénitence et par les bonnes œuvres.

---

## ✠ ST. ANDRE.

*Le dimanche avant la fête de St. André, le curé dira :*
N. prochain, l'Eglise fera la fête de St. André, apôtre.

Ce saint a été un vrai disciple de Jésus-Christ qu'il a parfaitement imité pendant sa vie en toute sa conduite, et en sa mort, par le genre de supplice qu'il a souffert.

Les paroles que l'on croit qu'il dit en voyant la croix qui lui était préparée, doivent être dans la bouche des chrétiens, lorsqu'il leur arrive des afflictions, des peines ou des croix. Ils doivent dire alors, comme ce saint apôtre, s'ils sont pleins de l'esprit du christianisme : " O bonne croix, ô croix que j'ai longtemps désirée, que " j'ai longtemps cherchée ! ô croix que j'ai toujours " aimée, je vous ai enfin trouvée ! "

Tels doivent être nos sentiments, dans les contradictions et les adversités que nous éprouvons. Car Jésus-Christ nous déclare dans l'évangile que nous ne pouvons être ses disciples qu'en nous faisant gloire de marcher après lui en portant notre croix. (*Luc*, XIV, 27.)

---

## INSTRUCTIONS AUX CURES
### SUR LA VISITE ANNUELLE DES PAROISSES.

---

Notre second Concile Provincial, dans son décret XVe. *De parochis et aliis animarum curam gerentibus,* rappelle aux curés l'obligation de visiter régulièrement leurs paroissiens.

« 30. Quia, ut ipse ait Christus, *Bonus Pastor cognoscit oves suas et vocat eas nominatim*, ideò parochus cognoscere debet fideles sibi commissos. Non ergò negligat morem hunc tam salutarem, singulas parœciæ suæ familias, si fieri potest, certis temporibus, visitandi, hocque munus adimpleat cum gravitate simul et modestia, necnon et singulari charitate. Quamvis enim a quolibet inutili, per parœciam, discursu abstinere debeat, non tamen officio suo satisfecisse arbitretur, si, domi inclusus, expectet ut ad ipsum veniant parochiani. Semper equidem valuit, sed hisce præsertim temporibus valet hoc præceptum Domini : *Ite ad oves quæ perierunt domus Israel.* »

I. Avant la visite annuelle, le curé aura soin d'en prévenir ses paroissiens par l'annonce qu'il trouvera page 52 dans cet *Appendice ;* il indiquera distinctement les arrondissements qu'il parcourra chaque jour, afin que, dans chaque famille, l'on se tienne prêt à le recevoir ; il engagera tout le monde à prier pour le plein succès de cette visite.

II. Pendant qu'il la fait, il ne perdra pas de vue les trois buts qu'il doit s'y proposer : 1° connaître tous ses paroissiens ; 2° être au fait de l'état religieux et moral de chaque arrondissement, et même de chaque famille ; 3° constater leurs besoins temporels et surtout spirituels, afin de se mettre en état d'y mieux pourvoir.

Tout cela suppose : 1° que le curé ne fait pas cette visite avec une trop grande rapidité, comme un homme qui veut se débarrasser d'une corvée, mais que, dans chaque maison, il prend le temps nécessaire pour dire un mot bienveillant à chacun, s'assurer adroitement de la manière dont on remplit ses devoirs, interroger et encourager les enfants ; 2° qu'il entre partout, sans acception de personnes ; il ne lui serait permis d'omettre tout au plus que certaines maisons notoirement scandaleuses ; et encore cette mesure d'exclusion demande-t-elle beaucoup de prudence, car elle est toujours injurieuse et sensible à ceux qui en sont l'objet ; 3° qu'il prend note dans un cahier spécial, de l'état de la population, nommément et en détail. Voici les expressions du Rituel Romain là-dessus :

" *Familia quæque distincte in libro notetur, intervallo relicto ab unaquaque ad alteram subsequentem, in quo singillatim scribantur nomen, cognomen, ætas singulorum qui ex familia sunt, vel tanquam advenæ in ea vivunt. Qui vero ad sacram communionem admissi sunt, hoc signum C. in margine e contra habeant. Qui sacramento Confirmationis sunt muniti, hoc signum habeant Chr. Qui ad alium locum habitandum accesserint, eorum nomina subducta linea notentur.*"

En réservant une page ou une demi-page à chaque famille, et une ligne à chaque personne, le curé pourra d'un seul coup-d'œil se rendre compte du nombre de communiants, de non-communiants, de confirmés, de défunts, etc. Ces derniers s'indiquent par une † à la marge.

Pour que cette visite annuelle produise tous ses fruits, le curé doit s'en acquitter : 1° avec foi et piété, comme le représentant de Jésus-Christ ; 2° avec modestie et affabilité, comme un père qui visite ses enfants ; 3° avec douceur et prudence, parlant et agissant partout avec patience et modération ; 4° avec zèle et charité, cherchant à soulager toutes les misères, à porter dans chaque maison la consolation, la lumière et la paix. " *Gaudere cum gaudentibus, flere cum flentibus.*" (Rom. XII.)

" *Quis infirmatur, et ego non infirmor ? quis scandalizatur, et ego non uror ?* "  (II. Cor. XI.)

Les choses qui doivent attirer particulièrement l'attention du curé dans cette visite, sont les suivantes : 1° l'instruction religieuse des parents et des enfants ; 2° la fréquentation des catéchismes et des écoles ; 3° l'assistance aux offices de l'église, les dimanches et fêtes ; 4° le coucher des différents membres de la famille ; 5° les mœurs de la jeunesse ; 6° les réunions et divertissements dangereux ; 7° les livres et les tableaux qui se trouvent dans les maisons ; 8° le maintien de la tempérance.   Il doit profiter de l'occasion pour chercher à répandre les bons livres et les objets de piété ; pour porter à chanter des cantiques et à souscrire à la bibliothèque paroissiale ; pour offrir de petites récompenses aux enfants qui savent bien leur catéchisme et leurs prières.

III. Après la visite enfin, le curé doit s'efforcer : 1° d'affermir le bien qu'il a remarqué, et d'en rapporter toute la gloire à Dieu ; 2° de remédier au mal qu'il a observé, et d'en demander pardon à Dieu, comme s'il en était la cause par son défaut de capacité, de piété et de zèle ; 3° de redoubler de soin et d'ardeur dans l'accomplissement de tous ses devoirs.

Le dimanche qui suit la fin de la visite, il est à propos qu'il dise à ses paroissiens les consolations qu'il y a éprouvées ; mais il ne doit parler des abus qui l'ont frappé qu'en termes généraux et sans que personne puisse être blessé de ses remarques.

Il est utile que le curé entre, durant le cours de sa visite, même chez les protestants, si cette marque d'attention paraît leur être agréable.

(Le fond de ces Instructions est tiré du Rituel Romain, de notre 2nd Concile de Québec, du Rituel de Belley, des *Devoirs du Sacerdoce*, du *Bon Curé*, de *Vingt ans de ministère*, du *Miroir du Clergé. etc.*)

---

## FORMULE DU RAPPORT ANNUEL

*Que les Curés et Missionnnaires sont obligés de présenter à leur Evéque, tous les ans avant le premier septembre, conformément au XVe décret du premier concile de Québec.*

*Remarques. 1°. Les curés ou missionnaires chargés de plusieurs paroisses ou missions, doivent faire le rapport de chacune sur une feuille séparée.*

*2°. Il n'est pas nécessaire de répéter les questions ici posées ; mais la réponse doit être précédée du No. de la question et être complète et intelligible par elle même, sans qu'il soit besoin, pour la comprendre, de recourir à la formule ici donnée.*

*3°. Lorsque l'Evéque visite une paroisse, ce rapport doit lui être présenté à son arrivée, comme il est dit ci-après au chapitre de la visite épiscopale.*

### QUESTIONS

*Auxquelles doivent répondre les Curés et Missionnaires dans leur rapport annuel.*

### I. POPULATION.

1. Quelle était la population catholique de la paroisse au 1er janvier dernier ?...la population protestante ?

2. Combien de communiants et de non communiants ?

3. Combien de non communiants ont plus de 14 ans ? combien sont idiots ?

4. Combien de familles catholiques ? combien cultivent ? combien sont emplacitaires ?

5. Combien de familles canadiennes-françaises ?... Irlandaises, Anglaises, Ecossaises, d'autre origine ?

6. En l'année terminée au premier janvier dernier, combien de baptêmes, mariages, sépultures ?... naissances illégitimes ?

7. Depuis le premier septembre de l'année dernière, combien de familles ont quitté ? où sont-elles allées ? Est-ce pour toujours ?

8. Dans le même temps, combien de familles sont arrivées ? d'où viennent-elles ?

9. Dans le même temps, combien de jeunes gens et de jeunes filles ont quitté ? où sont-ils allés ? est-ce une absence temporaire ?

10. Y a-t-il un village auprès de l'église et quel est le nombre de familles et de communiants qui y habitent ?

11. A quelle distance de l'église sont les habitants les plus éloignés de l'église ?

II. PAQUES.

12. Combien ont reçu la communion au temps de Pâque ?

13. Combien se sont confessés en ce temps ?

14. Combien sont en arrière depuis plus d'une année ?

III. CATÉCHISME ET PREMIÈRE COMMUNION.

15. Combien d'enfants ont fait la première communion depuis le premier septembre de l'année dernière ?

16. Les enfants viennent-ils assidûment au catéchisme ? Les parents sont-ils négligents à les y envoyer ?

17. Les catéchismes se font-ils tous les dimanches, suivant le XII décret du premier concile de Québec ?

18. Combien de fois dans l'année ont été confessés les enfants de sept ans et plus, qui n'ont pas encore communié ? combien ont répondu à l'appel ?

19. Pendant combien de semaines et combien de fois par semaine, se sont faits les catéchismes préparatoires à la première communion ? Par qui ?

20. Le catéchisme est-il enseigné dans les écoles ?

### IV. ÉCOLES.

21. Combien d'écoles modèles ?...élémentaires ?

22. Les parents négligent-ils à y envoyer leurs enfants ?

23. Y a-t-il des écoles protestantes, et sont-elles fréquentées par des enfants catholiques ?

24. Y a-t-il des écoles où les garçons et les filles soient instruits ensemble ? Sont-elles tenues par des institutrices ou par des maîtres non mariés ?

25. Y a-t-il une école de fabrique ? La fabrique possède-t-elle quelque maison d'école ? Fournit-elle quelque chose pour les écoles ? A-t-elle reçu pour cela quelque donation ?

26. Combien y a-t-il d'instituteurs et d'institutrices ?

27. Y a-t-il un collége, une académie, un couvent ? Quel est le nombre total des élèves ?...des pensionnaires ?...des demi ou quarts de pension ?...des externes ? Qui en a la direction ? Longueur, largeur, nombre d'étages de l'édifice ?

28. Combien de garçons fréquentent les écoles catholiques de la paroisse ? Combien de filles ?

29. Combien de fois par année le curé visite-t-il les écoles ?

### V. BIBLIOTHÈQUE DE PAROISSE.

30. Y a-t-il une bibliothèque de paroisse ? Combien a-t-elle de volumes et de lecteurs ?

### VI. AFFAIRES DE LA FABRIQUE.

31. Quelle est la superficie du terrain sur lequel sont

placés l'église, le cimetière, le presbytère et leurs
dépendances ?

32. La fabrique a-t-elle une terre et quelle en est la
superficie ? Est-elle est loin de l'église ?

33. Les titres des propriétés de la fabrique et autres
papiers importants, sont-ils conservés avec soin dans le
coffre à deux clefs, prescrit par la discipline constante
de cette province ?

34. Y a-t-il une liste exacte de tous ces titres et
autres papiers intéressant la fabrique ?

35. Les actes d'acquisition d'immeubles sont-ils
enrégistrés conformément à l'ordonnance 2 Vict. ch. 26,
et au chap. XIX des Statuts Refondus du Bas-Canada ?

36. Les archives sont-elles en lieu sûr ?

37. Quel est le revenu ordinaire de la fabrique par
les bancs ?...par le casuel ?...par les quêtes ?...par
d'autres sources, telles qu'intérêts, loyers, etc. ?

38. Quelle est la dépense ordinaire de la fabrique ?

39. Les dépenses extraordinaires ont-elles été autorisées par l'Evêque ?

40. A la dernière reddition de comptes, quel était le
montant de l'avoir de la fabrique, en argent ?...en
dépôts à la banque ?...le montant des dettes actives à
part les dépôts à la banque ?...des dettes passives ?

41. Combien de marguilliers n'ont pas encore rendu
leurs comptes ? Pourquoi ce retard ?

42. Combien y a-t-il de bancs et sont-ils vendus au
capital, ou à la rente annuelle ? Y a-t-il des arrérages
dus ?

43. Les paroissiens ou notables assistent-ils aux
élections de marguilliers et à la reddition des comptes ?

### VII. ÉTAT DES ÉDIFICES.

44. Quelles sont les dimensions de l'église, de la sa-

cristie, du presbytère, de la salle des habitants ? En quoi sont ils construits ?

45. Dans la salle y-t-il une partie séparée pour les femmes ?

46. Ont ils besoin de réparations ?

47. Quelle est l'étendue du cimetière ?...... est il entouré d'une bonne clôture, ou d'une muraille ? Y a-t-il une grande croix au milieu ? Y a-t-il une partie séparée pour les enfants morts sans baptême, ou pour ceux qui n'ont pas droit à la sépulture ecclésiastique ?

### VIII. OBJETS DU CULTE, FONDATIONS, ETC.

48. Y a-t-il dans la sacristie un tableau des fondations ? ces fondations sont-elles acquittées régulièrement ?

49. La sacristie a-t-elle le linge, les ornements, vases sacrés et autres choses nécessaires ? En quel état sont tous ces objets ?

50. Y a-t-il des fonts baptimaux dans l'église ?

51. Combien y a-t-il de confessionnaux dans l'église ? ......dans la sacristie ?

### IX. CONFRÉRIES ET BONNES ŒUVRES.

52. Combien de concours ont lieu dans l'année ?

53. Y a-t-il des indulgences dans le cours de l'année et s'efforce-t-on de les gagner ?

54. L'autel est-il privilégié et y a-t-il dans la sacristie un avis qui le fasse connaître ?

55. La Propagation de la Foi, le Denier de S. Pierre, la Sainte Enfance, le Chemin de la Croix, le Scapulaire, l'Archiconfrérie, etc , etc., sont-ils établis dans la paroisse ?

56. Quel est la date de leur établissement, et en conserve-t-on les actes authentiques ?

57. Les fidèles sont-ils zélés pour ces diverses œuvres et confréries ? Les associés sont ils nombreux ?

58. Y a-t-il un hospice ou autre institution de charité ? Par qui est-il dirigé et combien d'infirmes renferme-t-il ?

### X. DE LA TEMPÉRANCE.

59. La Société de la Tempérance est-elle établie ? Combien d'associés compte-t-elle ? Sont-ils fidèles à en observer les règles ?

60. Combien d'auberges ?......combien de débits sans licence ? Fait-on des efforts pour empêcher les désordres ?

61. Y a-t-il des ivrognes publics, ou autres pécheurs notoirement scandaleux ?

### XI. RETRAITES, SACREMENTS, DIMANCHES ET FÊTES, JEUNES ET ABSTINENCE.

62. Quand a eu lieu la dernière retraite dans la paroisse ou mission ?

63. Les Sacrements de Pénitence et d'Eucharistie sont ils bien fréquentés ?

64. Les dimanches et fêtes sont ils bien observés ?

65. Vend-on de la boisson durant les offices ?

66. Y a-t-il des gens qui ne viennent pas à l'église et combien ?

67. Comment sont observés les jeûnes et abstinences ?

### XII. REVENUS DU CURÉ.

68. Quel est le revenu total du curé ?... par la dîme ? ...par casuel ?... par supplément (dire quelle est la nature de ce supplément) ?... par terre de fabrique ? .. par autre source dépendante de la cure ?

69. Combien ont négligé de payer ce qu'ils devaient et à combien peuvent se monter ces arrérages ?

## XIII. ORDONNANCES ÉPISCOPALES.

70. Les ordonnances épiscopales, soit générales, soit spéciales pour cette paroisse, ou mission, ont-elles été mises à exécution ?

71. Les ordonnances faites dans la dernière visite ont-elles été accomplies ?

## XIV. DIVERS.

72. Y-a-il une prison ? Quel est le nombre ordinaire des prisoniers ? Quels sont les rapports du curé avec la dite prison ?

73. Les élections de marguilliers, de conseillers municipaux, de députés, se font-elles paisiblement, ou sont-elles occasion de quelque désordre ?

71. Les concours agricoles sont-ils l'occasion de quelque désordre ?

75. Les sages-femmes sont-elles qualifiées suivant l'ordonnance contenue dans l'appendice du rituel ? Savent-elles bien quand et comment baptiser ?

76. Quels sont les principaux désordres ? Veillées, fréquentations, promenades, danses immodestes, jeux défendus, négligence des parents à l'égard de leurs enfants, insubordination des enfants, etc., etc.

77. L'usure est-elle pratiquée ?

78. Le luxe est-il considérable ?

79. Y a-t-il des personnes mariées qui vivent séparées sans l'intervention de l'autorité ecclésiastique ?

## XV. REMARQUES SPÉCIALES.

80. Avez-vous à mentionner quelqu'autre chose propre à donner une plus parfaite connaissance de la paroisse ou mission, et à mettre l'évêque en état de remédier aux abus qui pourraient s'y être introduits ?

*N. B.—Lorsque ce rapport sera fait pour être présenté*

*à l'Evêque en visite, le curé devra y joindre un inventaire des biens meubles et immeubles de son église, et présentera le tout avec les titres, régistres, comptes et papiers de la fabrique.*

---

# VISITE EPISCOPALE.

---

La visite des paroisses de leur diocèse, recommandée aux Evêques par le St. Concile de Trente (*sess.* 24, *ch.* 3, *de reform.*) est une des fonctions les plus nécessaires et les plus importantes du ministère qui leur est confié. Ils les doivent faire pour prendre une connaissance exacte des besoins spirituels et temporels de leurs diocésains.

Lorsque les curés auront reçu le mandement qui leur annonce la visite épiscopale, ils le publieront au prône et inviteront leurs paroissiens à assister avec zèle aux exercices religieux qui doivent l'accompagner. Ils auront aussi soin, au moyen d'instructions solides, de préparer à bien recevoir la confirmation, ceux à qui elle doit être conférée.

### MÉMOIRE ET RÉGISTRES A PRÉPARER.

Quelques jours avant la visite, ils prépareront les régistres de Baptêmes, Mariages et Sépultures, un tableau des obits et fondations de leur Eglise, et, s'il y a des Confréries, les titres de leur érection. Ils dresseront un mémoire, en la forme indiquée plus haut pour le rapport annuel.

Le curé préparera le *Journal* des recettes et dépenses, ainsi que le régistre de la fabrique, et aura soin de voir à ce que les marguilliers sortis de charge aient rendu leurs comptes en bonne forme.

### DIVERSES CHOSES A PREPARER.

Quelques jours avant la visite, on aura soin de nettoyer l'église et la sacristie. La veille de l'arrivée de l'Evêque, on ornera les autels, etc., comme pour les grandes solennités et l'on sonnera toutes les cloches, le soir et le lendemain matin. On disposera dans la sacristie ou dans quelqu'autre lieu de l'église, les ornements, linges, livres et autres objets destinés au service divin, afin que l'évêque puisse facilement les visiter et en faire le dénombrement. On mettra les fonts baptismaux, les vaisseaux des Saintes Huiles, les vases sacrés et les reliques avec leurs authentiques, dans l'état le plus convenable pour être visités.

Le jour de la visite, on placera au milieu du chœur, devant le grand autel, un prie-Dieu couvert d'un tapis et d'un carreau ; sur l'autel, un Missel ouvert à l'endroit où est l'oraison du patron de l'église ; une bourse avec un corporal, et une étole blanche pour le prêtre qui tirera le Saint-Sacrement du tabernacle.

On placera aussi, du côté de l'épitre, un trône ou au moins un fauteuil, avec un dais pour l'Evêque, et des siéges pour les ecclésiastiques qui l'accompagneront.

On préparera à la sacristie l'encensoir avec la navette, le bénitier avec l'aspersoir, la croix de procession et les chandeliers des acolytes. On fera porter au presbytère l'amict, le cordon, l'aube et la chape qui doivent servir à l'Evêque et quelques surplis, ainsi que les aubes et dalmatiques pour ses assistants. Enfin on placera un tapis et un carreau à l'entrée du presbytère. Quand c'est la première visite de l'Evêque diocésain, on prépare un dais, qui doit être porté par les marguilliers.

Le dimanche avant la visite, le curé annoncera l'heure probable de l'arrivée de l'Evêque et donnera les avis qu'il jugera nécessaires. Il lira aussi ce que l'Evêque aura prescrit de lire à cette occasion.

## ORDRE DE LA VISITE.

Aussitôt que l'Evêque sera arrivé sur le territoire de la paroisse, on sonnera les cloches jusqu'à ce qu'il soit arrivé au presbytère.

Pendant que l'Evêque prendra ses habits pontificaux, le curé revêtu d'un surplis et d'une chape blanche, sans étole, tenant entre ses mains un crucifix, et précédé de tout le clergé, se rendra à la porte du presbytère. En s'y rendant, l'on observera l'ordre suivant. Le thuriféraire, portant l'encensoir et la navette, marche le premier, ayant à sa gauche un clerc qui porte le bénitier et l'aspersoir ; un clerc portant la croix procession‧ nelle marche entre les deux acolytes avec leurs cierges allumés, puis le reste du clergé deux à deux, les moins dignes les premiers ; et enfin le curé, (suivi des marguilliers qui portent le dais, si c'est la première visite de l'Evêque diocésain). Lorsque le clergé est arrivé à quelque distance du presbytère, le porte-bénitier, le thuriféraire, le porte-croix et les acolytes s'arrêtent et se retirent du côté droit. Tous les autres se rangent sur deux lignes droites, de manière que les plus dignes se trouvent placés auprès de la porte du presbytère. (Ceux qui portent le dais s'approchent du lieu où le tapis et le carreau ont dû être préparés pour le prélat).

L'Evêque étant sorti du presbytère et s'étant mis à genoux sur le carreau, le curé demeurant debout lui présente le crucifix, sans lui faire d'inclination auparavant, par respect pour le crucifix qu'il tient entre ses mains. L'Evêque baise le crucifix et se lève. Le curé remet à un des assistants le crucifix qu'il portait, fait au prélat une profonde inclination et, après que tout le clergé l'a salué par une demi-génuflexion et que les fidèles ont reçu la bénédiction à genoux, la procession se rend à l'église dans le même ordre qu'elle en est sortie.

Le prélat marche (sous le dais) immédiatement précédé par le curé (a) et suivi des clercs de service et ayant à ses côtés, un peu en arrière, ses deux assistants, en dalmatiques ou simplement en surplis.

Au départ de la procession, les chantres entonnent et poursuivent l'antienne : *Sacerdos et Pontifex...* ou bien le répons : *Ecce sacerdos magnus...* comme dans le Processionnal ou dans le Graduel. Si le chemin est long, on peut y ajouter le *Veni, Creator Spiritus*, ou d'autres hymnes. Lorsque c'est la première fois que le nouvel Evêque diocésain visite cette église, on chante le *Te Deum*, après l'antienne ou le répons susdit.

Pendant la procession, on allume les cierges du grand autel. Lorsqu'elle est arrivée à la porte de l'église, le thuriféraire et le clerc qui porte le bénitier s'y arrêtent ; le porte-croix et les acolytes s'avancent jusqu'à ce que le cérémoniaire de l'évêque donne le signal d'arrêter. Tous se tournent alors vers le prélat, en continuant de chanter le répons ou l'hymne qu'on y aura ajoutée.

Lorsque le prélat est arrivé à la porte de l'église, le curé ayant la tête découverte reçoit l'aspersoir, fait une inclination profonde au prélat, baise le bas de l'asper-

---

(a) Dans l'archidiocèse de Québec, le curé marche devant la croix archiépiscopale, qui est portée devant l'archevêque par un clerc en surplis.

soir et le lui présente, en baisant sa main ou son anneau. L'Evêque laisse la crosse, reçoit l'aspersoir, prend l'eau bénite et fait l'aspersion sur le curé, le clergé et le peuple.   Après quoi il rend l'aspersoir au curé qui lui fait encore une profonde inclination, baise sa main et le bas de l'aspersoir qu'il remet au porte-bénitier. Ensuite le curé, ayant reçu la navette des mains du thuriféraire, fait une inclination profonde au prélat, et lui présente, avec les mêmes cérémonies, la cuiller pour la bénédiction de l'encens, en disant, avec inclination de tête : *Benedicite, pater reverendissime.*   Le thuriféraire se met alors à genoux avec le cérémoniaire et présente l'encensoir ouvert à l'Evêque, qui y met de l'encens, le bénit et reprend la crosse.   Le curé encense trois fois le prélat, lui faisant une inclination profonde avant et après l'encensement.   Le thuriféraire et le porte-bénitier vont se replacer à la tête de la procession, qui se remet en marche et s'avance vers le chœur.

La procession étant arrivée au chœur, le thuriféraire et le porte-bénitier portent l'encensoir et le bénitier à la sacristie.   La croix est déposée auprès de l'autel, du côté de l'épître ; les acolytes mettent leurs chandeliers sur la crédence, auprès de laquelle ils se placent avec le porte-croix.

L'Evêque, étant arrivé au bas de l'autel, quitte la mitre et la crosse, se met à genoux sur le prie-Dieu et y fait sa prière, ayant auprès de lui ses deux assistants et derrière lui, sur une même ligne, le cérémoniaire et les clercs de service.   Tous se mettent à genoux à leur place (a). Le curé se place au bas des degrés de l'autel au coin de l'épître, en sorte qu'il ait l'autel à sa droite et qu'il soit tourné vers le prélat :—

(a) Si le *Te Deum* se chante, on reste debout jusqu'à ce qu'il soit terminé, et ensuite on se met à genoux.

Puis demeurant debout, découvert, et toujours tourné vers le prélat, il chante sur le ton férial les versets et l'oraison qui suivent :

℣. Protector noster aspice Deus.

℟. Et respice in faciem Christi tui.

℣. Salvum fac servum tuum,

℟. Deus meus, sperantem in te.

℣. Mitte ei, Domine, auxilium de Sancto,

℟. Et de Sion tuere eum.

℣. Nihil proficiat inimicus in eo,

℟. Et filius iniquitatis non apponat nocere ei.

℣. Domine, exaudi orationem meam,

℟. Et clamor meus ad te veniat.

℣. Dominus vobiscum,

℟. Et cum spiritu tuo.

OREMUS.

Deus, humilium visitator, qui eos paternâ dilectione consolaris, prætende societati nostræ gratiam tuam ; ut per eos, in quibus habitas, tuum in nobis sentiamus adventum. Per Christum Dominum Nostrum.

Dès que cette oraison est achevée tous se lèvent ; et on chante l'antienne du *Magnificat* et le verset des secondes vêpres du patron de l'église, comme dans le vespéral, au propre ou au commun des Saints. Quand on chante le verset, le prélat monte à l'autel, le baise au milieu, passe au côté de l'épître, et après la réclame qui suit le verset, il chante l'oraison du patron qu'on lui indique dans le missel. Cela fait, le curé quitte la chape ; l'Evêque revient au milieu de l'autel qu'il baise une seconde fois, reprend la mitre et la crosse, donne la bénédiction solennelle au peuple (et s'il le juge à propos, fait annoncer une indulgence de 40 jours.) Il se rend ensuite au trône, ou bien s'assied sur le fauteuil préparé au côté de l'épitre. Il annonce lui-même, ou fait annoncer la durée de la visite, les heures destinées aux confessions, le temps où l'Evêque sera prêt à entendre les personnes qui voudront lui parler et à recevoir les marguilliers pour l'examen des comptes de la fabrique. Si l'Evêque est autorisé à accorder une indulgence plénière à l'occasion de la visite, il en fait connaître les conditions.

Après cela, l'Evêque fait une exhortation s'il le juge à propos et termine par la visite du S. Sacrement, à moins qu'il ne doive dire la messe immédiatement.

### VISITE DU SAINT SACREMENT.

L'évêque en aube et en chape se met à genoux sur le marche-pied de l'autel : le thuriféraire, le cérémoniaire, et les deux acolytes portant leurs cierges allumés, font ensemble la génuflexion, au bas de l'autel à leur place ordinaire. Les acolytes se mettent à genoux sur la plus basse marche, et le thuriféraire avec le cérémoniaire sur la seconde. Cependant le curé, ayant pris une étole blanche, étend un corporal sur l'autel, ouvre le tabernacle, en tire le ciboire, et descend au côté droit de l'Evêque qui met l'encens et reçoit l'encensoir.

Lorsque le curé ouvre le tabernacle, les chantres entonnent la strophe : *Tantum ergo, etc.*, et la suivante *Genitori, etc.* Après l'encensement, l'Evêque monte à l'autel, fait une génuflexion, visite le tabernacle, l'ostensoir, les ciboires et les autres vases dans lesquels on conserve le St. Sacrement. Le curé a le soin de les placer sur le corporal, et, après qu'il ont été visités, il les remet dans le tabernacle, à l'exception d'un ciboire. L'Evêque alors fait une génuflexion et se remet à genoux sur le marche-pied de l'autel. Le chœur ayant achevé la dernière strophe de l'hymne, on chante :

℣. Panem de cœlo præstitisti eis,

℟. Omne delectamentum in se habentem.

Au temps pascal, ou dans l'octave de la Fête-Dieu, on ajoute *alleluia*.

Le prélat se lève et chante l'oraison suivante :

OREMUS.

Deus, qui nobis sub Sacramento mirabili passionis tuæ memoriam reliquisti ; tribue, quæsumus, ita nos corporis et sanguinis tui sacra mysteria venerari, ut redemptionis tuæ fructum in nobis jugiter sentiamus ; qui vivis et regnas in sæcula sæculorum. ℟. Amen.

Après l'oraison, l'Evéque étant monté à l'autel, donne trois bénédictions en silence avec le ciboire, qu'il remet sur le corporal.

Après la bénédiction, on chante au chœur le psaume *Laudate Dominum, omnes gentes, etc.*, le curé replace le ciboire dans le tabernacle, plie le corporal et descend sur le second degré, au côté droit du prélat. Celui-ci, ayant repris la mître et la crosse, va au trône ou au fauteuil déposer les ornements sacrés, à moins qu'il ne veuille alors faire la visite des fonts baptismaux, ou l'absoute pour les défunts.

### VISITE SOLENNELLE DES FONTS BAPTISMAUX. (a)

A l'heure marqué pour la visite solennelle des Fonts-Baptismaux, on s'y rend processionnellement. Le thuriféraire marche le premier,—puis le porte-croix et les acolytes,—et à la suite du clergé, le prélat couvert de la mître, tenant sa crosse à la main et ayant auprès de lui le curé et un autre prêtre pour l'assister.

La procession étant arrivée aux fonts, le thuriféraire

---

(a) Le pontifical ne donne aucune direction sur la manière de faire cette visite. Celle qui est indiquée ici n'est pas de rigueur.

se range du côté droit, et le porte-croix et les acolytes auprès des fonts, ayant le visage tourné vers le grand autel.

Le curé ouvre les fonts et les vases des Saintes-Huiles, puis l'Evêque bénit l'encens et encense trois fois les fonts baptismaux, en fôrme de croix. Il les examine et visite l'eau, les Saintes- Huiles et tout ce qui sert à l'administration du sacrement de Baptême. L'Evêque reprend la crosse, et la procession retourne au chœur dans le même ordre. Si la foule ou quelqu'autre raison empêche tout le chœur de venir aux fonts baptismaux, l'Evêque y vient avec les seuls clercs nécessaires.

### ABSOUTE POUR LES DÉFUNTS.

A l'heure indiquée pour l'absoute pour les morts, le porte-croix et les acolytes précédés du thuriféraire et du porte-bénitier, sortent de la sacristie. Le thuriféraire et le porte-bénitier s'arrêtent à quelque distance de la dernière marche de l'autel au côté de l'Evangile, après y avoir fait une génuflexion.

Le porte-croix et les acolytes vont se placer au bas du sanctuaire, auprès et au milieu du balustre, le visage tourné vers l'autel.

Le prélat, ayant pris des habits noirs et reçu la mître simple, se rend au chœur, accompagné du curé et d'un autre prêtre assistant, précédé du cérémoniaire et suivi des clercs qui portent le livre, le bougeoir et la mître.

L'Evêque, étant arrivé au bas de l'autel, fait la génuflexion et se tourne vers le peuple. Puis demeurant debout, la mître sur la tête, ayant le curé à sa droite et le second prêtre assistant à sa gauche, il entonne l'antienne : *Si iniquitates.*

Aussitôt les chantres entonnent le Psaume : *De pro-*

*fundis, etc.,* que le chœur demeuré debout, continue de chanter, ajoutant à la fin : *Requiem æternam, etc.*

Pendant que le chœur chante le Ps. *De profundis,* le prélat le récite avec ses assistants, ajoutant à la fin le ℣. *Requiem æternam, etc.,* et l'ant. *Si iniquitates, etc.,* qu'il dit toute entière. Ensuite le curé lui fait bénir l'encens sans aucun baiser. Après le verset *Requiem æternam, etc.,* le chœur chante l'antienne :

Ant. *Si iniquitates observaveris, Domine ; Domine, quis sustinebit.*

L'antienne chantée, l'Evêque laisse la mître et dit tout haut les versets suivants :

℣. *Kyrie eleison.* ℟. *Christe eleison.* ℣. *Kyrie eleison.*

*Pater noster, etc.,* que l'on continue tout bas. Cependant le curé présente l'aspersoir, puis l'encensoir au prélat, sans aucun baiser, mais en lui faisant une inclination profonde avant et après. L'Evêque, sans laisser sa place, jette trois fois de l'eau bénite sur le pavé devant lui et encense de trois coups de la même manière, savoir, au milieu, à gauche et à droite.

Ensuite demeurant toujours debout et découvert, il chante sur le ton férial :

℣. Et ne nos inducas in tentationem,

℟. Sed libera nos à malo.

℣. In memoriâ æternâ erunt justi ;

℟. Ab auditione malâ non timebunt.

℣. A portâ inferi,

℟. Erue, Domine, animas eorum.

℣. Requiem æternam dona eis, Domine,

℟. Et lux perpetua luceat eis.

℣. Domine, exaudi orationem meam,

℟. Et clamor meus ad te veniat.

℣. Dominus vobiscum,

℟. Et cum spiritu tuo.

OREMUS.

Deus, qui inter apostolicos sacerdotes famulos tuos pontificali fecisti dignitate vigere, præsta, quæsumus, ut eorum quoque perpetuo agregentur consortio.   Per Christum Dominum nostrum.   ℟. Amen.

Après cette oraison, le prélat fait la génuflexion, reprend la mître, et les chantres ayant entonné le répons : *Qui Lazarum, etc.*, on va processionnellement au cimetière.   Le porte-bénitier et le thuriféraire marchent les premiers, puis le porte-croix entre les acolytes, ensuite le reste du clergé deux à deux et le prélat avec ses assistants.   Pendant que le clergé chante le répons indiqué, l'Evêque récite à voix basse avec ses assistants l'Ant. *Si iniquitates, etc.*, puis le Ps. *De profundis, etc.*, répétant à la fin l'Ant. *Si iniquitates, etc.*, comme ci-dessus.

Tous étant arrivés au cimetière, le porte-croix y prend place entre les acolytes au pied de la grande croix.   Le prélat se place vis-à-vis avec ses deux assistants.   Le cérémoniaire, le thuriféraire et le porte-bénitier se mettent à la droite du prélat.   Les clercs qui portent le livre, le bougeoir et la mître se placent derrière lui, et les autres membres du clergé se rangent des deux côtés et en face, les moins dignes auprès de la croix.

Tout étant ainsi disposé et le répons : *Qui Lazarum, etc.* fini, on chante le répons suivant : ℟. *Libera me, Domine, etc.*, comme au processionnal.   Pendant la répétition de ce répons, le curé fait bénir l'encens par l'Evêque, de la manière qu'il a été dit ci-dessus.   Après que les chantres ont chanté le dernier *Kyrie eleison*, le prélat quitte la mître et dit tout haut : *Pater noster.*

Pendant que les assistants continuent tout bas, l'Evêque sans quitter sa place, jette trois foïs de l'eau bénite devant lui sur le cimetière, et encense de trois coups, ensuite il chante sur le ton férial : *Et ne nos inducas in tentationem, etc.*, et les autres répons, comme dans l'église, (page 135.) puis les oraisons suivantes :

OREMUS.

Deus, qui inter apostolicos sacerdotes famulos tuos sacerdotali fecisti dignitate vigere, præsta, quæsumus, ut eorum quoque perpetuo agregentur consortio.

Deus, veniæ largitor et humanæ salutis amator, quæsumus clementiam tuam ut nostræ congregationis fratres, propinquos, et benefactores qui ex hoc sæculo transierunt, beatâ Mariâ semper Virgine intercedente, cum omnibus Sanctis tuis, ad perpetuæ beatitudinis consortium pervenire concedas.

Deus, cujus misericordiâ animæ fidelium requiescunt, famulis et famulabus tuis omnibus hic et ubique in Christo quiescentibus, da propitius veniam peccatorum, ut à cunctis reatibus absoluti, tecum sine fine lætentur. Per Christum Dominum nostrum. ℟. Amen.

℣. Requiem æternam dona eis, Domine,

℟. Et lux perpetua luceat eis.

Les chantres chantent : ℣. Requiescant in pace. ℟. Amen.

Après quoi le prélat, élevant la main droite, fait quatre signes de croix sur le cimetière vers les quatre parties du monde et reprend la mître. Tout le clergé s'en retourne processionnellement à l'église (dans le même ordre qu'il en est venu) et en psalmodiant le *Ps. Miserere, etc.*, que l'Evêque dit à voix basse avec ses assistants.

On ajoute à la fin du Psaume le ℣. *Requiem æternam, etc.*

Le prélat étant revenu au bas de l'autel, laisse la

mître et dit tout haut les versets : *Kyrie eleison, etc.*,
*Pater noster, etc.*

℣. Et ne nos inducas in tentationem,

 ℞. Sed libera nos a malo.

℣. A porta inferi,

 ℞. Erue, Domine animas eorum.

℣. Requiescant in pace. ℞. Amen.

℣. Domine, exaudi orationem meam,

 ℞. Et clamor meus ad te veniat.

℣. Dominus vobiscum,

 ℞. Et cum spiritu tuo.

OREMUS.

Absolve, quæsumus, Domine, animas famulorum
famularumque tuarum, ab omni vinculo delictorum, ut
in resurrectionis gloria inter sanctos et electos tuos
ressuscitati respirent. Per Christum Dominum nostrum.

℞. Amen.

L'Evêque quitte les ornements noirs, et, s'il doit continuer la visite, il prend ceux qu'il a laissés pour faire
l'absoute.

NOTE.—Si le cimetière est si éloigné de l'église, ou le
temps si mauvais, que le prélat ne puisse y aller processionnellement, il s'arrête à la porte de l'église, où l'on
chante les répons, versets et oraisons qui sont marqués
ci-dessus, et où l'on fait les mêmes cérémonies que dans
le cimetière, excepté que l'Evêque fait, devant lui, au
milieu, à gauche et à droite, le signe de croix qu'il doit
faire sur le cimetière vers les quatre parties du monde.
La croix et les acolythes sont devant la grande porte de
l'église et l'Evêque se met en face.

## VISITE DES MEUBLES, LINGES, ORNEMENTS ET AUTRES EFFETS DE L'ÉGLISE.

Le prélat s'étant revêtu sur son rochet, de son camail et de son étole, visite les autels, les pierres sacrées et examine le sceau qui en couvre le sépulcre. Il examine les reliques avec leurs authentiques, les tableaux, les images, la chaire et les confessionaux ; les décorations du chœur, des chapelles et de la nef de l'église ;—la sacristie, les ornements, les calices et autres vases sacrés, les linges, les livres d'église, et toutes les choses qui ont rapport au service divin :—le vase de l'huile des infirmes, ainsi que les différents objets qui servent à l'administration de l'Extrême-Onction, et il s'informe du lieu où l'on dépose habituellement la boîte ou le sac destiné à les contenir. Il visite aussi l'intérieur de l'église, le cimetière, s'il ne l'a pas examiné après l'absoute pour les morts,—les chapelles séparées de l'église, qui servent aux processions du St. Sacrement ou à recevoir les corps des défunts. Il se fait rendre compte de l'état du clocher et des autres choses dépendantes de l'église. Il s'informe du nombre de croix actuellement plantées dans la paroisse ; si elles sont bénites, décentes et convenablement entourées ; si elles sont au moins à une lieue de distance les unes des autres, et si à leur occasion, il se commet quelque abus auquel il puisse remédier.

L'Evêque se fait exhiber et examine les titres et papiers de l'Eglise, les livres de délibérations et de comptes de la fabrique : les régistres des baptêmes, mariages et sépultures, le tableau des fondations, des confréries et indulgences, avec tous les titres et papiers qui les concernent ; enfin il examine les ordonnances rendues dans les visites précédentes, pour voir si elles ont été exécutées.

Le prélat choisit le temps qu'il juge le plus convenable pour donner la confirmation aux personnes que le curé aura préparées pour la recevoir. Quant à celles des autres paroisses qui demanderaient aussi à être confirmées, on ne les recevra qu'autant qu'elles présenteteront une attestation de leur curé, déclarant qu'elles ont été instruites, préparées et confessées pour recevoir la confirmation.

L'Evêque bénit à sa commodité les ornements ou linges qu'il y a à bénir ; et il examine et interroge, ou fait interroger en sa présence, sur le catéchisme les enfants des écoles et autres, à l'heure et au lieu qu'il a fixés à cette fin.

A l'heure marquée, il fait sonner la cloche de l'église, pour convoquer les marguilliers dans la sacristie ou au presbytère ; il reçoit et alloue, s'il le trouve convenable, les comptes de ceux d'entre eux qui ont été arrêtés et rendus depuis la dernière visite. Il fait de même à l'égard des comptes des confréries et associations de charité, s'il y en a dans la paroisse.

Il reçoit et écoute avec bonté ceux des paroissiens qui désirent prendre ses avis ou qui ont besoin de se confesser à lui ; il entend aussi les plaintes ou remontrances tant du curé que des habitants. Il s'informe s'il y a des désordres publics et des scandales dans la paroisse ; si les paroissiens vivent en paix entre eux et en bonne intelligence avec le curé ; il s'informe aussi de la vie et conduite des ecclésiastiques qui y demeurent. En un mot, le prélat examine tout ce qui concerne le spirituel et le temporel de l'église, afin de voir si chaque chose est dans l'ordre requis et en bon état : et il prend connaissance de tout ce qui a rapport à la desserte de la paroisse, aux mœurs et à la conduite des paroissiens, afin de savoir s'il y a quelque abus ou quelques désordres à corriger et par quels moyens il peut prudemment et efficacement y apporter remède. A cette fin il rend les ordonnances et donne tant en particulier qu'en public, les avis qu'il estime convenables.

Note.—L'ordre de la visite épiscopale n'est pas de rigueur (*Merati* § viii. *Annot.* 2. *Tom.* 2.) On peut le changer, quand on a quelque raison de le faire.

———

L'Evêque avant de quitter la paroisse dont il a fait la visite, se rend à l'église, revêtu de ses habits ordinaires. Se tenant debout et découvert du côté de l'épitre, il récite tout haut le Psaume *De Profundis, etc.*, l'antienne : *Si iniquitates, etc.*, ci-dessus. Puis *Pater noster, etc.*, et les versets ordinaires.

Il termine par l'oraison : *Deus, cujus, misericordiâ, etc.*, mentionnée plus haut. (page 137.)

———

## VISITE DES GRANDS-VICAIRES,
### ARCHIDIACRES OU DE CEUX QUI SONT COMMIS PAR L'EVÊQUE A CET EFFET.

Comme il peut arriver que l'Evêque ne puisse par lui-même faire la visite des différentes parties de son diocèse, il peut se faire remplacer dans cette fonction, par son Grand-Vicaire, par l'Archidiacre ou par quelqu'autre prêtre. Le curé publiera au prône le mandement de visite du Grand-Vicaire, ou de l'Archidiacre, le premier dimanche après qu'il l'aura reçu. Il invitera le peuple à assister aux cérémonies religieuses qui doivent l'accompagner ; il aura aussi soin d'avertir les marguilliers de tenir leurs comptes prêts.

Le Visiteur étant arrivé, on sonne les cloches ; et

s'étant revêtu d'un surplis, il se rend à la principale porte de l'Eglise, où il est reçu par le curé aussi en surplis, sans étole.   Le curé, accompagné du chœur, salue le visiteur et lui présente une étole blanche qu'il lui fait baiser.   Ensuite le Visiteur se met à genoux et baise la croix que le curé lui présente ; puis s'étant relevé il prend l'aspersoir des mains du curé et fait l'aspersion sur les assistants.

La procession se dirige vers le grand autel, sur lequel les cierges doivent être allumés.   En se rendant au chœur, on chante l'hymne *Veni Creator ;* le visiteur se met à genoux sur le marche-pied ; à la fin de l'hymne il se lève et dit :

℣. Emitte spiritum tuum et creabuntur,

℟. Et renovabis faciem terræ.

*Oremus,* Deus, qui corda fidelium sancti Spiritus illustratione docuisti, da nobis in eodem Spiritu recta sapere et de ejus semper consolatione gaudere.   Per Christum Dominum nostrum.   ℟. Amen.

On chante ensuite l'antienne du St. Patron de la paroisse et le visiteur dit le verset et l'oraison que le curé aura soin de lui indiquer dans le livre.   Il visite ensuite le St. Sacrement et les fonts baptismaux.   La visite du cimetière se fait en la manière indiquée pour la visite de l'Evêque.

Le visiteur entend les plaintes qu'on a à lui faire. S'il en est de considérables, après avoir pris les dépositions des parties plaignantes, il en dresse un Procès-Verbal qu'il remet entre les mains de l'Evêque.

# DISCIPLINE INTERIEURE DES EGLISES.

### DES ENFANTS DE CHŒUR, DES CHANTRES ET DES EMPLOYÉS DE L'ÉGLISE.

1°. Tous ceux qui sont employés au service de l'église doivent être de bonne conduite et fréquenter les sacrements.

2°. Si quelqu'un des enfants de chœur, des chantres ou des autres employés de l'église, manquait à ses devoirs, le curé le reprendra avec charité ; s'il persistait dans sa mauvaise conduite, le curé tâchera de l'éloigner en employant les moyens que la prudence suggèrera pour empêcher le scandale.

3°. Le curé a le droit d'éloigner du chœur les enfants et les chantres qui ne seraient pas propres aux fonctions qu'ils ont à remplir, ou qui accompliraient mal leurs devoirs religieux.

### RÈGLEMENT DU CHŒUR.

Pour être admis au chœur, et conserver sa place, il faut :

1°. Savoir les répons de la messe et être capable de servir aux offices.

2°. Assister régulièrement à la messe et aux vêpres, les jours d'obligation, et aux exercices de cérémonies qui se feront au temps le plus convenable.

3°. Se bien tenir au chœur, n'y point parler, n'y jamis rire, n'y pas tourner la tête de côté et d'autre, s'occuper à lire, à prier, à chanter.

4°. Ne point sortir du chœur pendant les offices sans la permission de celui qui sera nommé pour surveiller.

5°. Ne parler dans la sacristie que par nécessité et à voix basse.

6°. Avoir bien soin de ses habits de chœur et ne jamais les laisser traîner à terre.  N'en point porter de sales ou de déchirés.

7°. Avoir les cheveux modestement tenus.

8°. Etre très soumis au maître des cérémonies ou à celui qui sera chargé de les enseigner ; montrer un grand zèle pour profiter de ses leçons.

9°. Etre disposé à servir aux différents offices et s'efforcer de s'en bien acquitter.

### DU MAITRE DES CÉRÉMONIES.

I. L'on choisira pour maître des cérémonies celui qui sera jugé le plus exemplaire et en même temps le plus capable de remplir cet office.  Un des instituteurs pourrait en être chargé.

II. Il étudiera avec soin le cérémonial et pourrait exercer les enfants du chœur, avant la messe ou après les vêpres.

III. Le curé, ou à son défaut, le maître des cérémonies, dira à la sacristie, avant de partir pour le chœur, le *Veni Sancte Spiritus, etc.*, et l'oraison *Deus qui corda, etc.*, et après les offices le *Sub tuum præsidium*.  Il fera marcher les enfants, deux à deux ; leur fera faire la génuflexion à quelque distance des degrés de l'autel et un salut réciproque en se séparant pour aller à leurs places.

IV. Lorsque le chœur devra se lever, s'asseoir ou se mettre à genoux, il en donnera le signal, en frappant légèrement sur son livre.

V. Il surveillera le chœur afin que tous les enfants s'acquittent bien de leurs offices, et se conduisent avec édification ; il signalera au curé ceux qui seront dissipés ou se comporteront mal au chœur.

VI. Si quelqu'un se conduit mal, il tâchera de l'arrêter sans bruit, par quelque signe ; sinon, il ira l'avertir de ne point scandaliser par ce mauvais comportement.

VII. Il tiendra un catalogue des enfants de chœur, et remarquera les absents dont il donnera les noms à M. le curé.

VIII. Il aura soin que tous se tiennent droit sans s'appuyer lorsqu'ils seront debout ; qu'ils ne s'essuient point le visage avec les manches de leurs surplis ; qu'ils ne s'en servent point comme éventail ; qu'ils ne tournent point la tête vers la nef ; qu'ils ne mâchent point de tabac ; enfin qu'ils observent fidèlement le règlement et ne fassent rien qui ne convienne à la sainteté du lieu.

### DES CHANTRES.

Les chantres observeront ce qui les regarde dans le règlement du chœur.

I. Ils doivent exercer d'avance ce qu'ils ont à chanter pendant les offices. Pour cela ils auront soin, chaque dimanche, de s'informer auprès de M. le curé, de l'office du dimanche suivant.

II. Ils se feront un devoir de donner aux enfants de chœur l'exemple de la modestie et de la retenue, ne parlant que par nécessité, en peu de mots et à voix basse, et édifiant ainsi tous ceux qui assisteront aux saints offices.

III. Ils doivent chanter gravement ; plus lentement aux fêtes solennelles qu'aux autres jours, se souvenant qu'ils font l'office des anges en chantant les louanges du Seigneur.

IV. C'est au 1er chantre à commencer les différentes pièces qui se chantent à la messe ; mais à vêpres chaque

10

chantre entonnera son antienne et son psaume, suivant la place qu'il occupe.

V. Ils ne doivent pas chercher à dominer les uns sur les autres ; chacun doit se régler sur le premier qui se trouve du même côté du chœur.

VI. Avant de commencer l'Introït, ils doivent faire sur eux le signe de la croix ; se souvenant que c'est par les seuls mérites de Jésus-Christ, mort en croix, que nous pouvons nous présenter avec confiance devant le Seigneur.

### DE L'ORGANISTE.

I. On peut jouer de l'orgue tous les dimanches et fêtes de l'année, excepté pendant l'avent et le carême.

II. On en peut jouer néanmoins le 3e dimanche de l'avent et le 4e du carême, à la messe seulement ; à la messe du Jeudi-Saint jusqu'au *Gloria in excelsis* inclusivement ; pareillement à la messe et aux vêpres du Samedi-Saint, ainsi qu'aux fêtes et aux féries qu'on célèbre solennellement *et cum lœtitia pro aliquâ re gravi*.

III. Il convient de le faire toutes les fois que l'évêque doit célébrer solennellement, ou assister à la messe aux fêtes les plus solennelles, lorsqu'il entre dans l'église ou qu'il en sort après l'office.

IV. De même à l'entrée de l'archevêque ou d'un autre évêque, que l'évêque diocésain veut honorer, jusqu'à ce qu'il ait prié et que l'on commence l'office.

V. Aux matines et aux vêpres solennelles des fêtes majeures, on peut jouer dès le commencement.

VI. A vêpres, à matines et à la messe, le chœur doit chanter, sans être accompagné de l'orgue, le premier verset des cantiques et des hymnes, et aussi le verset des hymnes où l'on doit s'agenouiller : v. g. *Te ergo quæsumus*, etc., *Tantum ergo sacramentum*, etc., quand le

Saint-Sacrement est sur l'autel. La même règle doit être observée pour le *Gloria Patri* et les derniers versets des hymnes, quand même le verset précédent aurait été chanté par le chœur. Quelqu'un du chœur devrait réciter à haute voix les parties des hymnes et des cantiques jouées par l'orgue.

VIII. Aux vêpres solennelles, l'orgue a coutume de jouer à la fin de chaque psaume, et alternativement aux versets de l'hymne et du cantique *Magnificat*, en observant ce qui est ci-dessus prescrit. L'antienne du *Magnificat* doit toujours être chantée par le chœur après ce cantique.

IX. A la messe solennelle on joue et on chante alternativement : *Kyrie, Gloria in excelsis Deo, Sanctus, Agnus Dei ;* et l'orgue joue après l'épitre, à l'offertoire, avant l'oraison post-communion et à la fin de la messe ; durant l'élévation le jeu doit être doux et grave.

X. Lorsqu'on dit le *Credo* à la messe, il doit être chanté par le chœur, et l'orgue ne peut jouer que pour accompagner les voix.

XI. On doit avoir soin que les sons de l'orgue ne soient point lascifs, et qu'on n'y chante que ce qui a rapport à l'office, et par conséquent rien de profane. On ne doit pas ajouter d'autres instruments de musique.

XII. Les chantres et les musiciens se rappelleront que l'harmonie des voix doit avoir pour effet d'exciter la piété, et pour cela ne doit ressentir en rien la légèreté et la mollesse, afin de ne pas détourner l'esprit des assistants de la contemplation des choses saintes. Dans cette intention, ils doivent chanter d'un ton de voix qui soit intelligible à tous, et qui soit en même temps animé de l'onction du St. Esprit et capable de toucher les cœurs des fidèles.

XIII. L'organiste doit avoir soin de ne pas jouer si longtemps qu'il fasse attendre le célébrant pour commencer la préface, ou le *pater*.

Il serait plus conforme au cérémonial des Evêques de ne pas jouer l'orgue et de ne chanter que du plain-chant aux messes des morts.

DU BEDEAU.

Ses devoirs sont :

I. Sonner l'*Angelus* le matin à cinq heures, et le soir à sept heures, depuis le soir de la Quasimodo inclusivement jusqu'au soir de la solennité de St. Michel exclusivement.

Le reste de l'année le matin et le soir, à six heures.

A midi tous les jours de l'année, excepté le jeudi et le vendredi saint.

II. Sonner l'*Angelus* en tintons et en branle pendant trois minutes ; on sonne pendant six minutes le midi et le soir de la veille, ainsi que le matin et le midi des jours de fêtes solennelles : savoir, de Pâque, de l'Ascension, de la Pentecôte, de la Fête-Dieu, du Dimanche de la procession du St. Sacrement, de la fête de St. Pierre, de la Dédicace, de l'Assomption, de la Toussaint, de Noël, de l'Epiphanie, du patron de la paroisse.  Sur la sonnerie pour annoncer le commencement et la fin des pâques, voir ci-dessus, page 70.

III. *Fêtes et Dimanches :* Pour la messe, sonner trois coups en branle, à une demie-heure ou une heure de distance ; pour vêpres, trois coups en branle à une demie-heure de distance ; ajouter quelques tintons au dernier coup.

IV. Dès qu'un décès est annoncé, sonner les glas. Les glas se sonnent en trois volées, chacune de neuf tintons pour les hommes et de six pour les femmes, puis d'une sonnerie en branle. Le tout durera un quart-d'heure, pour les laïcs ; une demie-heure pour un Prêtre ; une heure pour le Pape ou l'Evêque.

V. Sonner une volée après l'*Angelus* du soir de la veille et après l'*Angelus* du matin du jour de la sépulture.

VI. Sonner pendant cinq minutes, y compris les soupirs, le branle et le tinton, avant de commencer l'office.

VII. Sonner en branle, pendant tout le *Libera*, après avoir commencé par des soupirs.

VIII. Après les vêpres des morts, sonner les glas de temps-en-temps, jusqu'à l'*Angelus* du soir; et aussi depuis l'*Angelus* du matin jusqu'à la messe solennelle des morts, pour laquelle on ne sonne que cinq minutes à l'ordinaire.

IX. Pour un service anniversaire, sonner le soir et le matin, comme au jour de la sépulture.

X. Aux grand'messes sur semaine, sonner comme le dimanche.

XI. Sonner durant les processions du St. Sacrement, et celles de St. Marc et des Rogations.

XII. Sonner en tintons pendant les deux élévations, aux grand'messes sur semaine, et à celles des dimanches et fêtes.

XIII. Sonner en tintons quand le St. Viatique est porté aux malades pendant le jour. On sonne pendant dix minutes ; cinq minutes avant et cinq minutes après le départ du prêtre qui porte le St. Viatique.

XIV. Pour la basse messe, sonner le premier coup en branle, suivi de quelques tintons ; le second coup en tintons.

### DU SACRISTAIN.

Il est chargé des devoirs suivants :

I. Avoir soin que les parements, vases sacrés, livres, cierges, ornements, etc., soient conservés dans la décence et la propreté convenables. Avertir le curé lorsque les ornements auront besoin d'être réparés, ou que les linges seront sales ou déchirés.

II. Veiller surtout à ce que la plus grande propreté règne sur l'autel, et à ce que tout ce qui sert dans l'administration des sacrements soit bien entretenu.

III. Tenir la lampe toujours allumée et la nettoyer une fois par semaine.

IV. Avoir soin des reliques et les conserver honorablement.

V. Laver les bénitiers tous les mois et renouveler l'eau bénite chaque semaine. Tenir dans une grande propreté l'église et les chapelles.

VI. Faire les parures suivant la direction du curé et le règlement qu'il jugera à propos de faire.

VII. Préparer d'avance les autels, les crédences, le chœur, les ornements et les autres choses nécessaires, de manière que l'office ne soit point retardé.

VIII. Faire sonner la cloche aux heures fixées pour les offices.

IX. Ne pas souffrir qu'on tienne dans la sacristie des discours inutiles, ni qu'on y fasse quelque action profane.

X. Présenter, surtout aux prêtres étrangers, ce qui est nécessaire pour la célébration des saints mystères.

XI. Avoir un tableau des messes et anniversaires qui doivent être célébrés à des jours fixes.

XII. Remettre les ornements à leur place après les offices et plisser les surplis et les aubes.

XIII. Ne jamais toucher de ses pieds les pierres sacrées, quand il faut faire la parure des autels.

XIV. Ne jamais parler dans l'église, si ce n'est par nécessité, et alors toujours à voix basse ; n'y jamais courir quelque pressé qu'il puisse être. Faire la génuflexion jusqu'à terre quand il passe devant le tabernacle du S. Sacrement.

LES BANCS.

1°. Les bancs d'église se louent publiquement et au plus offrant enchérisseur, après une seule ou après deux ou trois annonces, selon l'usage des paroisses. Ces annonces se font, dans quelques lieux, au prône, et, dans d'autres, à la porte de l'église, à l'issue de la messe paroissiale d'obligation.

2°. Le mode de louage de bancs le plus avantageux aux fabriques, est celui en vertu duquel le prix de l'adjudication fait le montant de la rente annuelle.

3°. Un banc devient vacant par la mort du concessionnaire, ou, quand celui-ci a pris un domicile dans une autre paroisse, après une année révolue d'absence.

4°. A moins d'un règlement spécial, qui fixe un autre terme, le louage d'un banc est fait pour la vie de l'adjudicataire, et aussi pour celle de sa veuve, si elle demeure en viduité.

5°. Les enfants, après le décès de leurs père et mère, peuvent retraire le banc qui leur avait été loué, en payant le prix de la dernière enchère.

6°. Lorsqu'un banc est devenu nuisible aux décorations ou aux changements jugés nécessaires dans l'église, l'évêque, dans sa visite, peut en ordonner la suppression. Dans ce cas, la fabrique s'accommode avec l'adjudicataire, soit par remboursement du prix d'entrée, si le cas le requiert, soit par la substitution d'un autre banc, suivant qu'il est réglé dans le contrat de louage.

7°. Toute personne majeure, domiciliée dans la paroisse, a droit d'avoir un banc dans l'église, mais nul ne peut avoir plus d'un banc au détriment des autres paroissiens.

8°. Les concessionnaires n'ont pas le droit de changer la forme de leurs bancs, de les peinturer, d'y ajouter des portes, de les fermer avec serrures, de les élever au-dessus des autres bancs.

9°. On doit porter sur un régistre particulier les actes de concession de bancs, en y mentionnant les noms de l'adjudicataire, le jour, le mois, l'année et le prix de l'adjudication, le tout dûment signé. Mais on obvie à beaucoup d'inconvénients en faisant passer pardevant notaire ces actes de concessions. La fabrique peut avoir toujours prêtes des formules imprimées de ces actes ; et en les fournissant au besoin au notaire, celui-ci diminue ses honoraires. C'est le mode que l'évêque, dans ses visites, suggère à toutes les fabriques, et que bon nombre d'entre elles ont maintenant adopté à leur grand avantage.

---

# FORMULES

*Des différents actes que doivent dresser les curés ou autres prêtres.*

---

### REMARQUES CONCERNANT LES RÉGISTRES DES BAPTÊMES, MARIAGES ET SÉPULTURES.

Nous donnons ci-après des extraits du Code Civil, du Code de procédure et la loi de 1872, concernant ces régistres.    MM. les Curés doivent les étudier avec soin et s'y conformer scrupuleusement.

Nous appelons leur attention  spéciale sur les articles 39, 41—,45, 46, 47,—52, 53, et sur les chapitres entiers 2e, 3e, 4e et 6e du Code Civil, dont la pratique est, pour ainsi dire, de chaque jour.    Ces articles et chapitres sont précédés d'une *

A la suite de ces extraits nous donnons  des modèles de ces actes, avec les explications nécessaires selon la diversité des cas.

---

# EXTRAIT DU CODE CIVIL DU BAS-CANADA.

---

## TITRE DEUXIÈME.
### DES ACTES DE L'ÉTAT CIVIL.

---

### Ch. I. DISPOSITIONS GÉNÉRALES.

* 39.—L'on ne doit insérer dans les actes de l'état civil, soit par note, soit par énonciation, rien autre chose que ce qui doit être déclaré par les comparants.

40.—Dans les cas où les parties ne sont pas obligées de comparaître en personne aux actes de l'état civil, elles peuvent s'y faire représenter par un fondé de procuration spéciale.

* 41.—Le fonctionnaire public donne lecture aux parties comparantes ou à leur fondé de procuration, et aux témoins, de l'acte qu'il rédige.

42.—Les actes de l'état civil sont inscrits sur deux régistres de la même teneur, qui sont tenus pour chaque église paroissiale catholique, pour chaque église protestante, congrégation ou autre société religieuse, légalement autorisée à tenir tels régistres ; chacun desquels est authentique et fait également foi en justice.

43.—Ces régistres sont fournis par les églises, congrégations ou sociétés religieuses, et doivent être de la forme réglée au Code de Procédure Civile.

44.—Les régistres sont tenus par les curés, vicaires, prêtres, ou ministres, desservant telles églises, congrégations ou sociétés religieuses, ou par tout autre fonctionnaire à ce autorisé.

* 45.—Le double registre ainsi tenu doit, à la diligence de celui qui le tient, être présenté, avant qu'il en soit fait usage, à un des juges de la Cour Supérieure, ou au protonotaire du district, ou au greffier de la Cour de Circuit au lieu du protonotaire dans le cas mentionné dans le statut de la 25e Vict. chap. 16 ; pour, par tel juge, protonotaire ou greffier, être numéroté et paraphé en la manière prescrite dans le Code de Procédure Civile.

* 46.—Les actes de l'état civil sont inscrits sur les deux registres, de suite et sans blancs, aussitôt qu'ils sont faits ; les ratures et renvois sont approuvés et paraphés par tous ceux qui ont signé au corps de l'acte ; tout y doit être écrit au long, sans abréviation ni chiffres.

* 47.—Dans les six premières semaines de chaque année, un des doubles est, à la diligence de celui qui les a tenus, ou qui en a la garde, déposé au greffe de la Cour Supérieure de son district ou au greffe de la Cour de Circuit dans les cas pourvus par le statut ci-dessus mentionné au présent chapitre ; ce dépôt est constaté par le reçu que doit en délivrer, sans frais, le protonotaire ou greffier de la Cour.

48.—Tout protonotaire ou greffier est tenu, dans les six mois du dépôt, de vérifier l'état des registres déposés en son greffe, et de dresser procès verbal sommaire de cette vérification.

49.—L'autre double du registre reste en la garde et possession du prêtre, ministre ou autre fonctionnaire qui l'a tenu, pour par lui être conservé et transmis à son successeur en office.

50.—Les dépositaires de l'un et de l'autre des registres sont tenus d'en délivrer, à toute personne qui le requiert, des extraits qui, étant par eux certifiés et signés, sont authentiques.

51.—Sur preuve qu'il n'a pas existé de registres pour la paroisse ou congrégation religieuse, ou qu'ils sont perdus, les naissances, mariages et décès peuvent se prouver soit par les registres et papiers de famille ou autres écrits, ou par témoins.

* 52.—Tout dépositaire des régistres est civilement responsable des altérations qui y sont faites, sauf son recours, s'il y a lieu, contre les auteurs de ces altérations.

*53.—Toute contravention aux articles du présent titre de la part des fonctionnaires y dénommés, qui ne constitue pas une offense criminelle punissable comme telle, est punie par une amende qui n'excède pas quatre-vingts piastres et n'est pas moins de huit.

## * Ch. II. DES ACTES DE NAISSANCE.

54.—Les actes de naissance énoncent le jour de la naissance de l'enfant, celui du baptême, s'il a lieu, son sexe et les noms qui lui sont donnés ; les noms, prénoms, profession et domicile des père et mère, ainsi que des parrains et marraines, s'il y en a.

55.—Ces actes sont signés, dans les deux registres, tant par celui qui les reçoit que par le père et la mère, s'ils sont présents, et par le parrain et la marraine, s'il y en a ; quant à ceux qui ne peuvent signer, il est fait mention de la déclaration qu'ils en font.

56.—Dans le cas où il est présenté au fonctionnaire public un enfant dont le père et la mère, ou tous deux, sont inconnus, il en est fait mention dans l'acte qui en doit être dressé.

### * Ch. III. DES ACTES DE MARIAGE.

57.—Avant de célébrer le mariage, le fonctionnaire chargé de le faire se fait représenter un certificat constatant que les publications de bans requises par la loi ont été régulièrement faites, à moins qu'il ne les ait faites lui-même, auquel cas ce certificat n'est pas nécessaire.

58.—Ce certificat, qui est signé par celui qui a fait les publications, contient, ainsi que les publications elles-mêmes, les prénoms, noms, profession et domicile des futurs époux, leur qualité de majeurs ou de mineurs, les prénoms, noms, profession et domicile de leurs pères et mères, ou le nom de l'époux décédé. Et dans l'acte de mariage il est fait mention de ce certificat.

59.—Il peut cependant être procédé au mariage sans ce certificat, si les parties ont obtenu des autorités compétentes, et produisent une dispense ou licence, permettant l'omission des publications de bans.

60.—Si le mariage n'est pas célébré dans l'année à compter de la dernière des publications requises, elles ne suffisent plus et doivent être faites de nouveau. (a)

61.—Au cas d'opposition, mainlevée en doit être obtenue et signifiée au fonctionnaire chargé de la célébration du mariage.

(a) Si infrà dnos menses post factas denuntiationes matrimonium non contrahatur, denuntiationes repetantur. (*Rit. Rom.*)

62.—Si cependant cette opposition est fondée sur une simple promesse de mariage, elle est sans effet, et il est procédé au mariage de même que si elle n'eût pas été faite. (b)

63.—Le mariage est célébré au lieu du domicile de l'un des époux. S'il est célébré ailleurs, le fonctionnaire qui en est chargé est tenu de vérifier et constater l'identité des parties.

Le domicile, quant au mariage, s'établit par six mois d'habitation continue dans le même lieu. (c)

64.—L'acte du mariage est signé par celui qui l'a célébré, par les époux, et par au moins deux témoins parents ou non, qui y ont assisté ; quant à ceux qui ne peuvent signer, il en est fait mention.

65.—L'on énonce dans cet acte :

1. Le jour de la célébration du mariage ;

2. Les noms et prénoms, profession et domicile des époux, les noms du père et de la mère, ou de l'époux précédent ;

3. Si les parties sont majeures ou mineures ;

4. Si elles sont mariées après publication de bans ou avec dispense ou licence ;

5. Si c'est avec le consentement de leurs père et mère, tuteur ou curateur, ou sur avis du conseil de famille, dans le cas où ils sont requis ;

6. Les noms des témoins, et, s'ils sont parents ou alliés des parties, de quel côté et à quel degré ;

7. Qu'il n'y a pas eu d'opposition, ou que mainlevée en a été accordée.

(b) 1°. Ne pas confondre *une simple promesse* avec les *fiançailles ;* 2° voir ce que disent les théologiens sur l'obligation grave et naturelle des *promesses* et des *fiançailles*, en certain cas.

(c) Voir ce qui disent les théologiens et canonistes sur le domicile et sur le temps où il s'acquiert quant au mariage.

## * Ch. IV. DES ACTES DE SÉPULTURE.

66.—Aucune inhumation ne doit être faite que vingt-quatre heures après le décès ; et quiconque prend sciemment part à celle qui se fait avant ce temps, hors les cas prévus par les règlements de police, est passible d'une amende de vingt piastres.

67. L'acte de sépulture fait mention du jour où elle a lieu, de celui du décès, s'il est connu, des noms, qualité ou occupation du défunt, et il est signé par celui qui a fait la sépulture et par deux des plus proches parents ou amis qui y ont assisté, s'ils peuvent signer ; au cas contraire, il en est fait déclaration.

68.—Les dispositions des deux articles précédents sont applicables aux communautés religieuses et aux hôpitaux où il est permis de faire des inhumations.

69.—Lorsqu'il y a des signes ou indices de mort violente, ou d'autres circonstances qui donnent lieu de la soupçonner, ou bien lorsque le décès arrive dans une prison, asyle ou maison de détention forcée, autre que les asyles pour les insensés, l'on ne peut faire l'inhumation sans y être autorisé par le coroner ou autre officier chargé, dans ces cas, de faire l'inspection du cadavre.

## Ch. V. DES ACTES DE PROFESSION RELIGIEUSE.

70.—Dans toute communauté religieuse où il est permis de faire profession par vœux solennels et perpétuels, il est tenu deux registres de même teneur pour y insérer les actes constatant l'émission de tels vœux.

71.—(Ces registres sont cotés et paraphés comme les autres régistres de l'état civil, et les actes y sont inscrits en la manière exprimée en l'article 46.)

72.—Les actes font mention  des noms et prénoms et

de l'âge de la personne qui fait profession, du lieu de sa naissance et des noms et prénoms de ses père et mère.

Ils sont signés par la partie elle-même, par la supérieure de la communauté, par l'évêque ou autre ecclésiastique qui fait la cérémonie, et par deux des plus proches parents ou par deux des amis qui y ont assisté.

73.—Les registres durent pendant cinq années, après lesquelles l'un des doubles est déposé comme dit en l'article 47 ; et l'autre reste dans la communauté pour faire partie de ses archives.

74.—Les extraits de ces registres, signés et certifiés par la supérieure de la communauté, ou par les dépositaires de l'un des doubles, sont authentiques et sont délivrés par l'une ou par les autres, au choix et à la demande de ceux qui les requièrent.

*Ch. VI. DE LA RECTIFICATION DES ACTES ET REGISTRES DE L'ÉTAT CIVIL.

75.—S'il a été commis quelqu'erreur dans l'entrée au registre d'un acte de l'état civil, le tribunal de première instance au greffe duquel a été ou doit être déposé ce registre, peut, sur la demande de toute partie intéressée, ordonner que cette erreur soit rectifiée en présence des autres intéressés.

76.—Les dépositaires de ces registres sont tenus d'y inscrire en marge de l'acte rectifié, ou à défaut de marge sur une feuille distincte qui y reste annexée, le jugement de rectification, aussitôt que copie leur en est fournie.

77.—(Si l'on a entièrement omis d'entrer aux registres un acte qui devrait s'y trouver, le même tribunal peut, à la demande d'un des intéressés, et après que les autres ont été dûment appelés, ordonner que cette omission soit réparée, et le jugement à cette fin est inscrit sur la marge des régistres, à l'endroit où aurait dû être entré l'acte omis, et à défaut de marge, sur une feuille distincte qui y demeure annexée.)

78.—Le jugement de rectification ne peut, en aucun temps, être opposé aux parties qui ne-l'ont pas demandé ou qui n'y ont pas été appelées.

---

# EXTRAIT DU CODE DE PROCÉDURE CIVILE DU BAS-CANADA.

---

## TROISIÈME PARTIE, TITRE PREMIER, CHAPITRE PREMIER.

### DES RÉGISTRES DE L'ÉTAT CIVIL.

Art. 1236. Les registres destinés à constater les naissances, mariages et sépultures, ainsi que la profession religieuse, doivent, avant d'être employés, être marqués sur le premier feuillet et sur chaque feuillet subséquent, du numéro de tel feuillet, écrit en toutes lettres, et être revêtu du sceau de la Cour Supérieure apposé sur les deux bouts d'un ruban, ou autre lien, passant à travers tous les feuillets du régistre et arrêtés en dedans de la couverture de ce registre ; et sur le premier feuillet est inscrite une attestation sous la signature du juge ou du protonotaire de la Cour Supérieure du district, ou du greffier de la Cour de Circuit du comté, dans lequel se trouve située la paroisse catholique romaine, église protestante, ou congrégation ou société religieuse autorisée par la loi à tenir tels registres, pour laquelle tel registre doit servir, et qui en est propriétaire, spécifiant le nombre de feuillets contenus dans le registre, sa destination et la date de cette attestation.

Le certificat ne peut-être donné néanmoins avant que les formalités prescrites quant à certaines congrégations religieuses par des actes spéciaux aient été remplies.

1237. Le double du registre qui doit rester entre les mains du curé, ministre ou autre préposé, de chaque paroisse catholique romaine, église protestante, ou congrégation religieuse, doit être relié d'une manière solide et durable.

(A ce double est attachée une copie du titre du Code Civil relatif aux actes de l'état civil, ainsi que les chapitres premier, deuxième et troisième du cinquième titre du même code, relatifs aux mariages.)

1238. Les curés, les marguillers des œuvres et fabriques et autres administrateurs d'églises, dans les lieux où il y a eu des baptêmes, mariages et sépultures, ainsi que les supérieurs des communautés où il y a eu profession religieuse, sont tenus, chacun à son égard, de satisfaire aux prescriptions de la loi relativement aux registres des actes de l'état civil, et peuvent y être contraints par telles voies et sous telles peines et dommages que de droit.

1239. Celui qui veut faire ordonner la rectification du registre doit présenter à cette fin une requête au tribunal, énonçant l'erreur ou omission dont il se plaint et concluant à ce que la rectification soit faite suivant les circonstances.

Cette requête doit être signifiée aux dépositaires du registre.

·1240. Le tribunal peut en outre ordonner la mise en cause de telle partie qu'il juge intéressée dans cette demande.

L'assignation est alors donnée en la forme ordinaire.

1241. Dans le jugement de rectification il est ordonné

11

qu'il sera inscrit sur les deux registres, et l'acte ne peut plus être expédié qu'avec les rectifications ordonnées.

## ACTE DE 1872, CONCERNANT LES RÉGISTRES DE L'ÉTAT CIVIL.

### 36 *Victoria, Chap.* 16.

I. Tout prêtre catholique romain, autorisé par l'autorité ecclésiastique compétente à célébrer le mariage, administrer le baptême ou faire les obsèques, pour aucune église, chapelle particulière, ou dans aucune mission, aura droit de tenir des registres de l'état civil, pour telle église, chapelle ou mission, et sera censé et considéré autorisé à tenir les dits registres et à les avoir numérotés, paraphés et certifiés conformément à la loi.

2. Le dit prêtre, en présentant le double registre, pour le faire authentiquer, conformément à la loi, devra exhiber, si besoin il y a, au juge, protonotaire ou greffier, à qui il demande la dite authentication, l'autorisation ou le certificat d'autorisation ou la lettre de mission ou d'institution qui lui a été donné par l'Evêque et en vertu duquel il est autorisé à célébrer le mariage, administrer le baptême ou faire les obsèques pour telle église, chapelle ou mission.

3. Tout prêtre qui aura obtenu des registres authentiqués en vertu de cet acte, les tiendra en double, et en déposera un double, chaque année conformément à la loi, et l'autre double qu'il gardera appartiendra à l'église ou chapelle pour lequel il a été obtenu et tenu.

4. Les dispositions du second titre du premier livre du Code Civil " des actes de l'état civil," telles que amendées par l'acte de cette province, trente deuxième Victoria, chapitre vingt-six, et le premier chapitre de la troisième partie du code de procédure civile, tel que éga-

lement amendé par l'acte en dernier lieu mentionné, s'appliqueront, autant que le permettront les dispositions du présent acte, aux personnes par le présent autorisées à tenir des registres et aussi aux registres tenus par elles, conformément à cet acte.

5. Dans le cas où, en vertu du présent acte, il sera demandé des régistres pour l'usage d'une mission, ils seront accordés sous le nom que l'Evêque aura désigné à cette fin, dans son certificat, et le double gardé chaque année, par le prêtre pourra être déposé à l'évêché du diocèse auquel appartient la mission, et pour authentiquer des copies ou des extraits d'aucun tel régistre et pour toutes autres fins, en rapport avec les dits régistres, l'évêque ou son secrétaire seront censés être et considérés comme les dépositaires légaux d'iceux.

6. Et attendu que des doubles registres ont été tenus par des prêtres dûment autorisés par l'autorité ecclésiastique compétente, à célébrer le mariage, administrer le baptême ou faire les obsèques, mais que les dits registres n'ont pas été authentiqués de la manière requise par le code civil et le code de procédure civile ; et, attendu qu'un grand nombre de familles ont intérêt à ce que les dits registres soient légalisés, et qu'il est opportun de pourvoir à leur légalisation et authenticité ; en conséquence, il est par le présent acte, en outre décrété comme suit :

7. Tout registre ou registres de l'état civil jusqu'ici tenus dans aucune église catholique romaine, par un prêtre catholique romain, dûment autorisé par l'autorité ecclésiastique compétente, à célébrer le mariage, administrer le baptême ou faire les obsèques, pourront et devront, sur présentation d'iceux, à cette fin, quoique ces registres aient déjà servi, être numérotés, paraphés et

certifiés par le fonctionnaire civil ordinaire, de la même manière et au même effet que si les dits registres n'avaient pas antérieurement servi, et un double d'iceux pourra, de la même manière et au même effet être déposé et reçu chez le fonctionnaire civil ordinaire. Et un certificat de l'évêque sera une preuve suffisante qu'un prêtre a été dûment autorisé comme susdit.

8. Lorsque les dispositions de la précédente section auront été remplies au sujet d'aucun registre, tel registre, ou aucun extrait d'icelui seront censés et considérés comme authentiques, comme aussi légaux et valides que s'ils avaient été faits conformément aux exigences de la loi.

9. Le mot " évêque " s'entend de l'ordinaire du diocèse, ou son grand vicaire, ou l'administrateur.

10. Le présent acte n'aura d'autre effet que celui d'autoriser à tenir des registres authentiques, et à légaliser ceux déjà tenus dans les cas et de la manière ci-dessus prévus, sans que le dit présent acte ne puisse avoir d'autres conséquences légales, et affecter en rien au-delà de son objet direct, la position civile actuelle des paroisses et fabriques régulièrement existantes.

11. Cet acte viendra en force le premier janvier, mil huit cent soixante-treize.

### FORMULE D'UN ACTE DE BAPTÊME.

" Le (*le jour, le mois et l'année, en toutes lettres*), nous soussigné, curé (*ou* vicaire) de cette paroisse, avons baptisé N. né (le même jour *ou* tel jour), du légitime mariage de N. (*sa profession*) et de N. de cette paroisse. Le parrain a été N. et la marraine N. qui, ainsi que le père, ont signé avec nous (*ou* qui ont déclaré ne savoir signer*). Lecture faite. "

Si le père est absent, on doit en faire mention à la fin de l'acte.

Si un enfant est ondoyé à la maison, à cause du danger de mort, ou en vertu d'une autorisation de notre part, il faut en faire mention dans l'acte de supplément des cérémonies, et y exprimer pourquoi, et par qui l'enfant a été ondoyé. S'il y avait du doute sur la validité de l'ondoiement, il faudrait donner l'eau sous condition, et le mentionner dans l'acte.

Si un enfant est baptisé dans une autre paroisse que celle où il est né, le prêtre qui le baptisera, mentionnera dans l'acte de Baptême, de quelle paroisse il est, et enverra un certificat de ce Baptême au curé de l'enfant, afin qu'il le marque dans ses régistres.

Si l'enfant qu'on présente au baptême n'est pas né de légitime mariage, ou s'il a été trouvé, l'acte doit être ainsi conçu :

" ............avons baptisé N. né (*tel jour*) de parents inconnus. Le parrain a été, etc."

Dans ce cas, il ne faut jamais mentionner les noms du père et de la mère, à moins que tous deux ne soient libres ; qu'ils ne reconnaissent l'enfant comme leur appartenant, et qu'ils ne le demandent personnellement, s'ils sont présents, ou par un acte en bonne forme, s'ils sont absents, ou si l'un des deux est absent. Dans ce cas, l'on doit dire *fils ou fille de* N. *et de* N. sans ajouter *légitime*, et faire mention de la reconnaissance et de la demande qui auront été ainsi faites par le père ou par la mère, ou par l'un et l'autre ensemble.

Si l'enfant a été trouvé exposé, on le baptisera sous condition, quand même on trouverait un billet qui énonce que le Baptême lui a été conféré ; et on exprimera dans l'acte quel jour, en quel lieu, et par quelle

personne il a été trouvé, et combien de jours il paraît
avoir.

Si le parrain et la marraine ont été représentés par
procureurs, on doit le mentionner de la manière suivante :

"..........Le parrain a été N. représenté par N. qu'il
a nommé son procureur à cet effet. La marraine a été
N. représentée par N. constituée par elle à cet effet ;
comme il nous est apparu par une lettre datée de... etc."

## FORMULE DU SERMENT QUE LES CURÉS EXIGERONT DES SAGES-FEMMES APRÈS QU'ELLES AURONT ÉTÉ CHOISIES.

Le choix des sages-femmes est de la plus haute importance pour la société, puisque la santé et la vie des mères
et des enfants, et même le salut éternel de ceux-ci,
sont souvent entre leurs mains. Les curés doivent, en
conséquence, veiller à ce qu'aucune femme de leurs paroisses ne s'ingère de cette profession délicate, sans les
talents et les connaissances nécessaires pour l'exercer
convenablement.

Ils doivent de plus s'assurer que celles qui s'offrent
pour cette fonction, sont de bonne vie, de mœurs hon-
nêtes, et d'une grande discrétion. Ils les instruiront,
si déjà elles n'en sont instruites, non-seulement de la
matière et de la forme du Baptême, et de l'intention
qu'on doit avoir en le conférant, mais aussi des circonstances dans lesquelles il leur est permis de baptiser.

Ils leur recommanderont aussi d'avoir soin d'apporter à l'église, les enfants qu'elles auront baptisés dans lo
cas de nécessité, aussitôt qu'ils se trouveront hors de
danger, et d'avertir les pères et mères de ceux qui viennent au monde en santé, de les faire baptiser au plus tôt.

Enfin ils recommanderont aux sages-femmes, de baptiser toujours, autant qu'il se pourra, en présence de la mère de l'enfant, et de deux témoins, et d'être fidèles à garder les secrets de famille.

Du reste, les examens de la capacité, et les attestations de la qualification des sages-femmes sont exclusivement du ressort de la Faculté ; et ce n'est qu'après ses jugements et permissions obtenus que les curés peuvent admettre les personnes élues, à prêter le serment qui suit.

" Je N. jure et promets à Dieu le créateur tout-puissant, en votre présence, Monsieur, de vivre et mourir dans la foi catholique, apostolique et romaine ; de m'acquitter, avec le plus de fidélité et de diligence qu'il me sera possible, de la charge d'assister les femmes dans leurs couches ; de ne permettre jamais que ni la mère, ni l'enfant encoure aucun mal par ma faute ; et, lorsque je verrai quelque péril imminent, je promets d'user du conseil et de l'aide de chirurgiens-accoucheurs, et de femmes expérimentées de cet art. Je promets aussi de ne point révéler les secrets des familles, ni des personnes que j'assisterai ; de n'user d'aucun moyen illicite ou superstitieux, sous quelque prétexte que ce soit ; de n'agir jamais par vengeance, par haine ou par prévention ; enfin, de n'omettre rien de ce qui sera de mon devoir, à l'égard de qui que ce soit ; mais de procurer, autant qu'il dépendra de moi, le salut corporel et spirituel tant de la mère que de l'enfant."

Pendant la prestation du serment, la sage-femme tiendra sa main droite sur le livre des évangiles, et, en terminant, elle ajoutera : " *Ainsi Dieu me soit en aide,* " *et ces saints évangiles.*"

Le curé écrira à la fin du livre des Baptêmes, le nom de la sage-femme, et le jour auquel elle a prêté le serment en sa présence, ou il en gardera une note dans les papiers de la cure.

(a) FORMULE D'UN ACTE DE MARIAGE.

" Le (*le jour, le mois, l'année, en toutes lettres*), après la publication de trois bans de mariage, faite au prône de nos messes paroissiales, entre N. (*sa profession*) de cette paroisse, fils majeur (*ou* mineur) de N. et de N. de cette paroisse d'une part ; et N. aussi de cette paroisse, fille majeure (*ou* mineure) de N. et de N. de cette paroisse, d'autre part ; ne s'étant découvert aucun empêchement, nous soussigné, curé (*ou* vicaire) de cette paroisse, avons reçu leur mutuel consentement de mariage et leur avons donné la bénédiction nuptiale en présence de, etc......... Lecture faite."

On doit ici mentionner deux ou trois témoins, au moins, et déclarer s'ils sont parents de l'époux ou de l'épouse, et en quel degré ils le sont ; et cet acte sera signé sur les deux régistres, tant par celui qui aura célébré le mariage, que par les contractants et les témoins, s'ils savent le faire ; et s'ils ne le savent pas, il en sera fait mention.

Si les contractants sont mineurs, on doit mentionner le consentement de leurs parents, tuteurs ou curateurs, de la manière suivante.

".........Nous soussigné, curé (*ou* vicaire) de cette paroisse, du consentement du père et de la mère du dit N. (*ou, s'ils sont morts*), du consentement de N. tuteur (*ou* curateur) du dit N., avons reçu leur mutuel consentement, etc."

Si le mariage a été célébré avec dispense de bans, de consanguinité ou d'affinité, il en sera fait mention dans l'acte, comme suit :

(a) Pour les mariages *mixtes*, voir l'instruction et la formule ci-après.

" Le......... vu la dispense de deux (*ou* d'un) bans de mariage, accordée par Monseigneur N. Evêque de...... (*ou* par Messire N. Vicaire-Général de Monseigneur l'Evêque de.........), en date du......... présent mois (*ou* de N.) ; vu aussi la publication du troisième ban (*ou* des deux autres bans) faite au prône, etc. "

Pour une dispense de consanguinité ou d'affinité :

".........Vu la dispense du troisième degré (*ou autre*) de consanguinité (*ou* d'affinité) accordée par, etc., *comme ci-dessus.*"

Si l'un ou l'autre des contractants, ou tous les deux sont veufs, on doit l'exprimer dans l'acte, et y faire mention du nom des époux défunts.

Si le mariage a lieu dans une paroisse qui n'est point celle des contractants, on en fait mention dans l'acte, ainsi que de la dispense ou de la permission obtenue à cet effet.

Dans le cas d'une opposition faite au mariage, voyez les articles 61 et 62 du Code Civil, ci-dessus, page 156.

Tout orphelin mineur qui veut se marier, et qui n'a point de tuteur ou de curateur, doit présenter une requête aux autorités civiles de son district, tendant à se faire nommer un tuteur *ad hoc*, aux fins d'être autorisé à contracter. Dans ce cas, le curé ne procèdera point à la célébration du dit mariage, avant d'avoir reçu l'expédition de l'acte de tutelle *ad hoc* qui permet à cet enfant mineur de le contracter : et il gardera cet acte dans les papiers de la cure.

Quand on réhabilite un mariage nul à raison d'un empêchement *public* (a) on l'enrégistre comme les autres

(a) Les empêchements de *parenté légitime, d'affinité ex copulá licitá, d'affinité spirituelle, d'honnêteté publique ex matrimonio rato,* sont *publics de leur nature* et

en faisant mention 1° de la date et du lieu où a été contracté le premier mariage ; 2° de l'empêchement qui l'a rendu nul ; 3° de la dispense obtenue. De plus, quand la chose est possible, on met en marge de l'acte du premier mariage, une note disant que ce mariage a été réhabilité tel jour et en telle paroisse.

Si le mariage a été nul à raison d'un empêchement *secret*, on n'enrégistre point l'acte de la réhabilitation ; mais il est quelquefois utile d'en donner aux parties une déclaration par écrit.

### FORMULE DE L'ACTE DE RÉHABILITATION D'UN MARIAGE.

" Le (*jour, mois, année en toutes lettres*), par devant nous curé (*ou* vicaire, *ou* prêtre dûment autorisé par) soussigné, se sont présentés N. (*sa profession*) de cette paroisse (*ou* de la paroisse de N.) fils majeur (*ou* mineur) de N. et de N. d'une part ; et N., aussi de cette paroisse (*ou* de la paroisse de N.) fille majeure (*ou* mineure) de N. et de N., d'autre part, lesquels ont déclaré avoir déjà contracté ensemble mariage le (jour, mois, année en toutes lettres) (*ou bien* vers le... *si l'on n'a pas pu constater la date précise*) en la paroisse de N., mais que le dit mariage s'étant trouvé nul par suite d'en empêchement dirimant de... (*marquer ici la nature et le degré de l'empêchement*) qui a été découvert plus tard, ils ont obtenu de Mgr. N. ou de N. vicaire-général, le... (*date de la dispense*) dispense du dit empêchement, et désirent faire réhabiliter leur dit mariage : nous curé (*ou* vicaire, *ou* prêtre dûment autorisé comme susdit)

ne perdent jamais cette qualité, quelqu'ignorés qu'ils soient ; il faut donc toujours enrégistrer les mariages réhabilités pour cette cause.

Les autres empêchements dirimants peuvent être *publics* ou *secrets*, selon les circonstances. Dans le doute il faut consulter l'Evêque.

soussigné, n'ayant découvert aucun autre empêchement ; vu aussi la dispense de trois bans accordée par le dit Mgr. N. *ou* Messire N. vicaire-général, (*ou bien* vu la publication de un avec dispense des autres, *ou* deux, *ou* trois bans) avons reçu leur mutuel consentement de mariage en présence de N. et N....etc. Lecture faite."

## INSTRUCTIONS POUR LA CÉLÉBRATION DES MARIAGES MIXTES.

Le prêtre qui a reçu une dispense l'autorisant à célébrer un mariage mixte, doit observer ce qui suit :

1°. Il engagera la partie catholique à se préparer, par la réception des sacrements de pénitence et d'eucharistie, aux grâces du mariage, et l'avertira de l'obligation qu'elle contracte de faire tout en son pouvoir pour convertir la partie protestante à la foi catholique et d'élever dans la même foi les enfants de l'un de et l'autre sexe qui naîtront de son mariage.

2°. Il ne consentira à célébrer un tel mariage que sous la condition que la partie protestante promettra par écrit en sa présence et devant au moins deux témoins, de laisser élever dans la religion catholique tous les enfants qui naîtront de son mariage avec la partie catholique.

3°. Il exigera que les époux ne se présentent ni avant, ni après le mariage catholique, à un ministre protestant, pour contracter mariage devant lui.

4°. Il célébrera ce mariage à la sacristie ou au presbytère, ou même à domicile, mais jamais à l'église. Si le Saint Sacrement est alors conservé dans la sacristie, on ne doit pas y célébrer un tel mariage.

5°. Il ne pourra assister au mariage que comme témoin, et par conséquent il n'y portera ni surplis ni étole, et n'y fera aucune prière, aucune exhortation, ni autre cérémonie religieuse. (a)

6°. Avant le mariage il exigera de la partie protestante la promesse dont la formule est ci-jointe, et la lui fera lire et signer en présence de deux témoins capables autant que possible, de signer leurs noms. Il la signera lui-même et la conservera en dépôt dans les archives de la paroisse.

7°. Les parties se donneront mutuellement en présence du prêtre et d'au moins deux autres témoins, le consentement de mariage, sans qu'il soit permis de le leur demander. L'époux dira : " *Je prends* N. *qui est ici présente pour ma femme et légitime épouse* " ; et l'épouse dira ensuite : " *Je prends* N. *qui est ici présent pour mon mari et légitime époux.*" Cela dit, il fera signer l'acte dans le régistre.

8°. Dans l'acte de mariage, il fera mention de la dispense qui l'autorise à marier une partie protestante avec une partie catholique, et à le faire sans aucune publication de bans.

### FORMULE DE LA PROMESSE.

" Je, soussigné, voulant contracter mariage avec....... devant un prêtre catholique, autorisé à cet effet par une

(a) Une instruction du Souverain Pontife Pie IX adressée à tous les Evêques du monde, le 15 novembre 1858, dit expressément que telle est la règle générale à observer dans la célébration des mariages mixtes. Cependant elle autorise les Evêques à tolérer quelque chose de plus, à raison de circonstances tout à fait exceptionnelles, *onerata ipsorum Antistitum conscientiâ.*

Dans ce cas, le prêtre spécialement autorisé par l'Evêque, peut suivre le rite légitimement prescrit par le rituel du diocèse, c'est-à-dire, célébrer le mariage dans l'église, avec surplis et étole, interroger les parties, dire *Conjungo vos...* bénir l'anneau et dire les versets *Confirma hoc...* et l'oraison *Respice quæsumus...* Il doit *toujours* omettre les exhortations, la messe et les bénédictions solennelles. (*On peut voir cette Instruction dans le II Concile Plénier de Baltimore, page* 311.)

dispense particulière de..., promets en présence de Monsieur... et de... témoins pour ce appelés, que je laisserai à tous les enfants qui naîtront de mon mariage avec l... dit... toute liberté de suivre et de pratiquer la religion catholique, apostolique et romaine, et aussi que je ne gênerai en aucune manière l... d... dans l'exercice de la même religion.

En foi de quoi j'ai signé la présente promesse avec le dit Monsieur... et les dits témoins,... le... jour du mois de...de l'année mil huit cent..."

### FORMULE D'ACTE DE MARIAGE MIXTE.

" Le (*le jour, le mois, l'année en toutes lettres*) vu la dispense accordée par Mgr. N.                archevêque (*ou* évêque) de... (*ou* par monsieur N. vicaire général du diocèse) à l'effet de lever la défense de l'Eglise qui empêche de contracter mariage ensemble, N. catholique (*ou* protestant), fils majeur (*ou* mineur) de N. et de N. de telle paroisse, d'une part ; et N. protestant (*ou* catholique) fille majeure (*ou* mineure) de N. et de N. de telle paroisse, d'autre part ; vu aussi la dispense de toute publication de bans accordée au même effet par le dit Seigneur Archevêque (*ou* Evêque) de... (*ou* par le dit Sieur vicaire général) ne s'étant découvert aucun autre empêchement au dit mariage (*mentionner ici le consentement des parents, si besoin est*) : Nous, prêtre soussigné, avons reçu leur mutuel consentement de mariage en présence de N. et de N. qui ont signé avec nous (*ou* qui ont déclaré ne savoir signer). Lecture faite."

### FORMULE D'UN ACTE DE SÉPULTURE.

" Le (*le jour, le mois et l'année, en toutes lettres*), nous soussigné, curé (*ou* vicaire) de N. avons inhumé dans le cimetière de cette paroisse, le corps de.........(sa *profession*), (*s'il est marié, époux de.........s'il est veuf, veuf de.........*). (*Si c'est une femme, épouse de.........ou veuve de...*(*la profession du mari*). *Si c'est un enfant ou une personne qui n'est point mariée,* fils *ou* fille de.... (*la profession du père*) et de........., (*si l'enfant est illégitime, né de parents inconnus ; avec le nom et le domicile de la personne chez qui il demeurait*) ; décédé (*tel jour*) en cette paroisse, âgé de.........ans, mois *ou* jours. Étaient présents......qui ont signé avec nous (*ou* qui ont déclaré ne savoir signer). Lecture faite."

On ne doit point inhumer le corps d'une personne trouvée noyée ou morte dans un chemin, ou portant des indices de mort extraordinaire ou violente, ou avec d'autres circonstances qui donneraient lieu de le soupçonner, avant que les procédures requises en pareils cas, aient été faites par le Coronaire ou par ses substituts, et avant d'avoir reçu le certificat des dites procédures. Dans l'acte de sépulture, le prêtre fera mention du dit certificat, du genre de mort y mentionné, et, si la personne défunte était inconnue, de tous les signalements qui y sont donnés.

Lorsque l'on fait l'acte de sépulture d'un enfant ondoyé, et mort sans que son baptême ait été enrégistré, il faut compter cet enfant parmi les baptêmes de l'année. En marge il faut donc mettre deux chiffres, l'un indiquant le numéro du baptême, l'autre, celui de la sépulture. Par exemple B. 36. S. 15.

Quant aux enfants morts sans baptême, on doit : 1° faire un acte de leur sépulture ; 2° en tenir compte dans la récapitulation annuelle, afin que l'on puisse constater exactement le nombre des *naissances.*

### FORMULE D'UN ACTE D'ABJURATION.

Le prêtre autorisé à recevoir une abjuration, en dressera un acte dans lequel il mentionnera que, tel jour, en vertu du pouvoir qui lui a été accordé par Monseigneur N. Evêque de.........ou par M. N. Vicaire-Général de Monseigneur l'Evêque de...... il a reçu la profession de foi de N., et l'a absous ou absoute de l'hérésie.

Il fera mention dans cet acte du lieu où cette abjuration a été faite, de l'âge, de la résidence, et de la profession du nouveau converti. Il y exprimera, s'il est marié, le nom de sa femme, (si c'est une femme, le nom de son mari) ; ou, s'il n'est pas marié, le nom de ses père et mère. Il fera signer cet acte par le converti et par les témoins dont les noms seront mentionnés dans l'acte.

Le prêtre qui aura dressé cet acte, l'enverra au Secrétaire du diocèse pour être conservé dans les archives de l'évêché.

### FORMULE D'UN CERTIFICAT DE LA PUBLICATION DE BANS DE MARIAGE.

*Après avoir copié le ban tel qu'il a été publié...*" Il y a promesse de mariage etc., *(ci-dessus page 7)* " *le curé ajoutera :* " Nous, soussigné, certifions que le ban de mariage ci-dessus a été publié (*tel et tel jour*) au prône des messes paroissiales de cette paroisse de *** et qu'il ne s'est découvert aucun empêchement, ou opposition au dit mariage..., le... jour du mois de... en l'année...

*** Ptre., curé."

Ce certificat ne doit être délivré que 24 heures après la dernière publication.

### FORMULE D'UN CERTIFICAT DE MARIAGE.

" Nous soussigné, curé de la paroisse de N. dans le

diocèse de... certifions par les présentes que N. et N. ont été légitimement mariés, selon le rit de l'église catholique, dans l'église de la paroisse de N. ci-dessus mentionnée, le..."

En foi de quoi nous avons signé les présentes, à N. le...

### FORMULE D'UN EXTRAIT DE BAPTÊME, DE MARIAGE, OU DE SÉPULTURE.

" Extrait du régistre des baptêmes, mariages et sépultures de la paroisse de... pour l'année mil...

*Ici doit être l'acte dont on demande copie, qui sera écrit en entier, et tel qu'il est sur le régistre, sans addition ou altération. Ensuite le curé apposera au bas de la copie le certificat suivant.*

Lequel extrait, nous soussigné, curé de... certifions être conforme au régistre original déposé dans les archives de la dite paroisse.

...le... mil...        *** Ptre."

### FORMULE POUR ENRÉGISTRER LES NOMS DE CEUX QUI ONT ÉTÉ CONFIRMÉS.

*Cet enrégistrement doit se faire dans un cahier destiné à cet usage.*

Le (*le jour, le mois et l'année*) ont été confirmés, dans l'église de cette paroisse, par Sa Grandeur Monseigneur N. Evêque de... (*ou par N.*).

*Le Rituel Romain exige 1°. que l'on mette dans des pages différentes les noms et surnoms des garçons et ceux des filles ; 2°. que l'on indique les noms des parents et des parrains ou marraines de la confirmation, s'il y en a eu. Le curé ou le vicaire de la paroisse signe le dit enrégistrement.*

## FORMULE DE LETTRES TESTIMONIALES EN FAVEUR DE CEUX QUI VONT EN VOYAGE.

Nous soussigné, curé de la paroisse de N., dans le diocèse de ... certifions à tous ceux qui les présentes verront, que le porteur, N., âgé de...ans, maintenant sur le point de laisser cette paroisse, est né de parents catholiques ; qu'il est de bonnes mœurs, et qu'il a toujours rempli fidèlement ses devoirs comme catholique. Nous certifions de plus qu'il n'est lié d'aucune censure ecclésiastique, qui puisse l'empêcher d'être admis à la participation des sacrements, ou de recevoir la sépulture ecclésiastique ; (et qu'à notre connaissance, il n'a contracté aucun lien de mariage).

En foi de quoi nous avons signé les présentes, à N. le...

*Si le voyageur doit aller en pays étranger, ces lettres testimoniales seront données en latin, comme suit :*

Ego infrascriptus, rector ecclesiæ parochialis N. in diæcesi... in Canadensi Provinciâ, omnibus has litteras inspecturis fidem facio N. parochianum meum, annos... natum, catholicis honestisque parentibus. ortum, bonis moribus esse imbutum, fidelemque cultorem religionis catholicæ ; nec ullo censurarum ecclesiasticarum vinculo irretitum, quominùs ecclesiæ sacramentis vivus, et sepulturæ christianæ mortuus, participare possit. (Fidem æquè facio prædictum N. nullo matrimonii vinculo ligari).

Datum... sub chirographo meo, die... mensis... anno Domini millesimo-octingentesimo...

———

FORMULE DE L'ACTE DE LA BÉNÉDICTION D'UNE PRE-
MIÈRE PIERRE, OU D'UNE ÉGLISE, OU D'UN
CIMETIÈRE, OU D'UNE CLOCHE.

*(A mettre dans le régistre des délibérations de la fabrique.)*

Le......... de l'année de Notre Seigneur........., nous
soussigné (grand vicaire, *ou* curé, *ou* etc.) étant dument
autorisé par Monseigneur...... avons bénit avec les
solennités prescrites, la première pierre de l'église
(paroissiale) de......  .

*Ou bien*, la nouvelle église (paroissiale) de...... la
dite église construite en pierre [*ou* en brique, *ou* en bois]
a... pieds de longueur en dedans,... pieds de largeur en
dehors,... pieds de hauteur au-dessus des lambourdes ;
les plans ont été tracés par Monsieur... architecte, la
maçonnerie a été faite par Monsieur...,  la charpenterie
par Monsieur... ; les syndics ont été Messieurs......
La première messe a été dite [*ou* chantée] par Messire...

*Ou bien*, le cimetière de la paroisse de N... ; le dit
cimetière a... pieds de front, sur... de profondeur.

*Ou bien*, trois cloches pour l'église [paroissiale] de... ;
la première, du poids de... livres, présentée par [*noms
des parrains et marraines*] a reçu les noms de... ; la
seconde, du poids de... livres, présentée par... a reçu les
noms de... ; la troisième......

Ont été présents un grand  nombre de fidèles et plusieurs membres du clergé qui ont signé avec nous (ainsi
que les parrains et marraines, *ou bien* les architectes,
entrepreneurs, syndics, etc.)

Fait à...... les jour et an que dessus.

N. (signature de celui qui a fait la bénédiction.)

*[Suivent les autres signatures.]*

# ÉRECTION CANONIQUE DES PAROISSES.

Quand il s'agit d'obtenir l'érection canonique d'une paroisse, l'on commence par faire signer une requête à l'autorité ecclésiastique, par la majorité des franc-tenanciers résidants dans le territoire que l'on veut ainsi former en paroisse. Eux seuls ont droit de la signer, mais ils ne peuvent exercer ce droit, à moins qu'ils n'aient atteint l'âge de majorité, et qu'ils ne possèdent divisément, à titre de propriété, et depuis au moins six mois, une terre, ou quelqu'autre immeuble dans le dit territoire. Les co-héritiers majeurs résidants jouissent du même privilége.

Il n'y a pareillement que les franc-tenanciers résidants et les co-héritiers majeurs résidants qui aient le droit de s'opposer à l'érection de telle paroisse.

Ceux qui ont donné leur terre, ou autre immeuble, n'en conservant que la jouissance, n'ont le droit ni de signer telle requête, ni de s'y opposer, à moins qu'ils ne se soient réservé la propriété d'une partie de telle terre, ou autre immeuble.

Si une paroisse a contracté des dettes, pour la construction, ou les réparations d'une église, d'une sacristie, ou d'un presbytère, on n'en peut démembrer une partie, pour former une autre paroisse, ou partie d'une autre paroisse, avant que ces dettes ne soient payées et acquittées.

On doit transmettre à l'autorité ecclésiastique, avec la requête dont il est parlé plus haut, un plan détaillé sur lequel l'on aura marqué avec un grand soin les limites de la paroisse projetée, telles qu'elles sont désignées dans la requête. Ce plan est indispensable et doit être fait par un arpenteur.

On suit les mêmes formalités lorsqu'il s'agit d'annexer quelque partie de territoire à une paroisse.

### MODÈLE DE REQUÊTE POUR OBTENIR UNE ÉRECTION CANONIQUE DE PAROISSE.

" A Sa Grandeur Monseigneur N. Archevêque [*ou* Evêque de......]."

" L'humble requête de la majorité des franc-tenanciers résidants d'une partie ci-après désignée de la seigneurie de N. [*ou* du canton de N.], ou des parties ci-après désignées des seigneuries de N. et de N. [*ou* des cantons de N. et de N.], professant la religion catholique, lesquels représentent très respectueusement à Votre Grandeur : "

" Que leurs habitations, terres établies et autres qui le seront par la suite, dans la dite partie de seigneurie [*ou* du canton de N.], ou dans les dites parties de seigneuries [*ou* de canton] de N. et de N., comté de N., district de N., comprennent une étendue de territoire d'environ N. milles de front et d'environ N. milles de profondeur ; "

" Que ce territoire est borné vers le Nord [*ou* le Nord-Est] par la rivière de N. [*ou* par la seigneurie de N., *ou* par la paroisse de N., *ou* par le canton de N., *ou* par la ligne qui sépare tel rang de tel autre, *ou* par tel chemin, *ou* par la ligne qui sépare la terre de N. de celle de N. dans tel rang, ou tels rangs, [*suivant que le cas y échet*] ; vers l'Est [*ou* le Sud-Est] par N. ; vers le Sud [*ou* le Sud-Ouest] par N. ; vers l'Ouest [*ou* le Nord-Ouest] par N."

" Que dans l'espace compris entre ces lignes, il se trouve N. terres de N. arpents de front sur N. arpents de profondeur, et [*si le cas y échet*] N. autres plus petites [*ou* plus grandes] de N. arpents sur N. et de plus N. emplacements bornés et divisés ; "

" Que de ce nombre de N. terres N. sont concédées et N. déjà habitées par autant de familles, et que ces familles forment une population de N. âmes et de N. communiants, lequel nombre ne peut qu'augmenter à proportion du défrichement, tant des dites terres habitées, que de celles qui ne le sont pas encore ; "

" Que les habitants présentement établis sur les dites terres pourraient fournir annuellement par leurs dîmes, pour la subsistance d'un prêtre qui leur serait donné, la quantité de N. minots de froment, de N. minots de pois, de N. minots d'avoine, de N. minots d'orge, de N. minots de seigle, [*et si le cas y échet*], de N. minots de gaudriole, de N. minots de sarrasin et de N. minots de bled d'Inde ; "

" [Que vos suppliants n'ont jamais régulièrement appartenu à aucune paroisse ; mais ont été desservis jusqu'à présent par MM. les Curés de N."]

" [*ou*] Que vos suppliants ont été à la vérité connus vulgairement comme appartenant à la paroisse de N., et cela depuis nombre d'années ; mais que la dite paroisse n'a proprement été jusqu'à présent qu'une mission, et n'a jamais reçu d'érection régulière et canonique : "

" [*ou*] Que le territoire sus-mentionné faisait autrefois partie de la paroisse de N. ou des paroisses de N. et N. érigées par les anciens Evêques de ce pays, et dont l'existence avait été civilement reconnue par le règlement de 1721, approuvé par arrêt du Conseil d'état de Sa Majesté Très Chrétienne, du 3 mars 1722 [*ou* par une proclamation de Sa Majesté, en date de N.] : "

" Que la distance de N. milles où la plupart d'entre eux se trouvent de l'église la plus voisine [*ou* de la dite église de N. *ou* de l'église de la dite paroisse, *ou* des églises des dites paroisses de N. et N.], où ils ont été desservis jusqu'à présent, la difficulté que leur présentent les chemins, surtout le printemps et l'automne, [*on peut citer d'autres obstacles, s'il s'en trouve, tel que serait le gonflement d'une ou plusieurs rivières, ou ruisseaux qu'il faut nécessairement traverser*], la presque impossibilité d'envoyer d'aussi loin leurs enfants aux instructions chrétiennes, d'y transporter les nouveau-nés pour le baptême, les défunts pour la sépulture, et de s'y rendre eux-mêmes régulièrement pour accomplir leurs devoirs religieux, sont de puissants motifs qui leur ont fait sentir depuis longtemps le besoin de former une paroisse à part :"

" Que c'est dans cette vue [*si tel est le cas*] qu'avec votre permission [*ou* avec la permission de vos illustres prédécesseurs], ils ont construit une chapelle [*ou* église], dans laquelle le service divin se fait depuis l'année N. et ce en attendant mieux ; "

" Ce considéré, Monseigneur, ils vous supplient de vouloir bien ériger canoniquement en paroisse, sous l'invocation du mystère de N. [*ou* de Saint *ou* Sainte N. *ou* sous l'invocation de tel saint ou sainte qu'il vous plaira de désigner] le territoire ci-dessus mentionné, se proposant, après avoir obtenu de Votre Grandeur le Décret Ecclésiastique requis en pareil cas, de s'adresser à MM. les Commissaires nommés dans le diocèse de N. pour les fins du chapitre 18 des Statuts Refondus du Bas-Canada, afin de procurer à leur dite nouvelle paroisse un existence civile dont ils reconnaissent le besoin."

" Et vos suppliants ne cesseront de prier, etc., etc."
      [*Ici la date et les signatures.*]

*N. B.*—*Il est nécessaire que sur la page où finit la requête, et à la suite de la date, il y ait les signatures ou les marques d'au moins deux des franc-tenanciers résidants intéressés à l'érection de la paroisse.*

*Ceux qui ne savent pas signer doivent faire inscrire leurs noms sur la requête, et y ajouter eux-mêmes leurs marques.*

*Les signatures et les marques doivent être prises devant au moins deux témoins capables de signer un certificat rédigé à peu près dans la forme suivante :*

" Nous soussignés certifions que les signatures et les marques ci-dessus et de l'autre part ont été données librement en notre présence, et qu'elles sont véritablement de ceux dont elles portent les noms. En foi de quoi nous avons signé le présent certificat à...

... le... 18...

[*Ici les signatures des témoins.*]

La requête ayant été reçue, l'Ordinaire nomme un député qu'il charge d'aller sur les lieux pour constater la vérité des faits qui y sont allégués.

Le prêtre qui aura reçu cette commission, donnera avis aux intéressés du jour et de l'heure auxquels il se rendra chez eux pour la mettre à exécution. Voici comment pourrait être rédigé cet avis :

### MODÈLE D'AVIS.

" Avis à tous ceux qui peuvent être intéressés dans l'érection d'une paroisse qui serait formée d'une partie de la seigneurie de N. [*ou* du canton de N.], ou de certaines parties des seigneuries de N. et de N. [*ou* des cantons de N. et N. [*ou bien, s'il s'agit d'une annexion*] Avis à tous ceux qui peuvent être intéressés à l'annexion à la paroisse de N. d'une partie de la Seigneurie de N., [*ou* du canton de N.] paroisse de N., comté de N., district de N.

" Vous êtes avertis que.. le N. du présent mois [*ou* du mois de N. prochain], je soussigné, Vicaire-Général de N. [*ou* vicaire forain, *ou* archiprêtre, *ou* curé de N.] me transporterai auprès de l'église [*ou* du canton] de N. [*ou* à la maison du Sieur N., située dans la dite partie de seigneurie [*ou* de canton] de N., par une commission spéciale de Monseigneur l'Archevêque [*ou* l'Evêque] de N., pour vérifier les allégations d'une requête, en date de N., adressée à Sa Grandeur par la majorité des habitants franc-tenanciers de la dite localité [*ou* des dites localités], à l'effet d'obtenir une érection canonique de paroisse [*ou bien* l'annexion de la dite localité, à la dite paroisse de N.].   En conséquence tous ceux qui se croient intéressés, pour ou contre la dite requête, sont requis de se trouver, le dit jour, au lieu ci-dessus indiqué, à N. heures du matin [*ou* de l'après-midi].

" N. le... 18...."

*[Ici la signature du député.]*

L'avis ci-dessus ayant été rédigé par le député, avec les changements requis par les circonstances, il en sera dressé autant de copies que de lieux où il doit être publié.   Il doit être lu publiquement et affiché par deux dimanches consécutifs, à l'issue du service divin du matin, à la porte de l'église ou chapelle du territoire qu'il s'agit d'ériger en paroisse, ou, s'il n'y a ni église, ni chapelle, dans le lieu le plus public de la résidence des intéressés, tel qu'une maison d'école, ou un moulin, ou une maison particulière bien connue, et en outre à la porte de l'église ou chapelle, ou des églises ou chapelles, auxquelles les dits intéressés sont desservis.

Si deux des dites églises ou chapelles sont sous les

soins d'un même prêtre, la publication prescrite ci-dessus peut être valablement faite dans celle, ou celles, où l'office divin est célébré.

Si la paroisse que l'on veut ainsi ériger se compose de plusieurs parties de seigneuries, ou de cantons, n'appartenant à aucune paroisse, l'avis doit être affiché dans le lieu le plus public de chacune des dites parties de territoire.

Le député ne doit se rendre sur les lieux, pour procéder à l'exécution de la commission qui lui a été donnée, que dix jours au moins après la première publication de l'avis. Le jeudi de la semaine qui suit le dimanche où a été faite la seconde publication, est le premier jour auquel il peut faire son enquête.

Il convient que la lecture de l'avis soit faite par un huissier, ou par quelqu'autre personne capable de bien s'acquitter de ce ministère, et que la même personne soit aussi chargée d'afficher l'avis à la porte de l'église, ou chapelle, où elle aura fait telle lecture.

La personne, quelle qu'elle soit, qui aura lu publiquement et affiché l'avis, en donnera un certificat que le député pourrait lui envoyer tout dressé sur le dos de l'avis, et qui serait conçu dans les termes suivants :

" Je soussigné certifie que l'avis de l'autre part a été lu publiquement et affiché par moi à la porte de l'église [*ou* chapelle] de N., à l'issue du service divin du matin dimanche le N. et dimanche le N. En foi de quoi j'ai signé le présent au dit lieu de N. le... 18... "

*Dans les endroits où il n'y a ni église, ni chapelle, et où l'on aura dû par conséquent se borner à afficher l'avis, le certificat requis sera donné de la manière suivante :*

" Je soussigné certifie que l'avis de l'autre part a été affiché par moi au moulin de N. [*ou* à la maison d'école,

*ou* à la maison du Sieur N.] situé [*ou* située] dans le
N. rang de la seigneurie [*ou* du canton] de N., dimanche le N. et dimanche le N.   En foi de quoi j'ai signé
le présent au dit lieu de N. le... 18..."

*S'il s'agit de démembrer une certaine étendue de territoire d'une
paroisse pour l'annexer à une autre, l'avis doit être lu publiquement
et affiché, comme il est dit ci-dessus, aux portes des églises ou chapelles des dites paroisses, et affiché pareillement dans le lieu le plus
public du dit territoire.*

*Le député doit tenir son assemblée, auprès de l'église ou chapelle
de la localité dont on demande l'érection en paroisse, ou, s'il n'y a ni
église, ni chapelle, dans l'endroit censé le plus public de la dite localité.*

*Pour que le député puisse constater si la majorité des habitants
franc-tenanciers de telle localité consent à l'érection de la paroisse
demandée, il importe qu'on lui présente une liste exacte de toutes les
personnes qui y ont des propriétés ; ce qui est facile en recourant au
livre de cotisation de la municipalité.   On entend par franc-tenancier
tout propriétaire d'immeuble, soit divisément, soit comme co héritier,
comme il est dit ci-dessus, page 179.   Il faut aussi constater s'ils ont
atteint l'âge de majorité.*

Voici un modèle du procès-verbal que le député doit
dresser de son opération.

### MODÈLE DE PROCÈS-VERBAL.

L'an mil huit cent...... le N. du mois de N., à N.
heures du matin [*ou* de l'après-midi], en vertu de la
commission à moi donnée par Monseigneur N. Archevêque de Québec [*ou* Evêque de N.], la dite commission
en date de N., je soussigné, Vicaire-Général de N. [*ou*
Vicaire-Forain, *ou* Archiprêtre, *ou* curé de N.] me suis
transporté dans la seigneurie [*ou* canton] de N. auprès
de l'église [*ou* chapelle] de N. [*ou* au moulin de N. *ou*
à la maison d'école, *ou* à la maison du Sieur N.], située
dans le N. rang de la dite seigneurie [*ou* du dit canton],
conformément à l'avis lu publiquement et affiché,

dimanche le N. et dimanche le N., à l'issue du service
divin du matin, à la porte de l'église [*ou* chapelle] de
N., ou des églises [*ou* chapelles] de N. et de N., et
[*si le cas y échet*] affiché pareillement, les mêmes deux
dimanches, au moulin de N. [*ou* à la maison d'école, *ou*
à la maison de Sieur N.*], située dans le N. rang de la
dite seigneurie [*ou* du dit canton] de N., ainsi qu'il
appert par les certificats signés des Sieurs N. et N. ; et
le peuple étant assemblé auprès de la dite église [*ou*
chapelle *ou* du dit moulin, *ou* de la dite maison d'école,
*ou* de la maison du dit Sieur N.*], conformément à l'invitation à lui faite par le dit avis, j'ai d'abord donné
lecture à haute et intelligible voix de la dite commission,
puis de la requête adressée au dit seigneur Archevêque
(*ou* Evêque) par les franc-tenanciers de la dite partie
de seigneurie [*ou* de canton], ou de certaines parties
des seigneuries [*ou* des cantons] de N. et de N.,
en date de N., à l'effet d'obtenir une érection canonique de paroisse ; (*ou* l'annexion canonique......) et,
et, procédant en présence de toute l'assemblée à l'exécution de la dite commission, j'ai constaté 1° que la dite
requête, [*si le cas y échet*, après en avoir retranché les
noms des Sieurs N. et N. qui n'ont aucune propriété
dans le dit territoire *ou* qui ont déclaré que leurs noms
avaient été apposés à la dite requête, sans leur participation et contre leur gré, *ou* qu'ils étaient maintenant
opposés à l'érection de la dite paroisse] était véritablement de ceux au nombre de N. dont elle porte les signatures, ou les marques certifiées, et que ce nombre
forme la majorité des franc-tenanciers résidants dans le
dit territoire ; 2° que les établissements des requérants,
y compris ceux qui se formeront par la suite, comprennent une étendue de territoire de N. milles de front et

de N. milles de profondeur, ce qui ne me semble pas,
[*ou ce qui me semble*] renfermer un territoire trop [*ou
assez*] vaste pour être desservi en une seule paroisse ;
3° Que, etc., (*et ainsi du reste en continuant de suivre
la requête, article par article, jusqu'à ces mots :* Ce considéré *inclusivement, observant toutefois de déclarer que
telle ou telle allégation de la requête n'est pas exacte, si
l'enquête l'a ainsi démontré, et en quoi elle ne l'est pas.*)
De tous lesquels dires, réponses et allégations des dits
franc-tenanciers qui n'ont été contredits de personne
[*ou qui n'ont été contredits que par un petit nombre
de personnes*), j'ai dressé le présent procès verbal *de
commodo et incommodo,* pour être rapporté au dit seigneur Archevêque (*ou* Evêque), et par lui réglé ce que
de droit.   En foi de quoi j'ai signé le dit procès-verbal
avec les Sieurs N. et N., témoins pour ce appelés, les
jour et an que dessus."

(Ici les signatures des témoins et du député.)

*S'il se présentait quelque opposition imposante, comme serait celle
des habitants franc-tenanciers d'un rang, ou d'une partie notable de
tel rang, le député supprimerait dans son procès verbal tous les mots
depuis :* " De tous lesquels dires " *jusqu'à* " par un petit nombre de
personnes " *inclusivement, et substituerait ce qui suit :*

" Et à l'instant se sont présentés à moi les Sieurs N.
et N. franc-tenanciers de N. rang, de la dite partie de
seigneurie [*ou de canton*], lesquels m'ont déclaré qu'en
ce qui les concerne, ils ne veulent· pas appartenir à la
paroisse demandée pour les raisons suivantes, savoir :
(*détailler ici les raisons des opposants*)."

" Auxquelles dites raisons il aurait été répondu dans
l'assemblée, 1° que [*détailler ici les réponses aux objections des opposants*].   De laquelle opposition, ainsi que

des dires, réponses et allégations des requérants, j'ai
dressé le présent procès-verbal, etc.

*Il importe que ces sortes d'oppositions se fassent par écrit, au lieu
de l'être verbalement, afin qu'elles puissent être discutées, à chances
égales, comme la requête, dans l'assemblée. Dans le cas où l'on
signifierait au d.puté une opposition de ce genre, il en ferait mention
comme suit dans son procès-verbal :*

" Et à l'instant il m'a été remis une opposition portant les signatures, ou les marques, de N. franc-tenanciers de N. rang de la dite partie de seigneurie [*ou* du
canton], lesquels ne veulent pas appartenir etc., [*et continuer comme dit est ci-dessus pour l'opposition ver-
bale.*"]

*Le député doit biffer de la requête et de l'opposition les noms de
ceux qui le demanderaient eux mêmes, quelles que soient leurs raisons,
ou qui seraient reconnus comme n'ayant pas le droit de les signer, et
mentionner ces noms dans son procès-verbal.*

*Si quelques franc-tenanciers présents à l'assemblée demandent à se
porter signataires de telle requête, ou opposition, le député doit s'y
prêter volontiers, en ayant soin pareillement de mentionner dans son
procès-verbal les noms de ceux qui ont fait telle demande.*

*Le député, après avoir rédigé, signé et fait signer son procès-verbal,
le transmet à l'autorité ecclésiastique, avec la requête, les différentes
copies de l'avis qu'il a fait publier, le plan de la paroisse projetée et
l'opposition qu'on lui aurait présentée à l'érection de telle paroisse.*

*L'autorité ecclésiastique ayant rendu son décret érigeant canoni-
quement une paroisse ou y annexant canoniquement un certain territoire, ce document doit être lu et publié, pendant deux dimanches
consécutifs, au prône de la messe paroissiale de la paroisse ou mission,
ou des paroisses ou missions d'où la nouvelle paroisse ou partie de
paroisse a été démembrée. A la suite de chaque publication, le
prêtre qui l'aura faite donnera l'avis suivant :*

" Les personnes intéressées à la reconnaissance pour
les effets civils de la paroisse de N. (*citer ici le nom de
la nouvelle paroisse*) *ou bien* à la reconnaissance pour
les effets civils de l'annexion de telle partie de la Sei-

gneurie (*ou du canton*) de N. à la paroisse de N. sont informées que, sous trente jours, ou un jour plus tard, si le trentième jour est un dimanche, ou un jour de fête d'obligation, après la seconde lecture et publication du décret d'érection canonique de la dite paroisse, dix ou la majorité des habitants franc-tenanciers mentionnés en la requête à l'autorité ecclésiastique, pour l'obtention du dit décret canonique, s'adresseront aux commissaires nommés pour l'érection des paroisses et la construction et réparation des églises, presbytères et cimetières dans le Diocèse Catholique Romain de N, à l'effet d'obtenir la reconnaissance civile du dit décret, et que toutes personnes, ayant ou croyant avoir quelque opposition ou réclamation à faire à la dite reconnaissance civile, seront tenues de les filer et déposer, avant l'expiration des dits trente jours, entre les mains du greffier des dits Commissaires, à défaut de quoi elles seront pour toujours forecloses du droit de le faire."

*Cet avis sera annexé au decret canonique qui aura été ainsi lu.*

*Lorsque le décret canonique aura été lu et publié pour la seconde fois, le prêtre ou les prêtres qui auront fait cette lecture et publication, écriront au bas du même décret un certificat dans la forme suivante :*

" Je soussigné certifie que le décret ci-dessus et des autres parts a été lu et publié par moi, pendant deux dimanches consécutifs, savoir : le N. et le N. du mois de N. de la présente année, au prône de la messe paroissiale de N. (*citer ici le nom de la paroisse*) et que j'ai donné avis aux intéressés à l'érection de la paroisse de N. (*ou à l'annexion de telle partie de la Seigneurie (ou du canton) de N. à la paroisse de N.*), que, sous trente jours, ou un jour plus tard, si le trentième jour est un dimanche, ou un jour de fête d'obligation, après la seconde lecture et publication du décret canonique d'érection de la dite paroisse, dix ou la majorité des habitants franc-tenanciers, mentionnés en la requête à l'autorité ecclésiastique pour l'obtention du dit décret canonique, s'adresseront aux Commissaires nommés pour l'érection des paroisses et la construction et réparation des églises, presbytères et cimetières, dans le Diocèse Catholique Romain de N, à l'effet d'obtenir la connaissance civile du dit décret, et que toutes personnes, ayant ou croyant avoir quelque opposition ou réclamation à faire à la dite reconnaissance civile, seront tenues de les filer et déposer, avant l'expiration des dits trente jours, entre les mains du greffier des dits Commissaires, à défaut de quoi elles seront pour toujours forcloses du droit de le faire."

En foi de quoi j'ai signé le présent certificat à N. le... 18..."

(*Ici la signature*) N. curé, ou desservant, ou vicaire de N.

*Dans les trente jours qui suivront la seconde publication du décret, il faudra présenter aux Commissaires une requête signée d'au moins dix ou de la majorité des habitants franc-tenanciers qui ont signé la requête à l'autorité ecclésiastique, pour obtenir l'érection canonique de la nouvelle paroisse ou la dite annexion de territoire.*

*Un plan de la nouvelle paroisse ou du territoire à annexer, dressé par un Arpenteur, est invariablement exigé par les Commissaires.*

## MODÈLE DE REQUÊTE A L'EFFET DE FAIRE RECONNAITRE UNE PAROISSE CANONIQUE OU UN DÉMEMBREMENT CANONIQUE, POUR LES EFFETS CIVILS.

" A Messieurs les commissaires chargés de mettre en opération dans le diocèse catholique romain de N., le chapitre 18 des Statuts Refondus du Bas-Canada."

" L'humble requête de la majorité des habitants franc-tenanciers d'une partie de la seigneurie [*ou* du canton) de N., ou de certaines parties des seigneuries (*ou* des cantons) de N. et de N., professant la religion catholique, lesquels représentent très-respectueusement à Vos Honneurs : "

" Que vos suppliants ayant présenté une requête à Sa Grandeur Monseigneur l'Archevêque (*ou* Evêque) de N. en date de N. du mois de N., pour le prier d'ériger canoniquement et ecclésiastiquement en paroisse, la dite partie de seigneurie (*ou* de canton), ou les dites parties de seigneuries (*ou* de canton), (*ou* d'annexer à la paroisse de N. la dite partie de seigneurie (*ou* de canton) de N., il a plu à Sa Grandeur, après les enquêtes et autres formalités usitées en pareil cas, d'accéder à leur demande, comme il appert par son Décret d'Erection Ecclésiastique, en date de N., dont une copie est jointe à la présente ; mais que vos suppliants désirent obtenir une proclamation de Son Excellence le Lieutenant-Gouverneur de cette Province, qui reconnaisse la dite nouvelle paroisse, (*ou* l'annexion susdite), pour les effets civils. C'est pourquoi ils supplient humblement Vos Honneurs de prendre leur demande en considération, et recommander à Son Excellence de vouloir bien émaner une proclamation aux fins susdites."

" Et vos suppliants ne cesseront de prier, etc., etc."

(*Ici la date et les signatures, certifiées, comme ci-dessus, page* 183, *pour la requête à l'autorité ecclésiastique.*)

La requête ainsi préparée et accompagnée d'une copie du décret d'érection ou d'annexion canonique, ainsi que des avis et certificats de publication ci-dessus mentionnés, devra être envoyée à un avocat assez à temps pour qu'elle soit présentée par lui aux commissaires, le trentième jour après la seconde publication du dit décret. Ces documents doivent être accompagnés d'un plan exact de la nouvelle paroisse, ou du territoire annexé, et ce plan doit être fait par un arpenteur conformément à la loi. Il est bon de retenir d'avance l'avocat que l'on veut employer, et de bien suivre ses directions.

———

# CONSTRUCTION ET RÉPARATION

## DES ÉGLISES, CHAPELLES, SACRISTIES, PRESBYTÈRES ET CIMETIÈRES.

A l'autorité ecclésiastique seule appartient le droit de régler tout ce qui concerne la construction et la réparation des églises, chapelles, sacristies, presbytères et cimetières, d'en fixer la place et d'en déterminer les dimensions principales.

Lorsqu'il devient nécessaire de construire une nouvelle église dans une paroisse, il faut adresser à l'autorité ecclésiastique une requête signée de la majorité des habitants franc-tenanciers de telle paroisse. Voici comment peut-être conçue cette requête :

MODÈLE DE REQUÊTE POUR OBTENIR LA PERMISSION DE CONSTRUIRE OU DE RÉPARER UNE ÉGLISE, ETC.

" A Sa Grandeur Monseigneur N. Archevêque (*ou* Evêque) de N., etc., etc., etc.

" L'humble requête de la majorité des habitants franc-tenanciers de la paroisse de N., comté de N., district de N., lesquels représentent très respectueusement à Votre Grandeur ;

" Que l'église de la dite paroisse est dans un tel état de vétusté qu'il n'est plus possible de la réparer ; que d'ailleurs elle est maintenant trop petite pour contenir la foule qui s'y rend les jours consacrés au culte, ce qui les gêne fort dans l'exercice de leurs devoirs religieux, et leur fait sentir vivement le pressant besoin d'en avoir une nouvelle.

" Que la sacristie attenante à la dite église étant aussi dans le même état de vétusté, il devient pareillement urgent d'en construire une nouvelle.

" (*Ou bien*) Que l'église, *ou* la sacristie a besoin d'être réparée ou agrandie."

" C'est pourquoi vos suppliants prient Votre Grandeur de leur permettre de construire une nouvelle église, et une nouvelle sacristie, en pierre, (*ou en bois*), en tel lieu qu'elle voudra bien désigner, et sur telles dimensions qu'il lui plaira de déterminer."

" Et vos suppliants ne cesseront de prier, etc."

(Ici la date et les signatures).

*Les signatures et les marques doivent être prises, comme celles de la requête pour obtenir l'érection d'une paroisse, devant au moins deux témoins qui signeront un certificat de la forme suivante (voir page 183):*

" Nous soussignés certifions que les signatures et les marques ci-dessus et de l'autre part ont été données librement en notre présence, et qu'elles sont véritablement de ceux dont elles portent les noms. En foi de quoi nous avons signé le présent certificat à...... le...... 18..."

*S'il s'agit de réparer, ou d'agrandir une église, de construire, de réparer, ou d'agrandir un presbytère, ou un cimetière, la requête doit être rédigée à peu près dans la même forme, en y faisant les changements requis.*

La requête ayant été présentée à l'Archevêque, ou à l'Evêque, celui-ci charge un député d'aller vérifier sur les lieux, les allégués de la requête et régler en son nom ce qui concerne les conclusions de la requête.

*Le prêtre ainsi député fait connaître aux intéressés, par un avis rédigé à-peu-près comme suit, l'époque à laquelle il se rendra dans leur paroisse pour remplir la mission qui lui a été confiée.*

## MODÈLE D'AVIS.

*" A tous ceux qui peuvent être intéressées dans la construction d'une nouvelle église et d'une nouvelle sacristie, dans la paroisse de N., comté de N., et district de N."*

" Vous êtes avertis que......... le N. du présent mois (*ou* du mois de N., prochain) je, soussigné, vicaire-général de N. (*ou* vicaire-forain, *ou* archiprêtre, *ou* curé de N.,) me transporterai auprès de l'église de la dite paroisse, par une commission spéciale de Monseigneur l'Archevêque (*ou* l'Evêque) de N., pour ce qui concerne l'érection (*ou* la réparation, *ou* l'agrandissement) d'une nouvelle église et d'une nouvelle sacristie (*ou* presbytère, etc.,) dans la dite paroisse, conformément à une requête en date de N., présentée à cet effet à Sa Grandeur par la majorité des habitants franc-tenanciers d'icelle paroisse. En conséquence tous ceux qui se croient intéressés, pour ou contre la construction des dites nouvelles église et sacristie, sont requis de se trouver, le dit jour, au lieu ci-dessus indiqué, à N. heures du matin (*ou* de l'après-midi.)

*(Ici la date et la signature du député.)*

*L'avis ainsi rédigé doit être lu publiquement et affiché, par deux dimanches consécutifs, à l'issue du service divin du matin, à la porte de l'église de la paroisse où il s'agit d'en construire une nouvelle. La personne qui l'aura publié en donnera son certificat de la manière suivante sur la feuille d'avis :*

" Je soussigné certifie que l'avis de l'autre part a été lu publiquement et affiché par moi, à la porte de l'église de N., à l'issue du service divin du matin, dimanche le N. et dimanche le N. En foi de quoi j'ai signé le présent au dit lieu de N., le...... 18......"

*Le député ne doit se rendre sur les lieux, pour faire son enquête, que dix jours au moins après la première publication de l'avis. Dans l'assemblée qu'il a convoquée à ce sujet, il donne d'abord lecture de la commission qu'il a reçue de l'autorité ecclésiastique, et de la requête des intéressés à la même autorité, après quoi il procède à l'exécution de sa commission, en observant, pour la vérification des signatures et des marques, et pour celle de la majorité des franc-tenanciers du lieu, ce qui a été dit ci-dessus (page 189) pour la requête concernant une érection de paroisse. Voici à peu près comment il doit rédiger son procès-verbal :*

## MODÈLE DE PROCÈS-VERBAL.

" L'an mil huit cent...... le N. du mois de N., à N. heures du matin (*ou* de l'après-midi) en vertu de la commission à moi donnée par Monseigneur N., Archevêque (*ou* Evêque) de N., la dite commission, en date de N., je soussigné, Vicaire-Général de N., (*ou* Vicaire-Forain, *ou* Archiprêtre, *ou* Curé de N.), me suis transporté dans la paroisse de N., comté de N., district de N., auprès de l'église de la dite paroisse, conformément à un avis lu publiquement et affiché, dimanche le N. et dimanche le N. à l'issue du service divin du matin, à la porte de l'église de la dite paroisse de N. ainsi qu'il appert par le certificat signé du Sieur N. ; et le peuple étant assemblé auprès de la dite église, en conséquence de l'invitation à lui faite par le dit avis, j'ai d'abord donné lecture à haute et intelligible voix de la dite commission, puis de la requête adressée au dit seigneur Archevêque, (*ou* Evêque) par la majorité des habitants franc-tenanciers de la dite paroisse, à l'effet d'obtenir la permission de construire une nouvelle église et une nouvelle sacristie ; et, procédant, en présence de toute l'assemblée, à l'exécution de la dite commission, j'ai constaté 1° que la dite requête (*si le cas y échet*, après en avoir retranché les noms des Sieurs N. et N. qui n'ont aucune propriété dans la dite paroisse, *ou* qui ont

déclaré que leurs noms avaient été apposés à la dite
requête sans leur participation et contre leur gré, *ou*
qu'ils étaient opposés maintenant à la construction des
dites nouvelles église et sacristie) était véritablement de
ceux au nombre de N., dont elle porte les signatures ou
les marques certifiées, et que ce nombre forme la majorité des habitants franc-tenanciers de la dite paroisse ;
2° que l'église et la sacristie actuelles de la dite paroisse
que j'ai soigneusement examinées (*si besoin* est avec
l'aide des Sieurs N. et N., experts pour ce appelés), ne
sont plus, à raison de leur vétusté, susceptibles d'être
réparées, et que la dite église est d'ailleurs trop petite
pour la population qui la fréquente, les jours consacrés
au culte ; 3° qu'en conséquence la construction d'une
nouvelle église et d'une nouvelle sacristie dans la dite
paroisse est devenue nécessaire.

" J'ai de suite, en vertu de la dite commission, et en
présence de la dite assemblée, cherché et examiné le
local le plus convenable pour les dites nouvelles église
et sacristie, et j'en ai fixé l'emplacement environ N.
pieds, au Nord (*ou* au Sud, *ou autre direction*) de l'é-
glise actuelle, (*ou* du chemin royal, le portail de la dite
église devant être tourné vers l'Ouest *ou autre direction*) ; j'ai arrêté de plus que la dite église qui sera
construite en pierre (*ou* en bois) aura environ N. pieds
de longueur, N. pieds de largeur et N. pieds de hauteur,
au-dessus des lambourdes (*si le cas y échet* avec des chapelles latérales saillantes), et que la dite sacristie aura
environ N. pieds de longueur, N. pieds de largeur et N.
pieds de hauteur, entre les deux planchers finis, toutes
les dites dimensions prises en dedans (*ou* en dehors) et
à mesure française (*ou* anglaise).

" En foi de quoi j'ai signé le présent procès-verbal,

avec les Sieurs N. et N. témoins pour ce appelés, les
jour et an que dessus, pour le dit procès-verbal être
rapporté au dit seigneur Archevêque (*ou* Evêque), et
par lui être réglé ce que de droit."

*S'il se présentait quelque opposition, le député observerait ce qui
est dit plus haut aux pages 188 et 189, concernant les oppositions
faites à une érection de paroisse.*

*Le député ayant transmis son procès-verbal au supérieur ecclé-
siastique, avec la requête, l'avis qu'il a fait publier et l'opposition,
s'il en a été fait par écrit, celui-ci émane un décret canonique.*

*Ce décret doit être publié une fois et le prêtre qui l'a publié, écrit
au bas de ce document le certificat suivant :*

" Je soussigné, curé, (*ou* desservant, *ou* vicaire) de
N., certifie avoir lu et publié le décret ci-dessus et de
l'autre part, au prône de la messe paroissiale de la dite
paroisse, dimanche le N., (*ou* jour de fête chômée) le
N. En foi de quoi j'ai signé le présent au dit lieu,
le .. 18..."

*S'il s'agit de construire les dites église et sacristie par contribution
légales prélevées, suivant la loi, sur les propriétés en raison de leur
valeur, la majorité des habitants franc-tenanciers de la paroisse doit
présenter d'abord à MM. les commissaires une requête pour obtenir la
permission d'elire les syndics qui seront chargés de diriger la construction des dits édifices. Voici un modèle de cette requête.*

### MODÈLE DE REQUÊTE A MM. LES COMMISSAIRES.

" *A Messieurs les Commissaires chargés de mettre en*
*opération, dans le diocèse Catholique Romain de N.*
*le chapitre 18 des Statuts Refondus du Bas-Canada.*

" L'humble requête de la majorité des habitants
franc-tenanciers de la paroisse de N., comté de N., et
district de N., lesquels représentent très respectueusement à Vos Honneurs :

" Que vu leur requête à Monseigneur N., Archevêque
(*ou* Evêque) de N., en date de N., par laquelle ils sup-

pliaient Sa Grandeur de leur permettre de construire une nouvelle église *ou* sacristie en tel lieu qu'elle voudrait désigner, et sur telles dimensions qu'il lui plairait de déterminer, il a plu au dit seigneur Archevêque (*ou* Evêque), après les enquêtes et autres formalités usitées en pareil cas, d'émaner un décret, en date de N., dont une copie est jointe à la présente, lequel permet à vos suppliants de construire les dites église et sacristie, en désigne la place et en détermine les dimensions principales ;

" Qu'il a plu au dit seigneur Archevêque (*ou* Evêque) donner son approbation au plan, aussi joint à la présente, pour servir à la construction des dites église et sacristie.

" Pourquoi vos suppliants prient humblement Vos Honneurs de leur permettre de s'assembler, pour procéder à l'élection de trois, ou d'un plus grand nombre de syndics, à l'effet de diriger la construction des dits édifices, conformément au dit plan.

" Et vos suppliants ne cesseront de prier, etc."

*(Ici la date, suivie des signatures et des marques, certifiées comme il est dit ci-dessus (page 183) pour la requête à l'autorité ecclésiastique.)*

*Cette requête, avec la copie du décret et le plan ci-dessus mentionnés, sera transmise à un avocat que l'on chargera de la présenter aux Commissaires. Lorsque ceux-ci auront rendu une ordonnance permettant de tenir l'assemblée et de faire l'élection demandées par la dite requête, le curé (ou le prêtre desservant, ou faisant les fonctions curiales dans la paroisse) convoquera, par un avis donné au prône pendant deux dimanches consécutifs, une assemblée générale des habitants franc-tenanciers de la paroisse, qui aura lieu sous sa présidence, après avoir été annoncée par le son de la cloche, et dans laquelle il sera procédé à l'élection des syndics à la pluralité des voix. Le président devra dresser un acte en bonne forme de cette assemblée.*

*Les syndics ainsi élus, avant d'entrer dans l'exécution des devoirs de leur charge, présenteront aux commissaires une requête rédigée à peu près de la manière suivante :*

### REQUÊTE DES SYNDICS.

" A Messieurs les Commissaires chargés de mettre en opération dans le diocèse catholique romain de N., le chapitre 18 des Statuts Refondus du Bas-Canada.

" L'humble requête des syndics (ou la majorité des syndics) élus pour diriger la construction d'une nouvelle église et d'une nouvelle sacristie (ou la réparation de l'église, etc.) dans la paroisse de N., comté de N., et district de N., lesquels représentent très-respectueusement à Vos Honneurs ;

" Qu'en vertu de votre ordonnance de N., les habitants franc-tenanciers de la dite paroisse s'étant réunis en assemblée, le N. du présent mois, (*ou* du mois de N. dernier), ont élu vos suppliants pour diriger en leur nom, comme syndics, la construction d'une nouvelle église et d'une nouvelle sacristie (*ou* réparation, etc.) dans la même paroisse, ainsi qu'il appert par la copie ci-jointe de l'acte de la dite assemblée ;

" Pourquoi vos dits suppliants prient Vos Honneurs de vouloir bien confirmer leur élection et leur permettre de cotiser les propriétaires de terres et autres immeubles situés dans la dite paroisse, et de prélever le montant de la somme pour laquelle chaque individu sera cotisé et colloqué pour sa part de contribution, tant pour effectuer la dite construction (*ou* réparation) que pour subvenir aux frais qu'elle devra occasionner ;

" Et vos suppliants ne cesseront de prier, etc."

*(Ici la date et les signatures et marques certifiées comme il est dit pour les requêtes précédentes, page 183.)*

*La nouvelle requête est également envoyée, avec une copie authentique de l'acte de l'élection des syndics, à l'avocat qui a été chargé de présenter la première aux Commissaires. Il importe de bien se con-*

*former aux directions de cet homme de loi pour toutes les autres formalités à observer.*

---

# ACQUISITION
## DE TERRES ET DE TERREINS POUR LES ÉGLISES.

En vertu du chapitre 19 des Statuts Refondus du Bas-Canada, toute paroisse, mission, congrégation ou société de chrétiens, peut acquérir, pour son usage, la quantité de deux cents acres anglais de terre, excepté que, dans les villes de Québec et de Montréal, il n'en peut être acquis de la sorte qu'une étendue d'un arpent en superficie, en dedans des murs, et hors des murs, mais dans les limites des dites cités, une étendue de huit arpents en superficie.

Si la fabrique d'une paroisse légalement reconnue veut acquérir plus de terrein qu'elle n'en possède, sans excéder toutefois la quantité à laquelle elle est limitée par le Statut, elle adoptera des résolutions à cet effet dans une assemblée de fabrique régulièrement convoquée. Un acte de cette assemblée sera dressé dans une forme à-peu-près semblable à la suivante :

## MODÈLE D'ACTE D'ASSEMBLÉE DE FABRIQUE.

" L'an mil-huit-cent...... le......jour du mois de...... à une assemblée de l'œuvre et fabrique de la paroisse de ...... comté de...... district de...... convoquée suivant l'usage, furent présents Messieurs N. curé de la dite paroisse, et N. N. et N. marguilliers, composant avec le dit Sieur curé l'œuvre et fabrique de la dite paroisse, lesquels ont résolu, 1°.—Qu'il est à propos de profiter des dispositions du chapitre 19 des Statuts Refondus du Bas-Canada, pour acquérir au profit de la dite fabrique, *telle* étendue de terre (*ou* terrein) appartenant maintenant au Sieur N. ; 2°.—Que le dit Sieur curé, conjointement avec le dit Sieur N., marguillier en exercice, soit autorisé à faire la dite acquisition, au nom de la dite fabrique, et à faire les déboursés nécessaires, tant pour la dite acquisition, que pour faire mesurer la dite étendue de terre (*ou* terrein) par un arpenteur juré, lequel dressera un procès-verbal de son opération, et pour faire enrégistrer le dit procès-verbal, ainsi que les titres de la dite acquisition, au greffe de la Cour Supérieure du district, en conformité de la dite ordonnance ou au bureau d'enrégistrement du comté. Et ont signé les dits Sieurs N. N. et N., les autres ayant déclaré ne le savoir faire."

Les personnes ainsi autorisées à agir au nom de la fabrique, ayant fait l'acquisition de la dite étendue de terre, et l'ayant fait mesurer par un arpenteur juré, doivent, aux termes de la loi, faire enrégistrer dans les deux ans qui suivent la dite acquisition, 1° l'acte d'assemblée ci-dessus mentionné de la fabrique, 2° le titre de la dite acquisition, 3° le procès-verbal de mesurage de l'arpenteur. L'enrégistrement doit se faire au greffe de la Cour Supérieur du district où se trouve l'étendue de terre ainsi acquise, ou au bureau d'enrégistrement du comté. Il importe qu'il ait lieu dans l'intervalle prescrit de deux ans, car, faute de cette formalité, l'acquisition serait nulle.

Les paroisses qui ne sont pas érigées civilement, ou les congrégations religieuses qui se trouvent dans quelques lieux non compris dans les limites de paroisses, peuvent acquérir, hors des cités de Québec et de Montréal, la quantité de deux cents acres de terre, en observant les formalités suivantes :

1°. Convoquer en la manière accoutumée une assemblée des franc-tenanciers de la dite paroisse, ou de la congrégation religieuse de telle seigneurie, ou partie de seigneurie, ou de tel canton, ou partie de canton, à l'effet d'élire des syndics qui auront le droit d'acquérir et de posséder, au nom de la dite paroisse, ou congrégation, une quantite de terrein n'excédant pas 200 âcres.

2°. Choisir dans cette assemblée un ou plusieurs syndics (le nombre de cinq est celui qui convient le mieux), dont un devrait être le curé, ou desservant de la dite paroisse, ou congrégation religieuse. Dresser un acte de cette élection dans la forme suivante :

" Aujourd'hui le N. du mois de N. de l'année N., à une assemblée de la paroisse (*ou* congrégation) catholique de N., dans le diocèse de..., convoquée selon l'usage par nous soussigné curé (*ou* desservant) de la dite paroisse (*ou* congrégation religieuse), la dite assemblée a choisi comme syndics pour acquérir et posséder au profit de la dite paroisse (*ou* congrégation), une quantité de terre n'excédant pas deux cents acres, en vertu du ch. 19, des S. R. B. C., Messieurs N. prêtre, curé (*ou* desservant) de la dite paroisse (*ou* congrégation) et N. N. franc-tenanciers de la même paroisse (*ou* congrégation), *dont les successeurs ès dites qualités seront toujours le prêtre desservant de la dite paroisse (ou congrégation) et quatre franc-tenanciers du lieu, lesquels seront nommés par la majorité des syndics eux-mêmes, à mesure qu'il y aura vacance dans la place de l'un d'entr'eux, sans qu'il soit besoin, pour leur élection, d'une nouvelle assemblée de paroisse, (ou congrégation) et cela, jusqu'à* ce que la susdite paroisse (*ou* congrégation) étant civilement reconnue comme paroisse légale, la quantité du terrein acquis, comme dit est ci-dessus, tombe sous l'administration de Messieurs les curé et marguilliers de la dite paroisse. Fait au dit lieu de N. les jour et an que dessus ; et ont signé avec nous les Sieurs N. et N. témoins pour ce appelés."

3°. Après leur élection, les syndics élus acquièrent la quantité de terrein qu'ils peuvent se procurer, en un ou plusieurs lots, pourvu qu'elle n'excède pas 200 acres, et ils ont soin de faire mesurer le dit terrein par un arpenteur juré qui dresse un procès-verbal de cette opération.

4°. Dans l'acte d'acquisition du terrein, il doit être fait mention de la manière dont se fera la succession des dits syndics. Le notaire qui dressera cet acte, pourra se servir à cet effet des expressions désignées en lettres italiques dans le modèle d'acte d'élection ci-dessus donné.

5°. Il est ensuite du devoir des syndics de faire enrégistrer, dans le cours des deux années qui suivent, 1°. l'acte d'élection des dits syndics, 2°. le titre de la dite acquisition, 3°. le procès-verbal de mesurage de l'arpenteur.

Il faut avoir soin de remplacer immédiatement chaque syndic qui vient a décéder, ou à quitter la paroisse, ou congrégation religieuse. Le choix du nouveau syndic se fait par les anciens, et le curé, ou desservant, en dresse un acte qui doit être conservé fidèlement par les syndics, avec les autres documents dont il vient d'être question.

Du moment qu'une paroisse non légalement érigée, ou quelqu'autre congrégation religieuse, est reconnue suivant la loi, comme paroisse, pour les effets civils, alors les devoirs des syndics cessent, pour passer à la fabrique de telle paroisse qui entre de droit en possession de tous les terreins acquis par eux, en leur qualité de syndics.

---

## COMPTES DE FABRIQUE.

Pour assurer l'exactitude et l'uniformité dans la tenue et la reddition annuelle des comptes, MM. les Curés doivent veiller à ce que l'on observe les règles suivantes :

### I. JOURNAL.

1. Toute somme d'*argent* reçue ou payée, doit être *immédiatement* inscrite dans un cahier appelé JOURNAL, avec l'indication claire et briève de la source d'où provient chaque recette, et du motif de chaque dépense avec le No. du reçu que l'on doit garder soigneusement pour l'exhiber à qui de droit. Toutes ces sommes doivent être en piastres et centins. On trouvera ci-après un modèle de *Journal*.

2. Les dépenses *ordinaires*, qui sont de la compétence du bureau, composé du curé et des trois marguilliers du banc, sont les suivantes : (a) frais du culte ; (b) fondations et charges ; (c) régistres des actes civils, livres de prône et de comptes, régistres de la fabrique ; (d) salaire des employés ; (e) dépenses ordonnées par l'Evêque ; (f) menues réparations de l'église, de la sacristie et du cimetière ; (g) primes d'assurances et versements à l'assurance mutuelle.

3. Les autres dépenses sont réputées *extraordinaires*, et ne doivent se faire que d'après une résolution du corps des marguilliers anciens et nouveaux, avec le curé, inscrite dans le régistre de la fabrique et approuvée par l'Evêque. Dans le JOURNAL on doit mentionner la date de la résolution.

4. Aucun prêt ou emprunt, avec ou sans hypothèque, ne doit être fait sans l'autorisation de la fabrique, c'est-à-dire, du corps des marguilliers anciens et nouveaux, avec le curé, et sans l'approbation de l'Evêque. Le dépôt des deniers de la fabrique dans une banque, ou une caisse d'économie, n'a pas besoin de permission spéciale, parceque ce n'est qu'une manière plus sûre de mettre ces deniers à l'abri du feu et des voleurs. Le livret de dépôt doit être au nom de *la fabrique de la paroisse de* ***, et l'argent ne doit être retiré que sur la signature du Curé.

## II. COMPTES DES BANCS. [a]

5. La tenue des comptes de bancs demande un soin particulier, parceque c'est la principale ressource des fabriques. Il faut que celui qui en est chargé puisse facilement connaître ce que chacun doit et ce que chacun a payé. On trouvera ci-après un modèle de cahier spécial avec des indications faciles à comprendre. Ce cahier doit avoir autant de pages qu'il y a de bancs dans l'église. On suppose dans le modèle qu'il s'agit de bancs payable tous les six mois. Il sera facile d'adapter ce modèle à des tenures différentes.

6. Tous les six mois, ou au moins à la fin de l'année, on doit porter au *Journal* la somme totale reçue pour les bancs, afin que la balance du *Journal* soit la même que dans la reddition des comptes.

## III. REDDITION ANNUELLE DES COMPTES.

7. Chaque marguillier sorti de charge doit rendre ses comptes au plus tôt après son année d'exercice.

8. Ces comptes sont rendus, examinés, clos et arrêtés

(a) Voir ce qui a été dit au sujet des bancs, page 151.

en présence du curé, ou prêtre desservant, et des marguillers anciens et nouveaux, convoquée selon l'usage, à défaut de loi spéciale. Les franc-tenanciers n'y sont appelés que là où cet usage existe.

9. Cette assemblée est nécessairement présidée par le curé, ou le desservant, ou le député de l'Evêque.

10. Le marguillier rendant compte doit (a) suivre la formule ci-après indiquée ; (b) exhiber les reçus pour les dépenses soit ordinaires, soit extraordinaires ; (c) fournir une liste détaillée des arrérages encore dus et certifier qu'il a fait sans succès toute la diligence possible pour faire rentrer ces deniers ; (d) faire compter et vérifier en présence de l'assemblée, les sommes dont il se reconnaît redevable envers la fabrique et les remettre ensuite au marguillier en exercice qui se charge d'en rendre compte à son tour : cet article est de la plus grande importance et MM. les curés doivent veiller de près à ce qu'il soit fidèlement exécuté.

11. Le chapitre de *recette* se divise en quatre articles distincts ; 1°. le *reliquat* de l'année précédente, s'il y en a eu ; 2°. la *recette ordinaire et propre de l'année ;* 3°. les *arrérages perçus ;* 4°. la *recette extraordinaire.* Chacun de ces articles doit être subdivisé et détaillé comme le montre le modèle ci-après. *

12. Le chapitre de *dépense* doit de même être divisé en trois articles, subdivisés et détaillés comme dans le modèle ci-après : 1°. *déficit de l'année précédente,* s'il y en a eu ; 2°. *dépenses ordinaires et propres de l'année ;* 3°. *dépenses extraordinaires.*

13. Les deux chapitres des *dettes actives* et des *dettes passives* doivent renfermer en détail les noms soit des créanciers, soit des débiteurs, avec le montant qui concerne chacun d'eux, et cette liste doit être répétée au

long chaque année, quand même elle n'aurait pas varié. Le chapitre des *dettes actives* se divise en trois articles : 1°. *arrérages propres de l'année* dont on rend compte ; 2°. *arrérages antérieurs* ; 3°. *argents placés*. Celui des *dettes passives* doit se diviser en deux articles : 1°. *dettes ne portant pas intérêts* ; 2°. *dettes portant intérêts*. Ces deux chapitres sont de grande importance.

14. Le procès verbal doit être inscrit dans le régistre des délibérations de la fabrique, à moins que l'Evêque pour des raisons particulières, n'ait permis de le mettre dans un cahier spécial, toujours distinct du *Journal*. Il doit être signé au moins du curé, du rendant-compte, du marguillier en exercice et des autres marguilliers du banc présents à l'assemblée. Si le rendant compte, ou le marguillier en exercice ne sait pas signer, il faut lui faire apposer sa marque devant témoins. Si le curé ou quelque marguillier ou franc-tenancier, présent à l'assemblée, expose des objections contre un emprunt ou une dépense, ou quelqu'autre acte administratif, il en est fait mention au procès verbal. Voir le modèle ci-après.

15. Un marguillier qui a rendu ses comptes n'est finalement déchargé que lorsque ses comptes ont été alloués par l'Evêque, ou par son député spécialement autorisé à cet effet.

## IV. COFFRE DE LA FABRIQUE.

16. Dans toutes les paroisses il doit y avoir un coffre solide fermé par deux serrures différentes, pour y déposer l'argent et les titres de la fabrique. L'une de ces clefs reste entre les mains du curé, l'autre en celles du marguillier en charge. Il ne doit être tiré du coffre

aucun argent, ou aucun papier, sans qu'il y soit laissé un récépissé en bonne forme.

———

*Remarque.*—Dans les modèles de JOURNAL et de REDDITION DE COMPTES qui suivent, on s'est proposé principalement de faire connaître la manière d'inscrire les articles de recette et de dépense de diverses sortes qui se présentent dans le cours de l'année et les principaux détails de la reddition des comptes. Il est facile de voir qu'il peut y en avoir d'autres que les circonstances suggèreront. Dans ces modèles, il n'y a accord que pour les sommes totales, parcequ'on ne s'est pas proposé de faire un *Journal* complet, qui aurait entraîné dans trop de détails.

———

14

# JOURNAL

## de recette et de dépense de la paroisse de Saint **.

| Jour du mois | Recette. $ cts. | ANNÉE 1873. *Janvier.* | No. du reçu. | Dépense. $ cts. |
|---|---|---|---|---|
| 4 | 5 00 | Sépulture 3 classe, Joseph **, mort 31 déc. 1872 ............... | | |
| 10 | | A André ** menuisier, à compte sur ouvrages ................ | 3 | 46 00 |
| 12 | | A Benoni ** maçon, balance pour ouvrages............... | 1 | 43 00 |
| | | *Février.* | | |
| 1 | 6 00 | (a) Vendu à Charles **, quelques effets de la quête ............... | | |
| " | | Payé au même, à compte, sur ouvrage ..................... | 4 | 6 00 |
| | | *Mars.* | | |
| 3 | | [b] Acheté de David **, 10 cordes de bois.................. | 5 | 15 00 |
| " | 15 00 | Reçu du même, balance de sa dette pour casuel............... | | |
| 19 | | Autel et tabernacle payés à ** architecte, (résolu 4 avril 1870)... | 7 | 431 22 |
| | | *Avril.* | | |
| 15 | 25 00 | Fosse dans l'église pour Edouard ** mort 15 janvier ............... | | |
| " | 15 00 | Service et sépulture du même...... | | |

(a) Exemple d'une dette passive payée en effets. La fabrique est censée *vendre* et en recevoir le prix qu'elle paye aussitôt au créancier.

(b) Exemple d'une dette active reçue en effets. La fabrique est censée *acheter* cet effet et en payer le prix, qu'elle reçoit aussitôt du débiteur à compte de sa dette.

Faute de ces doubles entrées, les comptes seront nécessairement en erreur.

| Jour du mois. | Recette. $ cts. | ANNÉE 1873. *Mai.* | No. du reçu. | Dépense. $ cts. |
|---|---|---|---|---|
| 25 |  | Prêté à François ** à 6 0/0, résol. 6 mai .......................... ........ | 8 | 600 00 |
| 31 | 1250 00 | Emprunté de George ** à 6 0/0, résol. 29 mai ........... ......... |  |  |
|  |  | *Juin.* |  |  |
| 1 |  | Déposé à la banque d'épargnes, à 5 0/0...................... .. ........ |  | 350 00 |
| 30 | 125 00 | Retiré de la banque d'épargnes.... |  |  |
|  |  | *Juillet.* |  |  |
| 1 | 375 00 | Premier semestre de 258 bancs.... |  |  |
| 9 | 300 00 | Reçu à compte de François **...... |  |  |
| 13 |  | Balance payée à Henri **.......... | 10 | 600 00 |
|  |  | *Août.* |  |  |
| 6 |  | A compte sur réparations au clocher, résol. 15 avril. ............. |  | 100 00 |
| 7 | 2 50 | Décorations au mariage de Jacques ** ............................. |  |  |
|  |  | *Septembre.* |  |  |
| 1 | 1000 00 | Legs fait par Nicolas ** pour éducation, résol. 25 juillet........ |  |  |
| 6 |  | Prêté à Michel **, sur oblig. devant ** Notaire à 6 0/0, le legs de Nicolas ** pour éducation, résol. 4 sept ............. ......... |  | 1000 00 |
|  |  | *Octobre.* |  |  |
| 6 | 2 50 | Arrérage du banc d'Olivier **, pour 1870 et 71.................... |  |  |
| 25 | 36 00 | Intérêts jusqu'au 1 oct. sur $600, prêtées à Sifroi **................. |  |  |

| Jour du mois. | Recette. $ cts. | ANNÉE 1873.<br>*Novembre.* | No. du reçu. | Dépense. $ cts. |
|---|---|---|---|---|
| 4 | 150 00 | Souscription volontaire pour lampe et vitraux de couleur.............. | | |
| 10 | | Ornements achetés par ordre de Mgr. en visite............... ........ | 15 | 120 00 |
| 12 | | 12 gallons d'huile pour lampe à 80c. | 13 | 9 60 |
| 13 | | 800 grandes hosties à 0.80 le cent. | 16 | 6 40 |
| " | | 3000 petites hosties à $2 le mille.. | " | 6 00 |
| 19 | | Prime d'assurance à la Compagnie du Canada........................... | 14 | 12 00 |
| 30 | | 1er versement à l'assurance mutuelle pour église S. ** .......... | 17 | 60 00 |
| | | *Décembre.* | | |
| 1 | | 3 basses messes fondées par Robert **...................... ......... | 18 | 0 75 |
| " | 36 00 | Intérêts sur dépots à la banque... | | |
| " | | Do      do      do déposés en banque............... ...... | | 36 00 |
| 3 | 12 00 | Intérêts sur obligation et constitut de ** ...... ............... ...... .. | | |
| 6 | | 1 service annuel fondé pour la famille **.............. ............. | 19 | 1 50 |
| 15 | | Ecole de fabrique, suivant legs de** | 20 | 150 00 |
| 16 | 180 00 | A compte sur répartition légale... | | |
| 20 | | Régistres achetés et paraphés ..... | | 3 00 |
| 26 | | Au bedeau, à compte du salaire.... | 21 | 45 40 |
| 29 | | A l'organiste, balance de son salaire......... .... ................... | 22 | 94 00 |
| 31 | 380 50 | Second semestre de 258 bancs...... | | |
| | $3915 50 | RECETTE TOTALE.    DÉP. TOTALE. | . .... | $3735 87 |

# COMPTES

*Du Sieur **, marguillier en exercice de cette paroisse de Saint **, pour l'année mil huit cent soixante treize, rendus par devant nous curé (ou desservant) soussigné et la fabrique. (Voir page 206).*

## (a) I. RECETTE.

| | | |
|---|---:|---:|
| 1. (b) *Reçu du marguillier précédent*............... | | 804 15 |
| 2. *Recette ordinaire et propre de cette année.* | | |
|   (c) Casuel de 30 grand'messes à $2.50 .... | 75 00 | |
|   10 services et 4 anniversaires à $2.50. ..... | 35 00 | |
|   15 sépultures d'enfants à 80cts.......... ..... | 12 00 | |
|   8 sépultures d'adultes sans services à $2... | 16 00 | |
|   2 sépultures d'adultes services de 1re classe | | |
|     à $20........ .................... | 40 00 | |
|   5 sépultures   "    " de 2e classe à $10 | 50 00 | |
|   6 sépultures   "    " de 3e classe à $5. | 30 00 | |
|   1 fosse dans l'église .............. . ..... ........ | 25 00 | |
|   Cierges vendus 40 lbs. à 75cts ........ ......... | 30 00 | |
|   Cloches aux baptêmes ......... ....... ......... | 5 00 | |
|   Décorations aux mariages. ........ .......... | 8 00 | |
|   Tentures, drap mortuaire, etc... .... ....... | 20 00 | |
|   Quêtes du dimanche .......... ............... | 10 50 | |
|   (d) Quête de l'Enfant Jésus ......... ....... | 50 15 | |
|   Loyer d'une maison......... ......... ........ ... | 48 00 | |
|   Rente de 258 bancs. ......... ....... ............ | 755 50 | 1,210 15 |
| 3. *Arrérages perçus.* | | |
|   Rentes de bancs des années 1869-70-71-72.. | 65 00 | |
|   Casuel de 1872...... ....... ....... ... ............ | 150 20 | |
|   Intérêts dûs par ** pour 1871 et 72......... | 72 00 | 287 20 |
| 4. *Recette extraordinaire.* | | |
|   Emprunté de George **, résolution du 29 mai | | |
|     6 0/0............ ......... .... .. ......... | 1,250 00 | |
|   Legs fait par **, résolution du 25 juillet.. | 1,000 00 | |
|   Intérêts sur dépôts à la banque. ... ......... | 36 00 | |

(a) On ne doit porter en recette que les sommes reçues *en argent.* Voir la note (a) au *Journal.*

(b) S'il y a eu un reliquat l'année précédente, ce doit toujours être le premier article de la reddition des comptes.

(c) Le casuel ne doit pas être mis en bloc, mais en divers articles comme il est marqué ici.

(d) S'il reste des effets à vendre, on en donne la liste à part Si certains effets ont été vendus mais non encore payés, on en fait mention parmi les dettes actives. La somme ici mentionnée a été reçue.

| | $ cts. | $ cts. |
|---|---|---|
| Intérêts sur obligations et constituts.. ..... | 12 00 | |
| (e) Souscription pour lampes et vitraux de couleur ....... .................... ..... | 150 00 | |
| (f) A compte sur la répartition légale....... | 180 00 | 2,628 00 |
| Recette totale . .... ....... ..... | | 4,929 50 |

### (g) II. DÉPENSE.

| | $ cts. | $ cts. |
|---|---|---|
| 1. (h) *Déficit de l'année précédente.* | | |
| 2. *Dépenses ordinaires et propres de l'année.* | | |
| Salaire du bedeau.......... .................... | 50 00 | |
| Salaire de l'organiste. .......................... | 120 00 | |
| Salaire du sacristain ........................... | 50 00 | |
| Salaire des autres employés. ............ ... | 40 00 | |
| (i) Hosties, 800 gr. à 80cts. et 3000 petites à 50cts...... .................... .......... | 21 40 | |
| Vin d'autel, 10 gall. à $1.50............. ..... | 15 00 | |
| 100 lbs de cierge à 80cts ...................... | 80 00 | |
| 12 gallons d'huile pour la lampe à 80cts ... | 9 60 | |
| Entretien et blanchisage des linges et ornements ....................................... | 36 00 | |
| Lavage de l'église et sacristie............... | 10 00 | |
| Réparations ordinaires........ .................. | 144 40 | |
| Fondations, 3 messes basses et un service.. | 2 75 | |
| Ecole de fabrique fondée par ** .............. | 150 00 | |
| Régistres et livres de prône............... ... | 3 00 | |
| Prime d'assurance à la Cie. du Canada...... | 13 12 | |
| Assurance mutuelle à l'église de ** incendiée........ .. ..... ........ . ..... | 60 00 | 805 27 |
| 3. *Dépenses extraordinaires.* | | |
| Acompte à ** entrepreneur de l'église..... | 200 00 | |
| Réparation au clocher (résol. 15 avril)..... | 240 00 | |
| Prêté à ** à 6 0/0 (résol. 6 mai)............. | 600 00 | |
| Déposé à la banque d'épargne ............... | 350 00 | |

(e) Les souscriptions volontaires doivent être entrées dans le *Journal* et faire partie de la reddition annuelle des comptes, d'un côté en recette et de l'autre en dépense, si elles ont été employées.

(f) Cela suppose que les syndics ont rendu leurs comptes et que la fabrique s'est chargée de retirer la balance dûe ; les comptes des syndics doivent être tenus et rendus à part.

[g] On ne doit porter en dépense que les sommes payées *en argent*. Voir la note [b] au *Journal*.

[h] S'il y a eu un déficit l'année précédente, le marguillier qui l'a payé doit en faire le premier article du chapitre de la dépense.

[i] Les dépenses pour le culte ne doivent pas être mises en bloc, mais en divers articles comme il est marqué ici.

| | $ cts. | $ cts. |
|---|---|---|
| Balance payée à **. ..................... ............ | 175 00 | |
| Prêté à ** legs de feu ** (résol. 3 sept.)... | 1,000 00 | |
| (j) Lampes et vitraux de couleur achetés.. | 145 00 | |
| Ornements achetés par ordre de Mgr. ..... | 120 00 | 2,830 00 |
| Total de la dépense...... ........ | | 3,635 27 |
| Recette ... ..... ........ ........$4,929 50 | | |
| Dépense ........... ........ ... 3,635 27 | | |
| En mains le 31 décembre 1873......$1,294 23 | | |

## III. DETTES ACTIVES.

| | $ cts. | $ cts. |
|---|---|---|
| 1. *Arrérages propres de l'année* 1873. | | |
| Casuel selon la liste ci-jointe........ .......... | 50 00 | |
| Rente de 22 bancs selon liste .................. | 90 00 | |
| Sur effets de la quête de l'Enfant-Jésus .... | 5 00 | |
| Sur loyer de maison...... .............. ........ | 10 00 | 155 00 |
| 2. *Arrérages antérieures à* 1873. | | |
| Rentes de bancs pour les années 1871 et 72 | 80 00 | |
| Casuel des années ** selon liste.............. | 90 00 | 170 00 |
| 3. *Argent placés.* | | |
| (k) Obligation de L ** à 6 0/0 ...... ........ | 200 00 | |
| Intérêts échus sur cette obligation............ | 50 00 | |
| Obligation de M** à 5 0/0..................... | 100 00 | |
| Obligation de N** à 6 0/0..................... | 600 00 | |
| Déposé à la banque d'épargnes à 5 0/0...... | 1,225 00 | |
| Legs de ** pour éducation, prêté à **...... | 1,000 00 | 3,175 00 |
| Total des dettes actives. ...... | | 3,500 00 |

## IV. DETTES PASSIVES.

| | $ cts. | $ cts. |
|---|---|---|
| 1. *Dette ne portant pas intérêt.* | | |
| A souscription pour lampe et vitraux....... | 5 00 | |
| 3 mois d'intérêt échus à P**.................. | 3 00 | |
| Compte courant chez ** marchand.......... | 40 00 | |
| A entrepreneur de l'église à $200 par an... | 4,800 00 | 4,848 00 |
| 2. *Dettes portant intérêt.* | | |
| A P** à 6 0/0......... ... ... .......... ........ | 200 00 | |
| A R** à 7 0/0............ ............... .. .. ...... | 50 00 | |
| Rente viagère à T** de $40 au capital de.. | 500 00 | |
| Constitut en faveur de S** rente $12....... | 200 00 | 950 00 |
| Totale des dettes passives ..... ...... | | 5,798 00 |

[j] La souscription ayant été de $150 et l'achat de $145, il reste $5 au crédit de la *souscription* dans le chapitre des dettes passives de la fabrique.

[k] Les titres des obligations et livrets de banque doivent être exhibés dans la reddition des comptes, puis remis dans le coffre de la fabrique pour y être conservés.

Par la reddition de comptes ci-dessus, il appert qu'au 31 décembre 1873, 1° il y avait en caisse une somme de douze cent quatre vingt quatorze piastres et vingt-trois centins, ($1,294.23), laquelle somme a été comptée et vérifiée par devant nous soussignés, puis remise au Sieur **, marguillier en exercice de l'année 1874, qui se reconnaît responsable pour en rendre compte à la fin de son année d'exercice ; 2° les dettes actives se montaient à trois mille cinq cent piastres, sur laquelle somme cent cinquante cinq piastres ($155) sont des arrérages propres de l'année 1873, et cent soixante-dix ($170) sont des années précédentes, desquels arrérages une liste est annexée au présent rapport : certifie le dit Sieur ** marguillier rendant compte, avoir fait sans succès toute la diligence possible pour faire rentrer les dits arrérages ; 3° les dettes passives se montaient à cinq mille sept cent quatre-vingt dix-huit piastres ($5,798), dont neuf cent cinquante ($950) portant intérêt.

Les dits comptes ayant été lus publiquement dans la dite assemblée, le Sieur **, marguillier (*ou* franc-tenancier), a exposé telle et telle objection contre tel emprunt, ou telle dépense pour les raisons suivantes, savoir 1°.... 2°......

Les dits comptes ont été rendus, examinés, clos et arrêtés en assemblée de fabrique convoquée au prône de la messe paroissiale selon l'usage, réunie au son de la cloche et présidée par nous curé (*ou* desservant) soussigné, en présence des soussignés et de plusieurs autres qui n'ont su signer.

*N. B.—On doit faire signer le rendant compte, le marguillier en exercice qui se rend comptable du surplus des deniers et autres présents qui peuvent signer. Le curé ou desservant signe en dernier lieu.*

LISTE DES ARRÉRAGES A RETIRER.

| | $ cts. |
|---|---|
| 1870. A. **, sépulture de son enfant, 15 novembre.... | 80 |
| " B. **, rente de banc, 1870......... ......... ......... | 5 00 |
| 1871. C. **, grand'messe, 18 mai........................ | 2 50 |
| " D. **, service et sépulture de sa femme, 1 juin... | 20 00 |
| " E. **, 10. lbs. de cierges à $0.75, 6 août.......... | 7 50 |
| 1873. F. **, rente de banc pour 1871, 72 et 73.......... | 6 00 |
| " G. **, 3 cloches au baptême de son fils, 3 mai... | 1 00 |
| Etc., etc., etc. | |
| Total des arrérages......... .... | $325 00 |

(*Voir les remarques Nos. 5 et 6, ci-dessus, page* 206.)

MODÈLE DE CAHIER POUR LES BANCS.

*Banc No. 6, Rang du milieu, côté de l'Evangile.*

| Somme annuelle. | LOCATAIRE. | Date du bail. | Payé. | | |
|---|---|---|---|---|---|
| | | | janvier. | juin. | année. |
| $2 50 | Joseph X..... ... | jan. 1867 | 1 25 | 1 25 | 1867 |
| | " " | " " | 1 25 | 1 25 | 1868 |
| | " " | " " | 1 25 | ....... . | 1869 |
| 3 10 | Pierre N.......... | juin 1869 | ............ | 1 55 | " |
| | " " | " " | 1 55 | 1 55 | 1870 |

# PROPAGATION DE LA FOI.

A tout associé qui donne un sou par semaine et récite chaque jour un *Pater* et un *Ave*, avec l'invocation " Saint-François-Xavier, priez pour nous," sont accordées les Indulgences suivantes, applicables aux âmes du Purgatoire.

1°. Indulgence plénière, soit le 3 mai, jour anniversaire de la fondation de l'Œuvre, soit le 3 décembre, fête patronale de l'Association, et pendant toute l'Octave de ces deux fêtes. Elle peut être gagnée une fois seulement à chacune de ces époques, par tout associé qui, contrit, confessé et communié, visite l'église de l'œuvre ou son église paroissiale, et y prie suivant les intentions du Souverain Pontife.

En cas de translation de ces fêtes, la même Indulgence peut se gagner, aux mêmes conditions, depuis les premières vêpres du jour où elles sont transférées, jusqu'au coucher du soleil de ce même jour.

2°. Indulgence plénière deux jours de chaque mois, au choix des associés et aux mêmes conditions.

3°. Indulgence plénière le jour de l'Annonciation et celui de l'Assomption, ou un jour de leur octave, en remplissant dans une église quelconque les conditions énumérées plus haut.

4°. Indulgence plénière une fois l'an, et aux mêmes conditions, le jour où se célèbrera une commémoraison solennelle de tous les associés défunts.

5°. Indulgence plénière, une fois l'an, et aux mêmes conditions, pour tout associé le jour où son Conseil diocésain, sa Division, sa Centurie, sa Décurie, ou sa Section, célèbre la commémoraison des défunts ayant appartenu au Conseil, à la Division, à la Centurie ou à la Décurie dont il est membre.

6°. Faveur de l'Autel Privilégié pour toute messe qu'un associé dit ou faire dire, n'importe sur quel autel, pour les défunts de la Propagation de la Foi.

7°. Indulgence plénière, à l'article de la mort, pourvu qu'animé de bonnes dispositions, l'associé invoque au moins de cœur, s'il ne le peut de bouche, le Très Saint Nom de Jésus.

8°. Indulgence de trois cents jours chaque fois qu'un

associé, au moins contrit de cœur, assiste au triduo que l'œuvre fait célébrer aux fêtes du 3 mai et du 3 décembre.

9°. Indulgence de cent jours, chaque fois qu'un associé, contrit de cœur, récite le *Pater* et l'*Ave* avec l'invocation à Saint-François-Xavier, ou qu'il assiste à une assemblée en faveur des missions, ou qu'il donne, outre l'obole hebdomadaire, quelque aumône pour la même fin, ou qu'il exerce toute autre œuvre de piété ou de charité.

10°. Ceux que l'infirmité, l'éloignement ou autre cause légitime empêchent de visiter l'église désignée, peuvent gagner les mêmes Indulgences, pourvu qu'ils satisfassent aux autres conditions, et qu'ils suppléent à cette visite par d'autres œuvres ou prières indiquées par leurs confesseurs.

11°. Les maisons Religieuses, Séminaires, Colléges, Pensionnats et autres communautés, pourront gagner les mêmes Indulgences en visitant leur propre église ou oratoire public, et s'il n'y en a pas, la chapelle privée de leur maison, pourvu que les autres conditions soient remplies.

<hr>

RÈGLEMENT

POUR

## L'ŒUVRE DES BONS LIVRES.

<hr>

RÈGLES FONDAMENTALES ET INVARIABLES.

1°. Quiconque souscrira dix chelins pour première année d'abonnement à la bibliothèque, en deviendra membre directeur, du moment qu'il aura payé son abonnement ; et ensuite il payera, chaque année, l'abonnement qui sera déterminé par l'assemblée des membres directeurs, lequel taux d'abonnement pourra être changé suivant les besoins de la bibliothèque.

2°. Il ne sera acquis aucun livre pour la bibliothèque, soit par don ou par achat, à moins qu'il n'ait été vu et approuvé par le Curé de la paroisse.

3°. Le Curé de la paroisse sera de droit Président de l'association, et le ou les vicaires jouiront des mêmes priviléges et avantages que les membres directeurs, sans être tenus de payer les dix chelins d'entrée ou de souscription ; et ce, à raison des services importants qu'il seront appelés à rendre pour la distribution des livres, le soin et l'entretien de la bibliothèque, etc.

4°. Les membres directeurs n'auront pas le droit d'employer les argents provenant des souscriptions, abonnements, ou donations faites à la bibliothèque, à d'autres objets qu'à la conservation, ou l'augmentation de la bibliothèque, qui appartiendra à perpétuité à la paroisse sous la garde de la fabrique.

5°. Il sera loisible au Président de convoquer une assemblée des membres, lorsqu'il le jugera expédient ; et il sera tenu de convoquer toute assemblée, qui lui sera demandée par au moins trois membres.

6°. Les secrétaire, trésorier, bibliothécaire, etc., seront nommés par les membres, en assemblée générale.

7°. L'élection des différents officiers aura lieu annuellement dans le cours du mois de..., et il est entendu que personne ne pourra refuser l'office qui lui sera assigné par la majorité des membres présents ; mais on ne pourra forcer qui que ce soit à tenir le même office plus d'une année continue.

Dans cette même assemblée, il sera rendu compte de l'état de l'œuvre et de ses recettes et dépenses.

8°. Il pourra être ajouté de nouvelles règles fondamentales, pourvû que les trois quarts au moins des membres y concourent. Il sera également nécessaire d'obtenir le concours des trois quarts des membres pour amender ou abroger les règles qui auront ainsi été ajoutées aux règles fondamentales.

9°. Les taux d'abonnement et tous les autres règlements concernant la régie de la bibliothèque, seront déterminés par les membres assemblés, sur avis donné par le président, lesquels règlements pourront être abrogés, changés ou amendés par les membres présents à une assemblée subséquente, convoquée par le Président.

10°. Les assemblées se tiendront à la Sacristie, ou au Presbytère, suivant l'avis qui en sera donné dans la notice de convocation.

11°. Le *Quorum* des assemblées sera de cinq membres, tant que le nombre des membres n'excèdera pas quinze, et lorsque le nombre excèdera quinze, le *Quorum* sera déterminé à une assemblée générale, qui devra être composée d'au moins les trois quarts des membres.

12°. Toute personne, désirant être admise comme membre directeur de la bibliothèque, sera tenue, après le paiement des 10s. d'entrée, de souscrire aux règles fondamentales ci-dessus, dans la formule suivante :

Je soussigné, désirant devenir un des membres directeurs de la bibliothèque paroissiale de                               , m'engage, par les présentes, à me conformer en tout aux règles établies pour la régie de la dite bibliothèque, ainsi qu'à celles qui le seront par la suite.

Fait à                               le

N.

13°. Il est à observer que le taux d'abonnement, déterminé par les membres, devra être payé par quiconque voudra lire des livres appartenant à la bibliothèque. C'est par le moyen des abonnements surtout que l'on peut parvenir à former et entretenir une bibliothèque paroissiale.

L'on peut fixer l'abonnement à $0.50 par année, et permettre qu'on s'abonne pour six et même trois mois.

Pour faciliter aux pauvres l'accès de la bibliothèque, on pourrait leur louer les livres à raison de 2 ou 3 sous par volume, suivant les formats.

Le taux d'abonnement peut être diminué, lorsque la bibliothèque est suffisamment pourvue de livres ; mais il importe de ne pas compter, pour l'entretien ou l'augmentation du nombre des livres, sur des souscriptions volontaires, dont la source ne tarde presque jamais à tarir.

Il est peut-être à propos qu'il soit nommé des experts pour estimer les dommages faits aux volumes prêtés, et imposer une petite amende aux emprunteurs. Pour cela l'un d'eux devrait être présent à la bibliothèque, les jours fixés pour rendre les volumes et en prendre de nouveaux.

___

### INDULGENCES.

*Accordées par les Souverains Pontifes aux Associés de l'Œuvre des Bons Livres de Bordeaux, et qui peuvent être gagnées par les associations du même genre en Canada.*

___

### INDULGENCES PLÉNIÈRES.

1. Le jour où l'on entre dans l'Association.
2. A l'article de la mort.
3. Tous les seconds Vendredis du mois, si l'on communie.

*A chacune des fêtes suivantes.*

1. Le 27 Janvier, St. Jean Chrysostôme, Docteur.
2. Le 24 Février, St. Mathias, Apôtre.
3. Le 25 Mars, Annonciation de la Ste. Vierge.
4. Le 1er Mai, Saint Philippe et Saint Jacques,
5. Le  2 Mai, St. Athanase, Docteur.
6. Le 29 Juin, St. Pierre et St. Paul, Apôtres.
7. Le 25 Juillet, St. Jacques le Majeur, Apôtre.
8. Le 24 Août, St. Barthélemy, Apôtre.
9. Le 28 Août, St. Augustin, Docteur.
10. Le 21 Septembre, St. Matthieu, Apôtre.
11. Le 28 Octobre, Saint Simon et Saint Jude, Apôtres.
12. Le 30 Novembre, St. André, Apôtre.
13. Le  7 Décembre, St. Ambroise, Docteur.
14. Le 21 Décembre, St. Thomas, Apôtre.
15. Le 27 Décembre, St. Jean, Apôtre et Evangéliste.

---

INDULGENCES PARTIELLES.

*Indulgences de sept ans et sept quarantaines.*

1. Tous les vendredis du mois, si l'on assiste seulement à la messe.
2. Le 14 Janvier, St. Hilaire, Docteur.
3. Le  7 Mars, St. Thomas d'Aquin, Docteur.
4. Le 12 Mars, St. Grégoire, Pape, Docteur.
5. Le  4 Avril, St. Isidore, Docteur.
6. Le 11 Avril, St. Léon, Docteur.
7. Le 21 Avril, St. Anselme, Docteur.
8. Le  9 Mai, Saint Grégoire de Nazianze, Docteur.
9. Le 14 Juin, St. Basile, Docteur.
10. Le 18 Juin, St. Amand, Evêque de Bordeaux.

11. Le 22 Juin, St. Paulin, Evêque.
12. Le 14 Juillet, St. Bonaventure, Docteur.
13. Le 20 Août, St. Bernard, Docteur.
14. Le 30 Septembre, St. Jérôme, Docteur.
15. Le 21 Octobre, Saint Séverin, Evêque de Bordeaux.
16. Le 4 Décembre, St. Pierre Chrysologue, Docteur.
17. Le 30 Décembre, Saint Delphin, Evêque de Bordeaux.

Outre ces indulgences, le St. Père en a accordé de 60 jours, applicables aux âmes du Purgatoire, pour tous les actes de charité tels que : réconcilier les ennemis, convertir les pécheurs, instruire les ignorants, accompagner les morts, prier pour les confrères défunts, etc., etc.

# APPENDIX

## TO THE

# ROMAN RITUAL

15

# APPENDIX

## TO THE

# ROMAN RITUAL

### FOR THE USE OF

### THE ECCLESIASTICAL PROVINCE OF QUEBEC.

## TABLE

*Containing the festivals, solemnities, fasts, days of absti-
nence, which must be observed throughout the ecclesiastical province of Quebec.*

---

### FESTIVALS OF OBLIGATION THROUGHOUT THE ECCLESIASTICAL PROVINCE OF QUEBEC.

All Sundays in the year.
The Circumcision of Our Lord, 1st January.
The Epiphany of Our Lord, 6th January.
The Annunciation of the B. V. M., 25th March. [*]
The Ascension of Our Lord.
*Corpus-Christi* day.
SS. Peter and Paul's day, 29th June.
All Saints day, 1st November.
The Immaculate Conception of the B. V. M., 8th December [*]
Christmas-day, 25th December.

[*] When the festival of the Annunciation or of the Immaculate Conception is transfered, it is no longer a holyday of obligation.

### SOLEMNITIES TRANSFERED TO SUNDAYS.

Tho solomnity of tho Purification of tho B. V. M.
St. Joseph:
St. John tho Baptist.
Tho Assumption of tho B. V. M,
Tho Nativity of tho B. V. M.
St. Michael.
Tho Festival of tho Patron or titular Saint of tho Parish Church.

### FESTIVALS CELEBRATED ON SUNDAYS.

Tho second Sunday after tho Epiphany—Tho Holy Name of Jesus.

Tho second Sunday after Easter—Tho Holy Family of Jesus, Mary and Joseph.

Tho third Sunday after Easter—Tho Patronago of Saint Joseph.

Tho first Sunday in July—Tho precious Blood of our Lord Jesus-Christ.

(Tho second Sunday in tho month of July—Tho Dedication of tho Cathedral.) (**)

Tho Sunday after tho octavo of tho Assumption—Tho Holy and Immaculato Heart of Mary.

The Sunday within tho Octavo of tho Nativity of tho B. V. M.— Tho Holy Name of Mary.

Tho third Sunday in September—Tho seven dolours of tho Blessed Virgin.

Tho first Sunday in October—Tho Holy Rosary.

Tho second Sunday in October—Tho Maternity of tho Blessed Virgin.

Tho third Sunday in October—Tho Purity of tho Blessed Virgin.

Tho fourth Sunday in October—Tho Patronago of tho Blessed Virgin.

### FAST DAYS. (†)

1°.—Tho Ember-Days, [viz.]

(**) See tho calendar of tho Diocese.

(†) To bo observed in virtuo of an Indult from tho Holy See, granted on tho 7th July, 1844.

The Wednesdays, Fridays and Saturdays,
    immediately following the first Sunday of Lent,
        "         Whit-Sunday,
        "         the 14th of September,
        "         { the 13th of December, or
                      { the 3rd Sunday of Advent.

2°.—Every day in Lent, Sundays excepted.

3°.—All the Wednesdays and Fridays in Advent.

4°.—The Vigils of Christmas, Whit-Sunday, St. Peter and Paul, the Assumption of the B. V. M. and All-Saints.

---

DAYS OF ABSTINENCE. (††)

1°.—All the Ember-days ;

2°.—All Fridays throughout the year, except the friday on which Christmas should fall ;

3°.—The vigils on which fasts are to be observed ;

4°.—Ash-Wednesday and the three following days.

5°.—All the Wednesdays, Fridays and Saturdays of the five first weeks of Lent :

6°.—Palm-Sunday and the six days of Holy-week ;

7°.—All the Wednesdays and Fridays in Advent.

N. B.—1° The use of flesh-meat is not allowed at more than one meal on the Mondays, Tuesdays and Thursdays of the five first weeks of Lent ; moreover fish and flesh cannot, on these days, be used at the same meal.

2°. According to the Indult granted on the 7th July, 1844, on days of abstinence, without any exception whatsoever, it is allowed to use grease of any kind, instead of butter and oil, in the frying, cooking or preparing of abstinence-meals.

(††) According to the above-mentioned Indult.

# FORMULAS

*For announcing, at Mass, Banns of Marriage, Obits Pastoral Letters, Sale of Pews, Indulgences and Ordinations.*

---

### I. FORMULA OF THE PUBLICATION OF BANNS OF MARRIAGE.

There is a promise of marriage between N. (*his profession*) of this parish, (*or* of the parish of N.), son of age (*or* minor) of N. and of N. (*if the parents are dead, mention will be made thereof*) (*or* widow of N.) of this parish, on the one part ; and N. of this parish (*or* of the parish of N.) daughter of age (*or* minor) of N. and of N. (*or* widow of N.) also of this parish, on the other part.

This is the first, *or* second, *or* third publication, *or if a dispensation of one or two banns has been obtained :* This is for the first (*or* the second) and last publication.

*All the publications having been made, the parish priest will then add :*

If any one knows of any impediment to this marriage (*or* these mariages) he is obliged to declare it as soon as possible.

*If the persons to be married have obtained any dispensation of consanguinity or affinity, the parish priest will mention it in the following manner, after the publication of their bann of marriage :*

The said future spouses have obtained a dispensation of the third (*or* any other) degree of consanguinity (*or* affinity), that exists between them.

## II. FORMULA FOR ANNOUNCING OBITS.

Your pious prayers are requested for the repose of the souls of N. and N., who departed this life in the course of last week.

His (*or* her) funeral will take place on... at... o'clock in this church (*or* at...).

## III. FORMULA FOR ANNOUNCING A PASTORAL LETTER, OR OTHER ORDER FROM THE ARCHBISHOP OR BISHOP.

We have received from His Lordship the Archbishop [*or* Bishop] of N. a Pastoral Letter, for... We exhort you to receive these orders with respectful submission, as coming from him, whom the Almighty God has appointed over you.

*Here, the priest will read the said Pastoral Letter.*

## IV. FORMULA FOR ANNOUNCING AN INDULGENCE OR A JUBILEE.

We have received a pastoral letter enjoining us to announce to you *such an Indulgence or Jubilee.*

We beseech you then, on the part of the church, to do all that you can, in order to become worthy of participating in it, to prepare yourselves for it, by worthy fruits of penance, by a sincere return to the Almighty God, and by the scrupulous discharge of the duties prescribed in the Bull of Our Holy Father the Pope, and by the pastoral letter of the Archbishop [*or* Bishop].

*The priest will read the pastoral letter of the Bishop, and the apostolic bull, if required.*

*Indulgences and the condition requisite for gaining them, might form the subject of the instruction.*

## V. SALE OF PEWS.

To-day [*or on...*] at... o'clock, [*or after mass*] will take place the auction and adjudication of [*the number*] pews in this church [*or chapel*] ; namely No...

*If it be the custom to publish this notice twice or thrice, the following will be added :*

This is the first, *or* the second, *or* the third publication.

## VI.  ORDINATIONS.

### *For a Sub-Deacon.*

We inform you that Master N. acolyte of this diocese [*or of the diocese of...*] is to be promoted to the sacred order of sub-deacon.

Should any one know that there is in his life, morals or behaviour, any thing contrary to the holiness of the ecclesiastical state, or that he is under censures, or that he has contracted irregularities, or made a promise of marriage, or, in fine, that he his overcharged with debts, such person is obliged in conscience to come and make it known ;  but, nevertheless, let it be done with prudence and charity.

This is the first [*or* second, *or* third] publication [*or* the first and last publication, *or* the second and last publication*].

The ordination will take place on N. next, in this church [*or* in the church of N.], at... o'clock.

*Should there be a clerical title to be read, the priest will say :*

The said Master N. presents to be recognized as good and valid, for his clerical title, a contract of constitution [*or* a donation], to the amount of $... of rent per annum, the tenor of which is as follows.

*The priest will read the clerical title, and after its reading, he will say :*

Should any person know that this ground [*or* donation] is mortgaged to others, so that the said title would not be worth $... of rent per annum, free and clear, he is requested to make it known to us.

This is the first [*or* second, *or* third] publication [*or* the first and last, *or* the second and last publication].

*The clerical title is proclaimed, at three different times, only on sundays or festival days of obligation ; the certificate of those publications is placed at the end of the said title, according to the following formula.*

We the undersigned, parish-priest of N. do certify that the present clerical title has been thrice published, at the prone of the parish masses of the said N., on N. N. and N. of the present month, without reclamation or opposition.

*For a deacon or a priest.*

We inform you that Master N. sub-deacon [*or* deacon] of this diocese, is to be promoted to the sacred order of deacon [*or* of priest].

If any one knows that there is in his life, morals or behaviour, any thing contrary to the holiness of the ecclesiastical state, he is obliged in conscience, to reveal it to us ; but let no one act from prejudice, hatred, or from passion, but from the pure love of God and for the honour of his church.

This is the first [*or* second, *or* third] publication [*or* the first and last, *or* the second and last publication].

The ordination will take place on N. next, in this church [*or* in the church of N.], at... o'clock.

## VII. NOTICE FOR ASSEMBLING THE CHURCH-WARDENS.

### (*To be given only at the parish mass*).

The acting and ancient church-wardens of this parish are requested to assemble to-day, after mass [*or* after the evening office] at... *or* in...

*Should the law, or custom, require that the object of the assembly should be announced, the Parish-Priest will expose it in a few words.*

---

# NOTICE

## CONCERNING THE PERFORMANCE OF THE PRONE.

After the gospel, the Parish-priest having taken off the chasuble and manipulum and retaining his stole and birettum or choir-cap, proceeds to the pulpit, accompanied by the beadle or other choir-attendant in surplice. In case he does not officiate himself, he merely puts on a surplice, without a stole.

When the Parish-priest or any other clergyman appointed to read the Prone, shall have entered the pulpit, he should pause for a few moments before beginning until perfect silence reigns in the auditory ; then he will, with becoming gravity and in an audible voice, read the requisite publications. He may during this lecture be seated and have his head covered, with the exception of the prayers of the Prone and the reading of the gospel, when he is to be standing and uncovered.

He will give out the publications in the following order ; after reading the abridgement of the Prone or the Grand Prone [if it be read on that day], he will publish the festivals or solemnities, the fasts, abstinence, processions, masses celebrated for private intentions, *Requiem* masses, or other exercices of piety which are to take place in the course of the week, as also ordinations, publications of clerical titles, when required. Afterwards he will proclaim the marriage banns, the pastoral letters of the bishop, the indulgences granted by the pope or bishop, with an explanation of the conditions whereby they are to be gained ; then, as circumstances require, he announces the meetings of churchwardens and parishioners, the sale of pews and finally the demise of the parishioners or strangers whom he will recommend to the prayers of the auditory. In reading these different publication he will be guided by the formulas given in page 232.

All these publications ought to be written in a strongly bound book, which every parish priest must transmit to his successor, because it may be necessary to have recourse to it in after time. It is a most dangerous and culpable abuse to write the banns of marriage upon loose sheets of paper.

The publication of temporal matters should not take place at the Prone, but after mass, at the church door, by public criers or the officers of justice.

# THE GRAND PRONE

*Which the Parish-priest will read from time to time, in the course of the year, at least once in every three months. In mixed parishes, he may read it alternatively in English and French, or read it on consecutive sundays.*

☩ In the name of the Father, and of the Son, and of the Holy-Ghost. Amen.

Christian people, though every day and every moment of our lives belongs to God, as the author of all things ; and though it is our duty to spend all of them in adoring, loving, and serving him ; nevertheless, Sunday is a day which should be more particularly employed in his service.

On this day, you should bring to mind the mercies of God towards you, and especially his having delivered you from death, from sin, and from eternal damnation, and opened the gates of Heaven to you, by the resurrection of Jesus-Christ, the memory of which the Church celebrates this day, in order to strengthen your faith, by this pledge of the happy life which is promised to you.

This is in a peculiar manner the day of the Lord ; that is to say, the day which should be more especially devoted to his service.

God commands his people to abstain from all servile works on this day, that they may enjoy a holy repose. But beware, Brethren, lest your repose, which should be holy, be spent in idleness and in criminal deeds ; in giving yourselves up to sensual pleasures ; in frequenting plays and dances ; in guilty amusements, intemperance and sinful excesses.

On this day you should lay aside your solicitude for worldly affairs, your anxiety for business and every servile work, in order to meditate upon heavenly things alone. You should withdraw from all that is in opposition to duties which are so justly required of you, and more especially from sin, as being more contrary to the holiness of this day than any servile work.

The Church assembles us in this sacred place, to celebrate, in memory of the death, passion, and resurrection of Our Lord Jesus-Christ, the holy sacrifice of the Mass, in which Christ our Saviour offers himself, by the hands of the Priest, and really and truly presents himself to his Eternal Father, as a living victim, for our sins.

We shall, therefore, offer him, by this august sacrifice, the homage that is due to him as to our God, our Creator, and our Sovereign Lord. We shall humbly implore his pardon for all the sins by which we may have offended his divine Majesty. We shall return him thanks for the manifold favours he has bestowed upon us, and beseech him to grant us grace that we may be enabled to pass this life in peace and holiness, and thereby to obtain life everlasting. In a word, we shall offer up our petitions for the wants of the Church in general, and for our own in particular.

*Turning partly towards the altar, (the people kneeling down), the Parish-priest will say :*

Great God, we beseech thee, with a contrite and humble heart, to pardon the sins which we have committed against thy divine Majesty ; accept the extreme sorrow we feel for them, and grant us the peace to do thy holy will in all things.

We offer thee our prayers for thy holy Church, for all its Prelates and Pastors, and particularly for our Holy Father the Pope, for our Archbishop (*or* Bishop), for all the Pastors, Priests and Missionaries of this diocese, in order that they may govern, according to thy holy Spirit, the flock which thou hast committed to their care.

We also offer thee our prayers, O God, for the peace and tranquillity of this country ; for the union of all christian Princes, and especially for His Most (*or* Her Most) Gracious Majesty, that it may please thee to grant him (*or* her), and the whole royal family, and all those who govern the State, a spirit of wisdom, to enlighten them in rightly governing the people, and that they may all be filled with the love of thee, and become, by their virtues, examples and models to thy people. We also present thee our prayers, O Lord, for all the Magistrates and Officers of this Province in order that they may employ their autority for the glory of thy holy name, for the good of thy Church, and for the salvation of thy people.

We offer up our petitions to thee, O Lord, for all orders and conditions ; for the widows and orphans ; for the sick ; for prisoners, and for the poor, and generally for all persons in trouble, that it may please thee to comfort them, and grant them the patience which is necessary for them in their afflictions.

We beseech thee to protect from all danger, pregnant women, that their children may receive the holy sacrament of Baptism, and preserve its graces.

We present thee our prayers for the benefactors of

this church ; grant them for the sake of thy holy name, in life everlasting the reward of their charity and zeal for thy glory.

We beseech thee to preserve the just in a state of grace, to enlighten the minds and change the hearts of sinners.

We beg thee moreover, O God, to unite in the bonds of charity all the inhabitants of this parish ; that, by living in peace, they may observe thy law, excite one another to the practice of good works, and thereby obtain eternal life.

Finally, we implore from thy goodness, O God, a state of weather favourable to the health of the people and to the fruits of the earth. Grant us grace to make a holy use of the temporal goods which thou hast given us, by assisting the poor, and by employing them all for thy honour and glory, and for our own salvation.

And, in order that we may ask of thee all that is necessary for us, we will offer to thee the prayer which Jesus-Christ himself has taught us, containing all that a christian heart can desire and pray for.

*The Lord's Prayer.*

1. Our Father who art in heaven ;
2. Hallowed be thy Name ;
3. Thy kingdom come ;
4. Thy will be done on earth, as it is in heaven.
5. Give us this day our daily bread ;
6. And forgive us our trepasses, as we forgive them that trepass against us ;
7. And lead us not into temptation ;
8. But deliver us from evil. Amen.

We beseech thee, O God, to grant us our demands, through the merits of Our Lord Jesus-Christ, Your

Divine Son ; through the intercession of the saints, and principally of the Blessed Virgin Mary, to whom we will say with the Church :

*The Hail Mary.*

Hail Mary, full of grace, the Lord is with thee ; blessed art thou amongst women, and blessed is the fruit of thy womb, Jesus.

Holy Mary, Mother of God, pray for us sinners, now, and at the hour of our death. Amen.

And in as much as our prayers and actions cannot be acceptable unto thee, O God, unless they are founded upon the true faith, without which it is impossible to please thee ; we all profess our willingness to live and die in the faith of thy Church, the chief articles of which are contained in the Apostles' Creed, which we shall repeat together.

*The Apostles' Creed.*

1. I believe in God, the Father Almighty, Creator of heaven and earth ;
2. And in Jesus-Christ, his only Son, our Lord ;
3. Who was conceived by the Holy-Ghost, born of the Virgin Mary ;
4. Suffered under Pontius Pilate, was crucified, dead and buried ;
5. He descended into hell ; the third day he rose again from the dead ;
6. He ascended into heaven, sits at the right hand of God, the Father Almighty ;
7. From thence he shall come to judge the living and the dead.
8. I believe in the Holy-Ghost ;
9. The holy Catholic Church, the Communion of Saints ;

10. The forgiveness of sins ;

11. The resurrection of the body ;

12. And the life everlasting. Amen.

O God, we have trangressed thy law, and have failed to observe thy Commandements. We beseech thee to pardon us, and we make a promise, at the beginning of this week, that with the assistance of thy holy grace, we will faithfully observe them for the future. For this purpose, prostrate at the feet of thy divine Majesty, we shall now recite them : that thy law, being engraven on our minds and our hearts, may serve us as a rule in our ways. This grace we beseech thee to grant us whilst we recite the ten Commandments, which thou hast given to us.

*The ten Commandments of God.*

I am the Lord thy God, who brought thee out of the land of Egypt, and out of the house of bondage.

1st. Thou shalt not have strange Gods before me ; thou shalt not make to thyself a graven thing, nor the likeness of any thing that is in heaven above, or in the earth below ; nor of things that are in the waters under the earth ; thou shalt not adore, nor worship them ; I am the Lord thy God, strong and jealous, visiting the sins of the fathers upon the children, to the third and fourth generation of them that hate me, and shewing mercy to thousands of those that love me, and keep my Commandments.

2nd. Thou shalt not take the name of the Lord thy God in vain ; for the Lord will not hold him guiltless that shall take his name in vain.

3rd. Remember to keep holy the Sabbath day.

4th. Honour thy father and thy mother.

5th. Thou shalt not kill.

16

6th. Thou shalt not commit adultery.

7th. Thou shalt not steal.

8th. Thou shalt not bear false witness against thy neighbour.

9th. Thou shalt not covet thy neighbour's wife.

10th. Thou shalt not covet thy neighbour's goods.

Thou commandest us also, O God, to obey thy holy Church. We will respect and submit to her upon all occasions, but particularly in the observance of the seven principal Commandments she has given to her children, which are :

*The seven Commandments of the Church.*

1st. To keep holy the festival days commanded.

2nd. To hear Mass, on Sundays and Holy-days.

3rd. To confess our sins, at least once a year.

4th. Humbly to receive our Creator, at least at Easter time.

5th. To fast during Lent, Vigils commanded, and Ember-days.

6th. To abstain from flesh-meat, all Fridays and Saturdays.

7th. To pay tythes to our Pastors.

*Then the Priest, turning entirely towards the Altar, says alternatively with the clergy and people:*

℣. Salvos fac servos tuos et ancillas tuas ;

℟. Deus meus, sperantes in te.

℣. Esto nobis, Domine, turris fortitudinis ;

℟. A facie inimici.

℣. Fiat pax in virtute tua ;

℟. Et abundantia in turribus tuis.

℣. Domine, exaudi orationem meam ;

℟. Et clamor meus ad te veniat,

℣. Dominus vobiscum ;

℞. Et cum spiritu tuo.

OREMUS.

Deus, refugium nostrum et virtus, adesto piis Ecclesiæ tuæ precibus, auctor ipse pietatis, et præsta, ut quod fideliter petimus, efficaciter consequamur. Per Christum Dominum nostrum. ℞. Amen.

*The Priest, then turning towards the people, who remain kneeling, says :*

We shall also offer our prayers, according to the tradition and the holy practice of the Church, for those who are dead, and gone before us with the sign of faith ; for the deceased founders and benefactors of this church ; for our fathers, mothers, brothers, sisters, relations and friends ; for those whose bodies rest in the church and cemetery of this parish, and generally for all the faithful departed ; that it may please God to grant them all a participation in the redeeming merits of Jesus-Christ ; and, a place of light, peace, and refreshment from the pains they endure, by virtue of the holy sacrifice of the mass, which we shall also offer up for them.

*The Priest, turning towards the Altar, says alternatively with the clergy and people :*

PSALM 129.

De profundis clamavi ad te, Domine ; Domine, exaudi vocem meam.

Fiant aures tuæ intendentes in vocem deprecationis meæ.

Si iniquitates observaveris, Domine ; Domine, quis sustinebit ?

Quia apud te propitiatio est ; et propter legem tuam sustinui te, Domine.

Sustinuit anima mea in verbo ejus ; speravit anima mea in Domino.

A custodiâ matutinâ usque ad noctem speret Israel in Domino.

Quia apud Dominum misericordia, et copiosa apud eum redemptio.

Et ipse redimet Israel ex omnibus iniquitatibus ejus.

Requiem æternam dona eis, Domine.

Et lux perpetua luceat eis.

℣. Requiescant in pace.   ℟. Amen.

℣. Domine, exaudi orationem meam ;

℟. Et clamor meus ad te veniat.

℣. Dominus vobiscum ;

℟. Et cum spiritu tuo.

 OREMUS.

Fidelium, Deus, omnium conditor et redemptor, animabus famulorum famularumque tuarum remissionem cunctorum tribue peccatorum, ut indulgentiam quam semper optaverunt, piis supplicationibus consequantur. Qui vivis et regnas in sæcula sæculorum.   ℟. Amen.

*The clergy and people being seated, the Priest will read the following notice concerning the obligation of hearing mass on sundays and feasts of obligation, and attendance at the offices of the parish-church.*

You are informed that, according to the laws of the Church, you are obliged to hear mass on Sundays and Holy-Days ; we exhort you to assist regularly at the parochial mass, and also at the prone and instructions which are made on those days in the church of your parish.

*Afterwards, the Parish-priest will read the notices of feasts, solemnities, fast-days, banns of marriage, &c.,*

*according to the formulas contained in this book ; he
shall then give a brief instruction.*

*When a feast of obligation falls in the week, after
having announced it, the Priest may add :*

You should keep this Holy-Day as you keep the
Lord's Day ; you are therefore to abstain from all
servile works and to assist at mass. We exhort you to
assist at Vespers and at the benediction of the Blessed
Sacrament, and to employ that day in deeds of piety
and of charity.

## THE SHORT PRONE

*Which the Parish-priest will read, before the sermon,
once every month, or more frequently, if he think
proper.*

*It will also be read at the first Mass, in those churches
where two Masses are celebrated.*

✠ In the name of the Father, and of the Son, and
of the Holy-Ghost.—Amen.

Christian people, we are here assembled in the name
of Jesus-Christ, by the order of our mother the Church :
—1st. To adore God :—2nd. To thank him for all the
benefits which we have received from him ;—3rd. To
ask him pardon of our sins ; and—4th. To obtain, from
his goodness, the graces of which we stand in need.

We offer to God the holy sacrifice of the Mass, in
order to pay him the homage which is due to him, and
to ask of him all that is necessary for the salvation of
our souls, and for the life and health of our bodies.

We will also offer our prayers to God for every thing

for which we are accustomed to pray to him every
Sunday ; for the Church, for peace, for our Holy
Father the Pope, for our Archbishop, (*or* Bishop), and
for all who have the care of our souls ; for the King,
(*or* Queen), for the Royal family, for all who govern
the State and administrate justice ; for all the benefactors of this church ; for our parents, friends and enemies ; for the sick, and generally for all the faithful
living and dead, and particularly for those of this
parish.   For this purpose, we will say :

*All the people will kneel, and the Priest turning
towards the Altar, will say alternatively with the clergy
and people :*

℣. Kyrie, eleison.   ℟. Christe, eleison.   ℣. Kyrie,
eleison.   Pater noster, &c.

℣. Et ne. nos inducas in tentationem ;
℟. Sed libera nos à malo.
℣. Salvos fac servos tuos et ancillas tuas ;
℟. Deus meus, sperantes in te.
℣. Esto eis, Domine, turris fortitudinis ;
℟. A facie inimici.
℣. Fiat pax in virtute tuâ ;
℟. Et abundantia in turribus tuis.
℣. Domine, exaudi orationem meam ;
℟. Et clamor meus ad te veniat.
℣. Dominus vobiscum ;
℟. Et cum spiritu tuo.

#### OREMUS.

Deus, refugium nostrum et virtus, adesto piis Ecclesiæ tuæ precibus, auctor ipse pietatis, et præsta, ut quod
fideliter petimus, efficaciter consequamur. Per Christum
Dominum nostrum. ℟. Amen.

 OREMUS.

Deus, veniæ largitor, et humanæ salutis amator, quæsumus clementiam tuam, ut nostræ congregationis fratres, propinquos et benefactores, qui ex hoc sæculo transierunt, beatâ Mariâ semper Virgine intercedente, cum omnibus sanctis tuis, ad perpetuæ beatitudinis consortium pervenire concedas. Per Christum Dominum nostrum. ℞. Amen.

*The clergy and people being seated, the Priest will then read the following notice concerning the obligation of hearing mass on sundays and feasts of obligation, and attendance at the offices of the parish church.*

You are informed that, according to the laws of the Church, you are obliged to hear mass on Sundays and Holy-Days ; we exhort you to assist regularly at the parochial mass, and also at the prone and instructions which are made on those days in the church of your parish.

*Afterwards, the Priest will read the notices of feasts, solemnities, fast-days, banns of marriage, and other announcements to be made to the people, according to the formulas contained in this book. He shall then preach the sermon.* (a)

NOTE.—*If the Priest, through infirmity, or any other lawful cause, should be unable to give instructions to the people ; after having read the notices of the feasts or of any thing else, that he may have to announce and the gospel of the day, he may conclude the prone in the following manner :*

We beg of God, my Brethren, to give you grace to

---

[a] About the important obligation of preaching, see S. Alphonsus Ligori, Book III, No. 269.

profit by the instructions which have been so often given you on his part.

We exhort you to take care in all your actions, not to offend him, and to preserve in yourselves his grace and his love.

Meditate often upon death, and prepare yourselves for it very day, by faithfully performing all your duties ; by instructing your children or servants, and all those who are under your care, by word and example. Love one another as Christ also loved you ;  pardon your enemies, as you wish for pardon from God ; perform all the works of mercy in your power ; bear with patience and a spirit of penance the various trials the Lord may impose on you.  If your avocations afford you the leisure, come daily to church to hear mass or at least to offer up your prayers to God, for his grace and for his blesings on your labours.

In a word, do all the good you can, and often beg of God, that we may all together participate in his eternal glory, prepared for the elect, which I wish you.

In the name of the Father, of the Son, and of the Holy-Ghost. Amen.

*When the Priest, concludes the Prone, he will bless the people, whilst he says :*—In the name of the Father, &c.

———

# A SUMMARY OF THE PRINCIPAL TRUTHS,

*That every Christian ought to know and believe, and which the Parish-priest will sometimes read and explain to the people.*

God, who had no beginning, created all things from nothing.  Angels and men he created for his glory.

Some of the Angels sinned a short time after their creation.

The first man, Adam, and the first woman, Eve, from whom all mankind are descended, sinned also. God shewed himself merciful to them by promising to send them a Saviour, who would deliver them from their misery and save them. Nevertheless this promise was not accomplished for many ages after their fall. During this interval, God raised up holy Patriarchs and Prophets, to instruct them, and to confirm their belief in his promises.

All men have sinned in Adam. On account of his disobedience, they come into the world, stained with original sin, and subject to the miseries of life, to death, and to eternal damnation.

All men were created to know, love and serve God, and thereby to obtain eternal life.

Four things are necessary to enable us to obtain eternal life :—*Faith, Hope, Charity* and *good works.*

Faith is a supernatural virtue, by which we firmly believe all that God has revealed to his Church, and which she proposes to our belief.

The principal mysteries of Faith are those of the Trinity, of the Incarnation, and of the Redemption, which are contained in the Apostles' Creed.

God is a pure spirit, eternal, immense, independent, immutable, infinite, omnipotent. He was always and will always exist ; he is everywhere present ; he has created all things, can do all things ; knows all things, and he governs all things. He is the Lord of all things ; and nothing happens but by his permission. There is only one God, and there cannot be more than one.

But, in this one God there are three persons : the Father, the Son, and the Holy-Ghost. The Father is God, the Son is God, and the Holy-Ghost is God ; nevertheless, they are not three Gods, but one God in three persons ; and these three persons are equal in all things, each one of them being existent with, and equal to each other in all things.

The mercy and justice of God were admirably manifested in the mystery of the Incarnation.

The Son of God, who is the second person of the Blessed Trinity, was made man. He is both God and man, and is called Our Lord Jesus-Christ. He is the Saviour and Redeemer of all men. He took a body and soul like ours in the womb of the Blessed Virgin Mary, his mother, by the operation of the Holy-Ghost, and was born on Christmas-day.

He became man to redeem us from eternal damnation, to which we were all doomed by the disobedience of our first father, Adam.

He has redeemed us from that damnation, by dying for us on the cross ; by suffering as man, and imparting as God, an infinite value to his sufferings. On the third day after his death, he raised himself from the tomb, in which he had been laid. Forty days after his resurrection, he ascended into heaven, where he is seated at the right hand of God the Father. He sent down the Holy-Ghost on the day of Pentecost, in the visible form of fiery tongues, upon his Apostles, and Disciples, who were assembled with them.

At the end of the world, all men will rise again, and appear before Jesus-Christ, who will judge them all together. He judges every man in particular after his death, and rewards him according to his works ;

bestowing paradise upon the good, and condemning the wicked to everlasting fire.

The second virtue necessary for salvation, is *Hope*.

Hope is a supernatural virtue, by which, with a firm confidence in the promises of God and in the merits of Jesus-Christ, we expect eternal life and the assistance necessary to obtain it.

It is chiefly by prayer that we obtain from God, by Jesus-Christ, the grace to enable us to arrive at eternal life.

The most perfect of prayers, is the Lord's Prayer. Christ himself taught us this prayer, which contains all that we ought to ask of God.

The third thing necessary for salvation, is *Charity*.

Charity is a supernatural virtue, by which we love God above all things, and our neighbour as ourselves, for the love of God.

To love God above all things, is to love him above every creature, more than ourselves, and to be willing to die rather than to offend him.

The primary and most absolute duty of man is to love God above all things. The strongest proof of our loving God above all things, is to observe his Commandments, and to do his will in all things.

To love our neighbourg as ourselves, consists in wishing him, and procuring for him, the same advantages we desire for ourselves. All men, even our enemies, are our neighbours.

The fourth thing necessary for salvation, is the practice of *good works*.

The good works which we are obliged to perform are contained in the Gospel, in the Commandments of God, and those of the Church.

The two principal things which the Gospels commands are to avoid evil, and to do good.

The principal good works which we have to perform, consist in the practice of spiritual and corporal works of charity, which we ought to exercice towards our brethren, assisting them in their necessities, and forgiving their trespasses against us.

The Gospel commands us also to mortify ourselves, to practice humility, to despise the world, to do penance, to endure all sorts of evils with patience, to keep ourselves pure, to watch and pray.

The evil which we should especially avoid is sin. We should fly from it, and hold it in horror, as the greatest of all evils.

Sin is a thought, word, or action against, or an omission of, any one of the Commandments of God or of the Church.

There are seven capital sins : — Pride, Avarice, Impurity, Envy, Gluttony, Anger and Sloth.

The Sacraments are sensible signs, instituted by Our Lord Jesus-Christ for the sanctification of our souls.

There are seven Sacraments: Baptism, Confirmation, Eucharist, Penance, Extreme-Unction, Holy Orders, and Matrimony.

Baptism is a Sacrament which regenerates us in Jesus-Christ, washes away original sin, and makes us christians, children of God and of the Church.

Without Baptism it is impossible to be saved. By Baptism, we bind ourselves :

1st. To renounce the devil and his pomps, that is to say, the maxims and vanities of the world ; and to renounce his works, that is to say, all kinds of sin.

2nd. To live according to the law of Jesus-Christ.

It is necessary, that he who baptises, should pour water on the head of the person whom be baptises, saying at the same time : " *I baptise thee, in the name of the Father, and of the Son and of the Holy-Ghost,*" and that he should have the intention of doing what the Church does.

Confirmation is a Sacrement that gives us the Holy-Ghost, and makes us perfect christians by endowing us with a peculiar strength constantly to confess the faith of Jesus-Christ, to live according to his Gospel, and to resist the enemies of our salvation,—the devil, the world, and the flesh.

The Eucharist is a Sacrament which really and truly contains the body and blood, the soul and divinity of Our Lord Jesus-Christ, under the forms of bread and wine.

The Holy Communion unites us to Jesus-Christ, increases and strengthens his grace in us, and gives us a pledge of eternal life.

Jesus-Christ is to be adored in the Holy Eucharist, since he is really present therein.

To communicate worthily, we should be in a state of grace, that is to say, free from all mortal sin. Whosoever communicates unworthily eats his own condemnation.

The Mass is the oblation of the body and blood ot Jesus-Christ, made to God by the Priest.

Penance is a sacrament instituted by Our Lord Jesus-Christ, for the remission of the sins committed after Baptism.

There are three parts in it, to be performed by the penitents : Contrition, Confession, and Satisfaction.

Contrition is a sorrow, and a detestation for having offended God, with a firm resolution not to sin any more.

This sorrow is absolutely necessary to obtain the remission of sin.

Confession is a declaration of our sins, made to the Priest, in order to be absolved therefrom.

Every sinner must accuse himself of all the mortal sins which he remembers having committed since his last confession ; for he who, by his own fault, wilfully conceals a mortal sin, makes a null and sacrilegious confession, which he is obliged to renew. At confession, we must declare the number of our sins, and such circumstances as change the species thereof.

Satisfaction is a reparation of the injuries made to God, and of the wrong done to our neighbour. Satisfaction is made to God, by fasting, by prayer, and by alms.

Extreme-Unction is a Sacrament instituted by Jesus-Christ, for the spiritual and bodily comfort of the sick.

We should not defer the receiving of this Sacrament till the last moment.

Holy Orders are a Sacrament which gives power to perform the Clerical functions, and grace to perform them worthily.

Matrimony is a Sacrament which gives to those who are married, the graces which they stand in need of, to live in a holy union, and to bring up their children in a christian manner.

The Church is the society of the faithful, who professing the same faith, participating in the same Sacraments, and submitting to the same lawful Pastors, form but one body, of which the Pope, as Vicar of Jesus-Christ, is the visible head.

Jesus-Christ is the invisible and supreme head of the Church.

The Church is always instructed and guided by the Holy-Ghost, and cannot lead us into error. The Pope, as chief and organ of the Church, is infallible, whenever as such he defines a doctrine regarding faith or morals to be held by the universal Church.

There is but one Church, out of which there is no salvation. This is the Catholic, Apostolic, and Roman Church.

There exists a union of charity amongst all the members of the Church ; amongst the faithful upon earth, the Saints in Heaven, and the souls that suffer in Purgatory, whom the faithful upon earth assist by their prayers and good works, and especially by the holy sacrifice of the Mass. This is called the Communion of Saints.

The faithful address their prayers to the Saints in heaven, to beg their intercession : they honour their relics and images, but do not adore them ; for we must adore nothing but God, The Saints pray for us and obtain from Jesus-Christ, the graces which we need.

These are the principal truths which the Church proposes to the belief of the faithful, and of which you should often make acts of Faith.

# FORMULAS

*For announcing at the parochial mass, the fasts, the feasts and the solemnities of the year.*

---

## I. FORMULAS WHICH HAVE NO FIXED DATE.

## FIRST COMMUNION.

*On the Sunday before the day appointed for the first Communion.*

N.... at.... o'clock, the children belonging to this parish who have been duly examined and admitted, are to make their first Communion. In order to enable them to prepare themselves with all possible care for this most holy action, we shall assemble them on... to hear their confessions, and to give them a few hours of pious exercises. Mass will be said each morning at... o'clock, at which the children are to assist; the afternoon exercises commence at... o'clock.

As the beautiful and affecting ceremony of the first Communion deeply interests, in many ways, not only the parents of the happy children who approach the Lord's Table for the first time, but all the faithful of this parish ; we exhort them to unite with us in beseeching the Lord to bestow upon those children, the dispositions necessary for a worthy Communion.

[a] [In order to excite in their youthful bosoms a more lively and lasting sense of gratitude towards God, we intend adding to the exercises, usual on this occasion, the impressive ceremony of a solemn renewal of their

---

[a] The parish-priest may, when he thinks proper, omit the renewal of baptismal vows, and the singing of the Te Deum, after the First Communion : in such a case he shall omit the two following paragraphs.

baptismal promises. Those who may assist at this ceremony should unite their own feelings with the sentiments of these innocent children ; with them implore the Almighty to grant them the grace of a new life ; and pledge themselves anew in his presence to serve him more faithfully for the future.]

[The whole will conclude with the *Te Deum*, to return thanks to Heaven for the happiness these children enjoy, and for the blessings bestowed on their parents and families by the First Communion].

---

## SUNDAY AFTER THE FIRST COMMUNION.

(a) On N. last, we had the great consolation to see [*so many*] children of this parish make their first holy communion ; with all possible care we had fitted them for this great day, the most delightfull of their lives, and it has seemed to us that they also had well prepared themselves. With parents now rests the obligation of endeavoring to preserve in the hearts of their children these holy dispositions, by a continual vigilance, by suitable advices and corrections, and, above all, by their good examples. Otherwise, all the pain we have taken to form them to a christian life, would become useless ; all our lessons of virtue would soon be put aside.

The same must be said of the religious instruction which we have labored to impart to them ; christian parents, if you do not assist us in cultivating the knowledge of Religion which we have succeeded in inculcat-

[a] This instruction having been substituted to the pastoral letter on the Catechism, ought never to be omitted.

17

ing into the minds of your children, that limited knowledge shall soon be almost completely effaced from their memory, and they shall be exposed to fall again into the most deplorable ignorance.

We shall therefore continue to give them instructions in the catechism on all sundays of the year, as prescribed by our first Provincial Council ; but, fathers and mothers, if your pastors are strictly bound to do so, you are not less rigorously obliged to send them punctually to these familiar instructions, which we always carefully prepare, and which constitute what is called *the Catechism of Perseverance.* In these, we develop to them more lengthily and clearly the truths which we but very briefly explained to them during the few weeks which they spent in preparing for their first communion. Yet, what shall these instructions avail them, if they are seldom attended? A very grave reason therefore, such as sickness, the inclemency of the weather, or the bad state of the roads, can alone authorise you to exempt them from assisting thereat. But, on the other hand, that your children may derive all the desirable benefit from the instructions in the catechism which we shall give them regularly, it is of the highest importance that the chapter which we shall have explained to them on the preceding sunday, be repeated each week in the schools, and that chapter learnt which we shall have appointed for the following sunday. The lessons received in church, prepared and repeated every where, under the care of their respective teachers, shall thus be better impressed on the memory and heart of your children.

Moreover, schools inspire pupils with a liking for sound reading which parochial libraries greatly foster.

What a satisfaction for parents who impose upon themselves sacrifices for the education of their sons and daughters, to hear these dear children, each in their turn, read, on the sunday or during the long winter evenings, before the assembled family, from interesting and edifying books! Think not, however, fathers and mothers, that you can entirely cast the obligation of instructing your children in their religion, on your pastors and schoolmasters, and schoolmistresses. Most certainly not, for this is a personal duty which you ought to fulfil. Apply yourselves therefore, especially on the Lord's day, on your return from the divine service, to ask of them an account of what has formed, on that day, the subject of the prone, the sermon and the catechism; rectify what they have misunderstood; clear up the obscure points; confirm, in fine, by your reflections and the weight of your authority, the teaching of God's minister. By this means, those who shall have been prevented from attending church, shall profit by all that has been there said, and the pastor's instructions shall reach all the members of the parish.

But if children who have already made their first communion, should thus cultivate the religious knowledge they have acquired, others should also be careful to prepare in time for this great action, and receive the necessary instructions. From the most tender age, when they begin to distinguish good from evil, teach them to pronounce the sweet names of Jesus and Mary, to make the Sign of the Cross, to recite correctly and with piety, the " Our Father," the " Hail, Mary," the Apostle's creed, the acts of faith, hope, charity and contrition. Teach them how to examine their conscience, how to accuse their sins, send them to confession two or three times in the year, when we shall invite them. Take care that they regularly frequent good schools, where they shall learn to read, and shall be enabled to study the catechism, that beautiful book, which our Bishops have themselves written for their instruction. The youngest among them may confine themselves to the Abridgment ; but those who have attained the age of ten or eleven years, and who prepare to make their first communion, should learn the whole of the *Small Catechism*, unless we should exempt some, on account of their want of intelligence.

Do not fail, parents, to send these young children to church every sunday. Besides mass, at which they are bound to assist from the age of seven, they shall hear our explanations and answer our questions. It is our duty to tend all who are intrusted to our pastoral solicitude, young and old, learned and unlearned. We owe ourselves all to all, and woe to us if we should neglect these little ones who believe in Our Lord Jesus-Christ ! they even form the privileged portion of our flock.

Should certain parts of the parish not yet possess schools, on account of their poverty, their remoteness or some other insurmountable obstacle, we confidently hope to find there some persons sufficiently instructed, and animated with a true charity, who will gather together the children of their neighbourhood, and teach them to read and to recite their catechism. Recall to mind that the Sovereign Pontiffs have attached indulgences to the fulfilment of this work of spiritual mercy.

Fathers and mothers, do not forget that the best means to induce your children to attend the catechism, is to be present thereat yourselves. You shall thereby see with your own eyes if they attend, and how they listen and answer; you shall, with more profit to them, question them at home. Besides, our instructions will serve to impress upon your mind what you have perhaps but imperflectly learnt in your infancy, they shall better enable you to fulfil the binding duty of teaching Religion to your families. When to our grief, we meet some parents who acknowledge their inability to do so, is it not precisely because they scarcely ever attend catechism? They thus spend their whole life in culpable ignorance of the most essential truths which assuredly renders them unworthy to receive absolution and holy communion.

In effect, to approach the sacraments, all christians should know the principle mysteries, the Apostles' Creed, the Lord's Prayer, the "Hail, Mary," the commandments of God and of the Church, the seven sacraments and the dispositions necessary to receive them worthily, also the acts of the theological virtues. Well, it is at catechism that all these are learnt or recalled to mind; let us not therefore imagine that catechism is only for children. On the contrary, it is most desirable that all the faithful should make it a point to attend it, the young as well as the more advanced in age, as is the case in some parishes.

But it is easily understood that such as are at the head of a family are still more strictly bound than others to know sufficiently what Religion proposes to our belief and practice. Ought they not therefore, on all sundays and feasts of obligation, to hear mass as much as possible, not only to fulfil the grave precept of assisting at the adorable sacrifice; not only to give good example to their children and to draw down heavenly blessings on their labors of the week : but that they may have the advantage of being present at the prone, sermons and other instructions.

It is by listening to them with attention, respect, docility, and a sincere desire to profit thereby, that you shall all come to the knowledge and love of our holy Religion, that you shall learn how to fulfil the duties of your calling, and how, together with those intrusted to your care, to attain eternal salvation.

———

Here the parish-priest shall point out what children he shall himself instruct, as well as those who shall be under the care of the vicar, or other persons by him appointed.

———

## CONFIRMATION.

*On the sunday on which the parish priest shall announce the Catechism on Confirmation, he will say :*

On N. next, shall begin the instructions preparatory to the sacrament of Confirmation which his Lordship... will come and administer in this parish [during his next pastoral visitation.]

Confirmation is a sacrament instituted by Our Lord Jesus-Christ, which gives the Holy-Ghost with the abundance of his graces, and makes us perfect christians. It is so called because he who receives it with the required dispositions is, like the apostles, *endued with power from on high* [Luke XXIV. 49.]. By baptism we are initiated into the christian life ; but we still remain as weak and frail as children. Confirmation transforms us into strong men capable of publicly confessing the name of Jesus-Christ and of glorifying God in spite of all the obstacles raised up by the enemies of our salvation.

The words pronounced by the Bishop while administering confirmation, show us clearly the nature of this sacrament : *I sign thee with the sign of the cross, and confirm thee with the chrism of salvation, in the name of the Father, and of the Son, and of the Holy-Ghost.* The sign of the cross formed on the forehead, which is the most noble, expressive and apparent part of the whole body, shows that by this sacrament we become the soldiers of Christ crucified, to fight, with and like him, against all the enemies of God and of our salvation. The unction of the holy oil expresses the sweetness, strength and graces of the sacrament. The invocation of the three divine persons of the Holy Trinity, manifests to us the divine power which operates such great things in us, and impresses us with the profound respect, ardent desire and eminent sanctity we should bring to the reception of this most holy sacrament.

Confirmation may be administered even to children who have just been baptised ; nevertheless the ordinary practice of the Church is to give it to them only at a more advanced age, that knowing better the excellence thereof, and preparing more carefully thereto, they may derive more benefit from it. Accordingly Pastors of souls are bound to do all in their power well to instruct such as are about to receive it. The dispositions are more necessary because confirmation impresses in the soul an indelible character, which prevents this sacrament, as well as Baptism and Holy Orders, from being received more than once during life.

Therefore parents should omit nothing that their children may know as perfectly as possible the excellence of this sacrament and the dispositions necessary to receive it with profit. They must endeavour to teach them themselves, or have taught by others, but especially they must send them regularly to catechism, which shall be taught every... at... o'clock.

Should there be in this parish any persons already advanced in years, who have not yet been confirmed, we invite them to come and arrange with us how they may prepare themselves to receive this sacrament. It is never too late to receive such a great blessing; accordingly he is his own enemy, who voluntarily deprives himself thereof, because the grace of this sacrament received during 'life, is the source of a corresponding degree of special glory and happiness in eternity.

Although Confirmation is not absolutely necessary, no one ought to remain without it. It is so holy a sacrament, it imparts to us the divine gifts in such abundance, that we ought to do every thing in our power to render ourselves worthy to receive it. What God has instituted for the salvation of all, all should ardently desire and hasten to receive, in order to become perfect christians and to conform to the adorable designs of Our Lord, and to the wishes of our holy mother the Church. (a).

[a] Parish Priests are exhorted to give each year a special instruction on this sacrament, either on the occasion of this announcement, or at Pentecost. The faithful, who have been confirmed in their youth, easily forget the graces connected with, and the duties arising from, this sacrament, which is received but once during life. Parents will better understand the obligation laid upon them of duly preparing their children for its reception. Children above all, will feel the salutary influence of these instructions of their pastors. [See the Catechism of Trent, Chap. XVII, on Confirmation.]

———

# PATRONAL FEAST OF THE PARISH OR MISSION.

*On the sunday before the feast or solemnity of the Titulary of a Parish or Mission :*

On sunday next, we shall celebrate, in a solemn manner, the feast of N. the titulary of this parish (*or* mission). Endeavour, my Brethren, to honour this great servant of God, by your fidelity in performing all your christian duties, and in imitating all the virtues of which he has left you the example. You know that this Saint, amongst all those whom we honour, made himself (*or* herself) agreable to God and men, by (*NN. some of the Saint's virtues may be particularly mentioned.*)

Rejoice at having him for your protector with God, and express your gladness of it, by punctually assisting at the morning and evening office. Prepare yourselves to receive the sacraments of Penance and of Eucharist on that day, and to gain the plenary indulgence granted by His Holiness Pope Pius IX, to those who having confessed with a contrite heart, receive holy communion and pray in this parochial church, according to the intentions of the Sovereign Pontiff. This indulgence continues during the whole octave. (a).

---

## II. FORMULAS HAVING A FIXED DATE. [*]

---

## ADVENT.

*On the last Sunday after Pentecost.*

[a] *See the notes in the french part of this appendix, concerning the same s. lemnity.* [*Page* 43.]

[*] The formulas for announcing the solemnities suppressed by the VIth decree of the 1st Provincial Council, are here given, in order that, according to the

Sunday next will be the first Sunday of Advent.

Advent represents the time which preceded the coming of Christ, and which the just of the Old Testament, the patriarchs and prophets passed in the expectation of our divine Saviour.

During this time the Church prepares herself to celebrate the temporal birth of the Son of God. In her prayers she adopts the words by which the saints of the Old Testament expressed their longings and their desires for the coming of the Messiah. She is anxious that her children should take advantage of the graces of his first coming in the fulness of time as a Saviour ; in order that they may prepare for his second coming at the end of the world as a terrible judge of all mankind.

She wishes also that her pastors, like St. John the Baptist, should prepare the ways of the Lord, by exhorting their people to make themselves ready in heart and mind to receive him, and thereby become partakers of the graces which he will communicate to such as will have rendered themselves worthy of their reception.

The spirit of the Church, during Advent, appears in all her practices and ceremonies.   She no longer sings canticles of joy ; during this holy time she forbids the solemnization of marriage ; she vests her ministers, and clothes her altars with penitential ornaments ; she prescribes abstinence and fast on certain days, she recites particular prayers, to show how ardently she wishes her children to prepare pure and holy ways for the Lord. She desires that, at the approaching feast of Christmas,

desire of the Fathers of this Council, the pastors may still, for the edification of the faithful, call their attention to those festivals which have heretofore been celebrated with much devotion. The festivals which are not solemnised are marked with a ✠.

Jesus-Christ may be formed anew in us by the grace of a perfect conversion, and by the increase of faith, hope and charity, as well as of every other virtue. In order to receive him worthily, we must prepare ourselves, by sentiments of religion, devotion, vigilance; by retirement from the world, by withdrawing from company; by prayer, penance, and meditation; by the practice of piety, charity and humility; and finally by reading works that may instruct us in the knowledge of this great mystery.

We exhort you, Brethren, to assist daily at Mass, as regularly as your occupations will allow, and during that time to read some books of piety, calculated to edify and prepare you for the celebration of this great solemnity, that you may be then enabled to make a good confession and a worthy communion.

According to an indult dated the 7th July 1844, the fasts heretofore observed on the vigils of St. John the Baptist, St. Lawrence, St. Matthew, St. Simon and Jude and St. Andrew, have been suppressed and replaced by an abstinence and fast to be observed on all the Wednesdays and Fridays of Advent.

---

## ✠ ST. FRANCIS-XAVERIUS.

*On the Sunday before the feast of Saint Francis-Xaverius :*

[a] N. is the feast of St. Francis-Xaverius, second patron of this country.

You should, on this day, thank God for having

[a] The *feast* means here and elsewhere, the day on which is to be recited the office of the Saint.

given you so powerful a protector, and beg of him, that by the merits of this great saint, you may maintain unimpaired the faith which was first preached in this country, and live according to its rules and maxims, bearing in mind that faith without good works is dead and unprofitable.

The members of the Society for the Propagation of the Faith may on that day, and during the octave, gain a plenary indulgence, by confessing their sins, receiving the holy communion and praying in this parochial church, according to the intention of the Sovereign Pontiff.

---

## THE IMMACULATE CONCEPTION.

*On the Sunday before the Immaculate Conception.*

The Church will celebrate on N. next, the festival of the Immaculate Conception, [titulary of the metropolitan Church].

This is a joyous festival, because Christ our Saviour, the sun of Justice, who hath dispelled our darkness, delivered us from death and given us life, was, one day, to be conceived in the womb of this pure virgin.

You ought to celebrate this festival with pious sentiments, and thank God that, after having been conceived in sin, you have been purified from it in the salutary waters of baptism. Imitate the fidelity of the Blessed Virgin, who preserved carefully the grace which she had received in such abundance from God.

It is a feast of obligation. [a]

[a] This sentence is omitted when this feast is transfered ; which case happens in those dioceses where it is only II class, and falls on the second sunday of advent. It ceases then to be of obligation.

## EMBER-DAYS.

*On the third Sunday of Advent.*

Wednesday, Friday and Saturday will be the fast of the Ember-Days, instituted in order to consecrate by penance, each of the four seasons of the year : and also that every individual amongst us may, from time to time, remember that he should pass his life in the practice of penance.

The Church has established the fast of the Ember-days,—1st. To beg pardon of God for the sins committed during the past season ;—2nd. To thank him for the graces received during that time ; — 3rd. To ask his blessing on the fruits of the earth, and the assistance necessary to enable us to make a holy use of the season which is about to begin.

This is also the time when the Church ordains her ministers. In union with her, beg of Jesus-Christ to give her holy priests, endued with grace and knowledge, who will edify the faithful by the purity of their conduct, and by the efficacy of their exhortations.

*When Christmas-day happens to be on monday, the fast of the vigil takes place on the saturday of the Ember-days : then the parish priest adds the following words :*

You are commanded to fast on saturday next in order also to prepare yourselves for the great festival of Christmas, which falls on monday week.

## THE O'S.

*On the Sunday before the 17th of December.*

On N. next, the 17th instant, the Church begins to recite at the Vesper office the first of the seven solemn

anthems which derive their appellation from the cir-
cumstance of their beginning with the particle O !
which is an expression of desire.   They are taken from
different parts of the Holy Scripture, and are applicable
to the Messiah, who was promised of God, and announced by the prophets for the salvation of mankind.

The object of the Church in recommending them to
our piety, during the days of Advent, which immediately precede the birth of Jesus-Christ, is to induce us
more efficaciously to prepare ourselves worthily for his
spiritual birth in our hearts.

Let us enter into the spirit of the Church, and
increase the fervency of our desires, begging that Jesus-
Christ may visit us, enlighten and deliver us, instruct
and sanctify us.

## ✠ ST. THOMAS.

*On the Sunday before the feast of Saint Thomas.*

On N. the Church will celebrate the festival of St.
Thomas, Apostle.

Our Lord Jesus-Christ, in allowing St. Thomas to
behold his wounds and to touch them, desired to con-
vince him of the reality of his resurrection, and at the
same time to strengthen our faith and induce us to
believe firmly in all the truths that have been revealed
to us.

With this holy Apostle, let us confess and adore
Jesus-Christ as *our Lord and God,* in order to obtain
the reward promised to those who shall have believed
without seeing.

## CHRISTMAS-DAY.

*On the Sunday before Christmas-Day.*

[a] [You are commanded by the Church to fast on N. next in order to prepare yourselves for the great festival of Christmas, which falls on N. next].

On that day, the Church will celebrate the birth of our Saviour.

It is the day on which the Eternal Word, the only Son of the Father, the second person of the Holy Trinity, who is God equal in all things to the Father, deigned to become a man, like unto us, for our salvation. To accomplish this great work, he was born of a virgin, in the town of Bethlehem, according to the divine promises so often made in the Old Testament, by the mouth of the prophets.

At midnight, the Church recites these words : " Be-" hold the Spouse cometh ; go ye out to meet him." You are all invited to be present at the celebration of this sacred mystery, to adore with the shepherds the Word made flesh for our salvation ; and return, like them, praising and blessing God for the great wonders which he has wrought in your favour.

Let us resolve, during this holy time, to imitate Jesus-Christ in his infancy, and to profit by the examples of humily and mortification, of poverty and charity, which he gives us in the manger. Let us remember that he came into the world to destroy sin in our hearts, and to reign in them by his grace.

This day is a feast of obligation.

*When Christmas falls on a Friday, the Priest will add :*

[a] *When Christmas-day happens to be on Monday, the parish priest omits the first sentence relative to fast, and begins thus:* To morrow, the Church will celebrate......

This year, Christmas falling on a Friday you are not bound to obstain from fleshmeat, on that day.

*Where a midnight mass is to be celebrated, the priest will give such instructions as are necessary to prevent all disorders.*

---

## ✠ ST. STEPHENS.  [*26th December*].

*On Christmas-Day.*

To-morrow the Church celebrates the festival of St. Stephen, one of the seven deacons ordained by the Apostles, and the first who suffered martyrdom, that is to say, the first who, after the Ascension of Christ, shed his blood in testimony of the truth of his resurrection and the divinity of his doctrine. Let us beg of God to grant us the grace to practice the virtues that shone forth in this holy Levite; and like him, let us courageously bear witness to the truths of our faith without fearing the scorn and censures of men. Let us also beseech God to grant us that ardent charity which inflamed the heart of this generous martyr; that, after his example, we may love our enemies and pray for our persecutors.

---

## ✠ ST. JOHN THE EVANGELIST.
### (*27th December.*)

*On Christmas-Day, or on the 26th when it is a Sunday.*

On N. next, the Church celebrates the festival of St. John the Evangelist. This saint was the disciple whom Jesus most loved, and to whom he granted the favour of resting on his bosom at the last Supper, which he partook of with his Apostles on the eve of his death. Read his epistles, which contain lessons of love and charity. From them you will learn to love one another for God's sake and according to his holy will.

---

## FESTIVAL OF THE CIRCUMCISION.

*On the Sunday after Christmas-Day, or on Christmas-Day, when the 1st of January falls on a Sunday.*

On N. next the Church celebrates the Circumcision of Our Lord, which is a festival of obligation.

On that day, Our Lord received the name of *Jesus*, that is to say, *Saviour*. This name was given to him by an angel before his conception, to show that he was to save his people by delivering them from their sins.

That feast being the first day of a new year, we have a threefold duty to perform : 1st. To thank God for all the graces bestowed upon us during the course of the preceding year ; 2nd. To beg pardon of him for all the sins which we have committed during the past year, and during all the years of our life ; 3rd. To beg of him to grant us the grace to employ, in a proper manner, every moment of the year which is about to begin.

On that day, let us place our confidence in Our Lord Jesus-Christ. Let us promise to invoke his holy name with faith and love in all our actions ; let us resolve to circumcise and remove from us all that is opposed to his glory.

---

## VISITATION OF THE PARISH.

N. next, we shall commence the annual visitation of this parish. It is a strict duty imposed upon us by our pastoral charge, and of which we are reminded in the XVth decree of our Second Provincial Council. " Je- " sus-Christ, say the Fathers of this Council, having " declared that the good Shepherd knows his sheep, " and calls them by their name, a Parish Priest should " consequently know the faithful who are confided to " him. He should therefore not neglect to visit, at " fixed periods, as much as possible, every family of his " parish."

You shall, Our Dear Brethren, receive this visitation of your pastor : 1°. with respect, since it is the representative of Our Lord who will go through the whole parish, enter your abodes, sit at your fireside ; 2°. with joy, since he comes to you with words of charity and peace on his lips, with his hands full of blessings and spiritual favors. From the presence of their pastor in their midst the poor shall derive relief ; the afflicted, consolation ; the sick and infirm, patience and consolation ; the just, courage and sinners, repentance.

Parents, endeavor to be present, in order to receive yourselves the minister of the Lord, who comes to visit you. Teach your children to welcome him with happiness and veneration ; prepare them to answer, should we judge proper to question them on religion.

Be ready to give us the information which we are obliged by the Ritual to ask of you concerning the *state of the souls* in each of your families.

We shall profit by this opportunity to receive your offering to the Infant Jesus ; let it be presented with good will and generosity ; the Divine Infant will reward you a hundred fold.

# EPIPHANY.

*On the Sunday before the Epiphany.*

On N. next, the Church celebrates the Epiphany, or the manifestation, apparition or declaration of Jesus-Christ, which is commonly called *Twelfth Day.*

On that day, the Church offers to our contemplation three mysteries, by which Christ made himself known and manifested his glory to men.

1st. The Church shows us how Jesus-Christ Our Lord, made his birth known to the Magi or Wise-men, and how he was adored by them at Bethlehem, after having conducted them thither by his grace, as well as by the apparition of a miraculous star.

2nd. The Church commemorates the day on which Jesus-Christ, the Lamb without spot, was baptized by St. John in the river Jordan, and sanctified the waters, in order to produce those great effects of regeneration and renovation of the soul in the laver of baptism.

3rd. She also makes a commemoration of the miracle, by which Christ changed water into wine at the wedding-feast of Cana, which he was pleased to honour with his presence in order to authorize, honour, and sanctify the matrimonial union.

The Church considers, with a more particular attention, the first of these three mysteries, and looks upon the Magi, as the first who were called converted to the faith, among the gentiles and pagans, from whom we are descended. She requires of us to thank God for our vocation to Christianity, and to the knowledge of Jesus-Christ. She also requires of us to acknowledge Jesus-Christ for our God, our King, and our Saviour. Let us offer and give ourselves up to him, without reserve, with our mind, our will, our memory, our bodies, our goods, and our health. Present him on that day, with hearts filled with charity, love, and fervour; with minds stored with good thoughts and saintly desires; and offer your bodies as sacrifices prepared for sufferings and penance.

The world, which is the enemy of Christ and of his Church, usually passes the time preceding this great solemnity, in excesses, in debauchery and profane enjoyments. But do you, Brethren, who are better instructed, beware of falling into this misfortune; do you avoid bad company, and remember your calling to the faith; prepare yourselves to renew your baptismal vows, and to celebrate this great day, as becometh the day on which you were made christians, Present to Jesus-Christ the gold of love and charity, the frankincense of prayer, and the myrrh of self-denial. Such ought to be your dispositions on the eve and on the day of this great festival, which is one of obligation.

---

# I SUNDAY AFTER THE EPIPHANY.

*The Council of Trent, (Sess. XXIV), having by a solemn decree declared null and void all marriages that are not contracted in the presence of the parish-priest and two or three witnesses, we deem it of the highest importance that the parish-priests and missionnaries do make known this salutary decree to the people.— Wherefore we order that it be read at the Prone on the first Sunday after the Epiphany.*

*In conformity with the prescriptions of the decree*

*itself, it is specially expedient that it be published in the newly settled parishes and missions.*

*The parish-priest will also explain the nature of the three impediments, Cognatio,—Honestas,—Si sis affinis ; an opportunity will thus be afforded for instructing the people on the other impediments, on the pre-required formalities for obtaining dispensations and on the publications of bans.*

---

*Decree of the Holy Council of Trent, which the Parish-Priests or Missionaries will read on the first Sunday after Epiphany, omitting the paragraphs marked with a parenthesis.*

Though there is no reason to doubt that clandestine marriages, contracted with the free consent of the parties, are true and valid, the Church not having pronounced to the contrary ;—and those persons, therefore, are to be justly condemned, (as in fact the holy Council does condemn them,) who deny that clandestine marriages are true and valid, and who falsely assert, that the marriages of children, under parental authority (*filii familias*), which are entered into without the consent of the parents, are null ; and that the parents have it in their power to ratify or annul them : nevertheless, the holy Church of God, for very excellent reasons, has always held in detestation, and forbidden such marriages. But the holy Council having remarked, that the disobedience of men rendered the prohibition of the Church useless ; and reflecting on the enormous sins which spring from such marriages ; and especially on the sins of those who live in the state of damnation ; when, after having left the first wife, whom they had secretly married, they publicly contract a second marriage with another, and live with her in a continual state of adultery ; and, finally, seeing that the Church, which does not pass sentence on secret acts, cannot remedy so great an evil without having recourse to more efficacious means : The sacred Council (*of Trent*) therefore, following the steps of the holy Council of Lateran, held under Innocent III, decrees : — That, in future, before the celebration of marriage, the Curate of the parties shall thrice announce, in the church, on three consecutive festivals, and during the parochial Mass, the bans of such as are about to be married. If, after this triple publication, no legitimate opposition is made, the marriage shall be celebrated in the face of the Church ; where, the Parish-priest, after having questioned the man and the woman, and being well assured of their mutual consent, shall make use of these words : *I join you in marriage, in the name of the Father, and of the Son, and of the Holy-Ghost. Amen.* Or let him make use of other words, according to the approved custom of each Province.

But, if it should appear that the marriage is likely to be prevented through malice, should the three publications be made, then, one will be sufficient ; or else, let the marriage be celebrated in the presence of the Parish-priest, and of two or three witnesses, and afterwards, before the consummation of the marriage, the publications can be made in the church, so that, if there exist any impediment, it may the more easily be discovered ; unless the Ordinary shall judge it more expedient to dispense with the aforesaid publications, which the holy Council leaves to his judgment and prudence.

With regard to those who marry otherwise than in the presence of the Parish-priest, or of the Priest who has his permission, or that of the Ordinary, and in the presence of two or three witnesses ; the holy Council renders such persons wholly incapable of contracting marriage in that way, and declares the marriages thus contracted, null and void, as, by the present decree, it dissolves and annuls them.

Furthermore, the holy Council commands that the Parish-priest or any Priest who shall have assisted at such marriage, with a less number than two or three witnesses ; and, likewise, that the witnesses who shall have assisted thereat in the absence of the Parish-priest, or of any other authorized Priest, and even, the contracting parties themselves, shall be grievously punished at the discretion of the Ordinary.

The same Council admonishes those who are bethroted, not to live under the same roof, before the nuptial Benediction, which must be received in the church. It also wills and ordains, that such Benediction be given by their own Parish-priest ; and that no one, except the Parish-priest or the Ordinary, can give permission to another Priest to pronounce it, notwithstanding every other custom, immemorial though it be, which would be rather an abuse, and every other privilege to the contrary notwithstanding.

But, if it so happen, that a Parish-priest or any other Priest, either Regular or Secular, should rashly presume to marry, or give the nuptial Benediction to the betrothed of another Parish, without the permission of their own Parish-priest, though under the pretence of having a licence to do so, by privilege, or by virtue of an immemorial custom ; such Parish-priest or Priest shall remain by law suspended, until he be absolved by the Ordinary of the Parish-priest, whose province it was to assist at the marriage, or who had a right to give the nuptial Benediction.

Let the Parish-priest keep under his particular care a register in which he shall write down the names of the newly married, and of the witnesses, with the date and place at which the marriage has been celebrated.

Finally, the holy Council exhorts such persons as are affianced, carefully to confess their sins, and devoutly to receive the holy Sacrament of the Eucharist before they contract ; or, at least, three days before the consummation of the marriage.

Should there be any Province in which there exist, in this matter, any other praiseworthy customs or ceremonies besides those which have been just mentioned, the holy Council ardently desires that they may be wholly retained.

And in order that none may plead ignorance of ordinances so salutary as the present, the Council enjoins all Ordinaries to cause this decree to be published and explained to the people, as soon as possible, in all the parish churches of their respective dioceses, and that the promulgation thereof be repeated several times during the first year, and afterwards, as often as they may deem necessary. Moreover, it wills that this decree begin to be in force in each parish, thirty days from its first promulgation in said parish.

----

## SACRED NAME OF JESUS.

*On the first Sunday after the Epiphany, (if the one that follows it, is not Septuagesima Sunday) ; or on the*

*Sunday preceding the day to which this office is transfered.*

On N. next the Church celebrates the feast of the Sacred Name of Jesus.

The name of Jesus, which the Son of God received at his Circumcision, and which was declared by the archangel before his conception, signifies a *Saviour ;* but such a saviour as should deliver his people from their sins. As on New-Year's day the Church is occupied with commemorating the painful mystery of Our Lord's Circumcision, she thought proper to tranfer the feast of that Sacred Name, to the second Sunday after the Epiphany, in order to honour it with due solemnity.

On that day, you should renew your sentiments of respect and confidence in that sacred Name, which transcends all other names. It should be frequently on your lips, but always uttered with the greatest reverence ; that Name being so terrible and powerful, that *every knee bows to it in heaven, on earth, and in hell.*

Let us pronounce it with confidence, since in it alone can we expect help from heaven, and by no other name can we be saved. Let us pray that it may be hallowed and blessed in every place, and let us sanctify it ourselves by the holiness of our conduct. Let us accustom ourselves to invoke it repeatedly with piety and love, during our life, if we wish to find in it sweetness and consolation at the hour of our death.

*N. B.—A plenary indulgence granted to the associates of the archconfraternity of the Holy Heart of the Blessed Virgin, on the Sunday preceding Septuagesima, should be announced on the second Sunday before Septuagesima.*

## SEPTUAGESIMA SUNDAY.

*'On the Sunday before Septuagesima.*

Sunday next is called *Septuagesima* Sunday, on account of the seventy days which intervene between it and the Sunday which concludes the Easter octave. The Church prepares her children for penance, by suppressing the canticles of joy, and by laying aside the ornaments with which she vests her ministers and her altars. She recalls to their memory the history of the creation and of the fall of Adam, in order to induce them to mourn over the miserable condition to which they are reduced by our first father's disobedience; and to engage them to avoid, at this holy season, all that may incite them to sin. Let us consider ourselves, during those seventy days, as captives under the yoke of our sins, from which Christ will deliver us by his resurrection. The children of the Church weep and mourn, and produce worthy fruits of penance, whilst worldlings abandon themselves to rejoicing, merriment, and all sorts of excesses. Let us on the contrary, watch and pray; let us avoid worldly company, and beware of the licentiousness and disorders of these days of iniquity.

---

## PURIFICATION.

*On the Sunday before the solemnity or the festival of the Purification.*

The Church celebrates on Sunday next, the solemnity (*or* the festival) of the Presentation of Christ in the temple, and also that of the Purification of the Blessed Virgin Mary.

The Virgin Mother of Christ was not obliged to conform to the law of Moses, which commanded women to be purified in the temple, after child-birth and to present to God their first-born child. Learn, by this example of obedience and humility, to submit to the law of God, to fulfil all justice, and to practice all that the Church commands. Let us beg of God to purify us from the stains which we have contracted by sin, by our commerce with the world, and our contact with earthly things. Let us offer ourselves to God, in order to live for him alone, by him alone and according to his holy will.

*If on this day any person wishes to have tapers and candles blessed, let these things be kept in the pews and held during the benediction.*

## ✠ ST. MATHIAS.

*On the Sunday before the feast of St. Mathias.*

N. is the feast of St. Mathias, Apostle.

This saint was elected Apostle in the place of Judas who had rendered himself unworthy of such a dignity, by his treachery and other crimes. Let us beg of God, on that day, the grace to know the state in which he requires us to serve him, to perform the duties thereof with fidelity, and to accomplish his will in all things.

## QUINQUAGESIMA SUNDAY.

*In the parishes where the exposition of the Blessed Sacrament with the usual indulgences, is authorized for the three days preceding Ash-Wednesday, the Parish Priest on Sexagesima Sunday, will say :*

Next sunday and the two following days, there will be a solemn exposition of the Blessed Sacrament with a plenary indulgence for all such persons as shall have confessed and received holy communion on any one of these three days and shall visit this Church, praying according to the intention of the Sovereign Pontiff.

You are specially invited, Dearly Beloved Brethren, to assist at these pious exercises, that they may serve as a worthy preparation for the penitential austerities of Lent.   While wordlings give a loose to every excess of sensuality and intemperance, let you, prostrate before the holy altars, implore the divine mercy and endeavour to avert the effects of his just wrath and indignation.

----

## ASH WEDNESDAY.

*On Quinquagesima Sunday.*

The Church commands us to begin, on Wednesday next, the holy time of Lent. It is called *Ash-Wednesday,* because the Church puts blessed ashes on the heads of the faithful.   The Church, inspired by the Holy-Ghost, has established this ceremony to excite, in the souls of those who receive the ashes on their heads, sentiments of humility, penance and mortification.   By this pious practice, she intends to retain some traces of her ancient custom and discipline with respect to public sinners, who, being covered with sackcloth and ashes, were separated from the communion of the faithful, and allowed to assist at the divine offices only under the porticos of the Church.

The priest in putting ashes on the heads of the faithful, makes use of these remarkable words taken from the 3rd chapter of Genesis : " *Memento, homo, quia pulvis* " *es, et in pulverem reverteris.* Remember, man, that " thou art dust, and unto dust thou shalt return." These words should recall to our memory the sentence pronounced by God against mankind on account of sin, and teach us to submit to that sentence, and prepare ourselves for it, by a penitential life, remembering that death is certain, and that the moment thereof is uncertain.

You should endeavour, my Brethren, to sanctify yourselves by the fast of Lent, to bring forth worthy fruits of penance, to return to God, and strive to deserve his grace.

During that holy time, you are obliged to fast every day (Sundays excepted), from Ash-Wednesday to Easter-Sunday. This is the general law prescribed by the Church in virtue of the authority which she has received from Christ, and according to the practice which she has followed ever since the time of the Apostles. Nevertheless, she dispenses with this law, in favour of those who are not twenty-one years of age ; she grants also the same indulgence to nurses and pregnant women ; to old persons ; to the infirm and valetudinarians ; to such as are obliged to perform an exhausting work, or to make long and painful journeys and voyages, and to all who by fasting would be rendered unable to discharge the duties of their employment, or would endanger their health. Every one is obliged to consult his own pastor or confessor, to listen to his advice, and to beware following his own sensual inclinations.

Fasting may be observed entirely, or in part, by such as are under twenty-one years of age, or above sixty, when they are strong enough to bear it, christian mortification being at every age an important duty.

It is necessary for you to be well instructed with regard to the duty of fasting. It is certain : 1st. That every christian commits a mortal sin as often as he fails to fast on each day commanded, unless he is excused by some lawful reason, or such as may be judged so, in doubtful cases, by those who are charged with the care of souls ; 2nd. That the fast is broken by making an entire evening meal, that is, by taking more than eight ounces of food, or by eating such food as is forbidden on days of abstinence ; 3rd. That it is a duty for the faithful to submit to the examination and determination of their Pastors, whether their work or their journey be incompatible with fasting, for it is an error to believe that all sorts of works and journeys are a sufficient cause of exemption ; 4th. That it is a criminal complaisance to break the fast, in order to please a friend who may invite us, or whom we may invite to eat out of meal time ; 5th. That it is sinning against the object of the fast and the intention of the Church, merely to abstain from the use of flesh-meat and to frequent gambling-houses, to give ourselves up to worldly diversions, to company, to useless or idle conversations, to hatred, to enmity, to impurity, and other criminal excesses : for the end of the fast is to humble us, to mortify our passions, and to destroy sin in our souls ; 6th. That they render the fast useless, who suffer with murmurings and impatience the inconveniences which accompany it.

We exhort you to join to your fast, alms, prayers, and good works, and to render it fruitful by fortifying the mind by the word of God, which you should frequently hear and carefully meditate.

We must remind you here of the rules established with respect to fasting and abstinence, during the holy time of Lent, in virtue of an Indult of His Holiness Gregory XVI, bearing date the 7th July 1844.

According to this Indult, you are to abstain from the use of flesh-meat: 1st. On Ash-Wednesday and the three following days : 2nd. On the Wednesdays, Fridays and Saturdays of the five first weeks of Lent : 3rd. On Palm-Sunday and the six days of Holy-Week. The same Indult allows the use of fleshmeat on every other Sunday of Lent, as well as on the Mondays, Tuesdays and Thursdays of the five first weeks; but on these same week days flesh-meat can be used at one meal only, by those who are obliged to fast, no fish being allowed at the same meal.

According to the same indult it is also allowed to use grease of any kind, instead of butter and oil, in the frying, cooking or preparing of abstinence meals. This is allowed on any day of abstinence throughout the whole year.

You may also, without breaking the lenten fast, take in the morning about two ounces of bread, with a little tea, or coffee, or chocolate, or other beverage.

The Holy Catholic Church, while she allays the primitive severity of her laws in order to provide for the weakness and necessities of her children, does not intend however to exempt us from the obligation of *denying ourselves, taking up our cross, and following Jesus-Christ ; of crucifying our flesh with its vices and concupiscences ; of mortifying our members ; for,* as S. Paul says, *if you live according to the flesh, you shall die ; but if, by the spirit, you mortify the deeds of the flesh, you shall live.*

If you have any children, apprentices, or servants, you are obliged in conscience to have them instructed in the knowledge of God, the mysteries of religion, and in the maxims of the Gospel. You must likewise give them the means of accomplishing the lenten duties according to their age and strength, and induce them by your advices and examples to make a fit preparation for their easter confession and communion.

We exhort you not to put off going to confession, but to prepares for this great duty, and to accomplish it as soon as possible, that your fast, being observed in the state of grace, may be the more meritorious and acceptable to God. Do not differ your confession till the last days of Easter, particularly you, who are engaged in bad habits, or who live in enmity or who have restitutions to make ; that we may not be under the painful necessity of seeing you, at that time, deprived of the happiness of making your Easter communion ; but we wish that, on the contrary, you may all rise again in Jesus-Christ, after having died to sin during those penitential days.

This time is propitious for obtaining mercy from God. Behold the days of salvation. We exhort you not to receive the graces of God in vain, but to do all in your power to employ them properly for your salvation.

Every day, as far as your occupations will permit, you should assist at Mass which will be said at ..... o'clock, and at the public prayers which will be held on N. and N. at...... o'clock.

Pass the three days before Lent in prayer, begging of God the grace to make a good use of the holy time, which, perhaps, will be the last Lent you may ever see.

Beware of being drawn into the fatal custom of worldlings, who pass these days in criminal excesses, in idle amusements, and in all sorts of scandalous disorders. Remember that you have renounced all these things at your baptism, and that you are obliged to regulate your conduct as children of God and of the Church, at all times and in all places, with strict attention, modesty and piety.

On Wednesday the blessing of ashes will begin at... o'clock, and will be followed by mass, (at which a sermon will be preached).

*If it should happen that only few people were present on Quinquagesima Sunday, the Priest will repeat the above instruction on the first Sunday of Lent.*

*The hour at which confessions will begin, every day of the week during Lent, may be announced ; for the greater convenience of the parishioners a particular day may be appointed for each village or concession.*

*Should the Parish-Priest intend to teach, during Lent, the catechism for the first communion, he will announce also the days and hours on which the children must come to hear it.*

---

### NOVENA OF SAINT FRANCIS XAVIER.

*In those parishes where the novena in honour of Saint Francis Xavier is authorised, and is held in the first week of Lent, the parish priest, after announcing the weekly lenten prayers, will add :*

The ordinary lenten prayers will be superseded by the exercises of the novena of Saint Francis Xavier, which will begin on next saturday and close on the second sunday of Lent. On each day of the novena there will be a plenary indulgence for all persons who, having made their confession and communion, will assist at the exercises of the day and pray according to the intentions of the Sovereign Pontiff and for the propagation of the faith.

*The parish priest will then give out the time and order of the exercises of the novena.*

*On the second sunday of Lent, he will say :*

This evening, after benediction of the Blessed Sacrament, the *Te Deum* will be sung for the close of the novena.

---

## LENT.

### LENTEN PRAYERS.

*All Pastors are most particularly directed to recite publicly night prayers, twice or thrice a week during Lent, according to the custom of the diocese ; and they are moreover exhorted to avail themselves of the opportunity to explain to their flocks, by familiar instructions, the chief doctrines of faith and morals.*

*At the conclusion of night prayers, on these occasions, it is permitted to give the benediction of the blessed Sacrament, in the following manner. Two tapers are lighted on the altar : the priest puts on a white stole over his surplice, opens the tabernacle without taking the ciborium out of it; meanwhile the stanza* Tantum Ergo..... *is sung. Then the Priest, without reciting any orizon, or making use of incense, blesses the people with the ciborium, which he afterwards replaces in the tabernacle : he then comes down to the lowest step of the Altar, and kneeling (or standing, if it be Saturday evening) recites the Angelus in an audible tone of voice, and rises to recite the prayer : Gratiam tuam, &c.*

### EASTER COMMUNION.

*If by reason of the very extensive population of a pa-*

*rish, or for any other motive, the ordinary time for pascal communion is anticipated, the parish-priest will give the following notification on the Sunday or festival preceding the day on which the Easter duty begins.*

By virtue of a special permission granted to us by His Grace, (*or* Lordship) N. N. the time allowed, in this parish for complying with the easter duty, will commence on Sunday next, and close on Low-Sunday inclusively.

*He may moreover add :*

* I exhort you, my Brethren, &c.... as soon as possible. (*See Passion Sunday*).

RINGING OF THE BELLS TO ANNOUNCE THE BEGINNING AND CONCLUSION OF THE EASTER COMMUNION.

*On the eve of Palm Sunday, or of any Sunday allowed for the fulfilment of the easter duty in a parish, the opening of this solemn time will be proclaimed by the ringing of the bells, after the evening Angelus, and its close will be announced in like manner on Low-Sunday after the evening Angelus also. The bells should be rung for a quarter of an hour.*

---

FIRST SUNDAY OF LENT.

*On the first Sunday of Lent.*

Wednesday, Friday and Saturday will be the fast of the Ember-Days... etc. page 269.

On this day, it is my duty to read to you a Pastoral Letter of the second Bishop of Quebec, and the Decree of the general Council of Lateran, concerning the paschal confession and communion. I beg you will listen to it with attention and respect.

### PASTORAL LETTER CONCERNING THE EASTER DUTY.

*JOHN, By the mercy of God, and the favor of the Holy Apostolic See, Bishop of Quebec, &c., &c., &c. To our beloved Brethren in the Lord, the Priests, Missionaries, Vicars, and other secular and regular Priests, whom we have approved to hear confessions in this Diocese, Greeting and Blessing in Our Lord Jesus-Christ.*

The luke-warm conduct of the christians of the latter ages, having induced the Church in the fourth general Council of Lateran, to yield, like a good mother, to the weakness of her children, and to accede to the custom which was introduced by their want of devotion, of not communicating more than once at Easter, instead of several times a year, which they were before obliged to do : wherefore, in order to discharge our duty, we have deemed it necessary to order that the enactments contained in the 21st canon. " *Omnis utriusque sexus*," of that Council, in the year 1215, under Pope Innocent the Third, and since renewed in the Council of Trent, be exactly observed ; and also, to make known to those who are so careless with regard to what relates to their salvation, and who have such an aversion for holy things, as to pass several years without approaching the sacraments of Penance and Eucharist, that they are liable to incur all the penalties mentioned in the above holy decree, which are the most severe that the Church can pronounce against her rebellious children.

For this purpose ; We command you to read at prone the said canon " *Omnis utriusque sexus* " on the first Sunday of Lent, and also on Passion-Sunday ; and to explain it, as intelligibly as you can, to your parishioners, in order that they may not be ignorant of it......

Decree of the fourth holy council of Lateran, concerning the easter duty.

" The faithful of both sexes, after they come to the
" years of discretion, shall, in private, faithfully confess
" all their sins, at least once a year, to their *own pastors ;*
" and take care to fulfil, to the best of their power, the
" penance enjoined them ; receiving reverently, at least
" at *Easter*, the sacrament of the Eucharist, unless,
" perhaps, by the counsel of their own Pastors, for some
" reasonable cause, they judge it proper to obstain from
" it for a time ; otherwise, let them be kept out of the
" Church, whilst living ; and when they die, be depriv-
" ed of christian burial. Therefore, this salutary decree
" ought frequently to be proclaimed in the churches,
" in order that no one may be ignorant of it."

We take this opportunity of declaring, that, by the
terms *own pastor*, expressed in the said canon, we understand every priest by Us approved to hear confessions, within the limits of his jurisdiction.

*On the first Sunday in Lent, the parish-priest, in order to dispose
his parishioners to make a good confession, will explain to them the
Commandments, and point out from the following table, the sins by
which they may have trangressed them. This explanation may be
continued on the second and third Sundays.*

---

# TABLE OF THE SINS

### AGAINST THE COMMANDMENTS OF GOD AND OF THE CHURCH.

---

#### SINS AGAINST THE COMMANDMENTS OF GOD.

The first Commandment of God is broken in four ways, namely : by sins against faith, hope, charity, and the worship of
God, or religion.

#### *Sins against faith.*

By being wilfully ignorant of its principal mysteries ; of the

Lord's prayer, the Angelical Salutation, the Apostles' Creed, the Commandments of God and of the Church.—By omitting to make, from time to time, acts of faith, hope and charity, and to assist at catechism and at the sermons.

By doubting any of the truths of religion, or by refusing to believe any of the articles of faith. By reading, lending or selling heretical, impious, and prohibited books.—By being ashamed of appearing a catholic, or a christian.

By performing any act of infidelity, of idolatry, impiety, heresy, or by openly professing them.—By apostatizing from the faith.

### Sins against hope.

By excess.—By presuming on our own strength ;—By abusing Gods' goodness, or by deferring our conversion.

By want of Hope—By despair—or by doubting God's goodness.

### Sins against charity.

By hating God.—By murmuring against his justice or his providence.—By preferring the world, any creature, or ourselves to him.—By neglect in serving him.—By not taking him for the end of all our actions.—By human respect.

### Sins against religion.

By irreverence in church.—By suffering long intervals to elapse between our prayers to God.—By being forgetful of his presence.—By abusing his graces.—By profaning or scorning the sacraments and holy things.—By sacrilege.—By impious discourses, and irreligious actions, superstitious practices, and vain observances.—By divination or horoscope.—By vows made lightly, or not accomplished.—By being unfaithful to our baptismal promises.

### Sins against the second Commandment.

By false, vain, rash, or unjust oaths.—By blasphemies, maledictions, imprecations.—By profane swearing.

### Sins against the third Commandment of God, and against the first and second Commandments of the Church.

By working or by immoderate recreations on the Lord's day. —By frequenting balls or taverns.—By not assisting at Mass or by hearing only a part of it.—By suffering our minds, during divine service, to be wilfully distracted.—By improper looks.—By giving scandal.

### Sins against the fourth Commandment of God.

By refusing to love, respect, obey, assist our fathers, mothers, tutors, masters, ecclesiastical or civil superiors.—By blaming them, or murmuring against them. By hating or despising them.

By not instructing, edifying, advising, or correcting our children, or servants, or other persons under our charge.—By want of vigilance.

### Sins against the fifth Commandment of God.

By injuring our neighbour in his natural, civil or spiritual life.

1st. *In his natural life.*—By ill-treating, beating, wounding, maiming, mutilating or killing him.—By hating him, wishing him ill or death.—By wrongly interpreting his actions or by attributing evil intentions to him.—By enmity, by refusing to forgive or to be reconciled.— By vengeance, rash judgments, scorn, reproaches, quarrels, abuse, affronts or outrages.

2nd. *In his civil life.*—By detraction ; by calumnies committed or insinuated, and not opposed.—By malignant jokes.—By false or injurious reports, by defamatory libels or songs.

3rd. *In his spiritual life.*—By pernicious advices or solicitations to evil, by giving scandal or bad example.

### Sins against the sixth and ninth Commandments of God.

By thoughts, desires, words, looks or actions contrary to purity.

By indecent fashions, obscene songs or licentious books, romances, pictures, immodest representations.—By bathing naked. By dangerous looks, by dances, plays, nocturnal assemblies, or dangerous conversations.—By want of vigilance in parents on this point.

### Sins against the seventh and tenth Commandments of God.

By thefts, frauds, injustice ; by cheating in buying or selling, either with respect to quality, quantity, or price.—By false weights or measures ; by passing counterfeit money ; by not paying our lawful debts ; by withholding deposits ; by not paying servants' wages.—By unjust law-suits and expenses.—By damages caused through malice, negligence or advice.—By keeping things found; by receiving or concealing things stolen.—By fraudulent bankruptcies.—By cheating at play.—By insufficient or deferred restitution.—By insensibility to the wants of the poor or by refusing them alms.—By coveting the neighbour's goods. —By superfluous expenses above our means.

### Sins against the eight Commandment of God.

By bearing false witness.—By the subornation of witnesses.— By falsifying writings or titles.—By injurious, jocose, or officious lies.— By equivocations and disguises.

---

### SINS AGAINST THE COMMANDMENTS OF THE CHURCH.

By refusing to obey the Church, by despising her or her ministers.—By not revealing what we know concerning the impediments to marriage, &c.—By not assisting at mass on sundays and days of obligation.—By omitting the annual confession or paschal communion, or by not performing those duties worthily.

By want of examination, sincerity, contrition, or a firm resolution of amendment.—By deferring our conversion, by remaining in bad habits or dangerous occasions of sin.—By want of preparation before, or by omitting prayers after communion.—By not observing the fast and abstinence of ember-days, vigils, and Lent; by making, at that time, a full evening meal.—By not abstaining from flesh-meat on days of abstinence.—By not paying church dues, tithes, supplements, etc., or by paying them unfaithfully.

### CAPITAL SINS.
#### Pride.

By taking pleasure in ourselves ; by self-praise; by boasting of our virtues, talents, advantages, or riches ; by not referring them all to God ; by presuming on our own capacity or strength. —By vanity or ambition ; by desiring or seeking honours, distinctions, or dignities.—By pompous or superflous expenses ; by haughtiness ; by scorn of our neighbour, of our equals, or superiors ; by self-love ; by hypocrisy.

#### Avarice.

By our attachment to wordly things ; by an inordinate desire of acquiring wealth ; by making use of all sorts of means for that purpose.—By excessive savings.—By simony. *See the seventh and tenth Commandments of God.*

*Impurity.*

*See the sixth Commandment of God.*

*Envy.*

By rejoicing at the misfortune of our neighbour.—By being jealous of him, or afflicted at his success.—By diminishing the esteem he enjoys.

*Gluttony.*

By sensuality and excess in eating and drinking.—By intoxication either complete or imperfect.—By habitual drunkeness.

*Anger.*

By impatience, murmurs, spite or excessive emotions of Anger. *See the Vth Commandment of God.*

*Sloth.*

By ignorance, forgetfulness, neglect of our religious, domestic, or professional duties.—By loss of time, by an effeminate or idle life, by injury caused to our family or to our master by sloth.— By not making a good use of our talents.

---

## SAINT JOSEPH.

*On the Sunday before the solemnity or the feast of Saint Joseph.*

On N. next, the Church will celebrate the solemnity (*or* the feast) of St. Joseph, first Patron of Canada and Patron of the Catholic Church.

You ought to rejoice, my Brethren, at having so powerful a protector with God, and one so worthy of your confidence as St. Joseph.

He is the spouse of Mary, and the foster-father of Jesus-Christ. He is that wise and prudent servant whom the Lord hath placed over his family to distribute food to them in due season. He is the chosen guardian of his master's childhood; he is the just man beloved of God and man, and destined to be on earth the coadjutor of the Great Council, and the co-operator in the designs of the Most-High. So many glorious titles, bestowed by the Church upon Saint Joseph, should excite your most ardent devotion towards a patron, equally distinguished by all the virtues that correspond to these titles.

Imitate his profound humility, his eminent charity, his perfect confidence in God, his entire submission to the orders of providence ; but above all, imitate the justice which the gospel attributes to him. That virtue comprehends the accomplishment of all our duties to God, to our neighbour and to ourselves. Let us live in justice like Saint Joseph, if we desire, like him, to die in the love and grace of the Lord.

## ANNUNCIATION.

*On the Sunday before the 25th March (when this festival is not transfered to another day).*

On N. next, the 25th of this month, the Church celebrates the festival of the Incarnation of the Son of God, as well as that of the Annunciation which the archangel made of that mystery to the ever glorious Virgin Mary.

On that day, the Divine Word, the second person of the Holy Trinity, was made man, and united the divine to the human nature, by taking in the womb of the Blessed Virgin Mary, and by the operation of the Holy Ghost, a body and a soul like ours ; so that, from the union of the divine and human natures in Jesus-Christ, was formed a single person which is that of the Son of God made man.

Imitate the obedience and humility of which Jesus-Christ and Mary, his mother, set us the example in this mystery. The Son of God humbled himself profoundly by becoming man ; and after his Incarnation he was subject to the orders of God his Father. He was obedient unto death, even the death of the cross. Mary acknowledged herself the handmaid of the Lord, and by her humility found grace with the Most-High.

This feast is of obligation. (a)

(b) On the festival of the Annunciation, Vespers are sung immediately after High Mass. Such is the practice of the Church every day in Lent, the Sundays excepted. Since the remissness of her children has compelled her to anticipate the hour formerly marked for breaking the fast, which, in those days of penitential fervour, was after Vespers, she has also advanced the hour of Vespers, which, in the first centuries, were sung at sunset.

---

## PASSION-SUNDAY.

*On Passion-Sunday.*

The Church consecrates the time that intervenes between this day and Easter-Sunday, to celebrate the yearly memory of Our Lord's Passion, to set before our eyes our crucified saviour, and to make him the great object of our devotion. For this reason, it is called Passion-time ; and the Church, in her offices, makes use of canticles of sorrow, and covers the crucifixes and pictures in her temples, in sign of mourning.

[a] *When the Annunciation is tranfered to another day, it ceases to be of obligation. Then the Priest says :*
The office of the Annunciation being transfered to N......, this feast is not of obligation this year.

[b] *This part is to be omitted when the Annunciation is not of obligation.*

On Sunday next the ceremony of blessing the Palms will take place immediately after the Aspersion. You should present with respect and devotion the Palms which you intend to get blessed, and hold them in your hands during the benediction, the procession and the reading of the Passion. This pious ceremony reminds the faithful of the triumphant entry of Christ into Jerusalem, when the people came forth to meet him, bearing in their hands olive and palm branches, as a sign of joy and honor.

You should remark that the privilege of eating flesh-meat does not extend to Palm-Sunday or to any day during holy-week.

To-day we are obliged to notify you, in the name of the Church, that all the faithful must confess, at least once a year, to their parish-priests or to some other duly authorized Priest ; that they are obliged to communicate in their respective parishes at Easter, according to the IVth. canon of the Council of Lateran, held in 1215, during the Pontificate of Innocent III, as well as in accordance with the rules of this diocese and the practice of the Church.

*The Parish-Priest will here read the said canon of the Council of Lateran, with the explanation which follows, page 293.*

(a) (The time for making the Easter Communion will begin on Sunday next, which is Palm-Sunday, and will terminate on Low-Sunday inclusively).

* I exhort you, my Brethren, to bring with you to the holy Table requisite dispositions for a worthy Easter Communion. The word *Pascha* signifies *Pas-*

[a] This sentence is to be omitted when the Bishop has granted the permission to make the Easter Communion before Palm Sunday.

*sage;* you should consequently pass from the death of sin to the life of grace, from darkness to light, from vice to virtue, and from worldly to heavenly desires. By thus preparing yourselves to approach the Holy Eucharist, you will reap therefrom all these advantages, and guard against the greatest of all misfortunes, that of making an unworthy communion, for as Saint Paul says, *he that eateth unworthily of that bread, and drinketh of the chalice, eateth and drinketh judgment to himself.*

The number of those who communicate unworthily is greater than is generally supposed. There are in these days many imitators of Judas, who approach the holy Communion for the purpose of betraying Jesus-Christ. Such are those who wilfully conceal a mortal sin in confession, who have not a sincere contrition or who have not formed a firm resolution of amending their life. Such are also those who are unwilling to renounce their criminal habits, or to avoid the occasions of sin : who live in enmity with their brethren, or refuse to forgive them : those, in fine, who covet or will not restore their neighbour's goods. Therefore examine your conscience carefully in order to avoid the enormous sin of sacrilege ; prepare yourselves to receive Jesus-Christ with the necessary dispositions.

'Such as have in their house invalid or sick persons unable to come to church, will please give us notice of it as soon as possible. *

----

ON THE RINGING OF THE CHURCH-BELLS TO GIVE NOTICE OF THE BEGINNING AND OF THE END OF EASTER TIME.

*See page* 291.

## PALM-SUNDAY.

*On Palm-Sunday.*

We may at length exclaim, my brethren : " Behold the days of salvation ! " This day is the beginning of the Holy-Week, called by the Church the great week, the sorrowful week, on account of the great mysteries which the Son of God accomplished at this time, for our redemption. He began it by entering Jerusalem in triumph. He continued it by the institution of the sacrament of the Blessed Eucharist, in which he gave to his Apostles his body for food, and his blood for drink. He consummated it by suffering most cruel torments and a most ignominious death. He died the death of the cross, to satisfy the justice of God, his Father, and to deliver mankind from eternal death and the power of the devil.

Such are the great mysteries which the Church recalls every year to the memory of the faithful by a series of holy ceremonies, calculated to produce in their hearts sentiments of piety, compunction, and gratitude. In order to enter into the spirit of the Church, it is your duty, as far as your health will allow, to increase your penitential works, or at least, to assist with piety and devotion at the offices the Church during this holy time, particularly on (Wednesday,) Thursday, Friday, Saturday and Sunday.

On Holy-Thursday, your hearts should be filled with a true love, and a lively gratitude towards Christ, for having instituted the Eucharistic sacrifice and sacrament, in which and by which he might not only always be with us to the end of the world, but might also unite himself to us, in such a manner as that we should abide in him and he in us.

The Church, in order to fulfil the intention of Christ, has deemed it her duty, during this holy time, to omit nothing in preparing her children to receive this great sacrament worthily. It was with this design that, in ancient times, she publicly absolved sinners, whom she had subjected to penance on Ash-Wednesday, that they might present themselves in a fit state to partake of the most holy and august of mysteries.

If the Church has consented to any relaxation of her former severity, she nevertheless preserves some traces of her ancient discipline. Though she no longer imposes public penance, she still retains, in some places, vestiges of it, by the general absolution which she gives on that day to the faithful, after a general confession has been made in their presence and in their name. This is a public declaration, by which the Church engages her children to confess their sins and to receive, as they are obliged to do during this holy time, the sacraments of Penance and of the Eucharist.

Enter, my dear Brethren, into the views of the Church. Heartily detest all your sins : resolve to accuse yourselves sincerely and entirely of the min confession : and humbly beseech the Lord to pardon them, and to grant you the grace to commit them no more. Let your hearts be filled with such sentiments of humility as were shown by Jesus-Christ on that day, in washing his Apostles' feet, before he instituted this august mystery.

On Good-Friday, be penetrated with a very lively sorrow for the sufferings which Christ, our Saviour, deigned to endure for us, by expiring for our sins on a cross, and by shedding for our redemption the last drop of his blood.

On that day, you should assist at the sermon on the Passion, and at the whole divine service. You will adore Jesus-Christ on the Cross with sentiments of compunction, love, and gratitude; in a word, you should spend the whole of that day in prayer, meditation, and works of charity.

On Holy-Saturday, honour Our Saviour in the tomb. This mystery formerly gave such pious occupation to the faithful, that, disregarding their own comfort, they passed the day and the night in prayer, without food and without rest; because they remembered that by their Baptism, which may be called the sacrament of the death and burial of Christ, they were buried with him in the tomb, and with him they arose therefrom to a new life.

Although the Church no longer retains the custom of administering solemn Baptism to the neophytes on Holy-Saturday, she nevertheless preserves some vestiges of it, by solemnly blessing, on that day, the water used in Baptism. Assist with piety at that holy ceremony, and there renew the promises of your Baptism. New fire is also blessed, signifying the new life which we receive from Christ, whose glorious Resurrection is represented by the ever-burning paschal candle.

Next Sunday will be Easter-Sunday, the first and principal of all christian feasts and solemnities, and, in an especial manner, as the royal prophet says, *the day which the Lord hath made, and on which we ought to be glad and to rejoice* (Ps. cxvii. 24). On that day, Christ, Our Lord, victorious over death, resumed the life which he had laid down for us, and rose body and soul, triumphant and glorious from the tomb. Prepare yourselves, my Brethren, to rise again with him to resume a new life, and to die no more.

The time of the Easter Communion will finish on Low-Sunday.

---

## EASTER-SUNDAY.

*On Easter-Sunday.*

Jesus-Christ is risen again, my Brethren, and I hope that you are likewise risen with him. The Church assures us that the Man-God, who expired on the cross, who was laid in the tomb, who was bewailed during three days by holy women, has given evidence of his almighty power by breaking the chains of death, rising by his own might, destroying sin, conquering hell, humbling and confounding the Synagogue, and terrifying the soldiers. He is alive; he is no longer among the dead. His life is a life of glory; it will never end, and for us it is a fountain of holiness, and a pledge of our future resurrection. Christ died for us, that we may die to sin; he is also risen, that we may participate in his glorious life.

As Jesus-Christ rose on this day in the flesh, so also you should rise in the spirit; such is the intention of the Church by the institution of this great solemnity. But what proof can you give of your spiritual resurrection? What efforts have you made to break the chains of your bad habits, to avoid the occasion of sin, and to give us reason to hope that you will never again relapse? What change can be observed in your conduct? —Have your actions been perfect enough, or your virtues sufficiently manifest, to give us reason to hope that

20

your vicious inclinations are not only weakened, but entirely eradicated ? Deceive not yourselves, my Brethren ; fewer are converted, and rise again spiritually, than you imagine, because few men sincerely change their way of life, and reform their moral conduct.

To be certain of your spiritual resurrection, your Passover must have been a passage ; that is to say, you must have passed from the death of sin to the life of grace, from darkness to light, from vice to virtue, from worldly to heavenly desires.  You must have renounced your passions, your sinful desires, and disorderly inclinations ; you must have abandoned all that is an occasion of sin, of relapse and of scandal ; in a word, you must have been sincerely converted.  If these changes are happily effected in you, my dear Brethren, be firm and constant in the holy resolutions you have formed on these days, so that sin may no longer hold dominion over you, and that, being dead with Christ, you may live for him, in him, and by him alone, and seek, love and enjoy nothing but what appertains to Heaven.  Such should be, at this time, the object of all your prayers, and the fruit of this great solemnity.

The Church continues during the whole week to commemorate the Resurrection of Christ.

The time for the Easter Communion will end next Sunday.  We again notify you that you are obliged to confess your sins once a year, and to communicate at Easter, in order to fulfil the Commandments of the Church.  We exhort all those who have not yet performed this duty, and we enjoin them on the part of the Church, to comply therewith in the course of this week, with the necessary attention and preparation.

## LOW-SUNDAY.

*On Low-Sunday.*

This is the last day of the Easter Term. I inform you, on the part of the Church, that if any one among you has not fulfilled the precept enjoined by the Church on her children, of communicating at Easter, he should make himself worthy of it as soon as possible, by a true conversion. Let us pray for such as have not yet accomplished their Easter duty; and let us beg of God, that those who have performed it, may preserve the grace which they have received, by the holiness of their lives, and the purity of their morals, being at present like *new-born children,* " having put off the old man with his deeds, and put on the new man, who, according to God, *is created in justice and holiness of truth.*

*On Low-Sunday the Parish-Priest will also announce the following feast.*

---

## THE HOLY FAMILY.

On Sunday next, we will celebrate a feast which is peculiar to this province, that of the Holy Family of Jesus, Mary and Joseph.

On that day, place yourselves and your families under the protection of these powerful patrons. Let fathers and mothers imitate the tender solicitude and vigilant care of Mary and Joseph for the Child Jesus. Let children be subject and obedient to their parents as the Child Jesus was to Mary and Joseph. Let both parents and children mutually edify each other and fulfil all justice. Beg of God, on that feast, through the intercession of the Holy-Family, that all the families of this parish may be holy, faithful, and united in the bonds of charity and peace, and that all the persons composing those families may please the Lord, by their piety and good morals.

———

## PATRONAGE OF ST. JOSEPH.

*On the second Sunday after Easter, the Priest will make the following announcement, but when the office of the Patronage of St. Joseph is transfered, he will read it on the Sunday preceding the day to which it has been transfered.*

On Sunday [*or* N.] next, the Church celebrates the Patronage of Saint Joseph, spouse of the blessed Virgin Mary, and Foster-Father of Jesus-Christ.

This great saint being the first patron of Canada, and of the Catholic Church, the festival of his Patronage should excite, in a special manner, all our piety. Let us beg of God, on that day, to grant us his grace to imitate the eminent virtues of which St. Joseph has set us the example. Like him, let us be humble, chaste, and submissive to the divine will; let us live, as he did, in that justice which the gospel attributes to him, in order that, like him, we may die the death of the just.

Let us imitate his love, and respect, and devotion for the Holy Catholic Church; let us, if necessary, suffer for the sake of this divine mother to whom we owe the precious gift of faith. He was the happy saviour of the Son of God's life, from the cruel hands of Herod; in our days Jesus-Christ is still persecuted in his Church which is his own mystic body; let us with confidence *go to Joseph,* that he may protect us by his powerful intercession.   For it is not in vain that he has been solemny declared the Patron of the Catholic Church.

Saint Joseph is also the patron of dying christians, because he had the happiness of dying himself with the assistance of Jesus and Mary.   Let us imitate his virtues and invoke him frequently during our life-time, that we may, at the hour of our death, upon which depends our eternal happiness, have recourse to him with confidence, and experience the admirable effects of his powerful intercession.

## SAINT MARK'S DAY.

*On the Sunday before the 25th of April, or on the Sunday before the procession.*

On N. next, there will be public prayers : a solemn procession will take place, at... o'clock, and High Mass will be celebrated, to implore the divine blessing on the fruits of the earth.   At the same time, beseech the Lord, in his mercy, to remove from us the chastisement which we have deserved for our sins, and to grant us the grace to avoid committing fresh offences, as well as the grace of persevering in our spiritual resurrection.

## ✠ ST. PHILIP AND ST. JAMES.

*On the Sunday before the feast of St. Philip and St. James.*

N. next, is the feast of St. Philip and St. James, Apostles.   On that day, let us beg of God, through the intercession of these holy Apostles, the grace to imitate their virtues, and especially to practice the instructions which St. James gives us in his canonical Epistle, attending to what he says : " That the tongue is a fire " and a world of iniquity ; that the religion of those " who do not bridle their tongue, is vain ; that religion " pure and unspotted before God, consists in visiting " the fatherless and widows in their tribulations, and " in keeping one's self undefiled from this world."

Follow those instructions in your conduct, if you desire to conserve the grace of the resurrection and the fruits of the great mysteries which we have celebrated. 1st. Bridle your tongue as being the source of an infinite number of sins, by words, anger, impurity, lies, detraction, abuse, &c. 2nd. Perform good works. 3rd. Withdraw from worldly company, and from the corrupt maxims of the age.

----

## ROGATIONS AND ASCENSION.

*On the fifth Sunday after Easter.*

Monday, Tuesday and Wednesday are Rogation-days. On these days there will be public prayers and solemn processions, to beseech God to protect the fruits of the earth, and grant us all things necessary for time and eternity.

The office will begin at... o'clock. (a)

You should assist at these offices with piety and attention, and sing with the church, or recite the Litanies of the Saints.

By virtue of a special indult you are dispensed from

[a] If this procession is to go to other churches, the Priest will say :  On monday we shall go to... ; on tuesday, to... ; on wednesday, to...

the obligation of observing abstinence during the Rogation-days.

On Thursday, the Churh will celebrate the solemn feast of the ASCENSION of Our Lord Jesus-Christ.

On that day, Our Lord Jesus-Christ ascended into heaven, after having, several times, appeared to his Apostles during forty days, to confirm the certainty of his resurrection, to instruct them in the truth of the gospel, and to send them to preach it over the whole world.

He ascended into heaven : 1st. To be our advocate and mediator ; 2nd. To offer for us to God his Father, his sufferings, his prayers and his merits ; 3rd. To prepare a place for us in his heavenly kingdom.

But we shall not partake of the happiness and glory of Jesus-Christ, if we do not participate in his sufferings. It was through sufferings alone that Christ entered into his glory, and we, on the other hand, can only enter the kingdom of heaven through tribulation ; this is the common lot of christians, from which no one can plead exemption.

Ascension day is a day of obligation.

## PENTECOST.

*On the Sunday after the Ascension.*

Sunday next will be the great day of Pentecost, on which the Holy-Ghost, the third person of the Holy-Trinity, descended in the form of fiery tongues upon the Apostles and disciples.

It was on that day, that the Church was first established, and that the Apostles, filled with the Holy-

Ghost, began openly to preach the gospel. It is a day consecrated by the Church to the adoration of the Holy-Ghost, and also to the acknowledging of the wonderful effects which he produces in our souls.

Let us, during the week, imitate the blessed Virgin and the Apostles. Let us prepare ourselves to receive the Holy-Ghost, by retirement from the world, by practising prayer, silence, humility, and good works, by a good and sincere confession, and above all, by a sincere avowal of our need of the Holy-Ghost. Let us acknowledge, that, by the aid of his grace, we can do every thing; but that, without it, we can do nothing for our salvation. Let us fervently invoke him to come and dwell in our hearts: and then let us do our best to follow his holy inspirations, lest we should grieve and extinguish him.

Saturday, the eve of that feast, will be a fast day. On that day, the Church will solemny perform the ceremony of blessing the water used for Baptism. Assist at that holy ceremony, as well as at the Mass which follows, with piety and devotion; begging of God, that you may be cleansed and purified from sin, in order to receive on the morrow, the Holy-Ghost, who communicates himself to none but such as are pure of heart, humble, and disengaged from the world.

The office, on Saturday, will begin at... o'clock.

---

## PENTECOST.

*On Whit-Sunday.*

I hope it may, this day, be said of all the persons who compose this parish, as it was formerly said of the

Apostles. " They have been all filled with the Holy-Ghost."—*Repleti sunt omnes Spiritu Sancto.*

Let your hearts be disengaged from a worldly spirit in order that they may receive, and preserve the Holy-Ghost with all his gifts and graces. Discover all your spiritual wants to this divine Comforter, in order that you may feel the effects of his abode in your souls; savour the delights of God's service, and experience the sweetness of his law even in the midst of crosses and adversities. Beg of him with the Church, to grant you his seven-fold gifts : wisdom, understanding, counsel, fortitude, knowledge, godliness and the fear of the Lord.

Above all, beseech him to grant you the spirit of godliness, that you may love God with your whole heart, and serve him with zeal ; the spirit of fortitude, that you may resist the devil, the world, and the flesh ; the spirit of the fear of the Lord, that you may live continually in a holy fear of offending and displeasing him.

Wednesday, Friday, and Saturday, will be the fast of the Ember-days, instituted in order to, &c. *Page* 269.

Sunday next is the day consecrated to the BLESSED TRINITY.

Though the Church continually commemorates the mystery of the Holy-Trinity, and incessantly adores one God in three persons ; nevertheless, she devotes this day in a more particular manner to the Holy-Trinity, in order that her children may publicly profess their faith in this great mystery.

On Sunday next, my Brethren, we shall make a solemn and public profession of our belief in this mystery and renew the promises which we made, when we were baptised in the name of the Father, and of the Son, and of the Holy-Ghost. Prepare yourselves, during this week for the renewal of your baptismal promises.

----

## TRINITY SUNDAY.

*On Trinity Sunday.*

On this day, my Brethren, the Church celebrates the mystery of the Most Holy Trinity, one only God, in three distinct persons, Father, Son, and Holy Ghost. This mystery, after having been the object of our adoration during life, will be the eternal object of our contemplation in heaven. The Church, in all her offices, adores the Holy Trinity, and has consecrated every Sunday and every day of the year, to that purpose; but, on this day, she celebrates the feast of this holy mystery in a particular manner; and if she does not solemnize it with all the pomp which she usually displays in other feasts, it is because she leaves the great solemnization of it for heaven. In order to enter into the spirit of the Church, let us subject our reason to all that she believes and teaches, concerning the Blessed Trinity. Let us make a public profession of our faith in this mystery. Let us renew the consecration made of our souls and bodies in Baptism, to one God in three persons. Let us ratify the promise which we then made, and return thanks to God for having made us christians and catholics.

For this purpose, let each of you repeat the act of renewal, which I am going to pronounce in the name of all.

*The clergy and people will kneel down and the parish-
priest, vested with a white stole, and having a lighted
taper in his hand, will say :*

" I thank thee, O God, for having made me a chris-
" tian, a catholic, one of thy children, a disciple of
" Jesus-Christ, and a member of thy Church.

" Alas ! my life has not been in conformity with such
" high qualities. I have often sinned, and I have
" greatly offended thee. I beg pardon of thee, O God,
" and I now promise to love and serve thee during the
" remainder of my life.

" For this purpose, I now solemnly ratify and re-
" new before thee, the promises which I made at my
" Baptism.

" I renounce Satan ; I renounce his pomps, that is to
" say, the maxims and vanities of the world.

" I renounce the works of Satan, and all sin.

" I believe in God the Father Almighty, Creator of
" heaven and earth.

" I believe in Jesus-Christ, his only Son, our Lord,
" who was born, who suffered, and who died for us.

" I believe in the Holy-Ghost, the holy catholic
" Church, the communion of saints, the remission of
" sins, the resurrection of the body, and the life ever-
" lasting.

" I believe all these articles, O my God, and all other
" articles of faith believed and taught by thy Church,
" to which thou hast revealed them.

" I vow, and promise to live and die in the faith and
" bosom of thy Church. I pledge myself to the obser-
" vance of thy commandments. I love, and will love
" thee with my whole heart, with my whole soul, with
" my whole mind, and with all my strength. I love,

" and will love my neighbour as myself, for the love of
" thee.

" Grant me thy grace and blessing, O my God, that
" I may be enabled to keep these promises."

*All being seated, the priest, after having laid aside the
stole and taper, will say :*

On Thursday next, the Church will celebrate, the
feast of CORPUS-CHRISTI, that it to say, the feast
of the body of Jesus-Christ, really present in the Blessed Sacrament of the Eucharist.

Holy-Thursday is the day on which Our Lord Jesus-
Christ instituted the Sacrament of the Eucharist, and
gave to his Apostles his body for food, and his blood
for drink, under the forms of bread and wine ; and
communicated to them the power of changing, as he
himself did, the bread and wine into his body and blood,
saying to them : " Do this in remembrance of me."

Nevertheless, as that day is the eve of the Passion
and death of Jesus-Christ, and as the Church, filled
with the grief which those sorrowful mysteries excite,
could not celebrate the institution of the Eucharist,
with the joy which it should produce, she has set apart
another day to solemnize the memory thereof with
greater pomp, and has consecrated an entire octave, to
commemorate it in a particular manner.

The Church celebrates this feast, as the triumph of
Christ over impiety and heresy. She considers the
presence of Christ in the Eucharist, as the abridgement
of his wonders, the master-piece of his power, and the
consummation of all his mysteries. It is the sacrifice
and the victim of the new alliance, and the reality
prefigured by the shadows of the Old Testament. It is
the prodigy of the goodness of God, the sign of his love

for mankind, and the symbol of the union and charity which ever should exist amongst all those who have the happiness to partake thereof.

The Church requires her children, during this solemn octave :

1st. To make an open profession of believing and acknowledging · Jesus-Christ, to be really and truly present under the appearances of bread and wine ; and to subject their faith to what she teaches concerning this mystery ;

2nd. To enter the Church in order to pay him their respect and homage on these days, adoring him in spirit and in truth ; and to assist at the offices, processions, and exposition of the Blessed Sacrament, with recollection and piety ;

3rd. To receive Jesus-Christ in the Eucharist, with sentiments of ardent love and lively gratitude ; since our divine Saviour invites them himself to receive his body and blood, declaring that, if they do not eat his flesh and drink his blood, they shall not have life in them ; and assuring them that his flesh is meat indeed, and that his blood is drink indeed ;

4th. To offer themselves in sacrifice with the priest at the Holy Mass, hearing it piously and religiously, as adorers and victims with Jesus-Christ.

Thursday is a feast of obligation. (a)

[a] The Parish-Priest will also announce to day, if necessary, by what streets or roads the procession will have to pass on sunday next, and where the stations will be. He will also give such directions as he shall think proper, for the decoration of houses and streets.

———

## CORPUS-CHRISTI.

*On Corpus-Christi.*

To-day, after High Mass, a procession will take place in the church, (and the Blessed Sacrament will remain exposed to your adoration till after evening service).

On Sunday next, if the weather permit, the solemn Procession of the Blessed Sacrament will take place after High Mass.

Assist at this august ceremony with great devotion and respect; and not as at a profane show. Let not vanity or curiosity appear in your exterior; allow nothing to distract your attention during so pious a solemnity. You should, on the contrary, endeavour to make a public reparation to Jesus-Christ, for all the sins committed against him, by sacrilegious communions, by immodesty in the Church, and by irreverence at the Holy Mass.

Beg of Christ to sanctify every place through which he passes, and to bless the inhabitants thereof, that his grace may abide in all those who have the happiness to accompany him in the procession.

During the ceremony, let your minds be employed in meditating on Our Lord Jesus-Christ, on his love, and on all he has undergone for your sake.

Let the places where the procession reposes, bring to your recollection the different stations at which our divine Saviour stopped during his passion. Above all, recollect the manger of Bethlehem, where he began the great work of our salvation, and Mount Calvary, where he consummated it. There it was that he gave the most striking proofs of his love for you.

In order to express your gratitude to him, accompany

him during the procession with sentiments of tenderness and love, walking in respectful silence, and with piety and modesty.

During the octave of *Corpus-Christi*, the Blessed Sacrament will be daily exposed in this Church, at the Mass which will be celebrated at... o'clock. And there will be Benediction every evening at... o'clock. Assist, my Brethren, at these pious exercises, as far as your occupations will permit.

———

## SUNDAY WITHIN THE OCTAVE OF CORPUS-CHRISTI.

*On the Sunday which falls in the octave of Corpus-Christi, should the weather allow the procession to take place.*

The solemn procession of the Blessed Sacrament will take place after High-Mass.

It is not sufficient, my Brethren, to accompany the Blessed Sacrament in this august ceremony, during the whole time that it lasts ; you should also have present to your minds the great mystery which it purposes to honour. On this day, Jesus-Christ triumphs in the Sacrament of the Altar, and, on this day, you also ought to make a public profession of your belief in the truth of his real presence in the Eucharist, and pay him your most profound adorations.

On Friday next the Church celebrates the feast of the SACRED HEART OF JESUS ; let us on that day endeavour to express the love which we owe to our Divine Saviour, for the love with which his heart was burning for us.

On Sunday next after mass a solemn procession will be made, after which will be renewed our consecration to the Sacred Heart of Jesus. Let us prepare ourselves during this week by frequent acts of charity to become more and more intimately united with this Divine Heart.

---

## THE SACRED HEART OF JESUS.

*On the Sunday after the Octave of Corpus-Christi.*

As the Heart of Jesus has been the sanctuary and the first spring of his love for men, it is proper and supremely just that it should receive a special worship. Accordingly has it been, in all ages, the object of the love, of the adoration and of the confidence of the disciples of Jesus-Christ. It is the focus and symbol of that tender, compassionate and generous love which has performed such great things in our behalf, *for scarce for a just man will one die... but the love of God for us has broken forth by the death of Jesus-Christ, who hath justified us by his blood, when we were His enemies.* (Rom. V. 7.) In that divine heart has been formed the design of our salvation ; that heart is the tabernacle of the *new alliance* which has reconciled the earth to heaven ; it is the *altar of incense and of holocaust*, where the eternal Pontiff has offered, and continues to offer, *for a savour of sweetness*, the sacrifice of His death ; and on which burns the fire of a *charity which shall never be quenched ;* it is *the table of gold*, on which Jesus-Christ has prepared the divine food of his body to feed our souls ; it is that *Saviour's fountain*, from which we are invited *to come and draw with joy the blessings of salvation.* (Isaiah, XII. 3.)

Accordingly, the servant of God, the venerable Margaret Mary, speaking of the devotion to the Sacred Heart of Jesus, said these words which we repeat to you with confidence : " I know not of any devotion " more fitted to raise up a soul, in a short time, to the " highest sanctity, and to fill it with the true sweetness " attached to the service of God : Yes, I confidently " assert that if it were known how pleasing to Jesus- " Christ is this devotion, not a christian but would " hasten to practise it. Persons consecrated to God find " therein an infallible means to preserve, to increase " their fervour, and to recover it, when they have unhap- " pily lost it. Persons of the world find therein all the " assistance they need in their station in life, peace in " their family, relief in their labors, and the blessings " of Heaven in all their undertakings. Ah! how easily " he dies who has been constantly devout to the Heart " of his Supreme Judge!" (*Pastoral Letter of the Fathers of the 5th Provincial Council of Quebec.*)

In order to comply with the prescription of the Fathers of the fifth Council of Quebec, we shall, on to-day, renew the public and solemn consecration of this parish to the Sacred Heart of Jesus. After mass, shall take place a procession of the Blessed Sacrament, which shall be followed by this consecration. Join, with heart and soul, the formula which shall be pronounced in the name of all the parishioners. (a)

(*The priest who shall read the following formula, shall bear the stole, and shall hold a lighted taper in his hand.*

[a] During this procession the choir sings one or more of the hymns of the Sacred Heart.

*Where, besides the officiating priest, there is another priest, the latter ascends the pulpit to read the formula, the officiating priest always remaining at the foot of the altar.)*

---

### CONSECRATION TO THE SACRED HEART OF JESUS.

O Sacred and most loving Heart of Jesus ! Draw us to Thee, that we may love Thee with all our hearts, with all our souls and with all our strength.    By Thee may we have access *to the throne of grace, that we may obtain mercy and find grace in seasonable aid.*    (Hebr. IV. 16.) Thou hast loved us with an eternal love ; an immense charity urged Thee in the manger, during Thy life, at the last supper and upon the cross ; now that Thou hast returned to Thy Father, Thou livest to intercede for the sheep which Thou hast redeemed with Thy precious blood.    Have mercy on us : consider not our sins, but the faith of Thy Church, and vouchsafe, according to Thy will, to maintain her in peace and unity.    We beseech Thee not to abandon us in our difficulties and troubles ; have mercy on our Pontiff, Thy servant ; save him, give him life, make him happy, and deliver him not to the power of his enemies.    We devote and consecrate ourselves to Thee, with all those that depend on us, that Thou mayest be our salvation, our life and our resurrection ; that by Thee the just may increase in justice and persevere even to the end ; that sinners may be converted ; that tepid souls may burn with love for thee ; that every evil may disappear, and that every blessing may be granted to us.    May our faith be lively, our hope firm, our charity perfect, that, at the end of our lives, we may receive, with Thy saints, a crown of unfading glory ! Amen !

# ST. JOHN THE BAPTIST.

*On the Sunday before the solemnity or the feast of St. John the Baptist.*

Sunday next, we will celebrate the solemnity [*or* the feast] of the birth of Saint John the Baptist.

The day of the death of other saints is celebrated by the Church, as being that of their heavenly birth ; but she celebrates the birth of St. John the Baptist, because he was sanctified from his mother's womb. He was the new Elias, the Precursor of Jesus-Christ, a martyr, a prophet, and more than a prophet.

According to the testimony of Christ, Saint John was the greatest of the sons of men. Every thing relating to him is great and wonderful ; his conception, his birth, his humility, his penitent life, his boldness in speaking the truth and proclaiming the greatness of Jesus-Christ, the praises which he received from the Son of God, his imprisonment, and his death.

It is our duty to imitate his mortified and penitent life, and, like him, to confess the faith of Jesus-Christ, even at the peril of our life, and to bear witness of him and his gospel upon all occasions, remembering that Jesus-Christ will be ashamed before his Father of those who shall have been ashamed of him, and of the precepts of the gospel.

Beg of God to grant you the spirit of St. John. Prepare ways worthy of Jesus-Christ, that you may be able to walk, during the whole of your life in justice and in holiness.

## ST. PETER AND ST. PAUL.

(a) *On the Sunday before the* 29th *of June :*

N. next, the Church celebrates the festival of St. Peter and St. Paul.—It is a holy-day of obligation.

St. Peter was the chief of the Apostles, and the head of the whole Church ; St. Paul was the Apostle of the Gentiles.

Let us beg of God, by their intercession, to strengthen us in the faith of the holy catholic Church, which was founded by Jesus-Christ, its divine author, upon the immoveable basis of truth, as we may learn from these words which he addressed to St. Peter, saying. " Thou art Peter, and upon this rock I will build my Church, and the gates of hell shall not prevail against it."

Let us also beg of God that we may be subject to our holy Father the Pope; the successor of St. Peter, and the heir of his supremacy over the pastors and children of the Church ; and that we may ever yield due obedience and respect to our Archbishop [*or* Bishop], and to all Pastors having the care of souls.

St. Peter is the model of a sincere penitent ; during the remainder of his life, he has bewailed the sin he had committed in denying his divine master. St. Paul, by his constant zeal and his ardent charity, shows us how we are to love God and our neighbour.

By their example, learn likewise to make your faith fruitful by good works, and to suffer with constancy, for Jesus-Christ, all that you may have to endure from the world.

You should read their Epistles, which are precious

(a) When this feast falls on monday, the fast of the Vigil must be announced for the preceding saturday.

relics, containing remedies for all our spiritual diseases ; and constantly practise the salutary instructions, which are bequeathed to us in these inspired writings.

Let us offer our prayers to God for our holy Father the Pope, and for all who govern the Church, that he may give them a spirit of wisdom, of prudence, and of strength to conduct us in the way of Heaven, and grace to enable them to obtain eternal happiness.

[N...... being the eve of this feast, will be a fast of obligation.]

---

## (a) THE DEDICATION.

*On the first Sunday in July.*

On Sunday next, will be celebrated the feast of the Dedication of the metropolitan [*or* cathedral] church, and of all other churches of this diocese.

By a signal favour, God has chosen this temple, that he may take up his abode in the midst of you, behold your wants, and listen to your prayers. Come then to this holy place, to pay him your respectful adorations, and to hear his holy word with attention. Never profane it by irreverence, by disrespectful demeanour, by inattentive or curious looks. Beware lest his anger fall upon you, for your frequent profanation of his holy house, and beg pardon of him for all the faults that you have committed before his Altars.

Beg pardon of him, at the same time, for having profaned by sin, the spiritual temple which he has built in you by his grace. Remember that *you are the*

[a] This announcement is to be made only in such dioceses as have this office. See the calendar of your diocese.

*temples of the living God*, who has chosen your souls and bodies to establish his abode therein. Return him thanks for the consecration of your persons by Baptism, and resolve to respect and treat your bodies *as the temples of the Holy-Ghost*, and to do nothing that may profane them ; for if any man *violate the temple of God, him shall God destroy.*

---

## ✠ ST. JAMES THE GREAT. (25th July.)

*On the Sunday before the feast of St. James the Great, Apostle.*

On N. next, we will celebrate the feast of St. James, Apostle.

Let us beg of God the grace to preserve in ourselves the faith which was preached to us by the holy Apostles, and to live according to its light. But, let us take care not to extinguish that light in ourselves, by a conduct opposed to the holy rules which the Apostles have traced for us in their preaching and examples. Let us remember that faith will be dead in us, if our actions are not conformable to it, and if we do not live according to its maxims. Let us participate in the sufferings of Jesus-Christ, and, like St. James, let us drink of his chalice, if we desire to enjoy a portion of the glory of that Apostle, in the Kingdom of God.

---

## ✠ ST. ANN. (26th July.)

*On the Sunday before the feast of Saint Ann.*

N. next, we will celebrate the feast of St. Ann, the mother of the Blessed Virgin Mary.

Let us honour this great Saint who has given life to Mary, a mother to Christ, a queen to the Angels, a protectress to the just, a refuge to the sinners, a comforter to the afflicted, and to the whole mankind a mother full of mercy. She causes repentance to be granted to sinners, perseverance to the just, health to the infirm, liberty to prisoners, and to all the grace and mercy of God. Let us then have recourse with confidence to her intercession and be assured that by so doing, we make ourselves most agreable to Jesus and Mary.

Let us beg of this great saint to obtain for us the grace we stand in need of, to enable us to live holily in our state, and faithfully to fulfil all our duties.

Parents should beg the grace to bring up their children well, and to give them a pious and christian education ; and especially, to excite them to, and instruct them in the practice of virtue, by their good examples, and by the regularity of their conduct.

---

## ✠ ST. LAWRENCE. (10th August.)

*On the Sunday before the feast of St. Lawrence.*

N. next, we will celebrate the feast of St. Lawrence, Deacon and Martyr.

This saint was full of the love of God and of charity for the poor. His ardent love for God made him despise the most cruel torments of his executioners ; and his charity induced him to strip himself of all his wealth in behalf of the poor, to whom he gave all he possessed.

Let us, after the example of this great saint, testify our love for God, by suffering for him whatever the world inflicts upon us, and let us liberally distribute to

the poor our riches, the administration of which God
has confided to us during our life.

----

## ASSUMPTION. (*15th August.*)

*On the Sunday before the feast or the solemnity of the
Assumption of the Blessed Virgin Mary.*

On Sunday next, we will celebrate the feast (*or* the
solemnity) of the Assumption of the Blessed Virgin
Mary, and of her coronation in heaven. It is the most
solemn of all the feasts in honour of the Mother of God,
and the only one on the eve of which we are obliged to
fast. Although the Blessed Virgin underwent the
sentence of death pronounced against all men, and from
which Jesus-Christ, her son, did not exempt himself ;
and although her soul was separated from her body ;
nevertheless her body did not suffer the corruption of
death. Her tomb was glorious, and death could not
retain in its bonds the mother of him who is the resurrection and the life ; she very soon rose to a new life.
Having been distinguished, during her life, by the
double privilege of divine maternity, and of the most
inviolate virginity, after her death she was taken up
into heaven, where she is raised to a degree of glory,
the highest and the most conformable to so eminent a
dignity. Such is the greatness and the elevation with
which Jesus-Christ, on this most solemn day, honours
his Blessed Mother, who is also our mother. On this
festival, let us renew all our sentiments of piety, and of
confidence in her ; and let us beg of her to be our protectress, and to obtain for us the grace of a holy life,
and of a death precious in the sight of the Lord.

Next Saturday, being the eve of this feast, (*or* solemnity) will be a fast of obligation.

---

## ✠ ST. BARTHOLOMEW. (*24th August.*)

*On the Sunday before the feast of Saint Bartholomew, Apostle.*

On N. next, the Church celebrates the feast of St. Bartholomew, Apostle.

Beseech God, on that day, to enable you by his grace to have a share in the glory of the saints. But remember that you will never partake thereof, unless your life be conformable to that of the saints, by penance, mortification, and suffering. This is the only way that leads to Heaven. All must necessarily bear the cross of Christ.

---

## (a) ✠ SAINT LEWIS. (*25th August.*)

*On the Sunday before the feast of Saint Lewis.*

N. next, we will celebrate the feast of St. Lewis, King of France, (and the second Titulary of the metropolitan church).

Let us address this great Saint, as a powerful protector, and above all, let us endeavour to imitate the virtues which he practised, even amidst the delights of a court. Like him, fear sin above all things, renouncing impiety and voluptuousness, imitating his sobriety and justice, his charity to the poor, and his perfect submission to the will of God, in the midst of trials and adversities.

[a] This is to be announced in the archdiocese of Quebec only.

# NATIVITY OF THE B. VIRGIN MARY.

## (8th September.)

*On the Sunday before the solemnity or the feast of the Nativity of the Blessed Virgin Mary.*

We will celebrate, on Sunday next, the solemnity (*or* the feast) of the Nativity of the Blessed Virgin Mary.

The Church celebrates only the Nativity of Jesus-Christ, that of the Blessed Virgin Mary, and that of St. John the Baptist.

The birth of the saints, is their entrance into Heaven. The birth of the Blessed Virgin Mary in this world was quite holy. The Mother of God was conceived without sin, and born full of grace.

Let us beg of her to obtain for us the grace of preserving the holiness of our regeneration or spiritual birth in Jesus-Christ.

---

# EMBER-DAYS.

*On the Sunday before the Ember-days of September.*

Wednesday, Friday and Saturday, will be the fast of the Ember-days, &c., *see page* 269.

---

# ✠ ST. MATTHEW.

*On the Sunday before the feast of Saint Matthew.*

N. next, we will celebrate the feast of St. Matthew, Apostle and Evangelist. *Apostle* signifies *sent*, that is to say, sent by Jesus-Christ, to preach the gospel ; *Evangelist* signifies a writer of the gospel. This Saint was the first of the sacred writers who by, the inspiration of the Holy-Ghost, wrote about the life and doctrine of Jesus-Christ.

Let us profit by what St. Matthew wrote in his gospel; let us often read and meditate it, and practise what it contains.

This saint was sanctified by leaving his employment; we are obliged to quit every thing to follow Jesus-Christ. He who does not sincerely renounce what he possesses, is not worthy of him.

There are some employments which cannot be followed without sin. We must leave them, and every thing that induces to sin, even our parents, if necessary. " If " your eye, your foot, or your hand scandalize you, " says Jesus-Christ, pluck it out, cut it off, and cast it " from thee." (*Matth* XVIII. 8.)

---

## ST. MICHAEL.

*On the Sunday before the solemnity or the feast of St. Michael, the Archangel.*

On Sunday next, we will celebrate the solemnity (*or* the feast) of St. Michael, the Archangel, and of the other holy Angels.

Let us thank God for having given us those blessed Spirits to lead and protect us in all our ways. Let us beseech him to grant us his grace to follow their inspirations, respect their presence, and imitate their purity and promptitude in accomplishing the will of God in all things. Let us, after their example, be ever attentive to his holy presence.

---

## HOLY ROSARY.

*On the last Sunday in September.*

On Sunday next, the Church will celebrate the solemnity of the Holy Rosary.

Conformably to the practice authorized by the Church, let us make it our duty frequently to repeat the Salutation addressed by the Angel to that Virgin, Blessed amongst all women, whom the Lord always honoured with his presence and his grace, and through whom we have received Jesus, the author and fountain-head of every grace and blessing. Let us openly acknowledge, in Mary, her sublime dignity of Mother of God ; and as such, let us beg of her to obtain from him, during life, a part of that fulness of grace which she received ; and, at the hour of death, the eternal felicity which she enjoys in Heaven.

---

## ✠ ST. SIMON AND ST. JUDE.

*On the Sunday before the feast of St. Simon and St. Jude.*

On N. next, the Church celebrates the feast of the Apostles St. Simon and St. Jude.

In the celebration of this feast, the Church intends to recall to our remembrance what the holy Apostles and their successors undertook to impart to us, namely : the knowledge of the true God and of the gospel. Let us pray that their labours may not be useles to us, and that, after having been enlightened with the precious gift of faith, we may walk according to its light alone, and not according to the false and damnable maxims of a corrupt world, remembering that Jesus-Christ has not called himself the *custom*, but the *truth*.

----

## (a) ALL SAINTS-DAY.

*On the Sunday before the first of November.*

On N. next, the Church celebrates the feast of All-Saints, which is a feast of obligation, and one of the most solemn in the year.

The Church celebrates it :

1st. To honour all the Saints, on the same day, and to make reparation for the faults committed on the festival days of the Saints;

2nd. To teach us, that we also are all called to be Saints, and that our sanctification depends on our correspondence to grace.

On that day, you should contemplate the glory which the Blessed enjoy in Heaven, and say : " The same " glory is prepared for me ; but on condition that I " live, like them, in holiness, in justice, and in the " practice of penance ; for, nothing defiled shall enter " the heavenly Jerusalem." We cannot be glorified with the Saints, unless we lead the life of the Saints.

Let us beg the Saints to be our intercessors and protectors with God.

During this octave, let us meditate on the eight Beatitudes, as the ways that lead to the kingdom of Heaven.

1st. Blessed are the poor in spirit, for theirs is the kingdom of Heaven.

[a] When this feast falls on a monday, the fast of the Vigil must be announced for the preceding saturday.

2nd. Blessed are the meek, for they shall possess the land.

3rd. Blessed are they that mourn, for they shall be comforted.

4th. Blessed are they that hunger and thirst after righteousness, for they shall be filled.

5th. Blessed are the merciful, for they shall obtain mercy.

6th. Blessed are the clean of heart, for they shall see God.

7th. Blessed are the peace-makers, for they shall be called the children of God.

8th. Blessed are they that suffer persecution for justice sake, for theirs is the kingdom of Heaven.

(N. next, being the eve of All-Saints, is a fast of obligation.)

On the day after All-Saints, the Church will make the Commemoration of the dead... &c. *See the following formula.*

*Should All-Saints day fall on a Saturday or Sunday, the Commemoration of the dead takes place on the following Monday ; and the said Commemoration is to be announced on the Sunday immediately preceding that Monday.*

*If a plenary indulgence has been granted to this parish for All Saints day, All Souls day and the Sunday during the octave, the Priest will say :*

On All Saints day, on All Souls day and on the sunday during the octave, a plenary indulgence applicable to the souls of Purgatory, is granted in favour of such as having confessed and received communion, shall visit this church and pray therein according to the intention of the Sovereign Pontiff.

## ALL SOULS DAY.

On N. next, (*or* to-morrow *if this Notice is to be read on the eve*), the Church will make the Commemoration of the dead, who, though having departed this life in a state of grace, have not made full atonement to the justice of God. That is to say, she will offer up prayers for all the faithful departed.

On that day, remember to offer for them prayers, alms-deeds, and especially the holy sacrifice of the Mass.

The souls of your friends and relatives cry to you from their abode of suffering : " *Take pity on us, you at least who are our friends, take pity on us !* " (Job. XIX. 21). Be you then, Brethren, mindful of their situation, that you may be moved to procure for them the assistance they must expect from your affection and your piety. You should, on this day, enter the burying-ground, and there seriously reflect on the shortness of life, the certainty of death, and the vanity of all worldly things. The bones of the dead around you will excite you to think of the day when yourselves must sink into the grave, and inspire you with the resolution of preparing for your last hour by mortification, penance and good works.

---

## ✠ ST. ANDREW.

*On the Sunday before the feast of Saint Andrew, Apostle.*

N. next, the Church celebrates the feast of St. Andrew, Apostle.

This saint was a true disciple of Jesus-Christ, and he

perfectly imitated him during his life, by his conduct, and during his death, by the kind of torment he endured.

The words which he is said to have spoken, when he saw the cross prepared for him, should be in the mouth of all christians, when they are labouring under any grief or affliction. If they are filled with the spirit of Christianity, they will say with Saint Andrew : *O good cross ! O cross which I have so long desired ! O cross which I have always loved ! At last I have found thee !*

Such ought to be our sentiments in the contradictions and adversities which we meet with. For Jesus-Christ, in the Gospel, declares that we cannot be his disciples unless we glory in *bearing our cross after him.* (Luke XIV. 27.)

---

## OBLIGATION AND MANNER OF MAKING AN ANNUAL VISITATION OF THE PARISH.

*See page* 115.

---

### -FORMULA OF THE ANNUAL REPORT

*Which Parish-Priests and Missionnaires are obliged to make to their Bishop, by the XVth decree of the first Council of Quebec.*

*See page* 119.

# EPISCOPAL VISITATION.

The visitation of parishes which the bishops make through their dioceses, agreeably to the spirit of the holy Council of Trent (*sess.* 24, *ch.* 3, *de reform.*), is one of the most necessary and important functions of the ministry with which they are intrusted. The clergy will, therefore, most zealously impress the people with the highest idea of its importance, and let them know that the Bishops, in visiting them, come in the name of Jesus-Christ, and that their visit should be regarded as a sequel of the mission of this divine Saviour for the sanctification of their souls.

As soon as the parish-priests shall have received the pastoral letter which announces the episcopal visitation, they will publish it at prone, and invite their parishioners to assist with zeal and piety at the exercises which will take place during that visitation. They will exhort them not to absent themselves from the parish during these days of salvation, on which the Lord in his mercy is to visit them.

They will be careful to prepare, by previous solid instructions, such persons as are getting ready to receive Confirmation.

### REPORT AND REGISTERS TO BE PREPARED.

Some days before the visit, they will prepare the registers of Baptisms, Marriages and Burials, a catalogue of obits and foundation-masses of their church, and, if there be any confraternities, the titles by virtue of which they were established.

They will draw up a memorial according to the formula given above in page 119.

22

### VARIOUS THINGS TO BE PREPARED.

They will also prepare the *day book* of receipts and expenses, the register of the *fabric* and take care that all the church Wardens have rendered their accounts in due form.

Some days before the visit, the church and the sacristy must be carefully cleansed. On the eve, the altars, &c., will be ornamented as for the greatest solemnities, and on the evening and the following morning, the bells must be rung as on the days of great feast.

In the sacristy or in any other part of the church, will be ranged in order, on a table, the ornaments, linens, books and other things destined for divine service, so that the bishop may inspect and count them with facility.

The baptismal font, the sacred vessels, those containing the blessed oils, the sacred relics, with the testimonials of their authenticity, must likewise be prepared for inspection.

On the day of the visit, are placed in the middle of the choir, before the high altar, a praying-desk covered with a carpet, and a cushion ; on the altar, the missal, opened at the place where is the orison of the church-patron, a bursa with a corporal, and a white stole for the priest who will take the blessed Sacrament out of the tabernacle.

On the epistle-side, must be placed a throne or at least an arm-chair, with a canopy, for the bishop, and seats for the ecclesiastics who accompany him.

In the sacristy, are prepared the censer with the navicula, the holy water vase with an aspersory, the processional cross and the candlesticks for the acolytes.

The amict, alb and cope of which the bishop is to make use, some surplices and amicts, albs and dalmatics for his assistants, must have been carried to the *presbytère*, at the entrance of which there will be a carpet and a cushion. When it is the first visit of the diocesan bishop, a canopy is prepared to be carried over his head by the church-wardens. On the preceding Sunday, the Parish-Priest will announce the probable hour of the Bishop's arrival, and give such advises as he shall deem necessary. He will also read such announcements as shall have been prescribed by the Bishop.

## ORDER OF THE VISITATION.

At the first notice of the bishop's entrance into the parish, the bells will ring until his arrival at the *presbytère.*

While the bishop is putting on his pontifical vestments, the parish-priest, vested with a surplice and a white cope, without a stole, holding a crucifix in his hands, and preceded by all the clergy, will proceed to the door of the *presbytère* in the following order.

The thuriferary, carrying the censer and the navicula, walks in front, having at his left a clerk bearing the holy water vase with the aspersory in it. Another clerk, carrying the processional cross, follows between two acolytes with lighted tapers ; then all the clergy, two by two, those of the lowest rank first, and the parish-priest [followed by the church-wardens who carry the canopy, if it be the first visitation made by the diocesan Bishop.]

When the clergy is arrived at some distance from the

*presbytère*, the clerk who carries the holy water vase, the thuriferary, the cross-bearer and the acolytes stop and retire to the right side. All the others station themselves in two straight lines, so that the highest in dignity may be placed nearest the door of the *presbytère*. (They who carry the canopy come near to the place where the carpet and the cushion have been prepared for the Bishop.)

The prelate having left the *presbytère*, and having knelt down on the cushion, the parish-priest, standing erect, presents the crucifix to him, without previously bowing, through respect for the crucifix which he holds in his hands. The bishop kisses the crucifix and rises. The parish-priest having handed the crucifix to one of the assistants, bows profoundly before the prelate, and after the clergy have all saluted the prelate by a semi-genuflexion, and the people have received the benediction on their knees, the procession proceeds to the church in the same order in which it left. The prelate walks (under the canopy), immediately (a) preceded by the parish-priest and followed by the clerks who carry the book, the candlestick, the mitre and the crosier, having on both sides, a little behind, his two assistants in dalmatics or surplices.

At the departure of the procession, the choristers will sing the following anthem, as noted in the Processional or Gradual : Ant. *Sacerdos et Pontifex......* or the following response : *Ecce sacerdos magnus, etc.*

If the road is long, they may add the hymn *Veni, Creator,* &c., or other hymns. If it be the first visita-

[a] In the Archdiocese of Quebec, the parish-priest walks before the Archiepiscopal cross, which is carried immediately before the Archbishop, by a clerk in surplice.

tion made by the diocesan bishop, the *Te Deum* is sung after the *anthem* or *response*.

Whilst the procession is on its way, all the tapers on the high altar are lit. On its arrival at the church door, the thuriferary and the clerk who carries the holy water vase stop inside ; the cross bearer and the acolytes proceed until the bishop's master of ceremonies, gives the signal for stopping. The rest of the clergy stop also, and turn towards the bishop, continuing the singing of the response, or the hymn which may have been added to it.

The prelate having entered the church, the parish-priest approaches him, between the two clerks who carry the censer and the holy water vase ; and having received the aspersory, he profoundly bows before the bishop, kisses the handle of the aspersory, and presents it to him, kissing his hand or his ring. The bishop leaves the crosier, receives the aspersory, takes holy water, and sprinkles the parish-priest, the clergy and the people. He then returns the aspersory to the parish-priest, who makes again a profound inclination, kisses his hand and the handle of the aspersory which he returns to the clerk who carries the holy water vase. Then the parish-priest, having received the navicula from the thuriferary, makes a profound inclination to the prelate, and with the same ceremonies, presents to him the spoon for the benediction of the incense, saying, with a small inclination : *Benedicite, pater reverendissime.* Then the thuriferary kneels down with the master of ceremonies, and presents the censer open to the bishop, who puts incense into it, blesses it, and takes the crosier. The parish-priest incenses the prelate thrice, making a profound bow before and after the censing. The thuriferary and the clerk who carries the holy water vase, go to take their former place in front of the procession, which again proceeds towards the high altar.

The procession having arrived in the choir, the thuriferary and the clerk who bears the holy water vase carry the censer and the holy water vase into the sacristy. The clerk who carries the cross lays it down near the altar on the epistle side, to take it again at the time appointed, and the acolytes put their candlesticks on the *credence,* and station themselves near it with the cross bearer. The clergy place themselves on each side of the choir, continuing to sing the above mentioned anthem, or hymn, or *Te Deum,* should it be not concluded. The bishop having arrived at the foot of the altar, leaves the mitre and the crosier, kneels down on a praying-desk, which must have been there prepared, and makes his prayer; having near him his two assistants, and behind him, on the same line, the master of ceremonies, the clerks who carry the book, the candlestick, the mitre and the crosier. All the clergy likewise kneel down (a). The parish-priest kneels also at the foot of the altar, on the epistle side, so that he may have the altar on his right, and be turned towards the bishop. When the anthem *Sacerdos,* or *Te Deum, &c.,* is concluded, the parish-priest rises, and, remaining erect, uncovered, and always turned towards the prelate, he sings on the ferial tone, the verses and the orison which follow.

℣. Protector noster aspice, Deus,

℟. Et respice in faciem Christi tui.

[a] If the *Te Deum* is not concluded, all remain standing.

℣. Salvum fac servum tuum,

   ℟. Deus meus, sperantem in te.

℣. Mitte ei, Domine, auxilium de sancto,

   ℟. Et de Sion tuere eum.

℣. Nihil proficiat inimicus in eo,

   ℟. Et filius iniquitatis non apponat nocere ei.

℣. Domine, exaudi orationem meam,

   ℟. Et clamor meus ad te veniat.

℣. Dominus vobiscum ;

   ℟. Et cum spiritu tuo.

OREMUS.

Deus, humilium visitator, qui eos paterna dilectione consolaris, prætende societati nostræ gratiam tuam ; ut per eos, in quibus habitas, tuum in nobis sentiamus adventum. Per Christum Dominum Nostrum. ℟. Amen.

As soon as the orison is ended, all the clergy rise, and they sing the anthem of the second Vespers at *Magnificat*, and the verse of the patron of the church, as in the Vesperal. In the mean time, the bishop ascends the altar, kisses it in the middle, passes to the epistle side, and after the verse, he sings the orison of the patron which is indicated to him in the Missal. This done, the parish-priest takes off the cope ; the bishop returns to the middle of the altar which he kisses for a second time, takes again the mitre and the crosier, and gives the solemn benediction to the people, saying, as usual : *Sit nomen Domini benedictum, &c.*, [and if he think it proper, orders an indulgence of forty days to be announced.]

Then he goes to the throne, or sits in the chair prepared on the platform of the altar, on the epistle side. He then announces himself, or causes to be announced, the duration of the visit, the hours for confessions, the time when persons wishing to speak to him may call at the *presbytère*, and when the church-wardens are to present their accounts. If the Bishop be authorized to grant a plenary indulgence on the occasion of his visitation, he makes known the conditions to be fulfilled.

Then he makes an exhortation, if he think fit and, unless it is time for saying mass, he ends by the visit of the Blessed Sacrament.

### VISIT OF THE BLESSED SACRAMENT.

The Bishop wearing the alba and cope, kneels down on the platform of the altar ; the thuriferary, the master of ceremonies and the two acolytes bearing their wax-tapers lit, make the genuflexion at the foot of the altar, at their ordinary place. The clerks of the episcopal service make the genuflexion behind them, and remain there on their knees. The acolytes kneel down on the lowest step, and the thuriferary and the master of ceremonies, on the second.

In the mean time the parish-priest takes a white stole, spreads a corporal on the altar, opens the tabernacle, and after having made a genuflexion, places the ciborium on the corporal, makes a second genuflexion, goes down to the right side of the bishop, presents him the incense, and gives him the censer without kissing. The prelate thrice incenses the blessed Sacrament, profoundly bowing before and after.

When the priest opens the tabernacle, the choristers intone the strophe *Tantum ergo*, &c., and the following *Genitori*, &c. After the censing, the bishop ascends the altar, makes a genuflexion, inspects the tabernacle, the ostensory, the ciboriums, and the other vessels wherein the blessed Sacrament is kept. The priest places them on the corporal, and immediately after their having been visited by the prelate, he locks them up, leaving only the ciborium on the corporal. Then the bishop makes a genuflexion, and kneels down again on the platform of the altar.

The choir having concluded the last strophe of the hymn or the anthem, the choristers sing :

℣. Panem de cœlo præstitisti eis,

℞. Omne delectamentum in se habentem.

In the paschal time or in the octave of Corpus Christi, *Alleluia* is added.

The prelate rises and sings the following orison :

OREMUS.

Deus, qui nobis sub Sacramento mirabili passionis tuæ memoriam reliquisti ; tribue, quæsumus, ita nos corporis et sanguinis tui sacra mysteria venerari, ut redemptionis tuæ fructum in nobis jugiter sentiamus. Qui vivis et regnas, in sæcula sæculorum. ℞. Amen.

After this orison, the bishop having ascended the altar, and having made a genuflexion, takes the ciborium with both his hands, gives three benedictions in silence, places the ciborium on the corporal. After the benediction, the choristers sing the psalm *Laudate Dominum, omnes gentes*, &c., as in the Processionnal, or Vesperal, and the priest puts back the ciborium into the tabernacle, folds up the corporal, and comes down on the second step, at the right of the prelate.

The prelate having received again the mitre and the crosier, goes to the throne and leaves the sacred vestments, unless he wishes to visit the baptismal font, or make the absolution of the dead.

### (a) SOLEMN VISIT OF THE BAPTISMAL FONT.

At the hour appointed by the bishop to make solemnly the visit of the baptismal font, the clergy proceed thither in procession.

The thuriferary walks in front, then the cross-bearer and the acolytes; and, after the clergy, the prelate with his mitre on, holding the crosier in his hand, and accompanied by the parish-priest on his right and another priest on his left.

The procession having arrived at the font, the thuriferary places himself on the right side, and the cross-bearer with the acolytes near the font, being turned towards the high altar.

The prelate having approached the font, the parish-priest opens it; then the prelate leaves the crosier; blesses the incense, thrice incenses the font, inspects it as well as the vessels which contain the baptismal water, the oil of holy chrism and of the catechumens, and every thing used in the administration of baptism.

The visit of the font being finished, the prelate takes the crosier, and the procession returns to the choir in the same order.

When the crowd or some other reason does not allow all the clergy to accompany the bishop to the font, he repairs thither with his assistants only and the clerks necessary for this ceremony.

### ABSOLUTION OF THE DEAD.

At the hour appointed for the *absolution* of the dead, the cross-bearer and the acolytes, preceded by the thuriferary and the clerk who carries the holy water vase,

---

[a] This manner of visiting the baptismal font is not prescribed by the Pontifical, and is not of obligation.

come out from the sacristy. The two latter stop at some distance from the last step of the altar, at the gospel side, after having made a genuflexion on arriving.

The cross-bearer and the acolytes proceed to the lower part of the sanctuary, and place themselves near the middle of the railing, their faces turned towards the altar.

The prelate being vested in black ornaments, and having received the common mitre, repairs to the choir, accompanied by the parish-priest and another priest, preceded by the master of ceremonies and followed by the clerks carrying the book, the candlestick and the mitre.

The bishop having arrived at the foot of the altar, makes a genuflexion. Then he turns towards the people. The mitre on his head and standing near the altar, and having the parish-priest at his right and the second assisting priest at his left, he begins the anthem : *Si iniquitates.*

The choristers immediately chaunt the first verse of the psalm *De profundis, &c.,* which the choir, standing erect, continue to sing, adding at the end : *Requiem æternam, &c.*

Whilst the choir are singing the psalm *De profundis, &c.,* the prelate repeats the same with his assistants, adding, at the end, the verse *Requiem æternam, &c.,* and the anthem *Si iniquitates, &c.,* which he recites entire. Afterwards the parish-priest presents, without kissing, the incense to the bishop who blesses it. After the verse *Requiem æternam, &c.,* the choir sing the following antiphon :

Ant.—*Si iniquitates observaveris, Domine ; Domine, quis sustinebit ?*

This anthem being concluded, the bishop leaves the mitre, and says aloud the following verses :

℣. *Kyrie, eleison.* ℟. *Christe, eleison.* ℣. *Kyrie, eleison. Pater noster, &c.*

The rest in silence. Meanwhile the parish-priest presents to the bishop the aspersory and afterwards the thurible, without kissing, but making to the prelate a profound inclination before and after. The bishop, without leaving his place, thrice sprinkles before him, and thrice also incenses, in the same manner, to wit : in the middle, to the left and the right.

Then, remaining standing and uncovered, he sings on the ferial tone :

℣. Et ne nos inducas in tentationem,
   ℟. Sed libera nos a malo.
℣. In memoria æterna erunt justi ;
   ℟. Ab auditione mala non timebunt.
℣. A porta inferi,
   ℟. Erue, Domine, animas eorum.
℣. Requiem æternam dona eis, Domine,
   ℟. Et lux perpetua luceat eis.
℣. Domine, exaudi orationem meam,
   ℟. Et clamor meus ad te veniat.
℣. Dominus vobiscum,
   ℟. Et cum spiritu tuo.

OREMUS.

Deus, qui inter apostolicos sacerdotes famulos tuos pontificali fecisti dignitate vigere, præsta, quæsumus, ut eorum quoque perpetuo aggregentur consortio. Per Christum Dominum nostrum. ℟. Amen.

This orison being ended, the prelate makes the genuflexion, takes again the mitre, and the choristers having intoned the response *Qui Lazarum, &c.,* which is sung

as noted in the Processionnal, all the clergy processio·
nally repair to the cemetery.

The clerk who carries the holy water vase and the
thuriferary walk in front ; the cross-bearer in the middle of the two acolytes, then the rest of the clergy two
by two, and the prelate with his assistants, and followed
by his clerks.

Whilst the clergy sing the above response, the bishop
recites in a low voice, with his assistants, the antiphon
*Si iniquitates*, &c., and the psalm *De profundis*, &c.,
repeating after the psalm, the ant. *Si iniquitates*, &c.,
as above.

All·being arrived at the cemetery, the cross-bearer
stands between the two acolytes, at the foot of the large
cross. The bishop places himself opposite, between his
two assistants. The master of ceremonies, the thuriferary and the clerk bearing the holy water remain at the
right of the prelate. The clerks who carry the book,
the candlestick and the mitre, take their place behind
him, and the rest of the clergy range themselves on each
side, facing each other, those of the lower rank being
nearest the cross.

All being thus arranged, and the response *Qui
Lazarum*, &c., finished, the response *Libera me, Domine,
&c.,* is sung by the choristers.

During the repetition of this response, the parish-
priest presents the incense to be blessed by the bishop,
in the manner above directed. When the choristers
have sung the last *Kyrie, eleison*, the prelate leaves the
mitre, and says aloud *Pater noster*.

Whilst the assistants repeat this prayer in silence, the
bishop, without leaving his place, sprinkles holy water
thrice before him, over the cemetery, and thrice incen-

ses it, as he did in the church. Then he sings, on the ferial tone :

℣. Et ne nos inducas in tentationem,

    ℟. Sed libera nos à malo.

℣. In memoriâ æternâ erunt justi ;

    ℟. Ab auditione malâ non timebunt.

℣. A portâ inferi,

    ℟. Erue, Domine, animas eorum.

℣. Requiem æternam dona eis, Domine,

    ℟. Et lux perpetua luceat eis.

℣. Domine, exaudi orationem meam,

    ℟. Et clamor meus ad te veniat.

℣. Dominus vobiscum,

    ℟. Et cum spiritu tuo.

OREMUS.

Deus, qui inter apostolicos sacerdotes, famulos tuos sacerdotali fecisti dignitate vigere, præsta, quæsumus, ut eorum quoque perpetuo aggregentur consortio.

Deus, veniæ largitor et humanæ salutis amator, quæsumus clementiam tuam ut nostræ congregationis fratres, propinquos et benefactores qui ex hoc sæculo transierunt, beatâ Mariâ semper Virgine intercedente, cum omnibus sanctis tuis, ad perpetuæ beatitudinis consortium pervenire concedas.

Deus, cujus misericordiâ animæ fidelium requiescunt, famulis et famulabus tuis omnibus hic et ubique in Christo quiescentibus, da propitius veniam peccatorum, ut à cunctis reatibus absoluti, tecum sine fine lætentur. Per Christum Dominum nostrum. ℟. Amen.

℣. Requiem æternam dona eis, Domine ;

℟. Et lux perpetua luceat eis.

Then the choristers sing : ℣. Requiescant in pace. ℟. Amen.

After which the prelate, raising his right hand, makes the sign of the cross, four times, over the cemetery, towards the four parts of the world, and resumes the mitre. The clergy processionnally return to the church, in the order in which they came from it, reciting the psalm *Miserere, etc.*, which the bishop with his assistants repeats in a low voice. At the end of the psalm the following verses are added.

Requiem æternam dona eis, Domine ;

Et lux perpetua luceat eis.

The prelate, having arrived at the foot of the altar, leaves the mitre, and says aloud the following verses :

℣. Kyrie eleison ;

℞. Christe, eleison.

℣. Kyrie, eleison. Pater noster, &c., in silence, as far as :

℣. Et ne nos inducas in tentationem,

℞. Sed libera nos a malo.

℣. A portâ inferi,

℞. Erue, Domine, animas eorum.

℣. Domine, exaudi orationem meam,

℞. Et clamor meus ad te veniat.

℣. Dominus vobiscum,

℞. Et cum spiritu tuo.

OREMUS.

Absolve, quæsumus, Domine, animas famulorum famularumque tuarum, ab omni vinculo delictorum, ut in resurrectionis gloria, inter sanctos et electos tuos, ressuscitati respirent. Per Christum Dominum nostrum.

℞. Amen.

The bishop leaves the black ornaments, and if he is to continue the visit, he takes again those which he had left for the absolution.

Note.—Should the cemetery be at so great a distance from the church, or the weather so bad, that the bishop cannot go thither in procession, he stops at the church-door, where are sung the same responses, verses and orisons, as are given above, and where the same ceremonies are performed as in the cemetery, except that the prelate makes before himself, in the middle, on the left and on the right, the sign of the cross which should be made over the cemetery, towards the four parts of the world. The cross-bearer and acolytes stand near the door, with their faces turned towards the altar and the Bishop.

### VISIT OF THE MOVEABLES, LINENS, ORNAMENTS ETC., OF THE CHURCH.

The bishop being vested with his rochet, camail and stole, visits at his leisure the altars and the consecrated stones, and inspects the seal which covers their sepulcre. He visits the relics with their certificates of authentication, the paintings, the pulpit and the confessionnals, the decorations of the choir, of the chapels and of the nave, then the sacristy, the vestments, the chalices and other sacred vessels, the linens, the church books, and other things which are used in divine service; the vessel of the oil for the sick, as well as the several things which are used in the administration of Extreme-Unction; and he enquires where the bag, or the box destined to contain them, is deposited. He also visits the exterior of the church, the cemetery, if he did not inspect it after the prayers for the dead, the chapels which are separated from the church, those which are used for the processions of the blessed Sacrament of for receiving the bodies of the deceased. He makes enquiries about the state of the steeple and of the other things belonging to the church. He takes information of the number of crosses planted in the parish; enquires whether they are blessed, decent and properly paled in; whether they are distant, at least, one league from each other, and whether they are the occasion of any abuses which he may remedy.

The bishop asks for and examines the deeds and papers of the church, the books of the deliberations and accounts of the *fabrique;* the registers of baptisms, marriages and burials, the catalogue of foundation-masses, of the confraternities and indulgences, with all the titles and papers concerning them : in fine, he examines the ordinances rendered on the preceding visits, in order to see whether they have been executed.

The prelate chooses the time which he judges more convenient to give Confirmation, to such persons as have been prepared to receive it. As for those who belong to other parishes, they will be received only on presenting a certificate from their parish-priest, testifying that they have been instructed, and prepared to receive Confirmation.

The bishop blesses, at his convenience, the ornaments or linens which are to be blessed; and he examines, or causes to be examined in his presence, in the catechism, the children of the schools and others.

At the hour appointed, the bishop causes the bell of the church to be rung, in order to assemble the church-wardens in the sacristy or in the *presbytère.* He receives and audits, if he thinks it convenient, the accounts that have been audited and accepted since the last visit. He proceeds in the same manner, with regard to the

23

accounts of confraternities and charitable associations, if there are any in the parish.

He gives audience to those of the parishioners who desire to take his advices, or who want to confess to him. He also receives the complaints or remonstrances, as well of the parish-priest as of the inhabitants. He enquires whether there are any public and scandalous disorders in the parish; whether the parishioners live in peace together, and in good understanding with the parish-priest; he also enquires about the life and behaviour of the ecclesiastics who reside therein. In a word, the prelate examines all that relates to the spiritual and temporal concerns of the church, in order to see if every thing be in proper order and condition; and he takes notice of all that concerns the service of the parish, the morals and behaviour of the parishioners, in order to know whether there are any abuses or disorders to be reformed, and by what means he prudently and efficaciously may remedy them. To this end, he makes such ordinances, and gives, as well in private as in public, such advices as he deems most proper.

NOTE.—The order of the episcopal visitation, as here described, is not obligatory (*Merati*, § *VIII. Annot.* 2. *tom. II.*). It may be changed, when there is any reason for so doing.

———

The bishop, before leaving the parish which he has visited, proceeds to the church, being vested with his usual dress. Then, standing and uncovered before the high altar, and on the epistle side, he recites aloud the psalm *De profundis*, &c., at the end of which he adds :

℣. Requiem æternam dona eis, Domine,

℞. Et lux pepetua luceat eis.

And the anthem *Si iniquitates, &c.* Then he says *Pater noster, &c.*

℣. Et ne nos inducas in tentationem,

℟. Sed libera nos a malo.

℣. A porta inferi,

℟. Erue, Domine, animas eorum.

℣. Requiescant in pace.　　℟. Amen.

℣. Domine, exaudi orationem meam,

℟. Et clamor meus ad te veniat.

℣. Dominus vobiscum,

℟. Et cum spiritu tuo.

OREMUS.

Deus, cujus misericordiâ animæ fidelium requiescunt, famulis et famulabus tuis omnibus hìc et ubique in Christo quiescentibus, da propitius veniam peccatorum, ut à cunctis reatibus absoluti, tecum sine fine lætentur. Per Christum Dominum nostrum.　℟. Amen.

----

# VISIT MADE BY THE VICARS GENERAL,

## ARCHDEACONS OR OTHER PRIESTS IN VIRTUE OF A COMMISSION FROM THE BISHOP.

When the bishop, from any cause, shall be unable to visit personally the parishes of his diocese, as frequently as may be necessary for the welfare of the people and for the maintenance of the order established in the government of the church, he will cause them to be visited by one of his vicars general, by the archdeacon, or by any other priest whom he shall judge qualified for that office.

When the parish-priest has received the pastoral letter announcing the visit, he will publish it at prone, exhort the people to attend at church on the arrival of the visitor, and to assist at the exercises. He will notify the church-wardens to prepare their accounts in order to submit them to the examination of the visitor.

As soon as the visiting priest is arrived, the bells shall be rung to announce it to the people. The visitor, in his surplice, will then repair to the principal door of the church, where the parish-priest, also vested in his surplice, and without a stole, receives him with his clergy.

The parish-priest, having saluted the visitor, presents him a white stole, which the visitor kisses and which he puts on. He kneels down on a carpet prepared for that purpose, and kisses the cross which is presented by the parish-priest. Having risen up, he receives the aspersory from the hands of the parish-priest, takes holy water himself and sprinkles it over the assistants.

Immediately after, the singers intone the hymn *Veni Creator*, &c., which is continued by the choir ; and all the tapers on the altar being lighted, the visitor is conducted in procession to the high altar. Being there arrived, the visitor kneels down on the platform, in the middle ; and after the conclusion of the hymn, he rises and reads the verse and orison which follow, from the book which the parish-priest presents to him open.

℣. Emitte spiritum tuum et creabuntur,

℟. Et renovabis faciem terræ.

OREMUS.

Deus, qui corda fidelium sancti Spiritûs illustratione docuisti, da nobis in eodem Spiritu recta sapere et de ejus semper consolatione gaudere. Per Christum Dominum nostrum. ℟. Amen.

Then the anthem of the church-patron is sung, and

the visitor says the appropriate verse and orison, in the book which the parish-priest presents him, as before directed.

The visitor then makes the visit of the blessed sacrament, and of the baptismal font. The visit of the cemetery is made as prescribed for the bishop's visit.

He receives those who desire to speak to him. Should complaints of a serious nature be made, the visitor will hear the witnesses in private, and after having taken their oath and made them sign their depositions, he will draw up a *procès-verbal* to be transmitted to the bishop.

# INTERNAL REGULATIONS
# OF CHURCHES AND CHAPELS.

### CLERKS, SINGERS, AND OTHER PERSONS EMPLOYED IN THE SERVICE OF THE CHURCH.

1st. Good conduct and regularity in approaching the Sacraments, are requisite in those who are employed in the service of the church.

2nd. The parish-priest will charitably admonish those who do not perform their duties ; if they persist in their bad conduct, he will dismiss them, employing means suggested by prudence to avoid creating any scandal.

3rd. The parish-priest has the right to dismiss the clerks and singers who do not properly perform their functions, or who neglect their religious duties.

### RULES FOR THE CLERKS.

The clerks must :

1st. Know the manner of serving and answering at mass.

2nd. Assist regularly at mass and at vespers, on the festivals of obligation, and at the practical lessons on ceremonies.

3rd. In the choir, avoid speaking or laughing ; behave modestly and respectfully ; pray, read or sing.

4th. Not leave the choir, during divine service, without having obtained permission.

5th. In the sacristy, never speak but through necessity and in a low voice.

6th. Take care of their cassocks and surplices ; not to wear them torn nor dirty.

7th. Keep the hair modestly cut.

8th. Obey the master of ceremonies ; and pay attention to his lessons.

9th. Be ready to perform the different functions of the choir, and strive to perform them correctly.

### THE MASTER OF CEREMONIES.

I. The master of ceremonies must be of exemplary conduct, and well understand the duties of his office. One of the schoolmasters might be chosen for this office.

II. He must carefully study the ceremonial ; and may give instructions on the ceremonies, before mass or after vespers.

III. Before going to the choir, he says, if the priest does not, in the sacristy the *Veni Sancte Spiritus*, and the orison *Deus qui corda, &c., &c. ;* after returning to the sacristy, he recites the *Sub tuum præsidium.* He leads the clerks two by two ; and teaches them to make a genuflexion near the steps of the altar, and to salute each other before going to their places.

IV. During the divine office, he gives a signal to the clerks, when they are to rise, sit down or kneel.

V. He watches over the clerks, taking care that they rightly perform their duties ; he points out to the parish-priest those who do not behave correctly in the choir.

VI. He warns, by a sign and without noise, those of the clerks who do not behave well in the choir ; if they do not pay attention to his signs, he goes and reprimands them for the scandal they are giving.

VII. He keeps a list of the clerks ; he remarks those who absent themselves from divine service, and gives their names to the parish-priest.

VIII. He does not allow the clerks to lean against the stalls; to wipe their face with their surplices ; to turn their head towards the nave ; to chew tobacco ; to transgress the regulations.

### THE SINGERS.

The singers are submitted to the general regulations of the choir.

I. They must practise, beforehand, what they are to sing at the offices ; they should, every Sunday, inform themselves of the office of the following Sunday.

II. They must give examples of modesty and recollection, speaking only when it is necessary, and, even then, briefly and in a low voice.

III. They sing with gravity ; more slowly on great festivals than on other days.

IV. The first singer begins the different parts which are sung at mass ; but at vespers, each singer intones an antiphon and a psalm, according to the place he occupies.

V. The first singer of each side of the choir is followed by those who are on the same side.

VI. The singers make the sign of the cross, when they begin to sing the *Introit.*

### OF THE ORGANIST.

I. The organ may be played, on every sunday and holyday during the year, except during advent and lent.

II. It may however be played, at mass, on the 3rd sunday of advent, and 4th sunday of lent ; at mass, on Maunday-Thursday to the *Gloria in excelsis* inclusively ; at mass and at vespers, on Holy-Saturday ; at the festivals and ferial days solemnly celebrated during lent, and whenever a celebration is made with solemnity, *et cum lætitiâ pro aliquâ re gravi.*

III. The organ is usually played when the bishop makes his entry into his church : and when he leaves it after the office, every time he celebrates pontifically, or · assists at mass on the most solemn festivals.

IV. Also, at the entry of the Archbishop or of a Bishop whom the diocesan Bishop desires to honour, till he has made his prayer and the office begins.

V. It may be played, from the beginning of matins and vespers sung with solemnity, in the principal festivals of the year.

VI. At vespers, at matins and at mass, the choir sings, without being accompanied by the organ, the first strophe of canticles and hymns, and also the strophes or verses of hymns which are to be chanted kneeling : v. g. *Te ergo quæsumus, etc., O crux, ave etc., Tantum ergo Sacramentum etc.*

VII. The same rule is observed at the *Gloria Patri,* and at the last strophe of hymns, even when the preceding one has been sung by the choir. Some one of the clergy should recite, in a loud voice, those parts of hymns and canticles which are played on the organ.

VIII. At solemn vespers, the organ is usually played after each psalm, and alternately at the strophes of the hymn, and at the verses of the canticle *Magnificat*. The anthem of the *Magnificat* is always repeated by the choir.

IX. At solemn mass, the divisions of the *Kyrie eleison, Gloria in excelsis, Sanctus, Agnus Dei* are alternately sung and played on the organ ; and the organ is played after the epistle, after the offertory, before the orison or post-communion and after mass. During the elevation, the tones should be sweet and grave.

X. The *Credo* is always sung by the choir ; the voices may be accompanied on the organ.

XI. Neither light nor lascivious music should be played on the organ ; nothing but what is connected with the office should be sung. No other instrument of music is allowed to accompany the organ.

XII. The singers and musicians must not forget that church harmony has for its objects to excite piety, and should consequently be free from lightness and effeminacy, in order that the minds of the faithful be not diverted from the contemplation of our sacred mysteries.

XIII. It is more in accordance with the *Ceremoniale Episcoporum*, that at masses for the dead the organ remain silent, and that nothing but the gregorian chant be used in singing.

XIV. The organist must avoid playing too long before the preface and the *Pater*, thus causing a long interruption in the celebration of the mass.

### OF THE SEXTON.

I. The sexton rings the *Angelus*, in the morning at five, and in the evening at seven, between the evening of Low-sunday inclusively, and the evening of the solemnity of St. Michael exclusively; during the remainder of the year, at six o'clock in the morning and in the evening.

At noon on every day in the year, except on Holy-Thursday and Good-Friday.

II. He rings the *Angelus* during three minutes; but it should be rung during six minutes, at noon and in the evening of the days which precede the following festivals, and in the morning and at noon of the same festivals, viz: Easter, Ascension, Pentecost, Corpus-Christi, Sunday within the octave of Corpus-Christi, St. Peters, Dedication, Assumption, All-Saints, Christmas, Epiphany, Patronal-feast. On the ringing of the bells at the beginning and end of easter-time, see page 291.

III. On holy-days and sundays, before mass, he rings three bells at full swing, at intervals of half an hour, or of an hour; before vespers three bells at full swing, at intervals of half an hour; he finishes the last bell with a few tings.

IV. When a death is announced, he rings the knell. For the knell, three peals are rung; each peal is preceded by nine tings for a man, and by six for a woman. It lasts a quarter of an hour for laymen; half-an-hour for priests; an hour for the Pope or the Bishop.

V. One peal is rung after the evening *Angelus* on the eve, and after the morning *Angelus* on the day of the burial.

VI. Before the funeral service, the last bell is rung

during five minutes, including the tings, the peal and the final tolling.

VII. The bell is rung at full swing during the *Libera;* this peal is preceded by six or nine tings.

VIII. After the Vespers of the dead on All-Saints day, a knell is rung at intervals till the evening *Angelus;* and also on All-Souls day, between the morning *Angelus* and the solemn mass for the departed.

IX. For an anniversary, on the preceding evening and in the morning, the bell is rung as on the day of the burial.

X. For High-Mass on week-days, the bell is rung as for High-Mass on sundays.

XI. The bell is rung during the processions of the Blessed-Sacrament, and those of St. Mark and of the Rogations.

XII. The bell is tolled during the two elevations, at High-Mass, in the week and on sundays and holy-days.

XIII. The bell is tolled when the Holy Viaticum is carried to the sick in the day-time, five minutes before the departure of the priest, and five minutes after.

XIV. For a Low-Mass, the first bell at full swing, then a few tings ; the last bell is tolled.

### OF THE SACRISTAN.

I. The sacristan keeps the sacred vessels, books, wax-candles, ornaments, etc., clean and in good order. He informs the parish-priest if the ornaments or linens become torn or soiled.

II. The altar is kept in a state of cleanliness ; and all that serves for the administration of the sacraments is carefully kept in good order.

III. The lamp before the blessed sacrament is always kept burning ; and is cleansed once a week.

IV. The holy relics are kept with the greatest care.

V. The holy water-stands are cleansed once in a month ; and the holy-water is renewed once a week.

VI. He prepares the altars according to the directions of the parish-priest.

VII. The altars, credences, the choir, and the ornaments are prepared before hand, so that the service be not delayed.

VIII. He causes the bell to be rung at the hours appointed for the offices.

IX. He does not permit idle talk nor profane actions, in the sacristy.

X. He presents to the priests, especially when they are strangers, whatever is necessary for the celebration of the holy mysteries.

XI. He keeps a catalogue of masses and anniversaries that are to be celebrated on certain days.

XII. After the offices, he puts away the ornaments in their place, and folds the surplices and albs.

XIII. He abstains from putting his feet on the altar-stone, whilst he is preparing the altar.

XIV. He avoids speaking in the church, except in cases of necessity, and always in a low voice ; however great the hurry, he hever runs in the church. Whenever he passes before the altar where the Blessed Sacrament is kept, he makes a full genuflexion.

### THE PEWS.

1st. Pews are publicly sold or let to the highest bidder, after one, two, or three notices, according to the customs of each locality. Those notices are given, in certain places, from the pulpit ; and in others, at the church-door, after the parochial mass, on sundays or holy days of obligation.

2nd. The most advantageous mode of letting pews, is that in which the adjudication price forms the annual rent to be paid.

3rd. A pew becomes vacant at the death of the lessee ; or, when he has fixed his domicile in another parish, after the lapse of one year.

4th. Except in the case of a special regulation fixing an other term, as long as the lessee has not been living one year out of the parish, he possesses the right to keep his pew ; after his death it may remain in the possession of his widow, as long as she continues unmarried.

5th. After the death of their father and mother, children may resume the pews which their parents had possessed, by paying the price set by the highest bidder.

6th. A pew may be suppressed by the bishop, during his visitation, whenever the decoration of the church or improvements require it. In that case, a compromise is made between the church-wardens and the lessee.

7th. Every person of age, having acquired domicile in the parish, has a right to buy or rent a pew in the church. No body has a right to hold more than one pew, when the number of pews is too small for the number of families.

8th. The lessees do not possess the right of changing the form of their pew, of painting it, of adding a door, of putting locks to it, or to raise it above the others.

9th. The deeds of lease are registered in a separate book ; in those leases are mentioned the names of the lessee, the day, month, year, and terms of the adjudication ; the whole regularly authenticated and signed. Many difficulties are avoided by having the deeds of those leases made by a Notary. The church-wardens might keep printed formulas of the deeds. This mode, suggested by the bishops, has been adopted in several churches, and found most advantageous.

---

# FORMULAS

*Of different Acts to be drawn up by the Parish-Priests or other priests.*

---

### REMARKS CONCERNING THE REGISTERS OF BAPTISMS, MARRIAGES AND BURIALS.

Hereafter will be found extracts from the Civil Code, the Code of Civil procedure and the act of 1872, concerning registers of civil status. Parish Priests must study them carefully and comply exactly with their dispositions.

We call their special attention to articles 39, 41,—45, 46, 47,—52, 53, and to the whole chapitres 2d, 3d, 4th and 6th of the Civil Code, which are of daily practice. These articles and chapters are marked *

After these extracts will be found the formulas of these acts, with the necessary explanations for different cases.

---

## EXTRACT FROM THE CIVIL CODE OF LOWER-CANADA.

---

### TITLE SECOND.
### OF ACTS OF CIVIL STATUS.

---

### Ch. I. GENERAL PROVISIONS.

* 39. In acts of civil status nothing is to be inserted, either by note or recital, but what it is the duty of the parties to declare.

40.—In cases where the parties are not obliged to appear in person at the making of an act of civil status, they may be represented by an attorney, specially authorized to that effect.

* 41—The public officer reads to the parties, or to their attorney, and to the witnesses, the act which he makes.

42.—Acts of civil status are inscribed in two registers of the same tenor, kept for each Roman-Catholic parish church, each Protestant church or congregation, or other religious community, entitled by law to keep such registers, each of which is authentic, and has in law equal authority.

43.—The registers are furnished by the churches, congregations or religious communities, and must be in the form prescribed by the Code of Civil Procedure.

44.—The registers are kept by the rector, curate or other priest or minister having charge of the churches, congregations, or religious communities, or by any other officer entitled so to do.

* 45.—The duplicate register so kept, before it is used, must, at the instance of the party keeping it, be presented to one of the judges of the Superior Court or to the prothonotary of the district, or to clerk of the Circuit Court instead of the prothonotary in the case specified in the statute 25 Vict., chap. 16, to be by such judge, prothonotary or clerk numbered and initialed in the manner prescribed by the Code of Civil Procedure.

* 46.—Acts of civil status, as soon as they are made, are inscribed in the two registers, in successive order and without blanks; erasures and marginal notes are acknowledged and initialed by all those who sign the

body of the act. Everything must be written at length without abbreviation or figures.

* 47.—Within the first six weeks of each year, the person who kept the said registers, or who has charge thereof, deposits in the prothonotary's office of the Superior Court of his district, or in the office of the clerk of the Circuit Court in the cases provided for in the statute already mentioned in the present chapter, one of the said duplicates, the delivery of which is acknowledged by a receipt which the said prothonotary or clerk is bound to give free of charge.

48. Within six months after such deposit, each prothonotary or clerk is bound to verify the condition of the registers deposited in his office, and to draw up a summary report of such verification.

49. The other duplicate register remains in the custody and possession of the priest, minister or other officer who kept the same ; to be by him preserved and transmitted to his successor in office.

50. The depositary of either of the registers is bound to give extracts thereof to any person who may require the same ; and such extracts, being certified and signed by him, are authentic.

51. On proof that, in any parish or religious community, no registers have been kept, or that they are lost, the births, marriages and deaths may be proved either by family registers and papers, or other writings, or by witnesses.

* 52. Every depositary of such registers is civilly responsible for any alteration made therein, saving his recourse, if any there be, against the party altering the same.

* 53. Every infraction of any article of this title by

any of the officers therein named, which does not amount to a criminal offence, and which is not punishable as such, is punished by a penalty not exceeding eighty dollars, nor less than eight.

### * Ch. II. OF ACTS OF BIRTH.

54.—Acts of birth set forth the day of the birth of the child, that of its baptism, if performed, its sex, and the names given to it ; the names, surnames, occupation and domicile of the father and mother, and also of the sponsors, if any there be.

55.—These acts are signed in both registers, by the officer officiating, by the father and mother if present, and by the sponsors if any there be ; if any of them cannot sign, their declaration to that effect is noted.

56.—When the father and mother of any child presented to the public officer are either or both of them unknown, the fact is mentioned in the register.

### * Ch. III. OF ACTS OF MARRIAGE.

57.—Before solemnizing a marriage, the officer who is to perform the ceremony must be furnished with a certificate establishing that the publication of bans required by law has been duly made ; unless he has published them himself, in which case such certificate is not necessary.

58.—This certificate, which is signed by the person who published the bans, mentions, as do also the bans themselves, the names, surnames, qualities or occupations and domiciles of the parties to be married, and whether they are of age or minors ; the names, surnames, occupations and domiciles of their fathers and mothers, or the name of the former husband or wife.

24

And mention is made of this certificate in the act of marriage.

59. The marriage ceremony may however be performed without this certificate, if the parties have obtained and produce a dispensation or license, from a competent authority, authorizing the omission of the publication of bans.

60.—If the marriage be not solemnized within one year from the last of the publications required, they are no longer sufficient and must be renewed. (a)

61.—In the case of an opposition, the disallowance thereof must be obtained and be notified to the officer charged with the solemnization of the marriage.

62.—If, however, the opposition be founded on a simple promise of marriage, it is of no effect, and the marriage is proceeded with as if no such opposition had been made. (b)

63.—The marriage is solemnized at the place of the domicile of one or other of the parties. If solemnized elsewhere, the person officiating is obliged to verify and ascertain the identity of the parties.

For the purposes of marriage, domicile is established by a residence of six months in the same place. (c)

64.—The act is signed by the officer who solemnizes the marriage, by the parties, and by at least two witnesses, related or not, who have been present at the

(a) Si infra duos menses post factas denuntiationes matrimonium non contrahatur, denuntiationes repetantur. (*Rit. Rom.*)

(b) 1° Non est confundenda *simplex promissio* cum *sponsalibus;* 2° circa obligationem gravem et naturalem quæ ex *promissis* et ex *sponsalibus* oritur, vide theologos.

(c) Circa domicilium et tempus ad illud acquirendum, vide theologos et canonistas.

ceremony ; and if any of them cannot sign, their declaration to that effect is noted.

65.—In this act are set forth :

1. The day on which the marriage was solemnized ;

2. The names, surnames, quality or occupation and domicile of the parties married, the names of the father and mother of each, or the name of the former husband or wife ;

3. Whether the parties are of age, or minors ;

4. Whether they were married after publication of bans, or with a dispensation or license ;

5. Whether it was with the consent of their father, mother, tutor or curator, or with the advice of a family council, when such consent or advice is required ;

6. The names of the witnesses, and whether they are related or allied to the parties, and if so, on which side, and in what degree ;

7. That there has been no opposition, or that any opposition made has been disallowed.

## * Ch. IV. OF ACTS OF BURIAL.

66.—No burial can take place before the expiration of twenty-four hours after the decease ; and whoever knowingly takes part in any burial before the expiration of such time, except in cases provided for by police regulations, is subject to a penalty of twenty dollars.

67.—The act of burial mentions the day of the burial, and that of the death, if known ; the names, surnames, and quality or occupation of the deceased ; and it is signed by the person performing the burial service, and by two of the nearest relations or friends there present ; if they cannot sign, mention is made thereof.

68.—The provisions of the two preceding articles

apply to religious communities and hospitals where burials are permitted.

69.—When there is any sign or indication of death having been caused by violence, or when there are other circumstances which give reason to suspect it, or when the death happens in any prison, asylum, or place of forcible confinement other than lunatic asylums, the burial cannot be proceeded with until it is authorized by the coroner or other officer whose duty it is to inspect the body in such cases.

* Ch. V. OF ACTS OF RELIGIOUS PROFESSION.

70.—In every religious community in which profession may be made by solemn and perpetual vows, two registers of the same tenor are kept, in which are inscribed the acts establishing the taking of such vows.

71.—[These registers are numbered and initialed like the other registers of civil status, and the acts are inscribed therein in the manner prescribed in article 46.]

72.—The acts set forth the names and surnames, and the age of the person making profession, the place of her birth and the names and surnames of her father and mother.

They are signed by the party, by the superior of the community, by the bishop or other ecclesiastic who performs the ceremony, and by two of the nearest relations, or by two friends who were present.

73.—The registers are used during five years, after which one of the duplicates is deposited in the manner declared in article 47, and the other remains with the community to form part of its records.

74.—Extracts of such registers, signed and certified by the superior of the community, or the depositary of one of the duplicates, are authentic, and are delivered by one or other of them at the option and on the demand of those requiring them.

* Ch. VI. OF THE RECTIFICATION OF ACTS AND REGISTERS OF CIVIL STATUS.

75.—If an error have been committed in the entry made in the register of an act of civil status, the court of original jurisdiction in the office of which such register is or is to be deposited may, at the instance of any interested party, order such error to be rectified in presence of the other parties interested.

76.—The depositaries of the registers, on receipt of a copy of any judgment of rectification, are bound to inscribe the same on the margin of the act so rectified, and if there be no margin, then on a sheet of paper which remains annexed thereto.

77.—[If an act which ought to have been inserted in the register be entirely omitted, the same court may, at the instance of one of the parties interested, the others being notified, order that such omission be supplied, and the judgment so ordering is inscribed on the margin of the said register, at the place where the act so omitted ought to have been entered, and if there be no margin, then on a sheet of paper which remains annexed thereto.]

78.—The judgment of rectification cannot, at any time, be set up against those who did not seek it, or who were not duly notified.

# EXTRACT FROM THE CODE OF CIVIL PROCEDURE OF LOWER CANADA.

## PART THIRD, TITLE FIRST, CHAPTER FIRST.

### OF REGISTERS OF CIVIL STATUS.

1236. All registers intended to record births, marriages and deaths, or religious profession, must, before being used, be numbered upon the first and every subsequent leaf, with the number of such leaf written in words, at full length, and be sealed with the seal of the Superior Court, by affixing the same upon the two extremities of a ribbon, or other such fastening, passing through all the leaves of such registers and secured inside of the cover thereof : and upon the first leaf must be written an attestation under the signature of a judge or the prothonotary of the Superior Court of the district, or of the clerk of the Circuit Court of the county which comprises the Roman Catholic parish, Protestant church, or religious congregation or society authorized to keep such registers and for which they are to serve and to which they belong, specifying the number of leaves contained in the register, the purpose for which it is intended, and the date of such attestation.

Such certificate cannot however be given until the formalities prescribed by special acts with regard to certain religious congregations have been fulfilled.

1237. The duplicate register which is to remain in the hands of the priest, minister, or person doing the parochial or clerical duty of each Roman Catholic parish church, Protestant, or religious congregation, must be bound in a substantial and durable manner.

(A copy of the title *Of Acts of Civil Status*, in the

Civil Code, and of the first, second and third chapters of the title *of marriage* in the same code, must be attached to such duplicate.)

1238. *Curés*, churchwardens of *fabriques*, and other such administrators, in places where baptisms, marriages and deaths have taken place, and also the superior of communities in which vows of religious profession have been made, are respectively bound to fulfil the requirements of the law with regard to the registers of acts of civil status, and may be compelled to do so by such means and under such pains, penalties or damages as the law allows.

1239. Any person who desires to have any register rectified must present to the court a petition for that purpose, stating the error or omission of which he complains, and praying that the register may be rectified accordingly.

The petition must be served upon the depositary of such register.

1240. The court may also order any person to be called in whom it deems interested in the application.

Such person is thereupon summoned in the ordinary manner.

1241. Any judgment ordering a rectification must contain an order for the inscription of such judgment upon the two registers, and no copy of the act rectified can thereafter be delivered without the corrections thus ordered to be made.

AN ACT RESPECTING REGISTERS OF CIVIL STATUS.

### 36 *Vict., ch. XVI.*

1. Every Roman catholic priest empowered by competent ecclesiastical authority to solemnize marriage, to

administer baptism or to perform the rites of burial, for any particular church, or chapel, or throughout any mission, shall be entitled to keep registers of civil status for such church, chapel or mission, and shall be deemed and held to be so entitled to keep the same and to have the same duly numbered, initialed and attested according to law.

2. Such priest, on presenting the duplicate register in order to have the same authenticated according to law, shall exhibit, if thereunto required, to the judge, prothonotary or clerk to whom he applies for such authentication, the authorization or certificate of authorization, or the letter of mission or of appointment given to him by the bishop, and empowering him to solemnize marriage, administer baptism or perform the rites of burial for such church, chapel or mission.

3. Every priest who shall have obtained authentic registers under this act shall keep them in duplicate, shall deposit one duplicate every year as required by law, and the other duplicate, which he shall retain, shall belong to the church or chapel, for which it was obtained and kept.

4. The provisions of the second title of the first book of the civil code, " of acts of civil status," as amended by the act of this province, thirty-second Victoria, chapter twenty-six, and the first chapter of the first title of the third part of the code of civil procedure, as also amended by the said last mentioned act, shall apply, in so far as they may consistently with this act, to the persons hereby empowered to keep registers, and also to the registers kept by them, in accordance with this act.

5. In the case of registers being applied for under this act for the use of any mission, they shall be granted

under such name as the bishop shall have mentioned for that purpose in his certificate, and the duplicate retained annually by the priest, shall be deposited at the bishoprick of the diocese to which the mission belongs ; and for the purpose of authenticating copies or extracts from any such register and for all other purposes connected with such register, the bishop or his secretary shall be deemed and held to be the legal depositaries thereof.

6. And whereas certain duplicate registers of civil status have been kept by priests duly empowered by competent ecclesiastical authority to solemnize marriage, to administer baptism or to perform the rites of burial, but the said registers were not authenticated in the manner required by the civil code and the code of civil procedure ; and whereas a large number of families are interested in having the said registers legalized, and it is expedient to provide for their legalization and authentication ; therefore, it is hereby further enacted as follows.

7. Any register or registers of civil status hitherto kept in any Roman Catholic church by any Roman Catholic priest duly empowered by competent ecclesiastical authority to solemnize marriage, to administer baptism or to perform the rites of burial may, and shall, upon being presented for that purpose (notwithstanding that such registers have been used,) be numbered, initialed and attested by the proper civil functionary in the same manner and with the same effect as if the said registers had not been previously used, and one duplicate thereof may in like manner and with the like effect be deposited with and received by the proper civil functionary ; and a certificate of the bishop shall be suffi-

cient evidence of any priest having been duly empowered as above mentioned.

8. Whenever the provisions of the preceding section
shall have been complied with in respect of any register, such register and any extract therefrom shall be
deemed and held to be authentic, and to be as legal and
valid as if they had been made and kept in accordance
with all the requirements of the law.

9. The word " Bishop " means the ordinary of the
diocese, or his vicar general, or the administrator of the
diocese.

10. This act shall have no other effect than those of
authorizing authentic registers to be kept and of lega-
lizing those already kept, in the cases and in the manner hereinabove provided for, and shall have no other
legal consequences, nor shall it in any wise affect,
beyond its direct intent, the present civil position of
parishes or *fabriques* now in existence.

11. This act shall come into force on the first day of
January, one thousand eight hundred and seventy-
three.

### FORMULA OF AN ACT OF BAPTISM.

" The (*the day, the month and the year, all written
in full*), we the undersigned, parish-priest (*or* vicar) of
this parish, have baptized N. born (*the same or such a
day*), of the lawful marriage of N. (*his profession*) and
of N. of this parish. The godfather was N. and the
godmother N. who, as well as the father, have signed
with us (*or* have declared that they cannot sign). This
act has been read to the parties."

If the father is absent, mention must be made of it, at
the end of the act.

If the child has been privately baptized at home, on

account of danger of death, or by virtue of an authority from the Bishop, mention must be made of it in the act of supplement to the ceremonies, and it must be declared why, and by whom the child was privately baptized. Should there be any doubt of the validity of such private baptism, water must be again poured conditionally on the child, and mention made of it in the act.

If a child is baptized in any other parish, than that in which it is born, the priest who baptizes it, shall mention in the act of Baptism, of what parish the child is ; and he will send a certificate of the baptism to the parish-priest of the child, in order to its being recorded in the registers of his parish.

If the child is illegitimate or a foundling, the act should be thus worded :

"...... have baptized N. born (*such a day*) of unknown parents. The godfather was, &c."

In such case the name of the father and mother must never be mentioned, unless both of them, being free, acknowledge the child as belonging to them and request such mention, personally if they are present, or by an act in proper form, if they are absent.

If the child is a foundling, it must be conditionally baptized, even though a notification should be found, declaring that it has been baptized ; and, in the act, will be expressed, on what day, in what place, and by what person it was found, and how many days old it appeared to be.

If the godfather and godmother have been represented by proxies, mention must be made of it in the following manner :

" ...... The godfather was N. represented by N. whom he nominated as his proxy to this effect. The godmother was N. represented by N. to this effect ; as it appears to us by a letter dated, &c."

## FORMULA OF AN OATH WHICH PARISH-PRIESTS WILL REQUIRE FROM MIDWIVES, AFTER THEY HAVE BEEN CHOSEN.

The choice of midwives is of the highest importance to society, since the health and the life of mothers and children, and even the eternal salvation of the latter are often in their hands. Consequently, parish-priests must be careful that no woman of their parishes should meddle with this delicate profession, without the talents and knowledge necessary to exercice it properly.

They must also be certain that those who offer themselves for this function lead a good life, are of correct morals, and possess great discretion. They will instruct them, not only of the matter and form of Baptism, and of the intention required in the administration of it, but also of the circumstances in which they are permitted to baptize.

Finally, they will recommend to midwives always to baptize, as far as possible, in presence of the mother of the child, and of two witnesses, and to be faithful in keeping family secrets.

As for the rest, the examination of the capacity, and the attestations of the qualifications of midwives exclusively come under the cognizance of the medical faculty, and it is only after their judgment, and with their permission, that parish-priests can admit the chosen persons to take the oath which follows :

" I, N. do swear and promise to God, my almighty creator, before you, Reverend Sir, that I will live and die in the catholic, apostolic, and roman faith ; that I will discharge with the utmost fidelity and diligence the office of midwife, which I now undertake ; that I will never permit, as far as in me lies, any accident or mishap whatever to befall either mother or child while under my care ; that, in case of imminent danger, I shall apply for the advice and assistance of surgeons, accoucheurs, or women skilled in midwifery. I also promise not to reveal the secrets of families, nor of persons whom I shall assist ; not to employ any unlawful or superstitious means, under any pretext soever, in the performance of my duty. I promise finally that no motive of hatred or revenge shall ever engage me to omit any part of my profession, to the injury or prejudice of any person or persons whatever ; but that, on the contrary, I will do my utmost to procure both the corporal and the spiritual welfare of each and every one confided to my care."

During the taking of the oath, the midwife will keep her right hand on the book of the gospels, and in concluding, she will add : " *So help me God and these holy gospels.*"

The priest will write at the end of the register of baptisms, the name of the midwife, and the day on which she took the oath in his presence, or he will keep a note of it among the papers of the parish.

### (a) FORMULA OF A MARRIAGE ACT.

" The (*the day, month and year written in full*), after the banns of marriage have been thrice published at the prone of our parish masses, between N. (*his profession*) of this parish, son of age (*or* minor) of N. and of N. of this parish, on the one part : and N. also of this parish,

---

(a) For *mixed* marriages, see the instruction and formula hereafter given.

daughter of age (*or* minor) of N. and of N. of this parish, on the other part ; no impediment having been discovered, we the undersigned parish-priest (*or* vicar) of this parish, have received their mutual consent to marriage, and have given them the nuptial benediction, in presence of, &c.    This act has been read to the parties."

Here two or three witnesses, at least, must be mentioned, and it must be declared whether they are the relations of the bride and bridegroom, and in what degree ; and this act shall be signed on the two registers, as well by the priest who has celebrated the marriage, as by the contracting parties and the witnesses, if they can write ; and if they cannot, it must be mentioned.

If the contracting parties are minors, the consent of their parents, tutors or curators must be mentioned in the following manner :

" ...... We the undersigned, parish-priest (*or* vicar) of the parish, by consent of the father and mother of the said N. (*or if they are dead*, by the consent of N. tutor or curator of the said N.) have received their mutual consent, &c."

If the marriage has been celebrated with dispensation of banns, of consanguinity or affinity, mention must be made of it in the act, as follows :

" The... whereas the dispensation of two (*or* of one) of the banns of marriage has been granted by His Lordship N. Archibishop (*or* Bishop) of... (*or* by the Very Reverend N. Vicar General of His Lordship the ... ), dated the... of the present month (*or* of N.) ; whereas also the publication of the third bann (*or* of the two other banns) has been made at the prone, &c."

For a dispensation of consanguinity or affinity.

" ...Whereas the dispensation of the third (*or* other) degree of consanguinity (*or* of affinity) has been granted by, &c., *as above*."

If either of the contracting parties, or both are widower and widow, mention must be made of it in the act, as also of the names of the deceased husband or wife.

If the marriage takes place in a parish which is not that of the contracting parties, mention is made of it in the act, as well as of the dispensation or the permission obtained to that effect.

In the case of an opposition, see art. 61 and 62 of the Civil Code, page 370, above.

Any minor orphan wishing to marry, and who has neither tutor nor curator, must present a petition to the civil authorities of his respective district, requesting the nomination of a tutor *ad hoc*, in order to be authorized to marry. In this case, the parish-priest will not proceed to the celebration of said marriage, until he has received the copy of the act of tutorship *ad hoc*, which permits such minor to marry : and he will keep this act among the papers of the parish.

When a marriage which was null, by reason of some *public* (a) impediment, is rehabilitated, it must be recorded, mention being made 1° of the date and place of the celebration of the former marriage ; 2° of the impediment which rendered it null ; 3° of the dispen-

---

[a] The impediments of *legitimate consanguinity or affinity, of spiritual affinity, of public honesty ex matrimonio rato*, are *essent ally* public, and never cease to be so, however unknown they may be to the public ; therefore the rehabilitation of all marriages invalidated by any of those impediments, must be registered.

The other impediments may be *public* or *secret*, according to circumstances. In doubtful cases, the Bishop ought to be consulted.

sation granted. Moreover, when it is possible, it must be written on the margin of the former act, that this marriage has been rehabilitated on such a day and in such a parish.

When a marriage is null on account of a *secret* impediment, the act of rehabilitation is not registered ; but it would be useful, in certain cases, to give to the parties a written declaration thereof.

### FORMULA OF AN ACT OF A REHABILITATED MARRIAGE.

" The (*the day, month and year written in full*), before us the undersigned, parish-priest, (*or* vicar, *or* priest duly authorised) appeared N. (*his profession*), of this parish (*or* of the parish of...) son of age (*or* minor) of N. and N., on the one part ; and N., also of this parish (*or* of the parish of...) daughter of age, (*or* minor) of N. and N., on the other part, who declared that they have already contracted marriage on (*or* about) the (*day, month and year in full*), in the parish of......, but that the said marriage having afterwards been found to be null on account of an impediment of which no dispensation had been given, they have now obtained such a dispensation and wish to have their marriage rehabilitated : therefore, having discovered no other impediment, and whereas a dispensation of three banns has also been granted by... (*or* whereas one *or* two banns have been published... and a dispensation of one or two has been granted by...) we, the undersigned ... (*as above*) have received their mutual consent of marriage, in presence of N. and N., &c. This act has been read to the parties."

DIRECTIONS FOR THE CELEBRATION OF MIXED MARRIAGES.

The priest who has been authorised to solemnize a mixed marriage, must observe the following rules :

1°. He will exhort the catholic party to receive the sacraments of penance and eucharist in order to obtain the graces attached to matrimony, and will recall to the said catholic party's mind the obligation of doing all in his (*or* her) power to procure the conversion of the protestant party to the catholic faith, and to bring up in the catholic religion all the children of both sexes that may hereafter be born of the said marriage.

2°. The priest cannot consent to solemnize such a marriage unless the protestant party has promised in writing and in the presence of two or more witnesses, that he (*or* she) will give to all the children to be born of the said marriage, full and entire liberty to follow and practise the catholic, apostolic and roman religion.

3°. He will expressly require the contracting parties to promise that neither before nor after the catholic solemnization of their marriage, they will present themselves before a protestant minister to be married in his presence.

4°. The marriage may be solemnized either in the sacristy or presbytery, or even in a private house, but never in the church. Should the Blessed Sacrament be, at that time, preserved in the sacristy, the mixed marriage must be celebrated elsewhere.

5°. The priest assists only as a witness, and consequently he can wear neither surplice nor stole and can make neither prayer, nor exhortation nor any religious ceremony whatever. (a)

(a) The Sovereign Pontiff Pius IX, in an instruction directed to all the Bishops, dated 15th november 1858, expressly says that such is the general

25

6°. Before the solemnization of the marriage he will require the protestant party to sign the formula of promise hereafter given, and will have it read and signed by him (*or* her) in presence of at least two witnesses, who should, as much as possible, be able to sign their names. The priest will also sign the document and keep it in the records of the parish.

7. The contracting parties will give their mutual consent in the presence of the priest and of at least two witnesses, but the priest must abstain from asking it. The bridegroom says : *I take N., here present for my lawful wife;* then the bride says: *I take N., here present for my lawful husband.* This being said, the priest will invite them to sign the act in the registers.

8°. In said act, he will mention the dispensation by virtue of which he was authorized to solemnize said marriage and to do so without publication of banns.

### FORMULA OF THE PROMISE.

" I, the undersigned, being desirous of contracting marriage with... before a Catholic Priest duly authorized by a special dispensation from... do promise, in presence of the Reverend... Priest... and of... witnesses attending for this purpose, that I shall give to all the children born of my marriage with the said... full and entire liberty of following and practising the Catholic,

rule to observed in the solemnization of mixed marriages. He however authorises Bishops to tolerate something more, whenever exceptional circumstances require it, *oneratd ipsorum Antistitum conscientid.*

In such cases, the priests who has received a special leave from the Bishop, may follow the rite prescribed by the ritual of the diocese, that is : solemnize the marriage in church, with surplice and stole, ask the parties' consent, say : *Conjungo vos...,* bless the nuptial ring and recite the V. *Confirma hoc &c...* and the prayer *Respice, quœsumus...* But *in all cases* he must omit the exhortations, the mass and the solemn benedictions. (*See the pontifical instruction in the II Plenary Council of Baltimore, page* 311.

Apostolic and Roman Religion, and moreover that I shall by no means whatsoever hinder or obstruct the said... in the exercise of the said religion.

In faith and testimony whereof I have signed the present document with the Reverend and the said witnesses... on this...day of the month of... in the year..."

### FORMULA OF AN ACT OF MIXED MARRIAGE.

" The (*the day, month and year written in full*), whereas a dispensation has been granted by His Lordship... (*or* by the very Reverend N., Vicar General), of the law of the Church which forbids marriage between N., a catholic (*or* a protestant), son of age (*or* minor) of N. and N., of this (*or other*) parish, on the one part ; and N., a protestant (*or* a catholic), daughter of age (*or* minor) of N. and N., of this [*or other*] parish, on the other part ; whereas also a dispensation of all banns of marriage, has been granted by His Lordship... [*or*... &c.] ; no other impediment having been discovered, [*mention here the consent of the parents, if required*] : We the nndersigned, Parish-Priest [*or* Vicar] of this parish, have received their mutual consent to marriage, in presence of N. and N. undersigned, [*or* who have declared themselves unable to sign.*] This act has been read to the parties."

### FORMULA OF AN ACT OF BURIAL.

" The [*the day, month and year written in full*], we the undersigned, parish-priest [*or* vicar] of N. have interred in the cemetery of this parish, the body of N., [*his profession*], *if married*, husband of N., *if a widower*, widower of N. [*If it is a woman*, wife of N., *or* widow of N., [*the profession of the husband*]. *If it is a child or an unmarried person*, son [*or* daughter] of N., [*the profession of the father,*] and of N. ; *if the child is illegitimate,* born of unknown parents ; *with the name and domicile of the person with whom he lived ;* deceased [*such a day*] in this parish, aged... years, months *or* days. Present N. and N., who have signed with us [*or who have declared they could not sign*]. This act has been read to the parties."

The body of a person found drowned or dead on a road, or bearing the marks of an extraordinary or violent death, or with other circumstances giving cause of suspicion, must not be buried, until the proceedings required in such cases have been gone through by the Coroner or by one of his substitutes, and before having received the certificate of the said proceeding. In the act of interment, the priest must make mention of the said certificate, of the kind of death mentioned therein, and, if the deceased person was unknown, of all the marks therein described.

If a child is baptised at home and dies without having been registered, the act of his burial should be numbered in a two-fold manner in the margin : 1° as a baptism ; 2° as a burial. For example, Bapt. 36, Bur. 15.

Children who die without having been baptised, should also be registered when buried, and in the annual recapitulation, their birth should be added to the sum of baptisms.

### FORMULA OF AN ACT OF ABJURATION.

The priest authorized to receive an abjuration, will draw up an act of it, in which he will mention that, on such a day, in virtue of a power which was granted to him by His Lordship N. Bishop of N., or by the Very Reverend N., Vicar General of His Lordship the

Bishop of N., he has received the profession of faith of N. and has absolved him [*or* her] from heresy.

He will make mention in this act, of the place where this abjuration was made, of the age, the residence, and the profession of the new convert. He will therein express, if he is married, the name of his wife, [if it is a woman, the name of her husband] ; or, if he is not married, the name of his father and mother. He will cause this act to be signed by the convert, and by the witnesses whose names are mentioned in the act.

The priest who has written this act, shall send it to be preserved among the archives of the Bishoprick.

### CERTIFICATE OF THE PUBLICATION OF BANNS OF MARRIAGE.

*After having copied the banns of marriage in the same form as they have been published ; the parish-priest shall write as follows :*

" There is a promise of marriage, &c.", [*as above page* 230.]

" We the undersigned, parish-priest of... certify that the bann of marriage above mentioned has been thrice, [*or* twice, *or* once] published at the prone of the parochial mass of said parish of..., namely on sunday..., the... of the month of..., without any impediment having been discovered, or any opposition made... ; the... one thousand...

N. N... P. P."

This certificate must not be delivered till 24 hours after the last publication.

### FORMULA OF A CERTIFICATE OF MARRIAGE.

" We the undersigned, parish-priest of the parish of N. in the diocese of..., do by these presents certify that

N. and N. were lawfully married according to the rites of the catholic church, in the parish church of N. above mentioned, the...

In faith of which we have signed these presents, at N. the...

N. N... P. P."

## FORMULA OF AN EXTRACT OF BAPTISM, OF MARRIAGE, OR OF BURIAL.

" Extract of the register of baptisms, marriages, and burials of the parish of... for the year one thousand...

*Then comes the act a copy of which is demanded, which shall be written in full, and such as it is on the register, without addition or alteration. Afterwards the parish-priest will add at the bottom of the copy, the following certificate.*

" Which extract, we the undersigned, parish-priest of... certify to be conformable to the original register deposited in the archives of the said parish. The... one thousand...                    N. N.... P. P."

## FORMULA FOR RECORDING THE NAMES OF THOSE WHO HAVE BEEN CONFIRMED.

*This record must be kept in a book destined for that use.*

" The (*the day, month and year*) were confirmed in the church of this parish, by His Lordship N. Bishop of N. (*or by N.*)."

*The Roman Ritual orders that 1° the names and sur-names of boys and girls should be in different pages; 2° the name of their parents and of the godfathers and god-mothers of confirmation, should be added. The Parish Priest, or Vicar, must sign said list.*

## FORMULA OF TESTIMONIAL LETTERS IN FAVOUR OF THOSE WHO ARE GOING TO TRAVEL.

"We the undersigned, parish-priest of N. in the diocese of... do hereby certify to all those to whom these presents shall come, that the bearer N.,......years of age, now about to leave this parish, was born of honest catholic parents ; is of a good moral character, and has always been a faithful observer of the catholic religion ; that he is under no ecclesiastical censure, that could prevent him from being admitted to the participation of the sacraments while living, or from receiving ecclesiastical burial when dead. (We do moreover certify that, to our knowledge, he has not contracted any matrimonial alliance.)

If faith and testimony of which we have signed these presents, at N. the...

N. N... P. P."

*If the traveller is going to foreign countries, these testimonials may be in latin. (See page 177.)*

## FORMULA FOR RECORDING IN THE BOOK OF THE FABRIC, THE BENEDICTION OF A CORNER STONE, OR A CHURCH, OR A CEMETERY, OR A BELL.

"On the... day of... in the year of Our Lord, one thousand..., we the undersigned [vicar general, *or* parish priest...] being duly authorised by His Lordship..., have blessed with the prescribed solemnity, the corner stone of the church of...

*Or* the new [parochial] church of...; said church built with stone, [*or* brick, *or* wood], is... feet long, ... feet wide outside, ... feet high : the plans were drawn by... architect ; the stone work was done by... ; the carpenter's work by... ; the trustees were...   The first mass was sung [*or* said] by...

*Or* the cemetery of the parish of... ; said cemetery is ... feet long and... feet wide.

*Or* three, [*or* two, *or* one] bells for the [parochial] church of... ; the first weighing... pounds, given [*or* presented] by... *here insert the names of the donors or sponsors ;* the second weighing... pounds, given [*or* presented] &c. ; the third weighing... given...

Were present a great number of parishioners and several members of the clergy who, [together with the donors, or sponsors, architects, trustees, &c.], have signed the present act.

At... the... of the year...

NN. [*The priest who made the benediction.*]

[*Here follow the other signatures.*]

FIN.

# TABLE DES MATIÈRES.

——

*(Lorsqu'il y a deux chiffres, le premier indique la partie française et*
*le second, la partie anglaise.)*


|  | PAGES. | |
|---|:---:|:---:|
|  | FRANÇAIS. | ANGLAIS. |
| Fêtes, Solennités, Jeûnes et Jours d'abstinence ....... | 5 | 227 |
| Formule des bans de marriage............. ........... | 7 | 230 |
|    "    pour annoncer les décès ...., ........ ... ... . | 8 | 231 |
|    "   "   "   un mandement, une indulgence | " | " |
|    "   "   "   le louage des bancs......... ...... | 9 | 232 |
|    "   "   "   les ordinations ........, ..... ........ | " | " |
|    "   "   convoquer les marguilliers .... .......... | 11 | 234 |
| Manière de faire le prône...... ,........ ..... .............. | " | " |
| Grand prône............. ............. ... ...... .......... | 13 | 236 |
| Abrégé du prône........ ................................. | 22 | 245 |
|    "   des principales vérités ..... ..................... | 26 | 248 |
| I. Annonces qui n'ont pas de date fixe...... . .............. | 33 | 256 |
| Première communion................. · ...............,..... | " | " |
| Dimanche après la première communion ......... ..... | 35 | 257 |
| Confirmation................................ ............ | 40 | 262 |
| Fête patronale de la paroisse ou mission......... ....... | 43 | 265 |
| II. Annonces qui ont une date fixe...... ................. | 44 | " |
| Avent...................,.............. ...........• .. | " | " |
| Saint François-Xavier....... ............... ....... ..... | 46 | 267 |
| Immaculée Conception ....... ...............,. ........... | 47 | 268 |
| Quatre-Temps................................. ....... | " | 269 |
| Les anciennes O ....... ............................... | 48 | " |
| Saint Thomas ............ .................. .......... | 49 | 270 |
| Noël.......,............................. .....•............ | " | 271 |
| Saint Étienne et Saint Jean ............. ............, | 51 | 272 |
| Circoncision...... ............................. .......•....... | " | 273 |
| Visite de la paroisse par le curé . ..... ........ ........ | 52 | " |

394      TABLE DES MATIÈRES.

PAGES.

FRANÇAIS.   ANGLAIS.

| | | |
|---|---|---|
| Epiphanie.... ............ ... ...... ...... ............ | 53 | 275 |
| I. Dim. après l'Ep. Décret du Con. de Trente sur les mariages clandestins. ........................... .... .... | 55 | 276 |
| Saint Nom de Jésus......... ............ .............. | 59 | 280 |
| Septuagésime ..... ..... ..... ... .... .... .... ...... | 60 | 282 |
| Purification ........ .................... ...... ........ ...:.. | 61 | " |
| Saint Mathias ......... ............ ..... ........... . | " | 283 |
| Quinquagésime. (Exposition du S. Sacrement) .... . | 62 | " |
|      "        Annonce du Carême ................ | " | 284 |
| Neuvaine de Saint François-Xavier..... ...... ........ | 68 | 289 |
| Prières du Carême.. ... ............................ . ..... | " | 290 |
| Communion pascale.. ..... ........ ...... ............... | 69 | " |
| Sonnerie pour annoncer le commencement et la fin des pâques............. ...................... ...... | 70 | 291 |
| I. Dim. du Carême. Mandement sur les pâques. ..... | " | " |
| Tableau des péchés contre les commandements....... | 73 | 293 |
| Saint Joseph ........ ..... .... ...... .................. | 76 | 297 |
| Annonciation ........ ............. ... .............. ........ | 77 | 298 |
| Dimanche de la Passion............... ........ ........... | 78 | 299 |
| Dimanche des Rameaux............. ...... ... ...... | 81 | 302 |
| Pâque...... ..................... ..... ............. ...... ..... | 84 | 305 |
| Quasimodo...... .............. ..... .. ................. | 86 | 307 |
| Sainte Famille ........ ,.................... .. .. .......... | 87 | " |
| Patronage de Saint Joseph............. ..... ......... | 88 | 308 |
| Saint Marc, Saint Philippe et Saint Jacques............ | 89 | 309 |
| Rogations et Ascension ..... ........ .......... .... ...... | 90 | 310 |
| Pentecôte.......... ..... ........ .... .......... ..... | 91 | 311 |
| Le jour de la Pentecôte ....... ............ ............ | 93 | 312 |
| La Sainte Trinité ....... .... ........... ............ | 94 | 314 |
| Fête-Dieu............. ........ .......... ............. ... ...... .. | 97 | 318 |
| Dimanche dans l'octave de la Fête-Dieu. ....... ...... | 98 | 319 |
| Sacré Cœur de Jésus. (Consécration au)............... .... | 99 | 320 |
| Saint Jean-Baptiste .......... ..... ....... .... .......... | 102 | 323 |
| Saint Pierre et Saint Paul......... . ... ........... | 103 | 324 |
| Dédicace ..... .......... ...... ......... .......... ......... | 104 | 325 |
| Saint Jacques-le-Majeur ...... .... ... ....... ..... | 105 | 326 |
| Sainte Anne ......... ........ ....... ........ ..... | 106 | " |
| Saint Laurent ... .. ....... .......... ...... ............. | 107 | 327 |

PAGES.

FRANÇAIS.   ANGLAIS.

Assomption ........................................ 107    328
Saint Barthélémi et Saint Louis .................. 108    329
Nativité de la Sainte Vierge...................... 109    330
Quatre-Temps de septembre......................... "    "
Saint Matthieu ................................... 110    "
Saint Michel. .................................... "    331
Saint Rosaire .................................... 111    332
Saint Simon et Saint Jude ........................ "    "
La Toussaint...................................... 112    333
Jour des Morts ................................... 114    335
Saint André ...................................... 115    "
*Instructions aux curés sur la visite annuelle des pa-*
*   roisses*........................................ "    336
Formule du rapport annuel à faire par les curés à
   l'Evêque ...................................... 119    "
Visite épiscopale. Choses à préparer ............. 126    337
Ordre de la visite épiscopale..................... 128    339
Visite des grands-vicaires, archidiacres, &c...... 141    355
Discipline intérieure des églises ................ 143    357
Devoirs de l'organiste............................ 146    360
    "    du bedeau .................................. 148    362
Louage des bancs.................................. 151    364
*Formules des actes à faire par les curés* ....... 152    366
Extrait du Code Civil sur les actes de l'état civil.... 153    "
    "    "    "    de procédure civile................... 160    374
Acte de 1872, concernant les régistres............ 162    375
Formule d'un acte de baptême...................... 164    378
    "    du serment des sages-femmes ................ 166    380
    "    d'un acte de mariage ....................... 168    381
    "    "    "    de réhabilitation de mariage ..... 170    384
Instruction pour la célébration des mariages mixtes. 171    385
Formule d'un acte de sépulture. .................. 173    387
    "    d'un certificat de publication de bans ...... 175    389
    "    "    "    de mariage................. "    "
    "    "    extrait de baptême, mariage ou sépul-
        ture....................................... 176    390
    "    pour enrégistrer les noms des confirmés.... "    "
    "    de lettres testimoniales aux voyageurs...... 177    391

PAGES.<br>FRANÇAIS. ANGLAIS.


Formule de l'acte de la bénédiction d'une première pierre, d'une église, d'un cimetière, d'une cloche, etc............ ..... ...... 178　　391

Erection canonique (*et démembrement*) des paroisses. 179

  "　　civile　　("　　　"　　) des paroisses. 191

Construction et réparation des églises......... ......... 193

Acquisition de terres et terrains pour les églises...... 201

Comptes de fabrique.—Journal ..... ................. ..... 205

Comptes de bancs........................................ . .... 206

Reddition annuelle des comptes........ ...... .......... "

Coffre de la fabrique......... ................ ..... ....... 208

Modèle de journal de recettes et dépenses......... .. .. 210

Modèle de reddition annuelle des comptes ............ 213

Modèle de calrier pour les bancs.............. ....... ... 217

Propagation de la Foi..................... ......... ....., .. "

Règlement pour l'œuvre des bons livres ............... 219


FIN DE LA TABLE.